동시대 일본 소설을 만나러 가다

-1960년대부터 2010년대까지
현대 일본 문학의 흐름 -

사이토 미나코 지음 | 김정희 옮김

일러두기

1. 이 책의 일본 인명과 지명은 국립국어원 외래어 표기법에 따라 표기하였다.

2. 서양 지명 및 서양 인명은 영어 표기를 기준으로 했다.

3. 책 제목은 『』, 잡지나 신문, 영화와 드라마 등은 《 》로 표시하였으며, 이외의 인용, 강조, 생각 등은 따옴표를 사용했다.

4. 이 책에 등장하는 작품에 대해서는 원칙적으로 단행본 초판 간행연도를 표시했다. 단 메이지·다이쇼기의 작품 중에는 발표연도를 표시한 것도 있다. 번역된 작품에 대해서는 특별하게 표시한 것을 제외하고는 일본어로 번역된 단행본 초판의 간행연도를 표시했다.

5. 한국어 출간본이 있는 경우, 책 제목은 번역 제목으로 바꾸었다.

6. 이 책은 산돌과 Noto Sans 서체를 이용하여 제작되었다.

목차

들어가며

메이지(明治, 1868~1912) 이후 소설의 역사를 알고 싶은 사람에게 있어 이와나미신서岩波新書 나카무라 미쓰오 中村光夫의 『일본의 근대소설日本の近代小説』(1954), 『일본의 현대소설日本の現代小説』(1968)은 친절한 입문서이자 편리한 가이드북입니다. 전자는 메이지와 다이쇼(大正, 1912~1926)의, 후자는 쇼와(昭和, 1926~1989)의 문학사입니다.

신서판(소형 보급판 서적판형. 크기 103밀리미터×182밀리미터-역주)이라는 적당한 볼륨감. 각 시대의 중요 작가와 작품을 담아낸 세심한 주의력. 게다가 작가와 작품의 단순한 나열에 그치지 않고 작품이 탄생한 사회적, 시대적 배경과 왜 이 시대에 이 작품이었는지를 제대로 분석했습니다.

하지만 이 두 책의 최대 결점은 애석하게도 1960년대에서 이야기가 끝난 것입니다. 『일본의 근대소설』이 다루고 있는 것은 가나가키 로분(仮名垣魯文, 에도[江戸, 1603~1867] 말기에서 메이지 초기의 희극작가, 신문기자-역주) 등의 메이지 개화기 문학에서 쇼와 초기의 아쿠타가와 류노스케芥川龍之介까지. 『일본의 현대소설』은 요코미쓰 리이치横光利一 등 쇼와 초기의 '신감각파'에서 전쟁 시대를 거쳐 1950년대에 데뷔한 이시하라 신타로石原慎太郎, 가이코 다케시開高健, 오에 겐자부로大江健三郎, 이 세 명의 신진작가까지. 같은 종류의 책들도 거의 비슷해서 오쿠노 다케오奧野健男의 『일본문학사―근대에서 현대로日本文学史―近代から現代へ』도, 시노다 하지메篠田一士의 『일본의 현대소설日本の現代小説』도, 도널드 킨Donald Keene의 『일본문학사―근대·현대편日本文学史―近代·現代篇』도, 다루는 것은 1960년대 말까지입니다.

그 후의 역사는 왜 서술되지 않았을까? 저는 이에 대해서 계속 의문을 품어왔습니다. '대문자 문학(소설을 중심으로 한 근대문학이 국민에게 일상적으로 향수되기 시작하고 그 속에서 근대 국민국가가 표상되는 것을 대문자大文字라고 한다. 따라서 대문자 문학이란 국민에게 읽히는 근대문학을 일컬음-역주)은 끝났다'라든가 '순문학은 미래가 없다'라고 말하지만, 소설은 그 후에도 계속 탄생했고, 오히려 일본의 소설은 1970년대 이후에 크게 변하기 때문입니다. 그것을 전체적으로 조망한 책이 없는 것은 아니지만 역시 입문서로는 부족합니다.

　동시대 문학사를 쓰기 힘들게 된 이유 중 하나는 작가를 그룹으로 엮는 것이 어려워졌기 때문입니다. 겐유샤(硯友社, 1885년에 만들어진 문학결사-역주)나 시라카바파(白樺派, 1910년 창간된 잡지 《시라카바》에서 활동한 문학자, 예술인-역주), 신감각파라든가, 무뢰파無賴派, 제3의 신인, 내향의 세대 등 작가가 참가하는 동인지별로, 세대별로 분류하는 것이 한 사람이 하나의 유파를 이루고 있는 오늘날에는 더 이상 불가능합니다. 1990년대에도 일시적으로 동시대 작가들을 'J문학'이라는 이름으로 묶으려는 시도가 있었지만 제대로 이루어지지 않고 사라진 것은 그룹으로 엮는 데 무리가 있었기 때문입니다.

　2018년은 『일본의 현대소설』이 출판된 지 50년이 되는 해입니다.

　50년 사이에 사회는 크게 변했습니다. 예를 들어 미디어 환경은 격변했습니다. 저널리스트인 오야 소이치大宅壯一는 1950년대에 보급되기 시작한 텔레비전을 '1억 명 총 바보화'라는 말로 불렀지만, 이것은 정보화 사회로 들어서는 입구에 지나지 않았습니다. 1980년대에는 필기구로 워드프로세서나 개인용 컴퓨터가 등장했고, 21세기에 들어오면서 인터넷과 휴대폰의 시대가 도래합니다. 그 사이에 세계정세도 변했고 일본의 정치나 경제도 변했으며 거리의 풍경, 가족의 형태, 인구분포도 변했습니다.

이와 같은 시대의 변화를 배경으로, 각각의 시대에 어떤 소설이 쓰였고 읽혔는지를 누군가가 동시대 문학으로 정리해야 하는 시기라고 생각합니다.

이렇게 해서 이 책『동시대 일본 소설을 만나러 가다日本の同時代小説』를 쓰게 되었습니다. 다루는 범위는 1960년대부터 2010년대까지 약 60년간. 단 50년 전과는 상황이 다르기 때문에 이 책은『일본의 현대소설』과도, 비슷한 종류의 다른 책들과도 상당히 느낌이 다릅니다.

첫 번째는 작가가 아닌, 작품을 중심으로 생각했습니다. 두 번째는 일단 순문학에 중점을 두었지만, 엔터테인먼트나 논픽션도 대상에 포함시켰습니다.

『일본의 현대소설』'서언'에서 나카무라 미쓰오는 다음과 같이 말합니다.

'동시대인의 판단에 입각한 역사는 사상누각과 같습니다. 하지만 그러면서도 다양한 현대사가 끊임없이 나

오는 것은 우리들 자신이 살고 있는 시대의 성격을 알고 싶어 하는 강한 요구가 있기 때문이지요.'

'자신이 살고 있는 시대의 성격을 알고 싶다'라는 생각은 저도 마찬가지입니다. 『일본의 현대소설』 정도는 아니지만, 이 책이 이 반세기 동안의 사회와 소설을 생각하는 데 도움이 되기를 바랍니다.

1장
1960년대 지식인의 추락

1960년대 안보투쟁과 '정치의 계절' 종언

　1960년대는 일본 국민의 관심이 '정치'에서 '경제'로 옮겨간 시대입니다. 그 경계에 위치한 마지막 국민적인 이벤트가 '60년 안보투쟁'이었습니다.

　60년 안보투쟁이란 당시 수상이었던 기시 노부스케 岸信介가 신新미일안전보장조약(이하 신안보로 약칭함-역주)에 조인한 것을 계기로 시작된 대규모 반대운동입니다. 신안보는 아시아를 다시 전쟁으로 몰고 갈 군사동맹이 아닐까 하는 불안과 기시 내각의 무리한 의회 운영에 대한 반발을 드러낸 것으로, 운동은 노동조합에서부터 학생조직, 일반 시민으로까지 확대되었고 국회를 향한 10만 명 규모의 데모가 연일 계속되었습니다.

　하지만 7월에 발족한 이케다 하야토池田勇人 내각은 '10년 동안에 월급을 두 배로 만들겠다'라는 '소득배증계획'을 발표합니다. 이때부터 '무장의 경감·경제 중시'의 고도 경제성장기가 시작되었고 사람들의 관심사는 자신의 생활과 직결되는 경기와 충실한 소비생활로 이행되었습니다.

　60년 안보투쟁에는 많은 작가와 평론가도 참가했습니다. 이시하라 신타로, 오에 겐자부로, 가이코 다케시,

데라야마 슈지寺山修司, 아사리 게이타浅利慶太, 다니카와 슌타로谷川俊太郎, 에토 준江藤淳, 마유즈미 도시로黛敏郎 등 당시 20~30대의 젊은 진보적 문화인들이 결성한 '젊은 일본의 모임'이 그 하나의 예입니다. 이들 중에는 투쟁 후에 보수 계열의 논객으로 '전향'을 한 사람도 적잖게 포함되어있습니다. 안보투쟁의 체험은 의외로 언론인들이 자신들의 정치적인 위치를 결정하는 계기가 되었을지도 모르겠습니다.

　정치적인 운동은 여기에서 끝난 것이 아니었습니다. 1960년대 후반에는 전공투全共鬪라고 불리는 학생들의 운동이 시작됩니다. 그렇지만 이는 세대적인 투쟁이라는 측면이 강했습니다. 1970년대가 되면 '과격파'가 폭주하는 사건들도 일어나 좌익운동 그 자체가 쇠퇴의 길로 접어듭니다. 1960년대는 '정치의 계절'이라고 불리지만, 그와 동시에 '정치에서 철수하는 계절'이기도 했습니다.

순문학을 둘러싼 패전 후의 논쟁
　한편 문학사적으로 보면 1960년대는 메이지 20년대

(1887~1896)부터 지속된 일본의 근대문학이 커다란 동요를 겪은 시기였습니다.

'정치의 계절' 종언과 문학의 위기. 두 개의 현상은 관계가 없는 듯 보이지만 밀접한 관련이 있습니다. 1960년대 초까지 문학과 정치는 지금보다 더 가까운 위치에 있었기 때문입니다. 다시 말해서 당시의 지식인(대학생 등의 지식인 예비군을 포함함)에게 문학은 결코 취미도, 오락도, 심심풀이도 아닌 '인간은 어떻게 살아야 하는가?' '사회란 어떠한 모습을 해야 하는가?' 등의 문제의식과 결부된 커다란 관심사였습니다.

동요의 전조라고 할 만한 것은 패전 직후부터 속출한 수많은 문학 논쟁일 것입니다. 잘 알려진 것은 1946년에 갑자기 일어난 '주체성 논쟁' '정치와 문학 논쟁' '문학자의 전쟁책임 논쟁' 등입니다. 쟁점은 '마르크스주의와 문학'입니다. 그 배후에는 패전 이전의 프롤레타리아 문학의 흐름을 잇는 공산당 계열의 '신일본문학회'와 정치로부터 문학의 독립을 주장하는 '근대문학' 동인들과의 대립이 숨어있습니다. 이 시대에 '정치'란 마르크스주의와 거의 동일한 의미였습니다. 문학에서 중요한 것은 정치성인가, 예술성인가라는 것이 논쟁의 대상이 된 것입니다.

패전 후의 문학 논쟁으로 또 하나 특기할 만한 것은 '순문학 논쟁'(1961)입니다. '정치'가 마르크스주의와 거의 동일한 의미였다면, 메이지 말부터 쇼와 시기 패전 이전(1926~1945)까지 이 나라의 '순문학'의 보수 주류는 자신의 사생활과 내면을 적나라하게 그리는 '사소설私小說'이었습니다.

'순문학 논쟁'은 '근대문학'의 동인이었던 비평가 히라노 겐平野謙이 불을 붙인 것으로, 쟁점을 한마디로 정리하자면, '대중문학이 석권하고 있는 오늘날, 순문학에 미래는 있는가?'라는 것입니다. 히라노에 따르면 순문학(사소설)은 퇴조하여 시국성이 없다, 순문학이라는 것은 역사적인 개념이다. 이러한 것을 써서 그는 문단을 술렁이게 했습니다.

실제 작품 쪽으로 눈을 돌리면 이시하라 신타로가 『태양의 계절太陽の季節』로 데뷔한 것이 1955년, 오에 겐자부로가 『기묘한 일奇妙な仕事』로 데뷔한 것이 1957년. 문학계文学界 신인상과 아쿠타가와상芥川賞을 모두 수상한 『태양의 계절』(1956)은 시건방진 건달 고등학생을 그린 불량소설이고 《도다이신문東大新聞》(도쿄대학의 신문-역

주)에 실린 「기묘한 일」(『사자의 오만死者の奢り』에 수록, 1958)은 실험용 개 150마리의 시체를 처리한다는, 실제로 있는지 없는지 알 수 없는 대학생의 아르바이트를 그린 허구적인 단편입니다. 과거의 문학과는 관계가 없는 곳에서 출발한 20대 전반의 작가들. 같은 시기에 데뷔한 두 사람이 이후 정반대의 정치적인 태도를 지니게 된다는 것은 흥미로운 일인데, 어쨌든 1960년대는 이미 프롤레타리아 문학의 시대도, 사소설의 시대도 아니었습니다. 구세대가 오랫동안 신봉해온 문학(근대문학)의 명맥은 거의 사라졌던 것입니다.

문학은 '약한 인텔리'로부터 시작되었다.

그렇다면 구세대가 오랫동안 신봉해온 문학(근대문학)이란 어떠한 것이었는가?

역사를 조금 거슬러 올라가면 일본 근대소설의 주인공은 대체로 모두 굴절된 내면을 가진 '나약한 지식인' '약한 인텔리'들이었습니다. 외형적으로 말하자면 그들은 '언제까지 꾸물대며 고민만 하고 있어'라며 한 대 치고 싶은 성향을 가지고 있었습니다.

러시아의 작가 투르게네프는 인간은 두 종류로 분류할 수 있다고 말합니다. 이것저것 사색에 잠겨 고민만 하고 행동하지 못하는 '햄릿형 인간'과 이상을 향해서 무턱대고 저돌적으로 나아가는, 생각한 대로 행동하는 '돈키호테형' 인간입니다. 이 분류에 따르면 일본 문학의 주인공들은 압도적으로 '햄릿형' 인간이 많습니다.

그 이유 중 하나는 비교적 단순합니다. 후쿠자와 유키치福沢諭吉의 『학문의 권장学問のすすめ』(1872~1876)이 고무시킨 것처럼 근대의 남자들에게 인생의 목표는 청운의 뜻을 품고 학문을 갈고닦아 관계官界나 학계, 실업계에서 성공하여 고향에 비단옷을 입고 나타나는 '입신출세'였습니다. 그러한 시대에 '문학을 지향한다'든지 '작가를 목표로 한다'든지 하는 것은 거의 탈락을 의미합니다. 그 결과 그들 안에는 나는 출세 코스를 밟을 수 없다, 혹은 밟을 수 없었다는 열등감과 나는 사방에 널려있는 속물들과는 다르다는 시건방진 반항심이 있었습니다. 작가의 굴절된 성격은 당연히 주인공에게도 전염됩니다.

또 다른 이유는 근대문학이 발생한 메이지 후기에는 '사색하는 젊은이상像'이 유행했다는 점입니다. 1950

년대의 아프레게르(전후파戦後派-역주), 1960년대의 히피, 1970년대의 삼무주의세대三無主義世代(무기력, 무관심, 무책임한 젊은이들의 기질을 가리키는 말로 그 세대를 의미함-역주), 1980년대의 신인류(기존과는 다른 감성과 가치관, 행동규범을 가진 세대-역주), 2000년대의 초식남 등 젊은이의 상에도 유행이 있습니다.

메이지 후기의 '청년'도 미디어가 확산시킨 '요즘의 젊은이상'이었습니다('청년'이라는 말 자체가 '젊은 남자'의 단순한 별칭, 또는 '영 맨Young man'의 단순한 번역어가 아니라 메이지 후기에 일세를 풍미한 유행어였습니다). '청년'은 '장사壯士'의 대항마로 떠오른 시대상입니다. '장사'란 메이지 10년대(1877~1886-역주)의 자유민권운동시대에 세상을 떠들썩하게 한 젊은이상으로, 그 정신은 '비분강개'입니다. 정치에 대한 불평불만을 침을 튀기며 논하고 '운동회'라고 불린 데모와 스포츠 경기, 가장 파티, 주연 등을 조합한 모임에서 사기를 진작시키고 한시를 읊으며 검무를 겨룹니다. 게다가 결투를 한다, 만다라는 폭력적인 태도를 선호합니다.

어느 시대의 젊은이들이나 하나 위의 세대에 대해서는 비판적입니다. 게다가 민권운동의 진압을 목적으로 하는 보안조례(1887)의 제정으로 민권운동이 구심력을 잃었고, 1890년에 대일본제국헌법이 발포되자 폭력적인 '장사'는 배척의 대상이 되었습니다. 그 대신에 등장한 것이 꾸물대며 계속 고민만 하는 햄릿형인 '청년'들이었습니다.

근대소설의 효시라고 불리는 후타바테이 시메이二葉亭四迷의 『뜬구름浮雲』(1887~1889)의 주인공인 우쓰미 분조内海文三는 바로 그와 같은 굴절된 '청년'의 선구였습니다. 그는 시즈오카静岡에서 상경하여 숙부의 집에서 하숙하면서 관청에 근무하는 하급 관료였는데 관청에서 잘리고 언젠가는 결혼할 생각이었던 사촌 동생인 오세이お勢에게도 차입니다. 오세이는 아무래도 분조의 전 동료였던 혼다 노보루本田昇에게 마음이 있는 듯합니다. 직장을 잃고, 미래도 보이지 않는 분조는 자포자기가 되어 2층에 틀어박힙니다.

한심한 이야기이지만 그러나 이와 같은 굴절된 청년을 주역으로 발탁함으로써 시메이는 언문일치체라는 새로운 문체를 발명했습니다.

그것이 어느 정도로 획기적이었는지 『뜬구름』보다 조금 앞서 발표된 쓰보우치 쇼요坪内逍遥 『당세서생기질当

世書生気質』(1885~1886)과 비교해보겠습니다. 우선『당세
서생기질』부터 봅시다.

　　여러 가지로 변하는 세상이구나. 막부가 번창했을 시
절에는 무사만이, 그때 대에도大江戸였던 수도도 어느
새인가 도쿄東京라고 이름도 바뀌고, 해마다 열려가는
세상의 은혜로움이여. 상하 귀천의 차별도 없고, 재능
있는 자들은 등용되어 이름을 날려, 몸도 바로 검은 칠
을 한 마차에 싣고, 장사하는 이들도 수염을 기르고,
무슨 무슨 고지小路라고 위엄있는 이름으로, 큰길을 달
리는 공경公卿들의 차부車夫가 있구나.

『당세서생기질』도 메이지 10년대의 서생(학생)들의 군
상을 그린 일종의 청춘 소설로, 문어체이고, 연극처럼
꾸민 듯한 7·5조(일본 고유의 정형된 양식으로, 7음과 5음이 순서
대로 반복되는 것-역주)이며 마치 강담講談(강담사講談師가 주로
역사물들을 관객에게 들려주는 일본의 전통 예능-역주) 같습니다.
이것은 많은 청중을 향해서 이야기를 들려주는 이른바
연설에 가까운 어조입니다. 이러한 어조로 나약한 청년
의 내면을 그릴 수 있을까요? 그릴 수 있다고 해도 그것

은 판에 박힌 희로애락에 관한 표현이었을 것입니다.

다음은 『뜬구름』의 종반부에 나오는 한 부분입니다.

분조는 이미 오세이에게 한마디 듣고 발끈하여 방으로 뛰어 돌아왔다. 그 후에는 혼자서 침을 뱉거나 주먹을 쥐었다. 아무리 생각해봐도 어처구니가 없어서 견딜 수가 없다. '혼다 씨가 마음에 들었습니다.' 그것은 일시적으로 격앙되어 한 말이라고, 알고 있는 것도 아니고 모르는 것도 아니다. 그런 까닭에 반드시 그것에만 분노한 것도 아니지만 단지 화가 날 뿐이다. 아직 뭔가 다른 일로, 오세이에게 심하게 속았다는 생각이 들어서 이유도 없이 화가 났다.

『당세서생기질』이 연설조라면 『뜬구름』은 '속삭임' 또는 '중얼거림'이라고 할까요, 개인이 개인에게 고백하는 것에 가까운 문체입니다. 겨우 1~2년 사이에 얼마나 많은 차이가 납니까!

『뜬구름』이 도중에(이 소설도 전반부는 『당세서생기질』과 같은 문어체였습니다) '속삭임' 혹은 '중얼거림'의 문체를 획득함으로써 근대문학은 인간의 내면, 사실은 비밀로 하고 싶은 내면의 고뇌를 그릴 수 있게 되었습니다. 문학사에서 『뜬구름』이 '근대문학의 시조'라고 여겨지는 것은 이와 같은 이유 때문입니다.

그렇지만 『뜬구름』은 사실 미완의 소설로, 분조는 2층으로 올라간 채 두 번 다시 아래로 내려오지 않았습니다. 분조의 불행은 '관리가 안 된다면 문학으로 입신출세하겠다'라는 생각을 할 수도 없었던 점에 있습니다. 그 자신이 '근대문학의 시조'이기 때문에 이것은 어쩔 수 없습니다. 하지만 일본 문학은 이후 많은 '우쓰미 분조의 동생들'을 탄생시킵니다.

구마모토熊本에서 상경하여 도쿄제국대학에 입학하지만, 학문에는 열중하지 못하고 도시적인 여성인 미네코美禰子에게 휘둘리며 우왕좌왕하는 나쓰메 소세키夏目漱石의 『산시로三四郎』(1909). 소설가로서 입신출세하겠다고 결심하고 상경했지만, 묘령의 미망인에게 농락당한 자유인의 좌절을 그린 모리 오가이森鷗外의 『청년青年』(1910~1911). 작가를 지망하는 여학교 교사가 헤어진 여자친구 때문에 끊임없이 번뇌하는 시마자키 도손島崎藤村의 『벚꽃 열매가 익을 때桜の実が熟する時』(1914~1918). 각본가를 지망하는 청년이 한눈에 반한 친구의 여동생

에 대해 여러 가지 망상을 하지만 사실 그녀는 청년의
단짝과 서로 사랑하는 사이였다는 것을 알게 되어 멋지
게 차이는 무샤노코지 사네아쓰武者小路実篤의 『우정友
情』(1919). 모두 문학자와 예술가를 목표로 하는 지식인
예비군들의 망상과 좌절을 그린 '약한 인텔리'에 관한
소설입니다.

사소설과 프롤레타리아 문학을 중심으로

작자 자신의 생활과 심경을 적나라하게 고백한 일본
형 자연주의, 즉 '사소설'이 전성기에 들어서면 나약한
지식인, 약한 인텔리의 문학은 점점 처치 곤란한 물건
이 되어갑니다.

사소설의 제1호라고 불리는 다야마 가타이田山花袋의
『이불蒲団』(1907)은 자신의 사회적인 입장과 젊은 제자에
대한 속마음 사이에서 흔들리는 중년 작가(모델은 작가 자
신)의 심경을 그려 문단에 충격을 안겨주었지만, 점차
이것이 일본 문학의 주류가 됩니다.

『아이를 데리고子をつれて』(1918)의 가사이 젠조葛西善
蔵와 가사이의 제자로『업고業苦』『낭떠러지 아래崖の下』

(1928) 등을 남긴 가무라 이소타嘉村礒多는 '사소설의 극북極北(어떤 것이 극한에 다다른 것-역주)'이라고 찬사를 받았지만 결국은 생활이 파탄에 이른 팔리지 않는 작가의 빈곤 자랑과 한심함을 자랑하는 데 그쳤습니다. 이와노 호메이岩野泡鳴의 『탐닉耽溺』(1909)과 치카마쓰 슈코近松秋江의 『검은 머리黑髮』(1922)는 친한 게이샤芸者와의 관계를 적나라하게 묘사해서 '치정소설'이라고 불렸는데 결국은 여자라면 사족을 못 쓰는 작자 자신의 행태를 폭로한 수치 자랑물입니다. 시가 나오야志賀直哉의 『암야행로暗夜行路』(1921~1937)도, 호리 다쓰오堀辰雄의 『바람이 분다風立ちぬ』(1936~1938)도 넓은 의미에서의 사소설. 이처럼 쇼와 초기에는 사소설이 아니면 소설이 아니라는 식의 분위기마저 형성되었습니다.

자전적 체험을 제재로 한 작품은 어느 시대, 어느 나라의 문학에도 존재하지만, 일본의 사소설은 사회성 결여가 특징입니다. 그렇기에 사소설은 때때로 비판의 대상이 되기도 했습니다. 특히 패전 후의 비평가들은 엄격했습니다.

"사소설이 하나의 궁극적인 이상이 되어 문단을 지배한 것은 소설의 사회적, 예술적인 폭을 매우 한정시킨 결과를 낳았습니다"라고 나카무라 미쓰오는 말합니다. "사회적으로는 다수의 독자에게 호소하는 힘을 잃어버렸고 문단의 내부만을 상대하게 되었으며, 예술적으로는 '성실한, 여유가 없는' 것이 되어버려 소설 본래의 모습인 가상의 주인공의 행동을 그린다는 성격조차 부정되었습니다."(『일본의 현대소설』, 1968)

에토 준은 "다소의 차이는 있지만 일본의 많은 작가가 (세상에서) 패배한 자들의 자기증명을 위해서 소설을 썼다"라고 지적하고 "소설을 '자기표현'과 '자기 긍정'의 수단으로 삼는 것은 상상력으로 '현실'을 포괄하려고 하는 노력에 비하면 훨씬 용이하다"라고 비판합니다(『작가는 행동한다作家は行動する』제I부, 1959).

게다가 이토 세이伊藤整는 "이른바 사소설도, 쇼와 초기의 모더니즘 문학도, 정통 리얼리즘 소설 또는 풍속소설도, 사회비평성을 가지고 있지 않다는 점에서 진정한 근대문학의 골격을 갖추고 있지 않았다"라고 지적하며, "여기에 마르크스주의 계열의 문학이 굉장히 강한 힘을 가지고 쇼와 문학을 근본적으로 움직이게 할 수 있었던 이유가 있다"라고 덧붙이고 있습니다(『근대 일본의 문학사近代日本の文学史』, 1958).

이토 세이가 말하는 '마르크스주의 계열의 문학'이란 프롤레타리아 문학을 말합니다. 사소설과 프롤레타리아 문학이 쇼와 초기에는 양대 세력이었던 것입니다.

하지만 이들의 주장은 그렇다 치고, 과연 프롤레타리아 문학에 이토 세이가 말하는 '사회비평성'이 있었는가 하면 그것도 조금 의문스럽습니다.

프롤레타리아 문학은 1921년에 창간된 잡지 《씨 뿌리는 사람種蒔く人》을 효시로 하여 복잡하게 맥이 갈라지면서 증식해간 조직적인 문학운동입니다. 노동자 계급의 문학을 확립한다고 선전은 했지만, 개개의 작품에 대한 평가보다 관심을 끈 것은 조직 내부의 대립이었습니다. 게다가 프롤레타리아 문학은 당국의 탄압으로 1930년대 중반에는 박멸되어버립니다.

오늘날까지 읽히고 있는 작품은 소수에 지나지 않습니다. 그리고 그 '소수'에 해당하는 작품들도, 하야마 요시키葉山嘉樹의 『시멘트 통 속의 편지セメント樽の中の手紙』(1926)라든지, 고바야시 다키지小林多喜二의 『게 가공선蟹工船』(1929)이라든지—노동자의 가혹한 상황이라는 주제와는 달리 의외로 모더니즘의 좋은 작품이라고도 하지만—머릿속에서 만들어낸 관념적인 세계라는 인

상은 부정할 수 없습니다. 프롤레타리아 문학도 사실은 '약한 인텔리 문학'의 일종이었던 것은 아닐까요?

노동자의 실태를 생생하게 묘사한 패전 이전의 작품으로는 요코야마 겐노스케橫山源之助의 『일본의 하층사회日本の下層社会』(1899)와 호소이 와키조細井和喜蔵의 『여공 애사女工哀史』(1925)와 같은 논픽션이 유감스럽게도 훨씬 훌륭했다고밖에 할 수 없습니다.

엔터테인먼트 문학의 성립과 발전

그럼 순문학의 대항마인 대중문학, 요즘 말하는 엔터테인먼트는 어땠을까?

물론 예로부터 일본에도 오락을 목적으로 한 '대중문학'은 존재했습니다.

대중문학 제1호는 눈이 보이지 않는 검객 쓰쿠에 류노스케机龍之介를 주인공으로 한 총 41권의 대장편소설(게다가 미완입니다!)인 나카자토 가이잔中里介山의 『대보살고개大菩薩峠』(1913~1941)라고 합니다. 대중문학이라는 장르가 성립된 것은 다이쇼 말기부터 쇼와 초기(1925년경)입니다. 프롤레타리아 문학과 사소설의 융성기와 거의 비슷한 시기입니다.

세실 사카이가 쓴 『일본의 대중문학日本の大衆文学』(1997)에서는 일본에서 대중문학이라고 불린 소설을 크게 '시대소설' '탐정소설' '가정소설'로 분류했습니다.

패전 이전에 대중문학이라고 하면 대부분 검호소설 劍豪小說을 중심으로 한 '시대소설'이었습니다('역사소설'은 역사적인 사실을 제재로 한 소설로, 완전한 픽션인 '시대소설'과는 따로 분류됩니다). 초기의 대표적인 시대소설로는 위에서 언급한 나카자토 가이잔의 『대보살 고개』 이외에 포물장(捕物帳, 시대소설과 탐정소설을 겸비한 장르)을 개발한 오카모토 기도岡本綺堂의 『한시치 체포록半七捕物帳』(1916~1937), 오사라기 지로大佛次郎의 『구라마텐구鞍馬天狗』(1924~1965, 구라마산에 산다고 전해지는 요괴인 텐구를 가리킴-역주), 요시카와 에이지吉川英治의 『미야모토 무사시宮本武蔵』(1935~1939) 등이 알려져 있습니다. 현재의 독자에게는 소설이라기보다 잠바라영화チャンバラ映画(검객을 중심으로 한 영화 장르로 1920년대부터 제2차 세계대전 이전과 1945년 일본 패전 후부터 1950년대에 유행함-역주)의 원작이라고 하는 것이 더 알기 쉬울 것입니다.

아서 코난 도일과 에드거 앨런 포 등의 번역에서 비

롯된 일본의 '탐정소설'이 하나의 장르로 확립된 것도 1920년대였습니다. 특기할 만한 작가는 역시 에도가와 란포江戶川亂步일 것입니다. 1920년에 창간된 잡지《신청년》을 무대로 란포는 명탐정 아케치 고고로明智小五郎가 활약하는 『D자카 살인사건D坂の殺人事件』(1925)과 『괴인 이십면상怪人二十面相』(1936) 이외에 엄청난 수의 장편과 단편을 남겼습니다. 1930년대가 되면 이 장르는 더욱 시야를 넓혀 이나가키 다루호稻垣足穂의 『1001초 이야기一千一秒物語』(1923)와 운노 주자海野十三의 『진동마振動魔』(1931)와 같은 현재의 에스에프SF판타지에서, 오구리 무시타로小栗虫太郎의 『흑사관 살인사건黑死館殺人事件』(1934)과 유메노 규사쿠夢野久作의 『도구라·마구라ドグラ·マグラ』(1935)와 같은 기담奇譚까지 다채로운 작가와 다수의 기상천외한 작품을 배출했습니다. 기복이 심한 스토리, 공을 들인 무대장치, 복잡한 인간관계. 스케일이 크다는 점에서 이러한 작품들은 분명히 사소설과 프롤레타리아 문학을 능가하고 있습니다.

시대소설이건 탐정소설이건 대부분의 대중문학은 주인공을 넓은 의미의 히어로 또는 초인으로 설정하고 있습니다. 무법자거나 니힐리스트일지라도 그들은 뛰어난 능력을 지니고 마지막에는 정의의 편에 서서 악을 물리치고 독자의 마음을 후련하게 해줍니다. 순문학의 주인공이 행동하지 않는 약한 인텔리였던 것과는 대조적으로, 그렇기에 대중문학이 한 단계 낮은 레벨의 것으로 간주되어온 것도 사실입니다.

'가정소설'은 신문 등에 연재되어, 여학생과 여학교 출신의 여성들(가정부인)을 주요 독자층으로 하는 소설을 가리킵니다. 서민을 주역으로 한 현대 드라마, 가부키와 분라쿠文楽(일본의 전통 예능의 하나로 인형을 조정하여 선보이는 연극-역주)에서 말하는 '세와모노世話物'(당대의 세태와 풍속, 인정을 바탕으로 당대의 사건에서 소재를 가져온 이야기-역주)에 가까울지도 모르겠습니다. 초기의 작품으로 유명한 것은 아타미熱海 해변가에서 간이치寬一가 연인인 오미야お宮를 차버리는 장면으로 알려진 오자키 고요尾崎紅葉의 『금색야차金色夜叉』(1897~1902)와 낡은 이에제도家制度(1898년에 제정된 민법에서 규정한 일본의 가족제도. 집안을 단위로 하나의 호적을 만들어 거기에 속하는 가족의 리더를 호주로 한다. 호주에게는 집안의 통솔권이 부여됨-역주)에 의해 희생된 젊은 부인을 그려 엄청난 베스트셀러가 된 도쿠토미 로카德富蘆花의 『불여귀不如帰』(1898~1899)를 들 수 있습니다.

이즈미 교카泉鏡花의『부계도婦系図』(1907) 등을 거쳐 기쿠치 간菊池寛의『진주부인真珠夫人』(1920)으로 이어지는 이 장르는 연애소설의 선조라고도 할 수 있습니다. 『아이젠의 참나무愛染かつら』(1937~1938)와 같은 비련 이야기에 능한 가와구치 마쓰타로川口松太郎, 여학교를 무대로 한『젊은 사람若い人』(1933~1937) 등으로 인기 작가가 된 이시자카 요지로石坂洋次郎,『엣쨩悦ちゃん』(1936)으로 단숨에 자신의 이름을 알린 시시 분로쿠獅子文六의 작품들도 가정소설에 포함됩니다. 이 계열에는 연애 멜로드라마가 많고 약속이라도 한 듯이 여성들이 모두 젊은 나이에 죽기 때문에 때때로 신파의 무대와 영화의 원작이 되었습니다. 독자의 눈물을 보장하는 만큼 '통속소설' '풍속소설' 등 멸시하는 뉘앙스를 가진 호칭으로 불리는 일도 많았습니다.

사소설과 엔터테인먼트는 무엇이 다른가?

그럼 대체 순문학과 대중문학은 무엇이 다른 걸까?

프랑스 문학 연구자인 구와바라 다케오桑原武夫는『문학이란 무엇인가文学入門』(1950)에서 "뛰어난 문학이란 우리에게 감동을 주고 감동을 경험한 후에는 우리 스스로를 변혁된 존재로 느낄 수 있게 해주는 작품이다"라고 말하고 있습니다. 그에 비해서 "통속문학 작가는 자신만의 길을 걷는 것이 불가능할 뿐만 아니라 애당초 시도조차 하지 않는다. 그에게는 항상 다수의 독자라는 동반자가 있기 때문이다." 따라서 "당연히 작가의 자기 변혁 따위는 수반되지 않는다."

대중문학 작가의 인격 부정이라고 할 수 있을 정도로, 그들을 심하게 깎아내리고 있습니다.

하지만 구와바라 다케오는 순문학도 공격하며 "일본에만 존재하는 사소설은 자기 집 정원만 바라보고 있는 것이라고 표현할 수 있을 것이다"라고 헐뜯었습니다. 서양 문물에 물든 구와바라 다케오는 원래부터 일본 문학을 깔보는 경향이 있었습니다. 그가 격찬한 『안나 카레니나』도 비련을 그린 통속소설이라고 할 수 있는데도 말입니다. 여담이지만 『문학이란 무엇인가』는 이와나미신서 중 한 권으로 지금도 계속해서 증판되고 있는데 이것이야말로 이미 현역을 은퇴한 골동품이라고 해도 좋겠지요.

단 주목할 점은 구와바라 다케오가 1950년의 시점에

서 이미 패전 후의 대중문학이 융성하고 있는 모습을 쓰디쓴 심정으로 바라보고 있었던 것입니다. 구와바라의 예언(직언)을 확인할 필요도 없이, 실제로 1950년 이후 대중문학은 점점 더 세력을 늘려갔습니다. 그 배경에는 저널리즘의 비약적인 발전이 있었습니다. 주간지와 부인잡지가 잇달아 창간되어 발표 매체가 늘어났고 따라서 이 시대에는 작가들이 활약할 수 있는 장이 크게 늘었습니다.

시대소설은 주간지의 메인 기획이 되어 《주간 신초週刊新潮》 창간호부터 연재가 시작된 고미야 스스케五味康祐의 『야규 무예첩柳生武芸帳』(1956~1959)과 시바타 렌자부로柴田錬三郎의 『네무리쿄시로眠狂四郎』 시리즈(1956~1969) 등 대인기 소설을 탄생시켰습니다. 탐정소설에서 추리소설이라고 명칭을 바꾼 미스터리 영역에서는 마쓰모토 세이초松本清張가 패전 후의 사회의 어두운 부분을 그린 『점과 선点と線』(1958)과 『제로의 초점ゼロの焦点』(1959)으로 일약 인기 작가가 되었습니다. 그 뒤를 이어 미즈카미 쓰토무水上勉가 실제로 일어난 사건에서 취재한 『안개와 그림자霧と影』(1959)와 『기아 해협飢餓海峡』(1963)으로 '사회파 추리소설'이라는 새로운 분야를 개척

했습니다. 또한 일찍이 가정소설이라고 불린 장르에서
도 이시자카 요지로, 이시카와 다쓰조石川達三 등이 잇
달아 새로운 작품들을 발표하여 유행작가로서의 지위
를 구축했습니다. 이들은 무시할 수 없는 커다란 세력
이 되어있었습니다.

　이야기를 원래로 다시 되돌리겠습니다. 처음에 언급
한 '순문학 논쟁'은 이러한 시대에 일어난 것이었습니다.

　히라노 겐은 문예지에 부과된 "순문학 옹호라는 목표
자체가 지금은 흔들리고 있다"라고 말합니다. "순문학
이라는 개념이 역사적인 것에 지나지 않는다는 것을 자
타 모두 확실하게 알아둘 필요가 있다."(「《군조群像》 15주
년에 기해서」 《아사히신문朝日新聞》, 1961년 9월 13일/우스이 요시미
臼井吉見 감수, 『전후 문학 논쟁·하戰後文学論争·下』에 수록』)

　이것을 '순문학 부정론'으로 받아들였기 때문에 다카
미 준高見順과 오오카 쇼헤이大岡昇平가 맹렬히 덤벼들
게 되는데, 하지만 이토 세이도 다음과 같이 지적하고
있습니다.

　"가장 큰 변화는 추리소설이 눈에 띄게 유행하고 있
는 점이다. '그런 게 '순'문학과 관계없잖아'라고 생각하
는 사람도 있을지 모르겠다. 하지만 마쓰모토 세이초,

미즈카미 쓰토무라는 인기 작가가 나와서 전자는 프롤레타리아 문학이 쇼와 초기 이후에 기획하여 제대로 이루지 못한 자본주의 사회의 암흑을 그리는 데 성공했고, 후자는 내가 읽은 바로는 『기러기의 절雁の寺』에서 사용한 작자의 수법에 의해 사소설적인 무드를 가진 소설과 추리소설의 결합이 이루어졌다. 따라서 순문학이 단독으로 존재할 수 있는 근거가 희박해진 것처럼 보이는 것도 필연적이라고 하겠다."(「순純문학은 존재할 수 있는가」,《군조》, 1961년 11월호/우스이 요시미 감수, 『전후 문학 논쟁·하』에 수록)

여기에서 이토 세이가 프롤레타리아 문학을 근거로 삼았기 때문에 이후에 또다시 순문학(사소설)과 프롤레타리아 문학을 둘러싸고 논쟁이 일어나는데, 뭐 그건 그렇다고 칩시다.

이 무렵부터 대중문학 중 어떤 종류의 작품에는 '중간소설中間小説'이라는 호칭을 사용하게 되었습니다. 순문학과 대중문학의 중간에 위치하는 문학이기 때문에 '중간'소설.

지금은 순문학과 대중문학(엔터테인먼트)의 차이를 발표 매체의 차이로 인식하고 있습니다.《군조》《신초》《문학계》《문예文芸》《스바루すばる》등의 문예지에 실

리는 것이 순문학. 《소설현대小説現代》《올 요미모노ォ
ール読物》《소설신초小説新潮》《소설스바루小説すばる》등
의 중간소설 잡지에 실리는 것이 예전에는 대중소설이
라든지, 중간소설이라고 불린 엔터테인먼트. 관점을 바
꾸면 아쿠타가와상을 받을 수 있는 것이 순문학, 나오
키상直木賞을 받을 수 있는 것이 엔터테인먼트입니다.

그럼 오늘날 순문학과 대중문학 사이에는 어떤 질적
인 차이가 있는가? 그런 것은 발표 매체의 차이뿐이라
고 말하는 사람도 있지만 저는 역시 차이가 있다고 생
각합니다.

소설은 '무엇What을 어떻게How 쓰는가?'를 묻는 장
르입니다. 이 기준에서 보면, 'How(형식)'에 역점을 두는
것이 순문학, 'What(내용)'에 역점을 두는 것이 엔터테인
먼트. 물론 그 경계선은 애매하지만, 앞에서 소개한 쓰
보우치 쇼요의 『당세서생기질』과 후타바테이 시메이의
『뜬구름』의 문체의 차이를 떠올려주세요. 이것이 소설
의 '형식'에 속하는 문제입니다. 대중작가는 순문학과
비교해 '한 단계 아래'로 인식되는 것에 대한, 순문학 작
가는 엔터테인먼트 소설과 비교해 '팔리지 않는다'라는
것에 대한 불만이 있기도 하지만 이것은 사소한 문제일

것입니다.

정치로부터 멀어지는 현상이 나타난 1960년대는 낡은 타입의 순문학, 달리 말하면 나약한 지식인 예비군, 약한 인텔리의 문학이 점점 통용되지 않게 된 시대였습니다. 순문학은 이렇다, 프롤레타리아 문학은 어떻다고 말하는 비평가들의 논쟁과는 별도로, 순문학과 프롤레타리아 문학을 지탱해온 '지식인'의 권위는 점점 효력을 잃고 있었습니다.

그 이유는 여러 가지가 있을 것입니다. 60년 안보투쟁의 패배를 계기로 정치를 주도하던 '진보적인 지식인'의 군상이 해체된 것. 진학률이 올라가 대졸자 등 고학력자가 늘어난 것. 저널리즘의 발전과 텔레비전의 등장으로 모두가 정보통이 된 것. 대중소비사회의 진행은 어떻게든 지식인/대중이라는 계층의 해체를 촉진시킵니다.

또 한 가지, 지식인의 권위를 생각할 때 의외로 중요한 것은 감정이 풍부한 소년·소녀시기에 패전을 맞이한 쇼와 한 자릿수 세대(1930년대생)가 성인이 된 것입니다.

전쟁 중에는 국가주의에 가담하고 전쟁이 끝나자마자 손바닥을 뒤집듯이 전후 민주주의자戰後民主主義者

(전후 민주주의는 제2차 세계대전 이후 일본에 보급된 민주주의 사상과 가치관을 총칭하는 용어로 그 학문적인 정의는 명확하지 않고 사용하는 사람에 따라서도 그 의미는 다양하다. 하지만 전후 민주주의가 존중하는 공통적인 가치는 패전 후에 성립된 일본국헌법에 명시되어있는 국민주권과 평화주의, 기본적 인권을 존중하는 것으로 전후 민주주의자는 이러한 이념을 지지하는 사람을 가리킴-역주)의 얼굴을 하기 시작한 어른들. 모든 신화와 권위가 사라지고 불탄 자리에 홀로 서 있을 수밖에 없었던 소년 소녀 시절의 기억. 사회와 인간에 대한 '불신'을 눈앞에서 확인한 세대는 전쟁을 증오하는 것 이상으로 기성세대에 대한 불신이 깊었습니다. 이것은 자연스럽게 엘리트층과 지식인에 대한 비판적인 시선으로 이어져 세상과 거리를 두는 염세적인 분위기를 양성하게 됩니다.

그래서인지 1960년대에는 지식인의 권위를 실추시키는 또는 지식인이 쓸모없게 된 시대의 고뇌를 그린 작품들이 잇달아 등장했습니다.

지식인의 권위가 사라질 때

지식인 비판이라는 점에서 매우 뛰어난 작가는 제1회

문예상수상작인『슬픔의 그릇悲の器』(1962)으로 데뷔한 다카하시 가즈미高橋和巳입니다. 중국 문학 연구자이기도 한 다카하시 가즈미는 서른한 살 때 이 작품으로 세상에 알려졌고 1971년에 서른아홉의 젊은 나이로 타계했지만 그가 남긴 작품들은 모두 1960년대의 정신사를 짙게 반영한 것이었습니다.

『슬픔의 그릇』은 지위와 명예를 가진 대학교수가 파멸해가는 이야기입니다.

화자인 '나' 마사키 덴젠正木典膳은 쉰다섯. 최고검찰청의 검사에서 대학교수가 되어 국립대학의 법학부장을 맡고 있는 형법학 권위자입니다. 전쟁 중에 그는 대학교수에서 검사가 되었고, 패전 후에는 다시 대학으로 돌아간 경력을 가진 인물입니다. 마사키는 옥중에서 병사한 사람들과 전향 후에 자살한 사람들을 묵살하면서 약삭빠르게 굴어 현재의 지위를 얻은 것입니다.

그런 마사키를 덮친 여성 관련 스캔들. 아내가 죽은 후 마사키의 가정부로 일했던 마흔다섯 살 요네야마 미키米山みき에게 약혼 불이행과 임신중절을 강요한 죄로 고소를 당합니다. 게다가 이때 마시키는 모 대학교수의 영애인 스물일곱 살 구리야 사야코栗谷清子와 재혼을

준비하고 있었습니다. 초로의 대학교수를 엄습한 양다리 의혹! 마사키는 사면초가 상태가 됩니다. 헤어지자는 말을 꺼낸 약혼자 사야코는 "자만하지 마세요"라며 마사키에게 냉정하게 굽니다. "결혼할 때까지 여자에게 그런 것이 중요하지 않다는 것을 모르시는군요. 당신이 생각하고 있는 것만큼 다른 사람에게도 명예와 지위가 매력적인 것은 아니에요."

고지마 노부오小島信夫의 대표작 『포옹가족抱擁家族』(1965)도 지식인의 우스꽝스러움을 폭로한 소설입니다. 문학사적으로 말하면 고지마 노부오는 패전 후의 제1차, 제2차(제2차 세계대전 이후에 등장한 제1차, 제2차 전후파 작가들을 지칭함-역주)에서 이어지는 '제3의 신인'(제1차, 제2차 전후파 작가에 이어서 1953~1955년에 걸쳐 문단에 등단한 신인 작가들-역주)에 포함되는 작가입니다. 아쿠타가와상을 수상한 『아메리칸 스쿨アメリカン・スクール』(1954)은 미군점령기(1945~1952년에 걸친 미군점령기-역주)에 중학교 교사들이 주둔하고 있는 미국인 학교를 견학하는 내용으로, 미국에 대한 일본인의 굴절된 감정을 야유를 담아 묘사한 작품입니다.

『포옹가족』의 중심 플롯은 가족의 붕괴입니다.

주인공인 미와 슌스케三輪俊介는 마흔다섯 살. 번역을 하는 한편 대학에서 교편도 잡고 있는 인물입니다. 가족 붕괴의 발단은 두 살 위의 아내인 도키코時子가 미와의 집에 출입하고 있던 젊은 미군 병사 조지와 관계를 가진 것이었습니다. 슌스케는 패닉 상태가 되어 치근거리며 아내를 추궁하는데 반발심 때문에 그만 자신이 바람을 피웠던 사실을 폭로하고 맙니다. 아내는 반대로 화를 내고 부부 사이는 계속 삐거덕거립니다. 억지로 기분전환을 하고자 부부는 집을 팔고 교외에 있는 집을 새로 구입하지만, 그 직후에 도키코의 유방암이 발견됩니다. 입원한 도키코는 슌스케를 심하게 농락한 끝에 결국 죽어버립니다.

『슬픔의 그릇』과『포옹가족』은 지식인으로서 그 나름의 체면을 유지해온 인물들이 가정 내의 다툼으로 궁지에 빠지는 이야기입니다. 아내는 남편을 냉담한 눈으로 바라보고 아이들도 아버지에게 비판적입니다. 아내를 잃은 마사키 덴젠과 미와 슌스케는 재혼을 생각하지만, 그것도 잘되지 않습니다. 가장으로서의 위엄은 이미 어디에도 없습니다. 그런데도 그들은 그 상황을 받아들이지 못하고 우스꽝스러운 행동을 반복하는 것입니다.

지식인 예비군의 좌절

  그럼 가장 젊은 세대는 어땠을까?

  1960년대를 대표하는 청춘 소설이라고 하면 이 두 권, 시바타 쇼柴田翔의 『그래도 우리의 나날—されど われらが日々—』(1964)과 쇼지 가오루庄司薫의 『빨간 모자야 조심해赤頭巾ちゃん気をつけて』(1969)일 것입니다. 『그래도 우리의 나날—』은 1964년, 『빨간 모자야 조심해』는 1969년 아쿠타가와상 수상작입니다. 두 권 모두 젊은 이들을 중심으로 한 독자들의 압도적인 지지를 받아 베스트셀러가 되었습니다.

  이 두 권은 아주 비슷한 구조로 되어있습니다.

  『그래도 우리의 나날—』의 무대는 1950년대 말. 화자인 '나' 오하시 후미오大橋文夫는 도쿄대학 영문학과 석사과정에 재학 중으로 지방대학에 취직이 정해진 상태입니다. 오하시에게는 세쓰코節子라는 약혼자가 있습니다. 세쓰코는 도쿄여자대학을 나와 상사에서 근무하는 여성으로, 대학 시절에는 역연(역사연구회의 약칭으로 당시 역사연구회는 정치색이 강한 서클의 대명사였습니다)에서 활동했고 도쿄대학의 역연과도 교류하고 있었습니다. 그리고 도쿄대 역연에 있었던 사노佐野라는 남자가 이들 두 사람과는 대조적인 삶을 사는 인물로 등장하고 있습니다. 사노는 고등학교 시절부터 공산당원으로 활동했고 대학 시절에는 '야마무라山村 공작대'의 일원으로 지하에 숨어있었는데 일반 사회로 나온 후에 수면제를 먹고 자살했습니다. 사노를 자살로 몰고 간 것은 육전협六全協(1955년 7월에 열린 일본공산당 제6회 전국협의회. 이 회의를 계기로 일본공산당은 당의 방침을 '무장투쟁'에서 회의 중심의 작전으로 변경했다)에 의한 당의 방침 전환과 그 후에 그를 덮친 허무감이었습니다.

오하시와 세쓰코는 사노의 죽음에 커다란 충격과 양심의 가책을 느끼고 서로에 대해 솔직해지지 못하게 됩니다. 결국 두 사람은 헤어지고 세쓰코가 도호쿠東北 지방의 작은 마을에 영어 교사 자리를 얻어 떠나는 것으로 이야기는 마무리됩니다. 혁명을 위해서 죽은 동료도 있는데 소시민의 삶을 선택한 나는 이렇게 살아도 되는가……. 오하시와 세쓰코를 옭아매고 있었던 것은 그와 같은 불안감입니다. 오에 겐자부로의 『우리들의 시대ゎれらの時代』(1959)와도 통하는 감각일 것입니다.

한편 『빨간 모자야 조심해』의 무대는 1969년입니다. 화자인 '나'는 당시 도쿄대 합격자 수 일등이었던 도립

히비야고교都立日比谷高校(이전의 학교 제도에서는 일고一高라고 부름)를 졸업하고 학원 분쟁의 영향으로 도쿄대 입시가 중지되자 어쩔 수 없이 재수를 하게 된 '가오루 군', 즉 '쇼지 가오루庄司薫'.

"나는 때때로 세계의 전화라는 전화는 모두 어머니라는 여성의 무릎 위에 놓여있는 것은 아닐까 하고 생각할 때가 있다. 특히 여자친구에게 전화를 걸 때가 그런데, 무슨 이유인지 반드시 '어머니'가 전화를 받는 것이다." 이것이 이야기의 시작. 작자와 동성동명인 주인공을 화자로 기용하여 마치 현역 열여덟 살인 자신의 상황을 말하고 있는 듯한 착각을 불러일으키면서 이야기는 1969년 3월 어느 일요일에 일어난 사건을 경쾌하게 그려나갑니다.

발표 당시에는 수다스러운 문체가 주는 신선함(샐린저의 『호밀밭 파수꾼』을 번역한 노자키 다카시野崎孝의 번역문과 유사하다는 지적을 받았습니다) 때문에 주목을 받아 "기지와 유머가 넘치는 즐거운 풍속소설"(사에키 쇼이치佐伯彰一의 주코문고판中公文庫版[2002] 해설)이라는 평가를 받았지만 사실 그렇게 태평한 이야기는 아닙니다. '나'는 엄지발가락의 발톱이 빠져 보행이 곤란한 상태입니다. 18년 동안이나

기르던 강아지는 얼마 전에 죽었습니다. 게다가 도쿄대의 입시가 중지된 해의 수험생입니다. 그는 만신창이로, 표면적인 명랑함은 본질을 감추기 위한 위장에 불과합니다.

『그래도 우리의 나날—』과 『빨간 모자야 조심해』 사이에는 여러 가지 공통점을 발견할 수 있습니다. 화자가 지식인 예비군이라는 점(오하시는 도쿄대 대학원생/가오루는 도쿄대 수험생). 친밀한 여성이 지식인의 아내가 될 예비군이라는 점(세쓰코는 도쿄여자대학의 졸업생/유미由美는 여대생). 작품 속에는 '좌익적 감수성'에 대한 공감과 그에 대한 망설임이 희미하게 드러나 있지만, 주인공에게는 당사자라는 감각이 희박하여 오히려 비정치적인 청년으로 그려지고 있습니다. 아주 간략하게 정리하자면 『그래도 우리의 나날—』과 『빨간 모자야 조심해』는 '지식인의 특권과 사명감이 사라진 시대에 지식인은 어떻게 살아야 하는가?'를 모색한 소설이라고 할 수 있습니다.

메이지 20년대(1887~1896) 이후 '지식인은 어떻게 살아야 하는가?'가 일본 문학의 하나의 주된 주제였다는 것은 앞서 언급했습니다. 고도 경제성장과 문화의 대중화에 의해 1960년대 이후 '지식인/대중'이라는 도식이 급격하게 와해된 것도 앞에서 언급한 대로입니다.

『그래도 우리의 나날―』에서는 '지식인으로 살아가는 것만으로도 과연 괜찮을까?'라는 고뇌가 1960년대 말의 『빨간 모자야 조심해』에서는 '지식인으로 살아갈 수 없는 나는 어떻게 하면 좋을까?'라는 식으로 바뀌고 있습니다. 『빨간 모자야 조심해』의 화자는 위로는 도쿄대 입시의 중지, 아래로는 학교 군群 제도라는 상황에 끼어 있는 인물입니다. 즉 그는 '일중, 일고, 도쿄대'라는 메이지 이후의 엘리트 코스가 와해되어 '지식인/대중'이라는 생활양식이 해체될 분기점에 서 있는 것입니다.

젊은 독자들의 마음을 압도적으로 사로잡은 시바타 쇼와 쇼지 가오루는 이후 위의 작품과 동일한 문제의식을 지닌 작품들을 여러 편 발표했지만 1970년대 중반을 경계로 하여 작가 활동에서 멀어져 갔습니다. 붕괴되어가는 옛 질서를 생생한 감수성으로 포착한 두 작가는 어쩌면 질서 붕괴 이후에 새로운 과제를 찾아내지 못했을지도 모르겠습니다.

『그래도 우리의 나날―』과 『빨간 모자야 조심해』의 중간 정도의 시기에 발표되어 베스트셀러가 된 작품으로는 이시카와 다쓰조의 『청춘의 좌절青春の蹉跌』(1968)이

있습니다. 이것은 머릿속에 법률 밖에 들어 있지 않은 법학부 학생의 굴절된 자의식을 그린 소설입니다. 주인공인 에토 겐이치로江藤賢一郎는 큰아버지의 원조로 대학에 진학한 고학생으로, 가정교사를 하고 있던 집의 딸 오하시 도미코大橋登美子와 관계를 해 그녀를 임신시킵니다. 마침 큰아버지의 딸과 결혼 이야기가 오가는 중이었고 따라서 임신한 도미코가 방해가 되었습니다. 결국 그는 그녀를 살해하고 맙니다. 하지만 사법시험에 합격하여 자신은 장래가 약속된 엘리트라는 자부심을 가진 에토는 자신이 저지른 죄가 얼마나 무거운지를 인식하지 못합니다.

당시 유행작가였던 이시카와 다쓰조는 엄청난 수의 작품들을 남겼는데 현재 독자들이 찾고 있는 것은 거의 이 한 권뿐. '공감할 수 없는 주인공'이라는 점에서는 『슬픔의 그릇』이나 『포옹가족』과 유사하다고 할 수 있습니다.

여자의 눈으로 지식인을 바라보면

정치의 시대 종언을, 또는 지적 엘리트의 기만을 누

구보다도 일찍 꿰뚫어보고 있었던 것은 여성작가들이었습니다. 이 시대에 세상에 나온 여성작가들의 작품에는 좌익 남성이나 인텔리 남성들을 냉철한 눈으로 바라본 작품들이 적지 않습니다.

우선 구라하시 유미코倉橋由美子의 데뷔작인 『파르타이パルタイ』(1960). 당시, 작자는 메이지대학 불문과에 재적하고 있는 스물네 살 학생이었습니다. '파르타이'란 당黨을 의미하는 프랑스어(영어로는 party)로, 이 시대에 '당'이라고 하면 혁명당(일본공산당)을 의미하기 때문에 '파르타이'는 그 속칭이었습니다.

소설은 "어느 날 너는 이제 결심이 섰어?라고 물었다"라는 문장으로 시작됩니다. 애인으로 보이는 '너'는 '나'에게 파르타이에 들어가라고 권유합니다. 내키지 않은 상태로 당의 서클 활동에 참여하거나 '노동학교'에서 알게 된 '노동자' 밑에서 '학습 서클'을 운영하는 일에 가담하지만 결국에는 모든 일에 질려서 "나는 파르타이에서 나올 수순을 밟기로 결심했다"라는 대목에서 끝이 납니다.

재기가 넘치는 스타일만이 화제가 된 작품이었는데 『파르타이』가 '혁명당'을 풍자할 뿐만 아니라 고발한 소설이라는 것은 말할 필요도 없을 것입니다.

'나'는 '너'와 그 '동료'들을 시종일관 '우습다'고 생각하고 있고, '비밀리에 행하는 의식'과 '규칙'에 얽매인 생활은 '군대 생활'을 방불케 합니다. '나'는 "어떤 종류의 종교단체와 동일하게 느껴진다"라고 말합니다. 아무튼 '나'는 경관에게 체포되어 '고문'을 당하고, '노동자'의 성적 대상이 되어 임신까지 하게 됩니다. 어쩌면 이것은 동시대의 이야기가 아니라 패전 이전의 '당'이 모델일지도 모릅니다. 그렇다면 '뭐가 혁명당이야, 뭐가 프롤레타리아 문학이야, 웃기지마'라는 것을 말하고자 하는 작품이라고도 할 수 있습니다.

또 다른 작품으로, 다나베 세이코田辺聖子의 아쿠타가와상 수상작 『감상 여행感傷旅行』(1964)은 같은 문제의식을 다른 각도에서 다루고 있습니다. 나중에 엔터테인먼트 계열에서 활약하는 다나베 세이코는 사실은 아쿠타가와상 수상자로, 이 작품으로 인기 작가라는 보증수표를 손에 거머쥐었습니다.

주인공인 모리 유이코森有以子는 서른일곱 살의 독신. 화자인 '나', 즉 히로시ヒロシ는 스물두 살. 둘 다 간사이関西의 방송국에 출입하는 방송작가로 '나'는 유이코의 친한 친구라고 자칭하고 있습니다. 새로 사귄 애인에게

빠진 유이코는 "그 사람이야말로 성실한 사람인 것 같아. 왜냐면 노동자니까…… 게다가 분명히 솔직할 거야. 왜냐면 당원이거든"이라고 선전합니다. 하지만 그녀의 새로운 애인인 게이ケイ에게는 같은 당원으로 목표를 함께하는 또 다른 애인이 있었다는 것이 들통나고 결국 두 사람은 파국에 이릅니다.

화려한 것을 좋아하고 엉뚱한 30대 후반의 여성과 시대착오적이고 교활한 당원인 남성, 두 사람의 생태를 젊은 화자인 '나' 히로시는 냉정하게 관찰하면서 거리를 둡니다. 여기에서 당과 당원은 완전히 놀림의 대상이 되고 있어 일말의 공감과 동정도 찾아볼 수 없습니다.

이후에 구라하시 유미코는 환상적인 작품으로, 다나베 세이코는 일하는 여성을 주인공으로 한 엔터테인먼트와 고전에서 제재를 가지고 온 작품으로 수명이 긴 인기 작가가 됩니다. 그러나 이들이 초기에 '좌익 남성'을 그린 것은 이 문제를 정리하지 않으면 앞으로 나아갈 수 없다고 생각했기 때문인지도 모르겠습니다. 1964년은 도쿄올림픽이 열린 해. 이 해에 『감상 여행』과 『그래도 우리의 나날―』이 아쿠타가와상을 수상한 것은 '정치의 계절'과 결별할 각오를 상징하는 사건이라고 할 수 있습니다.

한편 다카베 세이코에 이어 이듬해에 아쿠타가와상을 수상한 쓰무라 세쓰코津村節子의『완구玩具』(1965)는 동인지 작가인 남편과의 생활을 아내의 시점에서 포착한 단편입니다.

남편 시로志郎는 섬유 관계의 협동조합에서 근무하는 남성입니다. 일에도 가정에도 관심이 없고, 집에서는 집필에 몰두하는 나날을 보냅니다. 겨우 가지고 있는 취미가 작은 동물들을 기르는 것으로 며칠 전에도 난금붕어를 사왔습니다. 아내 하루코春子는 남편이 자신에게 매정하게 구는 것이 슬퍼서 소설과 금붕어까지도 질투를 하고 있는 지경입니다. 작자와 남편인 요시무라 아키라吉村昭와의 관계를 그린 것처럼도 보이기도 하지만 상당히 변형되어있습니다.

자기중심적인 남편과 남편 중심적인 아내. 이 두 사람은 '짚신도 짝이 있다'라는 표현대로 얼핏 보기에는 원만한 것 같습니다. 그러나 아내의 눈으로 본 작가란 이런 것인가!라는 충격. 사소설은 그때까지 자신의 아내를 적나라하게, 또는 우스꽝스럽게 제멋대로 묘사해왔습니다. 하지만 '묘사하는 쪽'과 '묘사되는 쪽'이 바뀌면서 작가의 이기적인 모습은 물론, 자발적 노예 상태인 아내의 위태로운 모습이 두드러지고 있습니다. 고발하는 어조가 아닌 만큼 오히려 꺼림칙합니다.

현상공모의 입선작으로 《아사히신문》에 연재되어 베스트셀러가 된 미우라 아야코三浦綾子의 데뷔작 『빙점氷点』(1965)은 홋카이도北海道를 무대로 하고 있습니다. 이야기는 어느 병원의 원장부부가 가진 위선을 그리는 것으로 시작됩니다. 젊은 의사와 바람을 피운 아내에게 복수하기 위해 자신의 딸을 살해한 범인의 딸을 양녀로 삼는 남편. 엘리트 가정의 위선이 거침없이 폭로됩니다.

이후에 여러 번 영상화되기도 한 야마사키 도요코山崎豊子의 대장편소설 『하얀 거탑白い巨塔』(1965, 속편은 1969)도 이 시대의 작품으로, 명문대학 의학부의 권력투쟁과 의료사고에 관한 재판내용을 그리고 있습니다. 이 작품은 주인공 자이젠 고로財前五郎의 그로테스크할 정도의 권력욕을 양심적인 의사 사토미 슈지里見脩二와 대비시켜 가며 묘사하고 있습니다. 사토미가 아니라 자이젠을 주인공으로 하여 일종의 피카레스크Picaresque(악한소설悪漢小説)로 만든 것이 이 소설의 성공 요인이었습니다.

직접적인 지식인 비판은 아니지만, 후에 수평사水平

社(1922년에 피차별부락의 해방운동을 위해 결성된 전국조직-역주)를 만든 피차별부락(신분적, 사회적으로 차별을 받은 사람들이 집단적으로 사는 지역, 에도시대에 생겨 1871년에 해방되었으나 사회적인 차별은 근절되지 않았음-역주) 출신인 소년의 궤적을 쫓아 총 7부에 달하는 장대한 역사소설로 발전시킨 스미이 스에住井すゑ의『다리 없는 강橋のない川』제1부(1961)와 가와구치川口에 있는 주물공장의 딸을 주인공으로 영 어덜트young adult 문학의 선구가 된 하야후네 지요早船ちょ의『용선로가 있는 마을キューポラのある街』(1962)이 중앙문단과는 다른 곳에서 등장한 것도 특기할 만한 사실입니다.

이러한 '사회파' 작품들이 모두 여성작가의 손으로 만들어진 것은 우연이었을까요? 권력 구조에서 자유로운 (또는 배제된) 여성작가였기 때문에 쓸 수 있었던 (또는 허락되었던) 것은 아닐까 하는 생각도 듭니다. 패전 후의 남녀평등 교육으로 '쓰는' 여성들이 늘어난 반면, 그녀들을 둘러싼 세계, 그녀들의 눈에 들어온 세계는 남성들의 사회 그 자체였습니다. '여자는 달콤한 연애 이야기나 쓰고 있어'라는 분위기도 그녀들을 자극했을 것입니다.

어쨌든 지식인이나 엘리트는 원래 반감을 사기 쉬운

계층이기는 합니다. 입으로는 혁명을 표방하면서도 거만한 태도로 여성들을 깔보는 좌익계 남성들도 그렇습니다. 그렇다고는 해도 그러한 남자들의 행동이 이렇게까지 계속해서 비판을 받고 놀림의 대상이 된 시대는 없었을 것입니다. 작품에 사용된 수법은 각각 다르지만, 지적인 엘리트층을 이리저리 해체한 소설들은 픽션이라는 세계의 '민주화'에 기여했다고 할 수 있습니다.

'포스트 프롤레타리아 문학'인 회사원 소설

그렇다면 나약한 지식인 대신에 등장한 새로운 주인공들은 어떤 사람들이었을까?

1960년대 고도 경제성장기, 이 시대의 주역이라고 하면 기업에 근무하는 회사원, 즉 샐러리맨 계층이라고 할 수 있습니다. 샐러리맨(화이트칼라 노동자)은 계급론에서는 '신 중간층'으로 분류되는데 그러한 정의에 구애되지 않는다면 샐러리맨의 생활과 그들의 의견을 반영한 소설은 '포스트 프롤레타리아 문학'이라고 할 수 있을 것입니다.

패전 후의 샐러리맨에 관해서는 겐지 게이타源氏鶏太

등이 이미 1950년대부터 다루었지만, 지금도 여전히 샐러리맨 소설의 백미라고 불리는 것은 야마구치 히토미山口瞳의 나오키상 수상작『에부리 만 씨의 우아한 생활江分利満氏の優雅な生活』(1962)일 것입니다. 야마구치 히토미는 당시 고토부키야(현재의 산토리)의 선전부에 근무하는 회사원이었다는 경력을 가진 인물입니다.

주인공인 에부리 만은 작자와 같은 1926년(다이쇼 15년)생. 동서전기라는 가전 메이커의 선전부에서 근무하는 서른다섯 살의 샐러리맨입니다. 가족은 그보다 한 살 어린 전업주부인 아내 나쓰코夏子와 열 살짜리 외동아들인 쇼스케庄助. 세 명은 도큐도요코선東急東横線의 시부야역渋谷駅과 사쿠라기초역桜木町駅의 중간에 있는 (무사시코스기武蔵小杉라고 생각되는) 역에서 도보로 다닐 수 있는 사택에서 살고 있습니다. 에부리의 실수령액은 4만 엔이고 사택은 두 세대가 한 동으로 되어있는 모던한 테라스 하우스. 때마침 전기제품 붐으로 회사는 대기업으로 성장해가고 있지만, 전기제품은 소모품이 아니기 때문에 앞날이 걱정입니다. 에부리의 가계는 여유롭지 않고 젊은 사원들과는 말이 통하지 않아 매일 밤 술집을 순례하지 않고는 견딜 수가 없습니다. 이러한 상태에서 회사의 인간관계에 관해 이야기하고, 어머니의 죽음과 아버지 인생에 관해서 이야기하고, 마을과 술에 관한 이야기를 합니다. 마치 이력서와 같은 소설입니다.

이 소설이 획기적이었던 것은 수입과 지출부터 주택의 배치에 이르기까지 평범한 회사원의 생활실태를 놀랄 정도로 세세하게 적고 있는 점과 에부리가 자신의 세대가 가지고 있는 원한을 남몰래 마음속에 품고 있는 점입니다. 에부리는 "백발의 노인들은 용서할 수가 없어. 아름다운 말로 젊은이들을 유혹한 그놈들을 용서할 수가 없어"라고 생각합니다. 그는 학도병으로 전쟁터에 갈 수밖에 없었던 기억을 지닌 마지막 세대인 것입니다.

마루야 사이이치丸谷才一의 출세작 『여행자의 노숙笹枕』(1966)도 마찬가지로 전쟁의 기억을 가슴에 품고 있는 1960년대의 샐러리맨을 그리고 있습니다. 주인공인 하마다 쇼키치浜田庄吉는 마흔다섯. 사립대학의 서무과에 근무한 지 20년이 가까이 된 사무원으로, 그에게는 숨겨진 과거가 있었습니다. 전쟁 중에 구 학제의 관립고등공업고교를 나와 무선회사에 근무하고 있었던 스무 살 무렵, '징병기피자'로 행방을 감췄다가 이름을 바꾸고 일본 전역을 도망 다닌 이력을 가지고 있습니다. 대학의 사무원으로 지낸 평화로운 나날과 자유로웠던 도망자 생활. 같은 세대의 동료들은 모두 군대 경험이 있는데 자신은 도망쳤다는 양심의 가책으로부터 그는 도망칠 수가 없습니다.

『슬픔의 그릇』에서 법학부 교수를 그린 다카하시 가즈미는 『나의 마음은 돌이 아니고我が心は石にあらず』(1967)에서 정밀기계 공업회사에 근무하는 엘리트 기술자를 그리고 있습니다.

화자인 '나' 신도 마코토信藤誠는 서른여섯으로, 학도병으로 출진하여 살아남은 사람 중 한 명입니다. 1949년(쇼와 24년)에 도쿄에 있는 대학을 졸업하고 고향에 있는 미야자키宮崎 정밀기계 연구소에 취직을 했습니다. 동시에 그는 노동조합의 책임자로서 근처에 있는 고도合同시멘트와 닛신日新방적의 조합원들과 함께 조합의 지역연락협의회를 만들려고 하고 있습니다. 하지만 그는 미야자키 정밀기계의 사장님에게 은혜를 입은 적이 있습니다, 사장님의 제안으로 창설된 마을의 장학금을 받았기 때문에 그는 대학에 진학할 수 있었던 것입니다. 때마침 공장의 자동화로 인해 임시공들을 합리적으로 처리하자는 안건이 올라왔습니다. 이에 대한 대응을

독촉받는 가운데 신도와 그 동료들은 스트라이크를 결행하는데⋯⋯.

이 소설의 특징은 일의 내용을 상세하게 기록하고 조합원 사이의 대립까지도 세세하게 묘사하고 있는 점입니다. 조직과 개인, 당과 조합 등에 관한 논의도 많이 등장하여 번잡할 정도입니다. 본래 의미에서의 프롤레타리아 문학에 가까운 작품이라고 할 수 있습니다.

한편 이쓰키 히로유키五木寬之의 『나라를 잃은 자의 깃발デラシネの旗』(1969)은 민영 방송국에서 일하는 인물을 그린 작품입니다. 주인공인 구로이黑井는 서른다섯 살로, 보도부에 소속된 프로그램 디렉터입니다. 과장으로 승진한 지금은 조합 활동에서 멀어졌지만, 이전에는 열정적인 활동가였고 학창 시절에는 피의 메이데이 Mayday(1952년 5월 1일에 도쿄에서 발생한 데모대와 경찰부대와의 충돌 사건-역주)에도 참가했던 정치 청년이었습니다. 주인공은 화려한 직종에 종사하지, 무대는 파리지, 세련된 연인은 나오지, 흙냄새 나는 내용을 그린 『나의 마음은 돌이 아니고』와 비교해볼 때 『나라를 잃은 자의 깃발』이 동화적이라는 사실은 부인할 수 없습니다. 하지만 이것도 그 나름대로 '체제 쪽'에 편입되었으면서도 과거를

끊지 못하는 30대 남성의 심정을 그리고 있다고 할 수 있습니다.

이상과 같이 살펴보면 전통의 격식에 따라 언제까지나 꾸물대며 고민만 하는 것이 순문학, 고민하면서도 행동할 수밖에 없는 주인공을 배치한 것이 중간소설(엔터테인먼트) 계열이라고 할 수 있습니다. '지식인은 어떻게 살아야 하는가?'라는 고민을 하고 있을 여유가 회사원에게는 없는 것입니다.

또한 샐러리맨 계층의 급증은 '샐러리맨의 아내'라는 계층을 출현시킵니다.

고노 다에코河野多惠子의 아쿠타가와상 수상작 『게蟹』 (1963)는 샐러리맨의 아내에 관한 이야기입니다. 주인공인 유코悠子는 3년 전에 결핵에 걸려 의사가 권유한 전지요양을 원하고 있습니다. 하지만 남편인 가지이梶井는 돈을 허투루 쓴다며 그럴 필요가 없다고 말합니다. 그래도 유코는 한 달만 요양하겠다고 약속하고 남편 회사의 요양소가 있는 지바千葉 소토보外房에서 방을 빌립니다. 병문안을 온 초등학생인 조카를 위해서 해안가에서 게를 잡는 등 바닷가에서의 자유로운 생활을 만끽하는 유코. 하지만 그녀는 게에 관한 것은 이모부에게는 말하지 말라고 조카에게 타이릅니다.

역시 아쿠타가와상을 수상한 오오바 미나코大庭みな子의 데뷔작 『세 마리 게三匹の蟹』(1968)도 엘리트 회사원의 아내를 묘사한 작품입니다. 주인공인 유리由梨는 알래스카로 부임한 일본인 일가의 주부. 어느 날 홈 파티에서 의사와 연구원 등 미국과 일본의 엘리트층으로 신사인 척하는 속물들의 저속한 대화를 듣습니다. 그들에게 질린 유리는 파티에서 빠져나와 차로 여기저기 쏘다니다가 에스키모와 인디언의 피가 섞인 젊은 남자를 우연히 만납니다. 유리는 그와의 불장난과 같은 모험을 통해서 일시적인 안식을 구합니다.

위의 두 편은 아내에게 남편이 억압적인 존재라는 것을 드러냅니다. 결혼제도에 대한 의문은 주부가 급증하고 있는 시대에 이미 제시되고 있었던 것입니다.

남편은 일, 아내는 가정이라는 성역할이 분업된 가정은 '근대 가족'이라 불리며 패전 후, 특히 고도 경제성장기에 정착된 가족의 형태입니다. 그것은 당시 여성들이 동경하는 삶의 방식이었겠지요. 하지만 그것을 진정한 행복이라고 할 수 있을까? 가장의 권위 실추와 주부의 불만은 한 세트입니다. 『포옹가족』의 도키코도, 유리와 유코도 같은 성질의 초조함을 느끼고 있었을지도 모르겠습니다.

'포스트 사소설'로서의 여행기

잠시 계열이 다른 작품들을 소개하겠습니다. 1960년대 독서업계를 대표하는 히트작들은 사실은 다음과 같은 작품들이었습니다.

우선 기타 모리오北杜夫의『닥터 개복치의 항해기どくとるマンボウ航海記』(1960). 《문예수도文芸首都》의 동인이었던 기타 모리오는 이미 첫 장편소설인『유령-어느 유년과 청춘의 이야기幽霊—或る幼年と青春の物語』(1960)를 자비 출판했고, 1960년에는『밤과 안개의 모퉁이에서夜と霧の隅で』로 아쿠타가와상을 수상했습니다. 하지만 그가 인기를 얻은 것은 나중에 시리즈물이 된『닥터 개복치』였습니다.

『닥터 개복치의 항해기』는 정신과 의사인 '내'가 1958년 11월부터 이듬해 4월까지 반년간 인도양에서 유럽을 돌아 귀국할 때까지의 선박 여행을 기록한 체험기입니다. 독일로 건너가고 싶어서 유학 시험을 봤지만, 서류 선발에서 탈락한 '나'는 근무하고 있는 의국의 선배에게 "너 선박의 의사가 되면 어때?"라고 설득을 당합니다. "그렇게 해서 독일로 가면 후다닥 도망치는 거야." 수산청의 어업조사선인 '쇼요마루昭洋丸'가 의사를 찾고 있다는 것을 안 '나'는 이렇게 해서 선상의 사람이 되어 싱가포르, 플라카해협, 인도양을 경유하여 수에즈운하에서 유럽으로 향합니다. 쇼요마루의 항해 목적은 참치의 새로운 어장 개척이었기 때문에 독일에는 상륙했지만, 육지에서의 여정은 급하고 짧습니다. 이 책은 독자들의 압도적인 지지를 얻어 베스트셀러가 되었습니다.

이어서 갑자기 등장한 것이 오다 마코토小田実의 『무엇이든 봐야지何でも見てやろう』(1961)입니다. 오다 마코토도 이미 작가로 데뷔하여 음울한 청춘의 기록인 『모레의 수기明後日の手記』(1951)와 『내 인생의 시기わが人生の時』(1956)라는 책 두 권을 출판했지만, 일찍 발표한 것 치고는 무명인 상태였습니다. 고대 그리스어를 전공하는 대학원생이었던 스물여섯 살 때 '미국에 한번 가 봐야지'라고 생각하고 풀브라이트의 유학생 시험을 쳤습니다.

영어는 거의 못 했는데도 무슨 연유에선지 시험에 합격한 '나'는 기타 모리오가 수산청의 배에 탄 것과 마찬가지로 1958년 도쿄항에서 배를 타고 미국으로 건너갑니다. 하버드대학에서 1년간 재적했지만, 대학에서의 이야기는 매우 적고, 이 책의 중심을 이루는 것은 미국에서 만난 다채로운 사람들과 캐나다와 멕시코로 잠깐 여행을 떠난 것, 체제 기한이 되어 아슬아슬하게 미국을 떠난 후 유럽과 북아프리카, 중동을 여행한 기록들입니다. 원고지로 900매나 되는 길이에도 불구하고 이 책은 엄청난 베스트셀러가 되었습니다.

몇 년 후 이타미 주조伊丹十三가 『유럽에서의 지루한 일기ヨーロッパ退屈日記』(1965)를 들고 등장합니다. 당시 상업디자이너와 배우라는 두 가지 일을 하고 있었던 이타미 주조는 1961년에 카메라 테스트에 합격하여 영화에 출연하기 위해 유럽으로 건너갑니다. 『유럽에서의 지루한 일기』는 그곳에서 체험한 1년 동안의 경험을 글로 엮은 에세이로, 패션과 음식, 자동차 등 당시 일본인들에게는 거리가 멀었던 멋진 물건들이 많이 등장하고 있습니다. 남성이 패션에 신경을 쓰는 것은 한심하다는 풍조가 강한 시대였기 때문에 그러한 의미에서 큰 주목을 받았습니다.

이듬해에는 드디어 여성의 여행기가 발매됩니다. 모

리무라 가쓰라森村桂의 뉴칼레도니아 체재기인『천국에 가장 가까운 섬天国にいちばん近い島』(1966) 입니다.

부인잡지를 만드는 회사에 취직했으나 연달아 실수만 하는 '나'는 어느 날 도쿄광업의 광석운반선이 다니고 있는 프랑스령 뉴칼레도니아섬에 관한 이야기를 듣습니다. 이후 그 뉴칼레도니아섬이 머리에서 떠나지를 않습니다. 굳은 결심을 하고 도쿄광업에 편지를 쓴 후 회사를 그만둬버린 '나'. 소원이 이루어져 사장님과 만난 것은 반년 후. 결국 광석운반선인 '써던크로스호'로 도쿄항을 출발한 것이 1964년. 이 책은 그 후에 섬에 상륙하여 일본으로 돌아올 때까지 반년 동안의 여행을 기록한 것입니다.

'지구 끝에 있는 토인 섬 이야기'라는 부제에서도 유추할 수 있듯이 '토인' '토인'을 연발하는 이 책은 지금의 감각으로는 현지 사람들에 대한 차별적인 시선이 거슬리는, 문제가 많은 여행기입니다. 그렇지만 뉴칼레도니아라는 섬에 관해서 당시 일본인들은 아무것도 몰랐습니다. 젊은 여성의 대담한 여행기는 베스트셀러가 되었고 모리무라 가쓰라는 이후 인기 에세이스트라는 자리를 차지합니다. 오치아이 게이코落合恵子의『스푼 하나

가득한 행복スプーン一杯の幸せ』(1973), 고이케 마리코小池真理子의 『지적인 악녀의 권유知的悪女のすすめ』(1978), 하야시 마리코林真理子의 『들뜬 마음을 사서 집으로 돌아가야지ルンルンを買っておうちに帰ろう』(1982) 등 이후에 잇달아 등장하는 여성 에세이스트(후에는 모두 소설가가 되었습니다만)의 길을 개척한 것도 바로 이 여행기였습니다.

그렇다고는 해도 이 시대에 위와 같은 여행기가 연달아 히트를 친 이유는 무엇일까요?

한 가지 이유로는 물론 해외로 건너가는 것 자체가 드물었던 것을 들 수 있습니다. 일본인의 자유로운 해외여행이 가능하게 된 것은 도쿄올림픽이 개최된 1964년. 1달러에 360엔이었던 시대이기 때문에 해외로 가는 비용도 고액이었습니다. 더군다나 윗세대에게 '외지'는 '전쟁터'였습니다. 해외에서의 견문을 기탄없이 말하는 젊은이들의 문장은 눈부시게 느껴졌을 것입니다.

그와 동시에 혹시 이러한 작품들은 '포스트 사소설'은 아니었을까요? 생각해보세요. 자신의 생활과 의견을 적나라하게 고백한 사소설과 자신의 여행 체험을 솔직하게 적은 여행기 사이에 대체 어떤 차이가 있을까요?

분명히 이 작품들은 보통 에세이나 논픽션으로 분류

하지, 사소설이라고는 부르지 않습니다. 그러나 예를 들어 히로시마広島에서 겪은 피폭 체험을 기록한 하라 다미키原民喜의 『여름꽃夏の花』(1947)과 지바현 우라야스浦安에서 보낸 나날들을 그린 야마모토 슈고로山本周五郞의 『파란 작은 배 이야기青べか物語』(1961)가 에세이인지, 논픽션인지, 사소설인지를 묻는다면 아무도 대답할 수 없을 것입니다. 사소설의 전통이 있는 일본에서는 픽션과 논픽션의 경계가 원래 애매합니다.

이 작품들을 굳이 '포스트 사소설'이라고 생각한다면 중요한 것은 비평가들이 '순문학 논쟁' 등에 얽매여있는 사이에 젊은 작가들은 이미 앞으로 한 걸음씩 나아가고 있었다는 것입니다. 기타 모리오는 독일 문학을, 오다 마코토는 미국 문학을 배워서 외국에 가보는 것을 희망하고 있었기 때문에 그들도 근본적으로는 문학청년입니다. 실제로 초기의 작품들은 어둠 속에서 격투하는 우울한 내용이었습니다. 하지만 그들은 '지식인은 어떻게 살아야 하는가?'라는 문제로 꾸물대며 고민하지 않았고, 60년 안보투쟁에도 휩쓸리지 않았으며, 햄릿으로만 있는 것도 거부한 채 밖으로 나갔습니다. 거기서부터 문장은 변했습니다.

독자가 그들을 열광적으로 지지한 것은 그 작품들 속에서 '제2의 개국'을 발견하고 새로운 시대의 개막을 느꼈기 때문일 것입니다. 동일한 흐름으로, 이미 시인이자 극작가로서 이름을 떨치고 있었던 데라야마 슈지는 『가출의 권유家出のすすめ』(1963. 『현대의 청춘론現代の青春論』으로 제목 변경)와 『책을 버려라, 거리로 나가자書を捨てよ, 町へ出よう』(1967)로 자신의 반생을 이야기에 섞어가면서 젊은이들에게 자극을 주었습니다. 1955년에 『흰 사람白い人』으로 아쿠타가와상을 수상한 엔도 슈사쿠遠藤周作는 개종한 기독교인의 고뇌를 제재로 한 『침묵』(1966) 등 심각한 소설을 발표하는 한편, 『고리안 한화狐狸庵閑話』(1965. 후에 『게으른 인간학ぐうたら人間学』으로 제목 변경, 고리안은 엔도 슈사쿠의 호-역주)로 에세이 장르에 진출, 자신의 사생활과 교우관계를 소재로 한 『게으른』 시리즈로 젊은 독자들의 지지를 받았습니다.

기타 모리오와 엔도 슈사쿠에게서 볼 수 있는 '심각한 소설과 경묘한 에세이'의 조합은 '작가의 폭' 혹은 '의외성'으로 독자에게 인식되어 '그렇게 밸런스를 맞추는구나'라고 인식되지만, 여기에서 오히려 주목해야 할 것은 그들이 소설로부터 사소설을 떼어내어 그것을 에세이로 독립시킨 것입니다. 얼굴을 찡그리게 한 종래의 '사소설'은 '자전적인 에세이이자 포스트 사소설'로 리뉴얼되어 새로운 상품 가치를 띠게 되었습니다.

포스트 사소설의 작가들은 대체로 쇼와 한 자릿수에 태어난, 즉 1930년대 생입니다. 그들은 전쟁 중에 소년 시절을 보냈고 전쟁의 폐허 속에서 우두커니 서 있던 세대입니다. 어른인 작가로서 출발하기 위해서는 그들도 역시 자신을 옭아매던 '전후戰後'를 다시 시작할 필요가 있었던 것은 아닐까요? 먼저 예고하자면, 다양한 작가들에 의한 '포스트 사소설'은 이후에도 모습을 바꿔가며 계속해서 등장하여 다양한 베스트셀러를 낳게 됩니다.

사소설을 뛰어넘은 '일족의 역사'

사소설의 새로운 전개에 대해서 조금 더 이야기해보겠습니다.

활로를 잃어가고 있던 사소설의 활로를 열었던 방법으로는 '나'를 이야기하는 에세이 이외에 또 하나가 있었습니다. '내'가 아닌 '나의 일족'을 그리는 것입니다.

이 계보로 특기해야 할 작품이 있다고 한다면 역시

시마자키 도손의 『동트기 전夜明け前』(1935)일 것입니다. 이것은 나카센도中仙道(에도시대에 정비된 다섯 개의 간선도로 중 하나로 에도[현 도쿄]의 니혼바시日本橋와 교토京都의 산조오하시 三条大橋를 잇는 도로임-역주)의 기소木曾 마고메馬籠의 숙소들 중 본진本陣을 맡고 있는 주인 아오야마 한조青山半蔵 (모델은 도손의 부친)를 주인공으로 막부 말기에서 메이지 유신 직후까지 나카센도의 변화를 그린 장편소설입니다. 이 작품은 한조의 정신의 기록이자 아오야마 가문의 이야기인 동시에 삿초(사쓰마번과 조슈번, 사쓰마번薩摩藩은 현재의 가고시마현鹿児島県 서부, 조슈번長州藩은 현재의 야마구치현山口県 북부로, 이 두 개의 번이 메이지유신을 이끈 주역이었음-역주) 이외의 시점에서 유신을 그리고 있다는 점에서 역사소설로서도 매우 귀중합니다. 도손의 사소설이 모두 별로인 것은 아니지만 『동트기 전』이라는 작품으로 도손은 기억되어야 할 작가가 되었습니다. 『동트기 전』을 높이 평가한 시노다 하지메는 이 대작을 사소설의 연장선상에서만 논하고 있는 것에 대해 커다란 불만을 표시했습니다. 중앙에 의해 우롱당한 지방의 원통함은 지금이 시대가 되었기 때문에 반대로 이해할 수 있는지도 모르겠습니다.

일족의 역사를 그린 패전 후의 작품으로 특기할 만한 것은 아리요시 사와코有吉佐和子의『기노가와紀ノ川』(1959)입니다. 상류에서 하류로 내려갈수록 집안의 평판은 떨어지는데 경기는 올라간다는 와카야마현和歌山県의 기노강. 이 유역을 무대로 이야기는 메이지 30년대(1897~1906)부터 전쟁을 거쳐 쇼와 30년대(1955~1964)까지 명문 집안이었던 마타니真谷 집안(모델은 아리요시의 집안)의 여성 3대를 그린 것입니다. 집의 번영과 남편의 출세에 목숨을 건 메이지 시대의 여성인 하나花는 작자의 할머니, 여대를 졸업한 후 은행원과 결혼하여 남쪽으로 여행을 떠난 다이쇼 시대의 모던 걸인 딸 후미오文緒는 작자의 어머니, 그녀의 딸인 하나코華子는 작자 자신이 모델입니다. 아리요시 사와코가 이 소설을 발표한 것은 스물여덟 살 때였습니다.

　1960년대의 작품으로는 이노우에 야스시井上靖의『시로밤바しろばんば』(1962)를 이 계열에 넣을 수 있습니다. 시대는 다이쇼 말기. 이즈伊豆, 유가시마湯ヶ島를 무대로 작자의 어린 시절을 그린 자전적인 소설입니다. 중학교 시절을 그린『여름 풀 겨울 파도夏草冬濤』(1965), 고교 시절을 그린『북쪽의 바다北の海』(1970)로 이어지는 3

부작 중 첫 번째 작품입니다. 여기에서는 주인공인 고사쿠耕作가 아직 초등학생이어서 그가 임시로 거처하고 있는 이노우에 집안(아버지의 본가)의 다양한 인간 군상이 오히려 읽을 만합니다.

그리고 잊어서는 안 될 것이 기타 모리오의 대표작 『니레 가의 사람들楡家の人びと』(1964)입니다. 『항해기』로 일약 인기 작가가 된 기타 모리오는 그 후에도 『닥터 개복치의 청춘기どくとるマンボウ青春記』(1968) 등 자전적인 에세이이자 포스트 사소설을 계속 집필하는데 그 한편으로 발표한 것이 작자의 집안을 모델로 한 전체 3부작의 장편소설 『니레 가의 사람들』입니다. 이것은 도쿄 아오야마青山에서 정신과 전문병원을 경영하고 있는 니레 집안 3세대에 관한 이야기입니다. 소설은 관동대지진 (1923년 9월 1일에 도쿄를 중심으로 한 관동[간토関東]지역에서 발생한 대지진-역주)이 일어나기 직전부터 패전 후까지 니레 집안의 2남 3녀와 장녀인 류코龍子의 아들 둘에 관해서 정성껏 쓰고 있습니다.

『니레 가의 사람들』을 쓸 때 기타 모리오가 토마스 만의 『부덴브로크 가의 사람들』을 의식했다는 것은 유명한 이야기입니다. 사소설이 아닌 일족에 관한 소설은 몇 세대에 걸친 다양한 인물들을 등장시킴으로써, 구와바라 다케오식으로 말하자면, '자신의 집 정원'을 훨씬 능가하는 넓은 시야를 획득할 가능성을 가지고 있었습니다. 여담입니다만『동트기 전』과『니레 가의 사람들』을 비교해보면 작품을 쓴 시대의 탓인지, 무대가 된 시대의 탓인지, 가장의 지위가 크게 추락한 것을 알 수 있습니다. 가장이 으스대는 시대는 역시 과거가 되어버린 것입니다.

가와바타 야스나리와 미시마 유키오의 죽음

이렇게 해서 1960년대는 저물어갑니다. 그 마지막을 장식한 베스트셀러가 굉장히 새로운 문체를 구사하면서도 사상적으로는 후타바테이 시메이 이후의 오래된 문제의식을 이어받은『빨간 모자야 조심해』였다는 것은 상징적이라고 생각됩니다.

한편으로 1960년대의 마지막 '사건'은 가와바타 야스나리川端康成의 노벨문학상 수상(1968)과 자위대의 이치가야市ヶ谷 주둔지에서 미시마 유키오三島由紀夫가 할복자살을 한 것이었습니다.

두 가지 '사건'에 대해서는 많은 말이 필요하지는 않을 것입니다.

가와바타 야스나리는 패전 이전과 이후에 걸쳐 사소설과는 다른 다채로운 작품을 발표해온 작가입니다. 쇼와 초기에는 요코미쓰 리이치와 함께 '신감각파'라고 불렸고 패전 후에는 문단의 중진으로 젊은 작가의 발굴에도 힘을 기울였습니다. 가와바타는 유행작가와 비슷할 정도로 대량의 순문학 작품과 통속소설을 썼는데, 노벨상을 수상한 1960년대 말에는 이미 '한물간 작가'였습니다. 4년 후인 1972년에 가와바타는 일흔두 살의 나이로 스스로 목숨을 끊습니다.

그가 남긴 작품 중에(또한 일본 문학 전체 중에서도) 가장 유명한 작품이 『이즈의 무희伊豆の踊子』(1926)와 『설국雪国』(1935~1947)이라는 것은 매우 흥미로운 현상입니다. 처음의 명제로 되돌아가면 이 두 작품은 모두 '약한 인텔리'를 주인공으로 한 것으로, 가와바타의 작품 중에서는 사소설의 색채가 짙은 것들입니다. 독자들은 역시 이러한 작품을 좋아하는 경향이 있습니다.

가와바타 야스나리가 그 재능을 발견하여 패전 후 이른 시기에 세상에 나오게 된 미시마 유키오도 (남성의

동성애를 그린 1949년의 출세작 『가면의 고백仮面の告白』을 제외하면) 사소설과는 거리를 두면서 순문학 작품과 통속소설을 모두 쓴 작가입니다. 동시대의 사건에서 취재한 『청춘시절青の時代』(1950) 『금각사金閣寺』(1956) 『연회 후宴のあと』(1960)와 같은 소설도 있는가 하면, 『파도 소리潮騒』(1954) 『너무 길었던 봄永すぎた春』(1956) 『비틀거리는 미덕美徳のよろめき』(1957)과 같은 연애소설도 있어서 예전에는 가와바타 야스나리와 함께 고등학생들에게도 인기가 있던 작가였습니다.

유작이 된 작품은 제1권 『봄눈春の雪』(1969), 제2권 『빠른 말奔馬』(동일), 제3권 『새벽의 절暁の寺』(1970), 제4권 『천인오쇠天人五衰』(1971)로 이어지는 4부작. 한 명의 소년이 죽고 나서 다음 권에서 다시 환생하여 등장한다는 윤회전생을 축으로 한 복잡하고 기괴한 대작입니다. 제4권인 『천인오쇠』의 결말에 대해서는 모두가 놀라움을 금치 못할 것입니다.

가와바타 야스나리와 미시마 유키오가 문단에서 사라짐으로써 메이지 20년대에 시작된 근대문학은 드디어 종언을 맞이했다고 해도 과언이 아닐 것입니다. 시대는 역시 변해가고 있었던 것입니다.

2장
1970년대 기록문학의 시대

자본주의의 모순과 근대에 대한 반성

1970년대는 대략 근대의 한계가 보인 시대입니다. 자본주의의 터진 자리가 드러난 시대라고도 할 수 있습니다. 패전 후의 부흥기에서 고도 경제성장기로, 1964년 도쿄올림픽으로 분위기가 고조되고 1970년 오사카만 국박람회로 들떠서 오로지 앞만 보고 달려왔는데, 정신을 차리고 보니 벌써 패전 후 30년이 흘렀던 것입니다. 1973년에는 제1차 오일쇼크가 열도를 덮쳐 물가는 급등, 슈퍼에는 휴지를 찾는 주부들의 긴 행렬이 이어졌습니다.

우리는 이대로 앞만 보고 달려도 될까 하는 생각은 사실 1960년대부터 서서히 시작되고 있었습니다.

알기 쉬운 것은 공해입니다. 패전 후의 급격한 공업화는 각지의 하천과 항만, 대기에 심각한 오염을 초래하여 인체에 영향을 미치는 유해화학물질이 큰 사회문제가 됩니다. 구마모토현의 미나마타병, 니가타현新潟県의 니가타미나마타병, 미에현三重県의 욧카이치四日市 천식, 도야마현富山県의 이타이이타이병. 모두 1950년대부터 1960년대에 걸쳐 나타난, 주민이 국가와 기업을 상대로 소송을 일으킨 공해입니다.

사람들에게 반성의 재료를 준 또 하나의 사건은 베트남전쟁입니다. 북베트남의 지원을 받은 남베트남해방민족전선(베트콩)과 미국군이 지원한 남베트남군과의 싸움은 점점 격렬해져 1960년대에는 미국의 북폭北爆에 항의하는 반전운동이 전 세계에서 활발히 일어났습니다. 일본에서도 오다 마코토 등이 설립한 평련平連(베트남에 평화를! 시민연합)을 중심으로 운동이 확대되었고 드디어 그것은 과거 일본의 전쟁과 식민지 지배에 대해서 되돌아보는 움직임으로 이어졌습니다.

1960년대 미국의 공민권 운동에서 출발한 의식혁명이 인종, 민족, 국적, 성별 등에 따른 차별을 인식하게 하는 데 큰 역할을 했습니다. 1970년대 초 일본에서는 '우먼 리브'(Women's Liberation Movement의 약칭-역주)라고 불리는 제2의 물결로서 페미니즘 운동이 탄생하여 여성해방이 커다란 주제로 부상했습니다. 여성사 연구의 붐이 일어났고 구술사Oral history에 대한 관심이 높아졌습니다.

다른 한편으로 일본 국내에서의 정치운동, 좌익운동은 1970년대에 접어들어 급속하게 쇠퇴해갑니다. 파벌 간의 폭력, 요도호 하이잭 사건(1970년 3월 31일에 공산주의자동맹적군파赤軍派가 일으킨 일본항공기 납치 사건. 범인 그룹은 북한으로의 망명을 요구했고 4월 3일에 망명-역주), **연합적군사건**(1971년 12월 31일 이후 연합적군連合赤軍은 산악베이스 사건과 아사마 산장사건을 일으키는데 이것을 통칭함. 전자는 1971년부터 1972년에 걸쳐 연합적군이 일으킨 동지에 대한 폭력 사건이고, 후자는 1972년 2월 19일부터 2월 28일에 거쳐 연합적군이 나가노현長野県 가루이자와초軽井沢町에 있는 가와이악기제작소河合楽器製作所의 휴양시설인 아사마산장浅間山荘에서 인질을 붙잡고 농성한 사건-역주)이라는 '과격파의 폭주'로 인심이 등을 돌린 것은 어쩔 수 없었습니다.

그럼 이 시대의 출판계, 문학계는 어땠을까?

한 가지 커다란 흐름은 일찍이 볼 수 없었던 논픽션의 융성입니다. 1970년에 창설된 오야상(오야 소이치大宅壮一의 논픽션상)은 '논픽션계의 아쿠타가와상'이라고 부를 만한 작가의 등용문이 되었고, 1974년에는 일본 논픽션상, 1979년에는 고단샤講談社논픽션상이 창설되어 논픽션의 지위를 높이는 데 크게 이바지했습니다.

하지만 앞에서도 언급했듯이 사실과 허구를 구분하는 서구와는 달리 사소설의 전통이 있는 일본에서는 창작과 기록, 픽션과 논픽션의 경계가 원래 모호합니다.

이처럼 이 시대에는 픽션과 논픽션 경계선에 많은 우수한 작품, 대작, 화제작이 쏟아져 나오는 현상이 나타납니다.

사소설적인 논픽션의 융성

필두로 다룰 것은 이시무레 미치코石牟礼道子의 필생의 대작인『슬픈 미나마타苦海浄土ーわが水俣病』(1969) 입니다. 이것은 구마모토현에서 발생한 미나마타병을 제재로 한, 1970년대부터 오늘날까지 읽히고 있는 스테디셀러입니다. 소설이라고 소개되기도 하고 논픽션이라고 불리기도 해서 이 책에 대해서는 의견 차이가 있는데 그 이유는『슬픈 미나마타』자체가 커다란 진폭을 가진 텍스트이기 때문입니다. 작중에는 이러한 이야기가 자주 나옵니다.

"미나마타병, 이놈, 거추장스럽구먼. 이 나이가 되도록 의사들한테 보인 적이 없는 몸인데, 지금 유행하는 듣도 보도 못한 흉측한 병에 걸려 참을 수가 없구먼."

1956년 구마모토현 미나마타시에서 발견된 이 기이한 병은 화학공업회사인 짓소CHISSO의 미나마타공장

이 시라누이不知火 바다에 방출한 폐액 때문에 생긴 것
이었습니다. 『슬픈 미나마타』는 그동안의 사정에 관해
서 이야기하고 자료를 제시하는 동시에 병에 걸린 사람
들의 목소리를 전달하고 있습니다. 구마모토 사투리가
인상적인 책으로, 이 책의 탄생에 관여한 와타나베 교
지渡辺京二는 고단샤문고판(1972)의 해설에서 충격적인
사실을 밝히고 있습니다.

"사실을 말하자면 『슬픈 미나마타』는 이야기를 듣고
쓴 것도 아니고 르포도 아니다. 장르에 대해서 말하는
것이 아니다. 작품 성립의 본질적인, 내적 요인에 대해
서 말하는 것이다. 그렇다면 무엇인가 하면 이시무레
미치코의 사소설이다." 이시무레는 환자의 집에 다닌
적도, 노트와 녹음기를 지참한 적도 없다는 것입니다
(『이시무레 미치코의 세계石牟礼道子の世界』).

그렇다면 작품 안에 등장하는 환자들의 말은 무엇일
까? 이시무레의 말에 따르면 "그러니까 그 사람이 마음
속에서 하는 말을 문자로 표현하면 그렇게 되는 거예
요."

와타나베 교지가 '사소설'이라고 부른 이 작품에는 분
명히 '나의 미나마타병'이라는 부제(원제는 『고해 정토-나의

미나마나병』이다. 『슬픈 미나마타』는 한국어 번역본 제목이다-역주)
붙어있습니다. 환자와의 깊은 신뢰 관계가 있었기 때문
에 '대변'할 수 있는 수많은 말. 이시무레 미치코는 새롭
게 창설된 제1회 오야상을 사퇴했습니다. 논픽션이 아
니라는 생각이 작자 자신의 안에서도 있었기 때문인지
도 모르겠습니다.

이시무레 미치코와 마찬가지로 규슈九州가 낳은 불세
출의 작가로 모리사키 가즈에森崎和江가 있습니다. 여성
탄광노동자를 다룬『암흑-여자 광부에 대한 기록まっく
らー女坑夫からの聞書き』(1961)과 페미니즘 제2물결의 선구
적인 텍스트인『제3의 성-머나먼 에로스第三の性—はるか
なるエロス』(1965) 등의 문제작을 내놓은 모리사키는 1970
년대에『가라유키 씨からゆきさん』(1976)를 발표합니다.

『가라유키 씨』란 메이지에서 다이쇼, 쇼와(패전 이전)
에 걸쳐 나가사키현長崎県 시마바라島原 지방과 구마모
토현 아마쿠사天草 지방에서 대륙으로 건너간 여성들을
가리킵니다. 『가라유키 씨』는 그러한 여성들의 족적을
자신의 발과 문헌탐색 등을 통해서 정성스럽게 그려낸
작품입니다.

"20년 정도 전의 일로, 오키미 씨おキミさん는 나무에

둘러싸인 깊은 숲속에 있는 집에서 여러 명의 가족과 함께 살고 있었다. 점심에는 가족들이 근무하러 나간 탓인지 조용했다."

이와 같은 문장으로 시작됩니다. '오키미 씨'란 작자 모리사키의 친구인 '아야綾 씨'의 어머니로, 열여섯에 조선 반도로 팔려 간 과거를 가지고 있습니다. 이후에는 (이라고 할까 어쨌든, 실화입니다만) 10대 전반에 해외로 팔려 간 소녀들에 대해서 다루고 더 나아가 가장 오래전에 꿈을 안고 대륙으로 건너간 여성들에 대해서도 이야기합니다.

이시무레 미치코와 모리사키 가즈에는 시인인 다니가와 간谷川雁, 르포라이터인 우에노 에이신上野英信과 함께 후쿠오카福岡에서 창간된 문예지《서클 마을サークル村》에서 활동을 시작한 작가들입니다. 우에노 에이신에게도 탄광노동자에 대해서 다룬『내쫓기는 광부들追われれゆく坑夫たち』(1960)과『땅속의 재미있는 이야기地の底の笑い話』(1967) 등 훌륭한 논픽션 작품이 있습니다. 이들이 규슈에서 나온 것은 우연이 아닙니다. 1959~1960년의 미쓰이미이케 쟁의三井三池争議(미쓰이광산주식회사의 미이케 탄광에서 발생한 노동쟁의로, 노동쟁의는 여러 차례 발생했으

나 통상 1959년에서 1960년에 걸쳐 발생한 대규모의 노동쟁의를 지칭함-역주)가 상징하는 것처럼 1960년대에 탄광 사고와 폐산이 이어진 규슈는 자본주의의 모순이 가장 빠른 시기에 드러난 지역이었기 때문입니다.

『가라유키 씨』와 관련하여 야마자키 도모코山崎朋子의 『산다칸 8번 창녀관-하층여성사 서장サンダカン八番娼館－底辺女性史序章』(1972)도 특이한 논픽션이었습니다.

1968년 8월에 처음으로 방문한 아마쿠사에서 '나'는 이 책의 주인공이 된 오사키 씨(야마카와 사키山川サキ)와 우연히 만납니다. "난 분명히 아마쿠사 출신이지만 어렸을 때부터 외국에 갔다 온 사람이야"라는 말에 놀란 '나'는 초대를 받아 그녀의 집에 머물면서 보르네오로 건너간 '전직 가라유키 씨'라는 그녀의 인생에 대해서 들을 수 있었습니다. 따라서 이 작품은 기행문과도 비슷한 '나'의 아마쿠사 취재기와 오사키 씨가 1인칭으로 말하는 두 가지 기록으로 구성되어있습니다. 라이터라고 정체를 밝히지 않고 오사키 씨에게 접근한 야마자키 아키코의 수법에 대해서는 신랄한 비판의 목소리도 있지만 『산다칸 8번 창녀관』은 1973년에 오야상을 수상했고 영화로도 만들어져 베스트셀러가 되었습니다.

이것은 소설? 논픽션?

논픽션과 소설을 구분해서 쓰는 작가도 있습니다.

예를 들어 가이코 다케시는 1964년 11월부터 이듬해 1965년 11월까지 신문사의 임시 해외특파원으로 카메라맨과 함께 베트남에 머물며 이 체험을 『베트남전쟁기ベトナム戦記』(1965)로 엮었습니다. 이것을 바탕으로 한 소설이 『빛날 수 있는 어둠輝ける闇』(1968)입니다.

『빛날 수 있는 어둠』은 취재를 위해서 베트남으로 간 기자인 '내'가 주인공. 전선에서의 광경이 보고 싶어서 미국군 사이로 비무장 상태로 들어가기도 하고, 베트콩 소년병의 공개처형을 눈으로 목격하기도 하며, 베트콩과의 총격전을 마주하여 간신이 도망가기도 하는 등 묘사한 사실들은 『베트남전쟁기』의 내용과 겹치고 있습니다. 하지만 양쪽은 글의 터치가 완전히 다릅니다. 르포인 『베트남전쟁기』는 보고 들은 사실이 중심에 있는 반면, 『빛날 수 있는 어둠』은 전쟁의 현장에 있는 '나'의 내면이 중심으로 문장에도 장식적인 부분이 있습니다. 속편인 『여름의 어둠夏の闇』(1972)에서는 베트남전쟁을 취재한 후 허무감에 휩싸인 작가가 주인공입니다.

『베트남전쟁기』는 곤도 고이치近藤紘一의 『사이공의

가장 긴 하루サイゴンのいちばん長い日』(1975)와 함께 일본인이 쓴 베트남전쟁 기록으로 매우 귀중한 작품인데 문단에서 높은 평가를 한 것은 『빛날 수 있는 어둠』이었습니다(후에 가이코가 『오파!』[가이코 다케시의 브라질 낚시 여행기-역주] 등에서 보이는 것처럼 아웃도어 취미에 몰두한 것은 베트남에서의 체험으로부터 도망치려고 한 것, 또는 그에 대해 반발하려고 한 것이라는 생각도 듭니다). 어쨌든 가이코 다케시는 일본 문학의 작법에 따라서 소설다운 소설을 쓰려고 한 것입니다.

그렇지만 이렇게 구분해서 쓸 수 없다면 어떻게 할까요? 혹은 종래의 문학적 작법에 대체 어떤 의미가 있을까요?

아리요시 사와코의 『복합오염複合汚染』(1975)은 이러한 문제에 허를 찌르며 등장한 작품입니다.

복합오염이란 여러 개의 화학물질의 상승작용에 의해 생기는 현상을 말합니다. 당시 아리요시 사와코는 치매 노인의 돌봄을 주제로 한 『황홀한 사람恍惚の人』(1972)으로 '사회파 작가'로 인식되고 있었는데 이 『복합오염』은 소설이라고도, 논픽션이라고도 할 수 없는 기묘한 작품입니다. 그녀는 "공해에 대해서, 내가 그것을 주제로 한 소설을 쓰려고 준비하기 시작한 것은 13년

전의 일이다"라고 쓰고 있습니다. 그래서 자료를 모아 소설의 구상을 짰지만 결국 미나마타병이 사회문제가 되어 "이시무레 미치코 씨의『슬픈 미나마타』가 나오자 나는 이제 공해를 소설이라는 허구로 그릴 수는 없다는 것을 깨달았다"라고 합니다.

하지만 과연 인기 있는 유행작가. 내용은 전문가와 의사, 농가, 관계 부처 등을 방문하여 알게 된 농약과 화학비료, 식품첨가물에 관한 이야기. 터치는 완전히 엔터테인먼트. 작자는「후기」에서 말합니다. "일본 문학 고래의 전통적인 주제였던 '화조풍월花鳥風月'이 위기에 처해있을 때 한 사람의 소설가가 이런 것을 한 것이 잘못이라고 말할 이유가 있을까요?"

작자의 말을 신초문고판(1979)의 해설에서 오쿠노 다케오가 보강합니다. 『복합오염』은 파격적인 소설이다. (중략) 이것을 소설이라고 생각할지 아닐지는 개개인의 자유다. 평론, 에세이 등으로 받아들여도 상관없다. (중략) 그러나 『복합오염』은 틀림없이 문학작품이다. (중략) 한 명의 소설가가 그 인간적, 문학적 필연성에 의해, 어쩔 수 없는 마음으로, 소설가로서의 전신전령을 다해 표현한 감동적인 문학 작품인 것이다."

아리요시 사와코도, 오쿠노 다케오도 작품의 정통성을 주장하고 싶었던 것이겠지요. 여담입니다만 이 책 안에서 아리요시가 칭찬하고 있는 레이첼 카슨의 『침묵의 봄』(1964, 원저 1962)도 생각해보면 문학성 또는 이야기성이 강한 작품입니다.

1960년대 초반 비평가들은 사소설을 매도하고 중간소설의 대두를 곁눈질로 보면서 '순문학의 쇠퇴'를 걱정하고 있었습니다. 하지만 실제 작가들은 앞으로 나갑니다. 작가가 행동하면 저절로 사소설의 세계도 넓어집니다. '소설과 같은 스타일로 그려진 논픽션'은 '다음의 한 수'로서 의미를 가지고 있습니다.

실제로 1970년대는 논픽션의 기법을 다양하게 모색한 시대였습니다.

작품 속에 '내'가 등장하는 스타일과는 정반대로 3인칭 소설의 스타일로 쓴 논픽션도 화제가 되었습니다. 사건과 사고를 마치 '지켜봐온' 것처럼 쓴다. 이와 같은 수법을 '뉴 저널리즘' 또는 '논픽션 노벨'이라고 부릅니다.

유명한 작품은 트루먼 카포티의 『인 콜드 블러드In Cold Blood』(1967, 원저 1965)입니다. 『인 콜드 블러드』는 1959년에 미국 캔자스주에서 일어난 일가 네 명의 살인

사건을 다룬 작품으로, 피해자 일가 개개인뿐만 아니라 가해자 두 명의 출생과 성장 과정, 내면에까지 침투하는 서스펜스 넘치는 내용으로 되어있습니다. 이것을 읽고 있는 기분은 마치 소설을 읽고 있는 듯합니다.

일본에서도 같은 수법으로 쓴 작가가 나왔습니다.

먼저 사키 류조佐木隆三의『복수는 나의 것復讐するは我にあり』(1975). 작자는『인 콜드 블러드』의 수법을 모방하여 썼다고 스스로 말하고 있습니다.

"1963년(쇼와 38) 10월 19일 오전 7시경 그녀는 아침 식사의 반찬으로 먹을 무를 뽑기 위해서 자신의 밭으로 갔다." 첫머리에 가까운 부분을 인용한 것입니다. 제재는 1963년부터 1964년에 걸쳐 후쿠오카현에서 다섯 명이 살해된 연속살인사건(니시구치 아키라西口彰 사건)입니다. 전과 4범으로 가톨릭 신자인 살인범이 범행에 이르기까지의 경위와 그 후의 도망 과정을 추적한 작품으로, 1976년에 나오키상(오야상이 아니라)을 수상했습니다. 즉 이 작품은 '소설'이라고 인식되었던 것입니다.

다른 한 명으로는 논픽션 기법을 고수하여 한때는 '뉴 저널리즘의 기수'로 불렸던 사와키 고타로沢木耕太郎를 들 수 있습니다. 사와키는 논픽션 작가로는 처음으

로 젊은이들의 아이돌이 된 작가라고 할 수 있습니다. 1970년에 대학을 졸업한 동시에 데뷔. 스포츠 선수에 대해서 그린『질 수 없는 자들敗れざる者たち』(1976), 사회의 하류층 사람들을 그린『사람의 사막人の砂漠』(1977) 등으로 젊은 독자들의 마음을 사로잡은 사와키가 발표한 최초의 장편 논픽션이『테러의 결산テロルの決算』(1978)이었습니다.

제재는 1960년에 일어난 아사누마 이네지로浅沼稲次郎 사살사건. 때는 히비야 공회당에서 있었던 3당 당수의 입회연설회. '인간 기관차'라는 별명을 가진 예순한 살의 사회당 위원장을 열일곱의 우익 소년이 단상으로 올라가 칼로 찌릅니다. 이 충격적인 사건은 그 순간을 찍은 사진으로도 유명합니다. 오에 겐자부로도 가해자인 소년(야마구치 오토야山口二矢)을 모델로 해서 소설을 썼는데(『세븐틴セヴンティーン』『정치 소년 죽다政治少年死す』), 사와키는 아사누마와 야마구치의 주변을 철저히 취재하여 두 사람이 교차하는 접점을 찾습니다.

이 작품으로 사와키는 1979년에 오야상을 수상합니다. 같은 3인칭 소설 스타일이지만 아무도『테러의 결산』을 소설이라고 생각하지는 않았습니다.

과연 『복수는 나의 것』과 『테러의 결산』은 어디가 다를까요? 이것은 터치의 차이, 또는 작가의 아이덴티티의 차이라고밖에 말할 수 없습니다.

이후에 사와키 고타로는 『심야특급深夜特急』(1986~1992)이라는, 인도의 델리에서 버스와 열차로 런던을 향하는 아시아 여행기를 발표합니다. 오다 마코토의 『뭐든 봐둬야지』의 계보를 잇는 여행물인데 여기에서 사와키는 시종일관 싸구려 숙소의 침대 위에서, 장거리 버스 안에서 사색에 잠겨 있습니다. 이른바 '자신을 발견하는 여행'의 선구로, 리듬은 완전히 사소설이었습니다.

노동을 1인칭으로 그리는 논픽션

논픽션은 대략 '취재형 논픽션'과 '체험형 논픽션'으로 나눌 수 있습니다. 자료와 취재를 중심으로 사실에 접근하는 것이 '취재형 논픽션', 쓰는 사람 자신의 체험을 바탕으로 쓴 것이 '체험형 논픽션'입니다.

논픽션의 시대였던 1970년대(라고 제 마음대로 정해버립니다만), 특기할 만한 것은 노동자를 그린, 그것도 1인칭으로 그린 작품이 나온 것이었습니다.

노동자에 대해서 쓴다. 이 명제를 패전 후 '들은 것을 쓴다'라는 형태로 실현시킨 선구적 작품은 앞에서 본 우에노 에이신의 『내쫓기는 광부들』과 모리사키 가즈에의 『암흑』입니다. 거기에 하나를 더 든다면 『아아 노무기 고개-어느 여성 제사공의 애사ああ野麦峠-ある製糸工女哀史』(1968)일 것입니다.

노무기 고개란 나가노현과 기후현岐阜県의 경계에 있는 고개 이름입니다. 『아아 노무기 고개』는 메이지부터 다이쇼에 걸쳐 히다 다카야마飛駄高山에서 노무기 고개를 넘어 신슈 오카야信州岡谷로 돈을 벌러 나온 제사공들을 제재로 하여 탄생한 논픽션입니다. 작자는 취재 당시 예순 살~아흔 살 이상(메이지 한 자릿수~1930년대생)된 제사공이었던 여성들을 380명이나 취재했습니다.

1979년에는 오타케 시노부大竹しのぶ 주연의 영화로 만들어져 '아아 히다가 보여'라는 말을 남기고 죽은 공녀(마사이 미네政井みね)의 에피소드가 유명해졌는데 미네의 숨이 끊어지는 장면은 다음과 같은 느낌으로 묘사되고 있습니다.

"고개에 있는 찻집에서 쉬면서 메밀죽과 감주를 사줬는데 미네는 그것을 입에 대지 않고 '아아, 히다가 보여,

히다가 보여'라고 기뻐하더니 바로 메밀죽이 들어있던 그릇을 떨어뜨리고 힘없이 그 자리에서 무너졌다. '미네, 왜 그래, 정신 차려!!', 다쓰지로辰次郎가 놀라서 안아 일으켰을 때에는 이미 숨을 거둔 상태였다."

『아아 노무기 고개』는 '취재형 논픽션'이지만 문체는 소설에 가까웠습니다.

그리고 노동에 대해서 1인칭으로 그린 '체험형 논픽션'이 출현했습니다. 르포라이터인 가마타 사토시鎌田慧의 이름을 일약 세상에 알린『자동차 멸종공장自動車絶滅工場』(1973)이 그것입니다.

지방신문에 실린 '계절 한정의 남공, 만 18세~50세의 건강한 남자, 월수익 90,000엔~75,000엔, 3~6개월간 근로'라는 광고를 본 '나'는 1972년 9월에 아이치현 도요타시愛知県豊田市의 도요타 자동차 본사 공장으로 면접을 보러 가 그곳에서 1973년 2월까지 남공으로 일합니다. 당시 가마타는 서른다섯. 『자동차 멸종공장』은 약 5개월간의 체험을 일기 형식으로 쓴 것입니다.

"컨베이어는 천천히 돌고 있는 듯이 보였지만 어림없는 착각이었다. 실제로 스스로 해보지 않으면 알 수 없다. 순식간에 땀이 뒤범벅. 순서는 어떻게든 외웠지만,

도저히 맞출 수가 없다." "이것이 대기업의, 일본 제1위, 세계 제3위를 자랑하는 자동차 메이커의 노동자 생활인가. 이것이 '근대적인 프롤레타리아트'의 생활인가?"

가마타 사토시는 처음부터 현장에서의 체험을 쓸 작정으로 공장에 들어갔는데 목적의 반은 임금을 받는 것이었습니다. 고도 경제성장에도 그림자가 드리우기 시작한 시대라고는 해도 자동차 회사라는 중심 산업(더군다나 일본 최대의 기업)의 내부를 폭로한 이 르포는 경제 대국으로서 고유 산업을 확고히 자리매김시키려고 했던 당시의 일본에 찬물을 끼얹는 것이었습니다. 즉 『자동차 멸종공장』은 오야상에 노미네이트되었지만 '취재 방법이 공평하지 않다'라는 이유로 낙선됩니다.

『자동차 멸종공장』에 자극을 받아 같은 수법으로 쓴 것이 호리에 구니오堀江邦夫의 『원전 집시原発ジプシー』(1979)입니다. '원전 집시'란 원자력발전소를 전전하는 하청 노동자를 가리키는 용어로, 1970년대~1980년대에 현장에서 널리 사용했습니다.

1979년 9월에 소원이 이루어져 하청회사에 채용된 호리에는 간사이전력 미하마원전関西電力美浜原発에서 두 달 넘게, 도쿄전력 후쿠시마 제1원전東京電力福島第一

原発에서 세 달이 채 안 되게, 또한 일본원전 쓰루가원전日本原電敦賀原発에서 한 달이 안 되는 기간에, 노동에 종사합니다. 노동의 내용은 '검사'라는 이름의 가혹한 '청소'였습니다.

"고무장갑을 두 장이나 끼고 있기에 손가락 끝과 손바닥에서 땀이 난다. 더군다나 얼굴의 반을 마스크로 가리고 있다. 정말이지 숨쉬기가 힘들다." "만약 고무장갑이 찢어진다면……. 찢어지지 않아도 분명히 소매 끝으로 들어오겠지. 얼굴에 물을 맞을지도 몰라. 눈에라도 들어가면……."

원자력발전소라는 최첨단 시설이 원시적인 노동으로 지탱되고 있었다는 사실. 이 책은 2011년에 있었던 후쿠시마 제1원자력 사고 이후에 다시 주목을 받게 되었습니다.

또 한 권은 『봄에는 철까지도 냄새가 났다春は鉄までが匂った』(1979)로, 이것은 조금 다른 각도에서 공장에서 일하는 사람들을 그린 작품입니다. 저자인 고세키 도모히로小関智弘는 이때 이미 선반공으로 20여 년의 캐리어를 가진 동시에 《신일본문학》에 속해 있는 동인지 작가였습니다. 『봄에는 철까지도 냄새가 났다』는 공장과 원전

과 같은 대규모 현장이 아니라 도쿄 오타구大田区 주변 마을에 있는 작은 공장에서 일하는 숙련공에 대해서 그리고 있습니다.

'대형 NC선반공, 기계 가공공, 복합 프라이즈반공……모집. 중간 레벨의 견습공도 가능'

이런 광고에서부터 이야기는 시작됩니다. 12년간 근무하던 공장을 그만두고 일자리가 없었던 '나'는 간신히 이 공장에서 일하게 되어 흥분한 마음으로 마흔다섯 살 NC선반공의 견습생이 되는데 다른 숙련공들은 연달아 공장을 그만둡니다. 이 부분은 거의 사소설. 이후 그는 주변의 공장을 찾아다니며 변해가는 공장들과 숙련공들의 민낯을 전달합니다.

이러한 작품의 가치는 쇼와 초기의 프롤레타리아 문학과 비교해보면 잘 알 수 있습니다. 패전 이전의 프롤레타리아 문학은 계급에는 민감했어도 노동 현장을 정확하게 그려냈다고는 볼 수 없습니다. 『게 가공선』을 읽어봐도 게 통조림의 제조공정은 불분명합니다.

그렇다면 『자동차 멸종공장』과 『원전집시』는 무엇인가 하면 '사소설의 수법으로 쓴 프롤레타리아 문학'이겠지요. 이 기준에 따르면 스스로 체험한 것을 그린 사타

이네코佐多稲子의『캬라멜 공장에서キャラメル工場から』
(1928)와 노자와 후미코野澤冨美子의『벽돌 만드는 여공煉
瓦女工』(1940)이야말로 프롤레타리아 문학의 원점이었을
지도 모르겠습니다. 또한 베스트셀러가 된 도요다 마사
코豊田正子의『철자 교실綴方教室』(1937)도, 야스모토 스에
코やすもとすえこ의『둘째 오빠にあんちゃん』(1958)도 노동
자 가정의 生活을 그리고 있다는 점에서 사소설적 프롤
레타리아 문학일 것입니다. 미야모토 유리코宮本百合子
도, 사타 이네코도, 히라바야시 다이코平林たい子도 프롤
레타리아 문학의 팀에 있었던 여성작가들은 모두 사소
설 작가였습니다. 패전 이전의 사소설과 프롤레타리아
문학은 파벌 싸움을 할 때가 아니라 서로의 약점을 보
완하고자 손을 잡았어야 했던 것입니다.

근대의 검증으로 향한 역사소설

　픽션과 논픽션의 경계상에 있는 장르라고 하면 뭔가
생각나지 않으세요? 그렇습니다, 역사소설입니다.
　앞장에서도 이야기한 것처럼 '시대소설'이 전국시대
戦国時代(일본의 15세기 말~16세기 말에 걸쳐 전쟁이 계속되었던 시

대-역주)와 에도시대 등을 무대로 한 픽션(『구라마텐구』나 『네무리 쿄시로』)인 것에 반해 '역사소설'은 역사상의 사건과 실재 인물에서 취재한 논픽션적인 요소를 포함한 소설입니다.

시대소설에 관한 이야기를 먼저 하자면, 1960년대부터 1980년대에 걸쳐 활약하고 지금도 높은 인기를 자랑하고 있는 작가로는 이케나미 쇼타로池波正太郎와 후지사와 슈헤이藤沢周平, 두 사람을 들 수 있을 것입니다.

이케나미 쇼타로는 히쓰케토조쿠아라타메카타火付け 盗賊改方(에도시대 중죄에 해당하는 방화, 도적, 도박을 감시하는 직책-역주)의 장관 하세가와 헤이조長谷川平蔵를 모델로 한 이색적인 추리극 『오니헤이의 판결 기록鬼平犯科帳』시리즈(1968~1990)로, 후지사와 슈헤이는 우나사카번海坂潘 이라고 불리는 가공의 번(모델은 야마가타현의 쇼나이번庄内藩과 쓰루오카번鶴岡潘)을 무대로, 『황혼녘 세이베에たそがれ 清兵衛』와 『매미 떼의 합창蝉しぐれ』(모두 1988) 등 하급 무사들을 주인공으로 한 작품들로 알려져 있습니다.

그들의 작품이 지금도 인기가 있는 이유는 무대는 근세일지라도 이야기는 현대적이기 때문입니다. 작품 속에 등장하는 무사는 지금의 회사원이나 관료처럼 느껴집니다. 실제로 매일 성으로 출근하던 당시의 무사들은 현대의 샐러리맨과 닮았습니다. 고도성장기 이후 화려한 검호 소설보다도 하급 무사를 주인공으로 한 소설을 (특히 중년 남성들이) 좋아하게 된 이유는 상사와 부하, 남편과 아내, 부모와 자식 등 현대의 회사원들이 느끼는 희로애락과 겹치는 부분이 많기 때문일 것입니다.

문학사상 무시할 수 없는 또 한 명의 시대소설 작가로는 야마다 후타로山田風太郎를 들 수 있습니다. 의사에서 작가로 변신한 야마다 후타로는 1945년(당시 그는 의대생이었습니다)에 적어놓은 일기를 모아 출판한 『전중파 부전일기戰中派不戰日記』(1971)로 알려져 있는데 그의 시대소설의 대표작을 한 가지만 든다면 역시 『닌자의 기술첩忍法帳』시리즈일 것입니다.

1958년부터 1974년까지 장편만 약 30편, 단편도 넣으면 100편이 넘는 이 시리즈의 기념할 만한 제1권은 『고가 닌자의 기술첩甲賀忍法帖』(1958). 도쿠가와 이에야스德川家康의 명을 받아 3대 장군을 결정하고자 다케치요竹千代 측의 고가슈甲賀衆(에도시대 오미국近江国[현 시가현滋賀県] 고가군의 토착 무사들로, 예로부터 전해 내려오는 닌자의 기술을 가진 것으로 유명함-역주) 열 명과 구니치요国千代 측의 이가슈

伊賀衆(에도시대 이가[현 미에현三重県 서부]의 토착 무사들로 고가슈와 함께 닌자의 기술로 유명함-역주) 열 명이 닌자의 기술을 둘러싸고 승부를 겨룹니다. 설정은 심플하지만, 이 닌자들은 인간의 영역을 훨씬 뛰어넘는 요괴나 몬스터, 괴수들입니다. 그들의 끝없는 사투에는 2차 세계대전에 대한 비판이 담겨있다는 지적도 있습니다. 시대소설은 그럴 마음만 먹으면 얼마든지 황당무계한 전개가 가능합니다.

하지만 역사소설은 그렇게는 할 수 없습니다.

역사소설은 역사를 3인칭의 소설 형식으로 마치 '지켜봐온 듯이' 그리는 장르. 대상으로 하는 시대는 고대부터 근현대를 포함합니다. 특히 1970년대에는 메이지부터 쇼와까지 '근대'를 제재로 한 작품이 잇달아 등장했습니다.

먼저 시바 료타로司馬遼太郎. 오사라기 지로大佛次郎, 가이온지 조고로海音寺潮五郎, 야마오카 소하치山岡荘八 등 동시대의 다른 역사소설가보다도 시바 료타로가 지금까지도 눈에 띄는 인기를 누리고 있는 것은 고도의 이야기성 때문입니다. 《산케이신문産経新聞》의 기자에서 소설가가 된 시바는 『료마가 간다竜馬がゆく』(1963),

『타올라라 검燃えよ劍』(1964), 『나라 훔친 이야기国盗り物語』(1965~1966) 등으로 이미 인기 작가가 되었는데 메이지 100주년이 되는 해(1969)부터 연재를 시작한 『언덕 위의 구름坂の上の雲』(1969~1972)으로 일약 국민 작가로서 지위를 확립했습니다.

"정말로 작은 나라가 개화기를 맞이하려고 하고 있다./그 열도 안의 한 개의 섬이 시코쿠四国로, 시코쿠는 사누키讚岐, 아와阿波, 도사土佐, 이요伊予로 나누어져 있다. 이요의 중심은 마쓰야마松山. (중략) 이 이야기의 주인공은, 이 시대의 작은 일본이 될지도 모르지만, 어찌됐든 우리는 세 명의 인물을 추적해보기로 하겠다."

이 과장스러운 첫머리에 이어서 『언덕 위의 구름』은 시코쿠 마쓰야마에서 자란 세 명의 주인공(하이진俳人[일본의 열일곱 자로 된 정형시인 하이쿠俳句를 짓는 사람-역주]인 마사오카 시키正岡子規, 러일전쟁에서 활약한 군인 아키야마 요시후루秋山好古와 사네유키真之 형제)을 중심으로 그들의 인생과 메이지의 역사를 써 내려갑니다. 위의 첫머리에서도 알 수 있듯이 시바는 신神의 시점에서 역사 전체를 내려다보는 것을 좋아합니다. 역사의 해석에 있어서 잘라낼 부분은 과감하게 잘라냈기 때문에 시바 료타로의 작품에는 거짓이 많다고 비판하는 역사가들도 많지만 그러한 공죄를 포함해서 그 영향력은 오늘날까지도 이어지고 있습니다.

하지만 시바 료타로는 쇼와에 대해서는 쓰지 않았습니다. 그가 전쟁으로 향하는 파시즘의 시대를 싫어했기 때문입니다. 하지만 싫어하는 시대라면 더욱더 파헤칠 필요가 있습니다.

시바 료타로와는 반대로 실증 가능한 역사적 사실만을 고집한 사람이 요시무라 아키라吉村昭입니다. 사료를 빽빽하게 집어넣은 요시무라의 작품은 그야말로 '기록문학'이라는 이름에 어울리는 것입니다.

출세작인 『전함 무사시戰艦武蔵』(1966)는 제2차 대전 중에 극비리에 건조되어 마리아나 해전 등에 참전하지만 임무에 종사한 지 불과 2년만인 1944년에 격침된 전함 무사시의 일생(?)을 추적한 작품으로, 광기에 가까운 전쟁의 '장대한 헛된 모습'이 그 실체를 드러냅니다.

요시무라 아키라의 1970년대의 대표작은 『관동대지진関東大震災』(1973)일 것입니다. 1923년 9월 1일 관동(간토) 일대를 덮친 매그니튜드 7.9의 대지진. 작품 첫머리에 지진 예측학자를 배치하는 등 구성을 세밀하게 짜면서 다수의 일차적인 역사적 자료를 바탕으로 하고 있습니다. 작품은 10만 5천여 명의 목숨을 앗아간 지진의 발생으로부터 후일담에 이르기까지의 과정을 상세하게 전달합니다. 특히 조선인 대학살을 둘러싼 유언비어가 어떻게 발생하여 어떻게 전파해갔는지를 실증적으로 추적한 부분은 압권입니다.

시대 배경과 함께 인물을 묘사하는 기술이 탁월한 작가는 시로야마 사부로城山三郎입니다. 나오키상 수상작인 『소카이야 긴조総会屋錦城』(1955, 소카이야는 소수의 주식을 가지고 주주총회에 출석하여 협박 등의 행위를 하는 사람을 일컬음-역주)가 그러했듯이 시로야마 사부로는 경제인과 관료를 주인공으로 한 작품(경제소설이라고 부릅니다)의 작가로도 알려져 있는데 대표작 중 하나인 『지는 해 불타다落日燃ゆ』(1974)는 도쿄재판에서 A급 전범으로 처형된 유일한 문관 히로타 고키広田弘毅의 생애를 그린 역사소설입니다. 외무성의 화려한 분위기에 적응하지 못한 채 쉰 살이 넘을 때까지 출세와 무관했던 일개 외교관이 왜 정치의 세계에 빠져들었을까? 굳이 위험을 무릅쓰고 만주사변 후에 수상이 된 히로타는 화합 외교를 주장하며 '통솔권의 독립'을 내세우고 전횡을 일삼는 군부와 끔찍한 싸움을 계속합니다. 평화를 호소한 문관이라는 히로타 고키의 이미지는 이 책을 통해서 알려졌다고 해도 과언이 아닐 것입니다.

여성 역사소설가로는 에도 중기에 기소木曽에 있는 세 개의 강(기후현 남서부에서 아이치현, 미에현 북부에 펼쳐져 있는 노비濃尾평야를 흘러가는 세 개의 강-역주)의 치수(治水, 물을 다스려 홍수를 방어하는 것-역주)를 둘러싸고 일어난 사건을 다룬 작품『홀로 시름하는 바닷가孤愁の岸』로 1963년에 나오키상을 수상한 스기모토 소노코杉本苑子, 가마쿠라막부鎌倉幕府(1185년~1333년에 있었던 일본 최초의 무사 정권-역주) 성립의 뒷면을 그린『염환炎環』(작은 불이 모여 원을 이루고 큰 힘이 된다는 뜻-역주)으로 1965년에 나오키상을 수상한 나가이 미치코永井路子 등의 선구자들이 있습니다. 또한 1950년대에 데뷔하여 왕성한 작가 활동을 해온 세토우치 자쿠초瀬戸内寂聴(하루미晴美)는 오카모토 가노코岡本かの子의 평전『가노코 난만かの子繚乱』(1965)과 오스기 사카에大杉栄와 이토 노에伊藤野枝의 연애를 그린『아름다움은 어지러움 속에 있다美は乱調にあり』(1966), 사회주의 운동의 투사였던 간노 스가菅野スガ를 모델로 한『희미한 목소리遠い声』(1970) 등의 전기소설을 발표했습니다.

하지만 묻혀있던 여성사를 밖으로 끄집어냈다는 의미에서는, 보통은 논픽션 작가로 분류되는 사와치 히사에澤地久枝도 훌륭한 역사소설가로서의 면모를 가지고 있습니다. 게다가 사와치는 무명인 사람들에 대해서 쓰기를 고집했습니다. 데뷔작인『아내들의 2·26사건妻たちの二・二六事件』(1972)은 1971년 여름에 2·26사건(1936년 2월 26일에 육군 황도파皇道派 청년 장교들이 국가 개조 등을 목적으로 1500여 명의 부대를 이끌고 수상 관저를 습격한 쿠데타—역주)으로 처형된 장교들의 유족들이 모인 법요法要 장면에서부터 시작됩니다. 청년 장교들이 결기한, 쇼와사의 그늘이라고 하는 2·26사건에 가담한 장교들은 모두 젊었고 그 아내들도 대부분 20대였습니다. 남편이 역적으로 처형된 후 그녀들은 어떻게 살아왔을까? 작자는 상세한 역사적 자료와 함께 취재한 기록들, 3인칭 역사소설과 같은 서술방식을 구사하여 열네 명의 여성들이 보낸 35년간의 세월을 추적합니다. 패전 이전 사건들에 관여한 여성들을 다룬『쇼와사의 여자昭和史のおんな』(1980), 미드웨이해전의 전모를 미일 양국 병사들의 시점을 통해서 그린『푸른 바다여 잠들라蒼海よ眠れ』(1984~1985) 등 사와치는 이후에도 다채로운 작품을 발표하고 있습니다.

소년 소녀 시절의 전쟁 체험을 다시 바라본다

여기에서 약간 관점을 바꿔봅시다.

논픽션의 융성과 함께 1970년대에는 제2차 세계대전에 대한 검증이 진행되었습니다.

소년 시절의 전쟁 체험을 바탕으로 한 노사카 아키유키野坂昭如의 『반딧불의 무덤火垂るの墓』(1967)은 이미 출판되어있었고, 후에 시리즈가 된 야마나카 히사시山中恒의 『우리들 소년 소녀 국민ボクラ少国民』(1974)도 1970년대에 출판되었습니다. 후에 전쟁교재의 기본이 된 다카기 도시코高木敏子의 『유리 토끼ガラスのうさぎ』(1977)가 자비출판의 형태로 세상에 나온 것도 1970년대입니다. 『우리들 소년 소녀 국민』은 군국주의 소년이었던 자신의 소년 시절과 전쟁 중 교육의 실태를 비판적으로 검증한 논픽션. 『유리 토끼』는 도쿄대공습(1945년)으로 어머니와 두 명의 여동생을 잃고 피난처인 가나가와현 니노미야초神奈川県二宮町에서 아버지를 잃은 열두 살의 '나'를 화자로 설정한 자전적인 논픽션으로 오랫동안 읽히고 있습니다.

하야시 교코林京子의 데뷔작인 『축제의 장祭りの場』(1975)이 아쿠타가와상을 수상한 것도 이 시기였습니다. 『축제

의 장』은 나가사키長崎의 원폭에 대해서 그린 소설입니다. 히로시마의 원폭에 대해서 그린 하라 다미키의『여름꽃』과 비견되는 일도 많은데 패전 직후에 쓰인『여름꽃』과는 상당히 느낌이 다릅니다. 아쿠타가와상보다 오야상이 어울린다고 할 정도로 이것은 객관적이고, 거리를 두고 사건을 바라보는 듯한 시점을 가진 작품입니다.

첫머리에 나온 것은 미국의 과학자가 도쿄대 교수에게 보낸 '항복 권고서'. 소설은 원폭 투하로부터 30년이 지난 시점에서 '내'가 당시를 되돌아보는 형식으로 진행됩니다. N고등학교의 여학생이었던 열네 살의 '나'. 학도병 동원으로 폭발의 중심지에서 가까운 미쓰비시병기공장三菱兵器工場에서 일하고 있을 때 폭발이 일어납니다. 그것은 순식간에 벌어진 사건이었습니다. 나가사키대학의 구호보고서 등을 인용하고 자세한 숫자들을 섞어가면서 그날의 광경을 묘사하고 있는데 특히 자신의 신체적인 변화를 보고하는 필치는 너무나 냉정하고 침착합니다. 속편인『유리 세공품ギヤマン ビードロ』(1978)에서는 문학적인 표현이 눈에 띄는데 오히려 문학적인 기교가 없는 데뷔작의 건조함이야말로 소중하게 여겨집니다.

전쟁을 그린 작품이 왜 1970년대에 다수 발표된 것일까?

근대에 대해서 반성하는 분위기 속에서 이전의 전쟁도 점검의 대상이 되었고, 그와 더불어 작가에게는 자신이 고령이 되기 전에 지금 쓰지 않으면 안 된다는 우려가 있었다는 점. 게다가 패전 후 25년이 지나 거리를 두고 전쟁을 바라볼 수 있는 시점을 획득했다는 것이 중요하다고 생각됩니다.

노사카 아키유키(1930년생), 야마나카 히사시(1931년생), 다카기 도시코(1932년생), 하야시 교코(1930년생)는 모두 같은 세대. 열세 살부터 열다섯 살의 나이에 전쟁을 체험한 사람들입니다. 스스로 체험한 것을 언어로 표현하기 위해서는 20~30년의 세월이 필요했을지도 모릅니다.

역사학자인 나리타 류이치成田龍一는 세 명의 대담집인 『전쟁문학을 읽다戦争文学を読む』(2008. 단행본의 서명은 『전쟁은 어떻게 이야기 되어졌는가戦争はどのように語られてきたか』)에서 제2차 세계대전에 관해서 이야기하는 방법은 세 시기에 따라 다르다고 말합니다. 제1기는 1945~1960년대 후반으로, 이 시기에는 '피해자 의식'에 중점을 둔 이야기 방법이 주류를 이루었고(『버마의 하프ビ

ルマの竪琴』와『24세의 눈동자二十四の瞳』가 이 시기의 작품), 제2
기는 1960년대 후반~1980년대 후반으로, 이 시기에는
침략전쟁을 일으킨 쪽의 '가해자성'을 발견하게 되었습
니다. 제3기는 1990년대 이후로 '전쟁을 이야기하는 방
법' 그 자체에 의문을 제시하게 되었습니다.

전쟁을 검증하는 초대형 작품의 등장

위의 분류에 따르면 1970년대는 제2기, 전쟁의 가해
자성을 의식한 시대입니다.

사실 이 시기에는 전쟁문학의 최고봉이라고 할 만한
대작이 출판되었습니다. 오오카 쇼헤이의『레이테 전
쟁기レイテ戦記』(1972), 오니시 교진大西巨人의『신성한 희
극神聖喜劇』(1968~1980)입니다.

오오카 쇼헤이는 1944년 3월에 소집되어 필리핀 마
닐라로 보내진 후, 이듬해 1945년 1월 미군 포로로 레
이테섬 포로수용소에 수용되었습니다.『포로기俘虜記』
(1949)는 그때의 체험을 사소설에 가까운 방식으로 엮은
데뷔작입니다. 그 후 오오카는 역시 레이테섬을 무대로
절망적인 상황에 몰린 병사를 그린『들불野火』(1952)로

독자들에게 커다란 충격을 주었습니다. 그러나 작자는 이 작품만으로는 충분하지 않아 후속작을 쓰게 됩니다.

레이테섬은 8만 명이 넘는 일본군과 약 4천 명의 미국군이 희생된, 태평양전쟁 중에서도 가장 잔혹한 전쟁터였습니다. 『레이테 전쟁기』는 그 전말을 미·일의 공식자료와 종군기, 르포, 생환자의 증언 등을 바탕으로 하고 있습니다. 또한 미·일의 사령관에서부터 일개 병졸의 시점까지 모든 자료를 구사하여 검증하고 있습니다. 작품의 마지막 부분에서 작가는 미·일의 가해자성을 지적하고 있습니다.

"태평양전쟁을 미국의 극동정책과 일본의 자원 확보의 필요성이 충돌한 것으로 파악한다면, 불쌍한 필리핀 사람들의 희생을 바탕으로, 농경을 주로 하는 하나의 섬에서 일어난 공방전에 양쪽의 첨단적인 군사기술이 사용된 것이 레이테섬을 둘러싼 미·일 육해군의 격투였다고 할 수 있다." "레이테섬의 전투 역사는 건망증을 가진 미·일 국민에게, 다른 사람의 땅에서 돈을 벌려고 하면 어떠한 일을 당하는지를 보여주고 있다."

한편 오니시 교진은 1942년 1월(미·일 개전[1941년 12월] 직후)에 소집되어 나가사키현의 쓰시마対馬요새 중포병연대에 배속되었습니다. 『신성 희극』은 그때의 체험을 바탕으로 쓴 소설입니다.

　주인공은 스물네 살의 '나' 도도 다로東堂太郎. 쓰시마 요새 중포병연대에 배속된 육군 이등병으로, 한번 읽은 문장은 그대로 암기해버리는 초인적인 기억력을 가지고 있습니다. 원래 "세계는 진지하게 살아갈 가치가 없다" "나는 이 전쟁으로 죽어야 한다"라고 생각하는 니힐리스트인 도도였지만, 군대에 뿌리박혀있는 부조리를 견딜 수가 없어서 군대의 규칙을 전부 외우고 있는 기억력을 무기로 상관과 논쟁을 벌이고 직장의 차별과 편견에 맞서 싸웁니다. 묘사한 기간은 겨우 3개월. 하지만 작자는 1960년부터 20여 년의 세월에 걸쳐 이 대작을 완성했습니다.

　오니시 교진이 '세속적 욕망과의 결탁俗情との結託'이라는 표현으로 노마 히로시野間宏의 『진공지대真空地帶』(1952)를 비판한 것은 유명한 이야기입니다. 노마 히로시는 1941년에 소집되어 필리핀으로 보내졌다가 말라리아로 다시 일본으로 돌아옵니다. 하지만 좌익운동을 한 경력이 해가 되어 육군형무소에 수감됩니다. 『진공지대』는 그 체험을 바탕으로 한 대작으로, 베스트셀러

가 되었습니다. 오니시 교진은 군대를 '특수한 경우=진 공지대'라고 한 노마 히로시의 군대관에 대해서 이의를 제기합니다. 그는 군대는 차별과 편견이 깊숙하게 뿌리를 내린, 무책임한 체계가 압축되어있는 일본 사회의 축소판이라고 생각했던 것입니다.

여기에다 조금 후의 일입니다만, 추리소설가 모리무라 세이이치森村誠一는 만주(현재의 중국 헤이룽장성黑竜江省)의 하얼빈에서 몰래 활동하고 있었던 일본 육군의 세균부대 '731부대'를 제재로 한 소설 『악마의 포식惡魔の飽食』(1981)을 발표했습니다. 서브 타이틀은 『관동군 세균전 부대』 공포의 전모!『関東軍細菌戦部隊』恐怖の全貌!'. 육군 군의관인 이시이 시로石井四郎 중위가 지휘했기 때문에 '이시이 부대'라고도 불린 이 부대는 생물병기의 개발과 치료법 연구라고 하는 인체실험을 업무로 하는 특수부대였습니다. 구 일본군의 알려지지 않은 사실은 사람들에게 충격을 주었고 『악마의 포식』은 엄청난 베스트셀러가 되었습니다.

역사를 제재로 한 작품들은 현대와 관련되는 시점을 가지지 않으면 의미가 없습니다.

그런 면에서 다른 작품을 하나 더 살펴보고 싶은데

요. 고마쓰 사쿄小松左京의 『일본 침몰日本沈没』(1973)이 그것입니다. 간행된 것은 관동대지진이 일어났던 해로부터 50년이 되는 시점. 우선 일러두자면 이것은 가까운 미래의 SF, 완전한 픽션입니다(당연합니다). 그러나 최신의 플레이트 텍토닉스plate tectonics(1960년대 후반에 등장한 이론으로 지구의 다양한 변동의 원동력이 지구의 표면을 덮는 플레이트에 의한다는 설-역주) 이론 등을 담은 수법은 역사소설을 방불케 합니다.

이야기는 물리학자인 다도코로 유스케田所雄介 박사와 심해 관측 잠수정인 '와다쓰미わだつみ'의 조종책임자인 오노데라小野寺를 중심으로 진행됩니다. 197×년 여름에 이즈제도伊豆諸島의 도리시마鳥島해안에서 작은 섬이 가라앉습니다. 이변을 눈치챈 오노데라와 다도코로는 지진 관측 데이터에서 일본열도에 이변이 생긴 것을 직감하고 조사에 착수합니다. 정부는 처음에는 반신반의하지만 결국 일본 각지에서 화산의 분화와 지진이 이어지고, 도쿄에서는 대지진이 발생하고, 후지산富士山이 분화. 마지막에는 열도가! 이야기의 후반부에서는 수상이 고민 끝에 일본인들을 열도에서 탈출시키겠다는 결단을 내립니다.

언젠가 일어날지도 모르는 '미래'를 예고한 '역사소설'. 경제성장에 들떠 있을 때가 아니라는 생각을 여러 사람이 공유하고 있었던 것입니다.

전중파 세대의 고전적 상경 청춘 소설

그럼 기분을 전환하여 순문학으로 눈을 돌려봅시다.

순문학계의 1970년대(특히 후반) 최대 토픽은 패전 후에 출생한 작가들이 연이어 데뷔한 것입니다. 이른바 단카이 세대団塊世代(1947~1949년에 태어난 베이비 붐 세대-역주), 전쟁에 대해서 모르는 작가들이 등장한 것입니다. 인생 경험이 적은 젊은 작가들의 상당수는 청춘 소설로 데뷔했습니다(그것밖에 쓸 것이 없었기 때문입니다). 따라서 1970년대 후반에는 다양하고 다채로운 청춘 소설이 탄생했습니다.

그 전에 단카이 세대보다 하나 윗세대의 청춘 소설부터 이야기해보겠습니다.

우선 이쓰키 히로유키의 장편소설 『청춘의 문青春の門』. 이쓰키는 1960년대에는 소련과 동유럽에서 인상을 쓰며 젠체하는 남자들에 관한 소설을 썼는데 그와 전혀

다른 『청춘의 문·지쿠호편筑豊編』(1970)으로 요시카와 에이지문학상을 수상, 일약 인기 작가가 되었습니다.

주인공은 1935년생인 이부키 신스케伊吹信介. 『지쿠호편』은 후쿠오카현 지쿠호지구(다가와시田川市, 이이쓰카시飯塚市)를 무대로, 신스케가 초등학생 때부터 고등학교를 졸업할 때까지의 체험을 그린 소설입니다. 어머니는 이미 돌아가셨고 탄광 사고로 아버지도 돌아가신 후, 아버지의 후처였던 다에タ고를 어머니로 삼고 성장한 신스케. 사춘기를 맞이한 신스케의 응어리, 중학교 음악 선생님에 대한 동경, 같은 탄광 주택에서 자란 마키 오리에牧織江와의 첫 경험……. 흔하다고 하면 아주 흔한 내용입니다.

다만 『청춘의 문』은 상경한 청년의 좌절을 그리고 있다는 점에서 고전적인 청춘 소설의 형태를 답습하고 있습니다. 신스케가 상경한 후의 이야기를 그린 『자립편自立編』(상·1971/하·1972)은 화려한 도회지에 압도되거나 머리가 좋은 좌익 학생에게 콤플렉스를 느끼거나 하는 내용으로, 바로 쇼와의 『산시로』라고 할 수 있습니다. 그렇지만 그는 옛날의 약한 인텔리 청년과는 다릅니다. 학생증을 전당포에 저당 잡히거나 피를 팔아서 학비를 벌고 번화가를 쏘다니며 쉽게 여자들과 자고 이케부쿠로池袋의 유흥업소에서 일하는 오리에를 구출하러 가기도 합니다. 엔터테인먼트 계열의 젊은이는 담력이 다릅니다.

방송작가에서 소설가가 되어 동시에 극작가로도 활동해온 이노우에 히사시井上ひさし도 데뷔 당시에는 청춘 소설을 썼습니다. 소설 데뷔작인『목킹포트 신부의 뒤처리モッキンポット師の後始末』(1972)는 도쿄에 있는 가톨릭 계열의 학생 기숙사(성 바울 기숙사)에 사는 세 명의 가난한 학생들에 관한 이야기입니다. 이들은 수상한 아르바이트에 연달아 손을 대고, 정작 일이 터지면 기숙사의 책임자인 목킹포트 신부가 뒤처리합니다. 도대체 이 세 명이 언제 학교에 가는지는 알 수 없지만, 그들도 역시 '상경한 젊은이들'이었습니다.

한편 이노우에 히사시의『푸른 잎 우거지다青葉繁れる』(1973)도 상경 예비군이라고 할 수 있는 고등학생들을 그린 청춘 소설입니다. 무대는 1950년대의 센다이仙台. 시점 인물인 다지마 미노루田島稔는 '도호쿠 제일의 수재들의 학교'인 현립 남자고등학교(통칭 '일고')의 3학년생. 작품은 열등생 그룹인 미노루를 포함한 악동 5인조

의 '악행'을 웃음 가득한 필치로 추적합니다. 사실 이 작품은 상당히 문제가 있습니다.

5인조는 아침부터 밤까지 섹스에 관한 것 외에는 흥미가 없고 결국 해서는 안 되는, 근처에 있는 여자고등학교(통칭 '이녀二女')의 학생을 대상으로 '강간미수'를 저지릅니다. "유머와 반골 정신으로 넘친 청춘 문학의 걸작"(분슌문고文春文庫의 커버)이라고 하는데 만약 이것이 현대에 벌어진 일이라면 그들은 '강제 외설죄'로 체포되어 '땅에 떨어진 센다이의 명문 남고'라는 제목으로 주간지에 실렸을 것입니다. 이런 의미에서는 정말이지 말도 안 되는 소설입니다.

그렇다면 이들 전중파 세대戰中派世代(제2차 세계대전 중에 청춘 시절을 보낸 세대-역주)의 청춘 소설을 어떻게 읽을 것인가?

주의해야 할 점은 한 가지. 엔터테인먼트 계열의 인기 작가가 1970년대에 발표한 이 청춘 소설들은 1960년대에 일세를 풍미한 순문학 계열의 청춘 소설, 즉『그래도 우리의 나날—』과『빨간 모자야 조심해』에 대한 대립 명제antithesis라는 것입니다.

『청춘의 문·자립편』의 무대는 1955년. 가난과 싸우는 한편 여러 명의 여자와 관계를 맺고 있는 이부키 신스케는 『그래도 우리의 나날—』과 동시대의 대학생이라고는 볼 수 없습니다. 아침부터 밤까지 발정하는 『푸른 잎 우거지다』의 고등학생들은 얼토당토않은 무리이지만 그보다 4년 전에 출판된 『빨간 모자야 조심해』와 나란히 놓고 읽어보면 처음으로 그 의도가 무엇인지 분명하게 드러납니다. 여기에는 타이틀에 쓰인 '빨간'과 '푸른'의 대비도 포함하여 '남자 고교생들이 생각하고 있는 것 따위 한 꺼풀 벗기면 다 그런 거야'라는 비판성 또는 적개심이 담겨있습니다. 약한 인텔리들이 짊어져 온 메이지 이후의 청춘 소설의 전통은 1970년대에는 이미 과거의 유물이 되어가고 있었던 것입니다.

패전 후에 태어난 작가들의 잡다한 청춘

고도 경제성장에도 그림자가 드리워질 무렵, 새로운 청춘 소설들이 연이어 탄생합니다.

인기와 실력을 겸비한 단카이 세대의 작가들이 대거 데뷔한 이 시기는 지질학에 비유하면 고생대 캄브리아기, 오늘날로 이어지는 동물들의 타입(문門)이 모두 등장한 '캄브리아의 대폭발', 후타바테이 시메이와 모리 오가이 등이 등장한 메이지 20년대를 방불케 합니다.

패전 후에 태어난 작가로 처음으로 아쿠타가와상을 수상한 것은 나카가미 겐지中上健次(1964년생)입니다. 수상작인『곶岬』(1975)은 기슈를 무대로, 육체노동에서 기쁨을 발견하고 복잡한 혈연관계 속에서 발버둥 치는 스물네 살 청년인 다케하라 아키유키竹原秋幸의 이야기입니다. 이것이『고목탄枯木灘』(1977),『땅끝 지상의 시간地の果て 至上の時』(1983)으로 이어지는 나카가미 월드의 출발점으로 잘 알려져 있습니다. 처음으로 아쿠타가와상에 노미네이트된 작품인『19세의 지도十九歳の地図』(1973)는 젊은이의 초조함을 좀 더 직접적으로 그린 청춘 소설이었습니다.

화자인 '나'는 도쿄의 신문판매점에서 기숙하면서 아르바이트를 하는 열아홉 살 재수생. 하지만 학원에는 거의 가지 않고 같은 판매점에서 일하는 서른 살의 남자와 한 방에서 무기력하게 살아가고 있습니다. "나약하게 거짓 미소를 짓고 작은 소리로 불만을 털어놓으며 세상을 살아가는 놈들처럼 된다고 생각하면 소름이 끼쳐"라고 생각하는 '나'는 신문 배달구역에 관한 상세한 지도를 작성하여 그 구역에 있는 집 중에서 골라 '처형'이라는 의미로 ×자 표시를 해놓고, 그 집에 계속해서 공중전화로 장난 전화를 겁니다. 그의 분노는 더욱 격해져 도쿄역으로 열차를 폭파하겠다는 예고 전화를 겁니다. "폭파라는 말 따위 우스워. 완전히 날려준다고 하잖아." 이 주인공에게 안절부절못하는 상경 소년들은 단지 적일 뿐입니다.

1976년에는 무라카미 류村上龍(1952년생)의 데뷔작인 『한없이 투명에 가까운 블루限りなく透明に近いブルー』가 아쿠타가와상을 수상합니다. 작자가 스물네 살 미대생이기도 해서 떠들썩하게 화제가 되었습니다. 아쿠타가와상 수상작으로서는 『태양의 계절』 『빨간 모자야 조심해』 이후에 처음으로 베스트셀러가 된 작품이었습니다.

이야기는 열아홉 살인 '나' 류リュウ를 화자로, 미군기지가 있는 마을인 도쿄 외곽의 홋사福生에 모인 젊은이들을 그리고 있습니다. 젊은이들이 마약과 섹스에 탐닉하여 파티를 즐기는 것 이외의 전모는 밝혀지지 않습니다. 그것은 이야기를 통괄하고 상황을 설명하는 화자인 '나'를 잃어버렸거나 거부하고 있기 때문입니다. "비행기 소리는 안 들렸다. 귀 뒤쪽에서 날고 있는 벌레의 날

갯소리였다"라든지 "바퀴벌레는 케첩이 끈적하게 담긴 접시에 머리를 처박고 등은 기름으로 젖어있었다"라는 묘사만 등장하고 '나'는 생각하려고도, 설명하려고도 하지 않습니다. 독자에게는 원근법이 잘못된 그림과도 비슷한 불안을 느끼게 합니다. 마약중독자의 오감을 재현한 듯한 『한없이 투명에 가까운 블루』는 상당히 실험적인 작품이라고 할 수 있습니다.

그에 비하면 1977년에 아쿠타가와상을 수상한 미타 마사히로三田誠広(1948년생)의 출세작인 『나는 뭐지?僕って何』(1977)는 훨씬 알기 쉬운 리얼리즘 소설입니다. 그 내용은 학생운동을 완전히 희화화한 것이었습니다. 화자인 '나'는 도쿄의 대학에 갓 입학한 열여덟 살. 대학은 학원 분쟁이 한창으로, '나'도 당파 싸움에 휘말리고 맙니다. 게다가 모 당파의 간부인 도가와 레이코戸川玲子가 나도 모르게 '나'의 아파트에 눌러앉게 되어 두 사람의 기묘한 동거생활이 시작됩니다. 집에서 단지 놀고먹는 레이코. 그런 연상의 연인에게 마냥 휘둘리기만 하는 '나'. 젊은이들이 진지하게 싸웠던 학생운동은 이제 희극에 지나지 않는 것입니다.

한편 미야모토 테루宮本輝(1947년생)의 아쿠타가와상

수상작인 『반딧불 강蛍川』(1978)은 약간 고풍스러운, 사춘기 소설에 가까운 작품입니다. 1962년의 호쿠리쿠 도야마北陸富山를 무대로, 이야기는 중학교 3학년인 다쓰오竜夫와 그의 어머니인 지요千代를 중심으로 진행됩니다. 부모님은 나이 차가 많이 났는데 어느 날 아버지가 뇌졸중으로 쓰러집니다. 빚을 져서라도 아들을 고등학교에 보내겠다는 어머니. 소꿉친구인 소녀를 향한 흔들리는 마음. "어른이 되도 진정한 친구로 지내자"라고 맹세한 친구의 익사. 곳곳에서 눈시울을 뜨겁게 하는 서정적인 이야기는 데뷔작인 『진흙의 강泥の河』(1977)과 함께 '잊고 있던 근대문학'이 먼지를 털고 부활한 듯한 느낌이었습니다.

그런가 하면 오로지 무예와 스포츠에 열중하는 고교생들도 있습니다. 다카하시 미치쓰나高橋三千綱(1948년생)의 아쿠타가와상 수상작인 『9월의 하늘九月の空』(1978)은 검도에 열중하는 소년의 이야기입니다. 도쿄 외곽의 조후調布에 있는 고등학교에 다니는 주인공 고바야시 이사무小林勇는 검도부에 소속된 고등학교 1학년생. 매일 다마강多摩川 주변을 달리는 것이 일과입니다. 누나의 속옷 차림에 아찔해지기도 하고, 아버지와 대판 싸우기

도 하고, 엄격한 선배에게 질려서 합숙 도중에 몰래 빠져나오기도 합니다. 진부하다고도 할 수 있지만 실제로 서클 활동이 생활의 전부라고 하는 고등학생들도 적지 않았습니다. 야구에 몰두하는 소년을 그린 아사노 아쓰코あさのあつこ의『배터리バッテリー』(1996~2007), 수영부를 무대로 한 모리 에토森絵都의『다이브!DIVE!』(2000~2002) 등, 이후에 많은 인기 있는 작품들이 탄생하여 하나의 장르로 성장한 '서클 소설'의 선구적인 작품들입니다.

이듬해에는 무라카미 하루키村上春樹(1949년생)가 군조 신인문학상 수상작인『바람의 노래를 들어라風の歌を聴け』(1979)로 데뷔합니다. 다른 어떤 작품보다도 매우 특이한 스타일의 소설이었습니다. "완벽한 문장이라는 것은 존재하지 않아. 완벽한 절망이 존재하지 않는 것처럼 말이지"라는 의미심장한 문장으로 시작되어 "이 이야기는 1970년 8월 8일에 시작되어 18일 후, 즉 같은 해 8월 26일에 끝난다"라고 기한을 정한 상태에서 시작됩니다. 대학교 1학년 여름에 항구가 있는 마을로 귀성한 '나'의 이야기로, 텍스트를 해석해보려고 도전해보지 않으면 확실한 내용은 알 수가 없고, 단지 '한여름 동안의 추억'을 그린 것처럼 보이기도 합니다. 하지만『바람의

노래를 들어라』는 그 후에 생각지도 못한 형태로 줄기를 뻗어나가 많은 팬을 확보하여 그들을 매료시킵니다. 독자적인 무라카미 월드가 형성된 것입니다. 세련된 표층과는 달리 이것도 상당히 실험적이고 도발적인 작품이었습니다.

　반대로 다테마쓰 와헤이立松和平(1947년생)의 노마문예신인상 수상작인『멀리서 울리는 천둥소리遠雷』(1980)는 당시의 청춘에 입각해서 쓴 작품입니다. 무대는 우쓰노미야宇都宮로 보이는 간토 북쪽에 있는 마을로, 주인공인 와다 미쓰오和田満夫는 스물세 살. 도시화가 한창 진행 중인 교외의 비닐하우스에서 토마토 재배에 힘쓰고 있는 젊은이입니다. 형은 도쿄에서 은행원이 되었고, 아버지는 집을 나갔고, 어머니는 아르바이트로 육체노동을 합니다. 논밭을 주택단지와 공업단지에 팔아넘기고 농업을 포기하는 집이 눈에 띄는 가운데 미쓰오와 동갑내기인 고지広次만이 농업으로 성공하려는 꿈을 가지고 있습니다. 하지만 이야기의 결말에서는 불미스러운 사건이 일어납니다. 이 작품은 '요즘 젊은이'일 수도 있는 당시의 청년이 농업에 전념하는 스토리입니다. 약한 인텔리의 청춘 이야기에 질린 독자의 눈에는 그 설정 자체가 신선했다고 할 수 있을 것입니다.

'청춘 문학의 대폭발'은 왜 일어났는가?

이야기하는 방식도, 이야기의 대상이 되는 청춘도 각양각색. 모두 미묘하게 언짢은 상태라는 공통점은 있어도 주인공들은 전부 '주변의 젊은이들'입니다. 그들은 도쿄에 대한 환상도 없고, 원래 엘리트도 아니었기 때문에 '지식인은 어떻게 살아야 하는가?'와 같은 고민과도 인연이 없으며, 정치적이지도 않습니다. 노파심에서 부연설명을 하자면 이른바 사소설은 한 작품도 없습니다.

그럼 왜 이 시기에 '청춘 소설의 대폭발'이 일어났을까?

한 가지 이유는 청춘의 질이 다양해진 것에 있습니다. 이 세대는 1970년 전후에 청춘 시절을 보낸 『빨간 모자야 조심해』의 주인공인 가오루 군과 거의 같은 세대입니다. 가오루 군은 도쿄의 중산계급 가정에서 태어나 엘리트 고등학교에서 도쿄대 입학을 목표로 한 수험생이었습니다. 하지만 그런 아이는 극히 소수에 불과합니다. '일류 대학에 들어가 일류 기업에 취직한다'는 고도성장기의 목표도 이미 무너지기 시작했습니다. 신문

판매소의 기숙사에서 무기력하게 지내는 친구도 있는가 하면, 기지가 있는 마을에서 비틀거리고 있는 친구도 있고, 서클 활동으로 땀을 흘리는 고등학생도 있으며, 토마토 재배에 정열을 쏟는 청년도 있습니다. 전후 민주주의는 이 세대에게 그 정도로 다양한 청춘을 보장한 것입니다.

또 한 가지 이유는 다양한 청춘을 등용하는 인재 등용 시스템이 갖춰졌기 때문입니다. 소설가를 목표로 삼는 것은 예전에는 쉬운 일이 아니었습니다. 옛날의 문학청년들은 상경해서 저명한 작가의 문을 두들기거나 아르바이트를 하면서 동인지 활동을 통해 기술을 연마하는 것 외에는 방법이 없었습니다(그렇기에 다른 것 같지만 대체로 비슷한 약한 인텔리를 그린 청춘 소설만 제조되었던 것입니다). 그러나 1950년대부터 1960년대에 걸쳐 창설된 각 문예지의 신인문학상은 수행의 과정을 단축해 젊은 작가가 갑자기 문단에 등장할 수 있는 길을 열어주었습니다. 문호가 열려 다양한 작가들의 다양한 작품이 세상에 나오기 쉬워진 것입니다(그 선구적인 예가 1955년의 문학계신인상 수상작이었던 이시하라 신타로의 『태양의 계절』이었습니다).

여기에 또 한 가지 이유로 '1인칭 소설'이 정착한 것을 들 수 있습니다. 많은 청춘 소설이 '보쿠僕(나)'라는 1인칭1원元소설(한 사람의 시점에서 쓰인 소설)인 점에 주목해주세요. 1인칭 소설은 이와노 호메이가 "나僕는 여름 동안 고우즈国府津의 해안가에서 지내게 되었다"로 시작되는 치정소설인 『탐닉』(1909)에서 발명해낸 방법이라고 하는데 1960년대까지는 일반적으로 쓰이지는 않았습니다. 사소설의 대다수는 주로 'A남자는……'이라고 쓰는 3인칭1원(3인칭이지만 주인공의 심정에 근접해서 쓰는 방법-역주)소설이었습니다.

'나僕'를 자주 사용하여 그 효과를 알린 것은 오에 겐자부로와 쇼지 가오루일 것입니다. 내용도 그렇지만 『빨간 모자야 조심해』는 문체의 면에서도 새로웠습니다. 역시 단카이 세대에 속하는 사와키 고타로의 『질 수 없는 자들』도 '나'라는 1인칭으로 자신과 스포츠 선수를 그리는 일종의 청춘 소설(적인 논픽션)이었습니다.

남성의 일상어인 '보쿠(나)'는 '와타시私(나)'보다 가볍고 '오레おれ(나)'보다 격식을 차린 표현이라는 점에서 사용하기 쉬운 1인칭입니다. 평온한 일상에 숨어있는 불안을 이야기하는 현대의 소설들과 궁합이 잘 맞습니다. 실제로 1970년대 후반 이후에는 '신의 시점'에서 말하는

3인칭 소설이 오히려 드물어졌습니다. 사소설이 아닌 '보쿠 소설'을 필요할 때마다 이용하는 단카이 세대 작가들의 등장은 '1인칭 소설'의 시작을 예고하는 것이었습니다.

흥미로운 것은 이 무렵부터 1980년대에 걸쳐 아쿠타가와상에서 '예상 밖의 패배'가 눈에 띄게 되었다는 점입니다. 특히 나중에 세계적인 작가로 노벨상 후보로까지 거론되고 있는 무라카미 하루키에게 아쿠타가와상을 주지 않은 것은 아쿠타가와상의 '오점'으로 회자되고 있습니다. 구세대의 심사위원들이 패전 후에 태어난 작가들의 소설을 이해할 수 없었다는 하나의 증거일 것입니다.

여성작가들의 전위적인 취향

그럼 같은 시기에 세상에 나온 전쟁 이후 세대인 여성작가들은 어땠을까요?

이 시기에 데뷔한 여성작가들의 공통점은 기존의 '소설다움'을 거부하는 것에서부터 출발하고 있다는 점입니다.

최근에는 전혀 사용하지 않지만 '에크리튀르 페미닌

écriture féminine'이라는 말이 있었습니다. 프랑스의 페미니스트 줄리아 크리스테바Julia Kristeva, 뤼스 이리가레Luce Irigaray, 엘렌 식수Hélène Cixous 등이 1970년대에 유행시킨 개념으로, '권력화한 남성이 지배하는 언어'에 대항하는 '권력을 교란시키는 여성의 언어' 정도의 뉘앙스를 가집니다. 상당히 추상적이지만 1970년대 이후의 여성작가들의 작품에는 분명히 '교란'의 기미가 보입니다.

30대 중반에 시인에서 소설가로 변신한 도미오카 다에코富岡多惠子는 이 방면의 선구적인 작가였습니다.

소설 데뷔작인『언덕을 향해서 사람들은 줄을 선다丘に向ってひとは並ぶ』(1971)는 "야마토ヤマト라는 나라에서 왔다고 해도 야마토라는 나라가 어디에 있는지 아무도 모른다"라는 일본 그 자체를 상대화시키는 문장으로 시작하는 우화 또는 신화풍의 작품입니다(야마토는 일본의 다른 이름-역주). 이야기는 남자를 대표하는 '쓰네양ツネやん'과 여성을 대표하는 '오타네おタネ' 부부, 그들 아이들의 생애를 그리고 있는데 이것은 악의로 가득 찬 일본의 근대 가족을 풍자하고 있습니다. 1980년대에는 이런 종류의 '거짓 역사'를 그린 작품이 잇달아 발표되는데 센스는 도미오카 다에코가 한 수 위입니다.

다무라 도시코田村俊子상을 수상한 도미오카의 첫 장편소설인 『식물제植物祭』(1973)는 30대 중반의 '와타시(나)', 즉 쓰시마 씨ッシマ상와 스물네 살의 '보쿠(나)'인 나쓰키ナッキ가 진행을 담당하고 있는 소설입니다. 두 사람은 드라이브와 데이트를 즐기는 친구 이상·애인 미만의 관계인데, 나쓰키의 출생의 비밀(누나인 미사코ミサコ가 사실은 열여덟 살 때 자신을 낳은 엄마였다)이 밝혀지면서 '마녀인 엄마'가 그로테스크하게 그려집니다. 이를 통해서 애인과 엄마에 대한 남자들의 환상을 멋지게 깨부수고 있습니다.

패전 후에 태어나 동인지에서 두각을 나타내고 1970년대에 지반을 굳힌 쓰시마 유코津島佑子도 처음에는 너무나 낯선 작가였습니다. 출세작인 『사육제謝肉祭』(1971)는 유원지와 서커스를 무대로 한 연작. 그중에 하나인 『회전목마メリー・ゴーラウンド』에서는 기상천외한 일이 지나치게 많이 일어나, 작품 속의 유원지에서 미아가 된 소년과 마찬가지로 독자도 자칫하면 미아가 될 지경입니다.

그 후 쓰시마 유코는 싱글맘을 주인공을 한 소설로 인정을 받았습니다. 제1회 노마문예신인상을 수상한

『빛의 영역光の領分』(1979)도 그렇습니다. 화자인 '나'는 남편과의 동거 끝에 결혼하여 딸을 낳았는데 생활력이 없는 남편은 헤어져서 살고 싶다고 말합니다. '나'는 세 살인 딸을 맡기고 도서관에서 근무하면서 주상복합 빌딩의 맨 꼭대기에 거처를 마련한 후, 혼자서 딸을 키우기로 합니다. 하지만 여기에서 묘사되는 것은 별거와 이혼을 둘러싼 고뇌가 아니라 다른 남자와의 하룻밤을 포함한 일상생활입니다. 한 부모 가정에 관한 소설은 나중에 하나의 장르를 이룰 정도로 많아지는데 이것은 그 선구적인 작품이라고 할 수 있습니다.

패전 후에 태어나 같은 세대의 작가들보다 한발 빠르게 데뷔한 인물로 가나이 미에코金井美恵子가 있습니다. 그녀가 얼마나 조숙했는지는 데뷔작인『사랑의 생활愛の生活』(1967)을 읽어보면 알 수 있습니다. "하루의 시작이 시작된다"라고 시작되는 이 소설은 '나'의 하루를 그리고 있는데 타이틀인 '사랑의 생활'이란 아무래도 '결혼생활'을 의미하는 것 같습니다. 열아홉 살의 여성작가가 스물다섯 살 주부의 권태로운 생활을 1인칭으로 그린다, 이러한 악의와 그에 대한 비평성과 과시는 매우 강렬합니다.

문학계신인상을 수상한 마쓰우라 리에코松浦理英子의 열아홉 살 데뷔작인 『장례식 날葬儀の日』(1987)도 전위적인 작품이었습니다. 텍스트는 장례에서 우는 것을 직업으로 하는 '우는 사람'인 '나'와 그 패거리 중 한 명으로 '웃는 사람'인 '그녀'와의 관계를 그리고 있습니다. 이후에 발표되는 『내추럴 우먼』(1987)을 참고해보면 그 의도는 어렴풋이 드러납니다. 너무 가깝다는 이유로 맺어질 수 없는 일심동체인 두 사람. 이것은 여성의 동성애와도 비슷한 감각입니다.

내용으로만 보더라도 이 작품들은 종래의 남녀관계와는 다른 관계를 모티브로 하고 있습니다. 굳이 공통점을 찾아보면 '반反 로맨틱 러브 이데올로기'의 감각입니다. 로맨틱 러브 이데올로기란 '사랑과 결혼과 섹스'를 삼위일체로 보는 사상을 가리킵니다. 달리 말하면 '사랑하는 두 사람이 맺어진다'라는 연애 결혼 이데올로기인 것입니다. 1970년대 초반에 우먼 리브 운동이 출현해서 남녀의 규범을 둘러싼 이전의 가치관이 크게 흔들렸다는 것은 위에서 언급했는데 우먼 리브의 영향에 의한 가치관의 동요는 이 시대의 소설에서도 공통적으로 나타납니다.

이러한 작품들은 프로인 비평가들에게는 높은 평가를 받았지만 사실 일반 독자들 사이에서 화제가 된 것은 이러한 전위적인 작품들이 아니었습니다. 여성작가의 작품으로 1970년대 베스트셀러가 된 것은 미노베 노리코見述典子의 데뷔작 『이제 턱은 괴지 않겠다もう類づえはつかない』(1978)와 열아홉 살인 나카자와 게이中沢けい의 데뷔작 『바다를 느낄 때海を感じる時』(1978)입니다.

『이제 턱은 괴지 않겠다』의 화자인 '나'는 도쿄의 사립대를 다니고 있는 학생. 반 동거 관계에 있는 하시모토橋本 군과 방랑자 같은 서른 살의 헤어진 애인 쓰네오恒雄 사이에서 마음이 흔들립니다. 결국 '나'는 임신을 하게 되는데 누구의 아이인지도 모릅니다. 불성실한 남자들에게 염증을 느낀 '나'는 혼자서 임신중절수술을 받은 후, 강렬한 말과 함께 두 남자를 걷어찹니다. "쓰레기를 버리는 김에 너와 너의 아이도 내다 버렸어."

한편 『바다를 느낄 때』는 여고생의 성 체험을 그리고 있습니다. 화자인 '나'는 엄마와 딸만 있는 편모 가정에서 자란 고등학교 3학년생. 도쿄에서 일하면서 대학에 다니고 있는 선배와 사귀고 있는데 두 사람 사이에 육체적인 관계가 있다는 것을 안 엄마는 '더럽다'며 격분

합니다. 엄마에게 거북함을 느끼게 된 '나'는 될 대로 되라는 식으로 애인에게 애걸합니다. "나, 가지고 놀아도 돼요. 당신 곁에 있고 싶어요."

이 두 권이 베스트셀러가 된 이유는 독자들이 가진 음란한 부분을 자극했기 때문일 것입니다. 여대생과 여고생의 성 체험을 그리고 있는 것만으로도 흥분할 정도로 당시의 일본은 보수적이었습니다. 여대생과 여고생이 소설의 주인공으로 문학에서 두각을 나타내는 것은 조금 나중의 일이지만, 이 소설들의 가치를 묻는다면 동시대의 남자에 관한 청춘 소설을 상대화한 점에 있습니다. 여자들의 입장에서 보면 남자 고등학생들의 섹스에 대한 관념은 정말이지 '태평한 것'입니다.

현기증이 날 정도의 대작과 초대형 사소설

마지막으로 1970년대에 완결된 두껍고 장대한 대작에 대해서 언급하겠습니다.

먼저 1947년부터 써온 노마 히로시의 『청년들의 고리青年の環』(1971). 1946년에 집필을 시작하여 이 시점에서 5장까지 출판된 하니야 유타카埴谷雄高의 『사령死靈』

(1976. 미완이지만 작자의 죽음으로 완결된 것은 1997)입니다.

『청년들의 고리』의 무대는 중일전쟁 중의 오사카. 피차별부락의 융화사업을 담당하는 시청 직원인 야바나 마사유키矢花正行와 자산가의 아들로 정치운동에서 탈락된 친구 다이도 이즈미大道出泉. 대조적인 두 명의 청년을 중심으로 이야기는 진행됩니다. 그러나 100명 이상의 인물이 등장하는 데다가 줄거리는 뒤섞이고, 토론은 끊임없이 계속되고 있습니다. '전체소설'을 목표로 한만큼 따라가기가 쉽지는 않습니다.

『사령』의 무대는 쇼와 10년대(1935~1944)의 도쿄. 도스토옙스키의 『카라마조프의 형제들』과 마찬가지로 네 형제의 이야기입니다. 주인공인 미와 요시三輪与志는 미와 집안의 차남입니다. 구 학제로 고등학생인데 인간과 접촉하는 것이 힘든 오타쿠 계열. 장남인 미와 다카시三輪高志는 대학생. 지하활동으로 구류된 적도 있는 정치 청년으로, 지금은 결핵에 걸려 병상에 누워있습니다. 여기에 폭군인 그들의 아버지와 친구들이 더해져서 이야기가 진행되는데 '형이상 소설'이라고 불리는 만큼, 텍스트는 철학적인(평범한 사람에게는 의미를 알 수 없는) 사변으로 넘쳐납니다. 전권을 다 읽은 사람은 없을 것이라고 하는 괴물과 같은 작품입니다.

일본의 전통 예능이라 할 수 있는 사소설 방면에서도 패전 후의 집대성이라 할 만한 대작이 완결됩니다. 단 가즈오檀一雄의『현세의 사람火宅の人』(1975)과 시마오 도시오島尾敏雄의『죽음의 가시死の棘』(1977)입니다.

사소설이 작가의 행동 범위가 확장됨에 따라서 다양한 형태로 발전을 이루어온 것은 앞서 살펴본 대로입니다.『현세의 사람』과『죽음의 가시』는 그러한 신흥 사소설과는 다른 보수 주류의 정통파로, 본가 또는 원조라고 할 만한 정통 사소설입니다. '남편의 바람'에 불과한 내용을 다룬 이 소설들을 작가들은 오랜 세월에 걸쳐 (『현세의 사람』은 1955년부터 끊겼다 이어졌다를 반복하면서 20년,『죽음의 가시』는 1960년부터 16년) 필생의 작업으로 여기고 조금씩 발표해왔습니다.

『현세의 사람』의 화자인 '나' 가쓰라 가즈오桂一雄는 마흔다섯. 아내를 잃은 후 전쟁미망인이었던 지금의 아내 요리코ヨリ子와 재혼한 지 10년, 열한 살부터 한 살까지 아이가 네 명입니다. 그런 작가가 열아홉 살이나 연하인 연극배우 야지마 게이코矢島惠子에게 연정을 느껴 둘이 관계를 하게 된 것부터 이야기는 시작됩니다. 이 사

실을 들킨 날 주고받은 부부의 대화가 무섭습니다.

"'나는 게이코와 일을 쳤으니까 그것만은 말해두지……'/'알고 있어요'/'알고 있을 턱이 없는데……, 어째서?'/'당신 같은 유명한 분이 하시는 일은 무슨 일이든 다 일일이 전해진다고 생각하셔야죠……'"

이야기는 이때부터 작가가 쉰 살이 될 때까지 5년 동안에 일어난 일을 그리고 있는데, 사실상 이것은 있을 곳을 잃어버린 작가의 방랑기에 가깝습니다. 가족이 사는 집, 밀회용으로 빌린 아파트, 애인이 사는 집. 그 사이를 왔다 갔다 하면서 있을 곳을 잃어버린 작가는 반쯤은 도망치듯이 일본 각지로, 미국으로, 유럽으로 여행을 떠납니다.

한편 『죽음의 가시』는 가정 내에서 벌어진 전쟁에 관한 이야기입니다. 화자인 '나' 도시오トシオ는 서른아홉, 아내인 미호ミホ는 서른일곱입니다. 결혼하고 10년이 지나 여섯 살이 된 아들과 네 살 된 딸을 가진 부부입니다. 소설은 "우리는 그날 밤부터 모기장을 치는 것을 그만두었다"라는 평범한 문장으로 시작됩니다. 그날 '내'가 외박을 하고 점심이 지나 집으로 가보니 책상과 바닥과 벽에 잉크가 흩뿌려져 있었습니다. 아내가 일기장

을 본 거야! 그날부터 시작된 지옥 같은 나날들. "나는 당신의 뭐야?'/'아내입니다'/'이게 아내인가? 아내다운, 어떤 대접을 받아본 적이 있었나?'"

끊임없이 계속되는 심문 앞에서 '나'는 저자세로 빌지만 가정은 파탄이 납니다. 결국 아내는 심인성 신경병을 앓고 정신과 병동에 입원할 지경이 됩니다.

이것은 대체 어디까지가 작자의 진짜 체험일까?

나중에 사와키 고타로는 단 가즈오의 부인인 요리코ヨリ子를 취재하여 엮은 『단檀』(1995)에서, 가케하시 구미코梯久美子는 『미치는 사람-『죽음의 가시』의 아내 시마오 미호狂う人ー『死の棘』の妻・島尾ミホ』(2016)에서 각각 소설의 감춰진 사실을 검증하고 있습니다. 결론적으로 말하자면 『현세의 사람』도, 『죽음의 가시』도, 다분히 허구적인 요소를 포함하고 있어서 작품에서 그리고 있는 대로 아내의 실상이 반드시 '악처'는 아니었다고 판명이 났습니다.

그렇다고는 해도 두 작품이 독자의 간담을 서늘하게 했던 것은 분명한 사실입니다. 가정이 있는 사람이 애인을 만들면 이렇게 되는 건가……라는 공포로 독자들은 두려워하며 전율했습니다.

그와 동시에 여기에서 묘사되고 있는 지식인인 작가의 모습은 너무나 우스꽝스럽습니다.

이후에도 사에키 가즈미佐伯一麦, 나기 게이시南木佳士, 구루마타니 조키쓰車谷長吉, 니시무라 겐타西村賢太 등 사소설로 특화된 순문학 작가들이 탄생하지만, 그들은 멸종 위기종으로 지정된 투구 게와 같습니다. 자학적이고 바보 같은 과시를 위주로 하는 전통 예능처럼 여겨졌던 사소설은 질적으로도, 양적으로도, 매우 훌륭한 위의 두 작품을 마지막으로 그 명맥이 끊겼다고 할 수 있습니다.

1981년에는 고지마 노부오가 1968년부터 써온『헤어지는 이유別れる理由』도 완결되었습니다. 이것은『포옹 가족』의 속편이라고 할 수 있는 소설로, 제1권은 아직 소설다운 체제를 유지하고 있지만 제2권, 제3권은 완전히 액체처럼 녹아내려 수습 불가능한 이야기로 바뀌고 맙니다.

전쟁에 대한 검증부터 초대작超大作의 완결까지. 이와 같은 흐름을 살펴보면 1970년대는 패전 후의 숙제를 질질 끌고 와서 다시 문제로 삼은 시대였다고 할 수 있을 것입니다.

3장
1980년대 유원지로 변하는
순문학

포스트모던과 문화가 무르익다

1980년대는 이전의 규범이 무너진 곳에서부터 시작된, 문화가 충분히 무르익은 시대였습니다. '쇼와의 분카분세이시대文化文政時代(에도시대 후기인 분카분세이시대[1804~1830]로, 현 도쿄를 중심으로 상공업자들의 문화가 충분히 무르익은 시기-역주)'라고 해도 될 것입니다.

1980년대 미국에서는 레이거노믹스Reaganomics(로널드 레이건 대통령의 정권에서 실시한 경제정책의 총칭-역주), 영국에서는 대처리즘Thatcherism(마거릿 대처 수상이 내건 사회, 경제정책의 총칭-역주)이 진행되어 '작은 정부'를 목표로 하는 신자유주의경제 노선으로 경제정책이 전환되었습니다. 일본에서도 일본전신전화공사가 NTT그룹으로, 일본전매공사가 일본담배산업주식회사JT로 이름을 바꾸고(양쪽 모두 1985년), 1987년에는 국철이 분할·민영화되어 JR그룹이 발족했습니다.

현재의 입장에서 바라보면 이후에 나타나게 되는 '격차(불평등)사회'는 이때부터 시작된 것입니다.

그렇지만 어쨌든 1980년대의 일본은 들떠있었습니다. 사회학자인 에즈라 보겔Ezra Vogel이 『재팬 애즈 넘버원Japan as Number One』에서 고도 경제성장을 실현한 일본형 경영의 장점을 분석한 것이 1979년으로, 당시의 일본인들은 자신들이 '세계의 승자'가 된 듯한 착각에 빠져있었습니다. 1985년의 플라자 합의로 시작된 '버블 경기(버블 경제)'는 일본인을 점점 더 우쭐대게 했습니다.

문화면에서도 공해와 전쟁과 진지하게 마주하던 약간 '음침'했던 1970년대와는 달리, 1980년대의 문화는 밝은 '양'의 기운이었습니다. 만자이漫才(두 사람이 한 조가 되어 재미있는 이야기를 주고받는 일본 고유의 예능. 연기자 두 명이 보케[바보]와 츳코미[추궁]로 역할을 나누어 웃음을 자아냄-역주) 붐으로 개그맨이 톱스타가 되었고, 카피라이터가 시대의 총아가 되어 광고 표현이 '문화'로 승격했습니다. 아사다 아키라浅田彰와 나카자와 신이치中沢新一 등 젊은 학자들이 뉴 아카데미즘의 기수로 인기를 모았습니다.

'디즈니랜더제이션Disneylandazation'이란 말이 있습니다. 도쿄 디즈니랜드가 개원한 것은 1983년. 디즈니랜더제이션이란 건축사 연구가인 나카가와 오사무中川理가 『위장하는 일본偽装するニッポン』(1996)에서 주장한 개념으로, 1980년대의 공공건축물이 지나치게 '재미'만을 추구한 나머지 동물 등을 모사한 이상야릇한 디자인들이 난무하게 된 현상을 가리킵니다.

문학에서도 유사한 점이 있었습니다. 1980년대의 문학은 때때로 '포스트모던 문학'이라고 불립니다. 포스트모던(탈근대) 문학이란 무엇인가? 장 프랑수아 리오타르Jean Francois Lyotard는 『포스트모던의 조건』(1989, 원저 1979)에서 '거대한 이야기의 종언'과 '지식인의 종언'을 지적하고 있는데, 건축을 예로 들어 말하자면 기능성과 합리성만을 추구한 건축물이 '모던', 재미를 추구하여 규범에서 벗어난 건축물이 '포스트모던'입니다.

이 시대 소설의 외형적인 특징을 한 가지 들자면 '탈리얼리즘'입니다. 사실을 중시하는 논픽션 시대에서 사실을 걷어차는 초픽션의 시대로, 소설의 트렌드는 완전히 정반대 방향으로 달리기 시작했던 것입니다.

1980년대를 예고한 청춘 소설

이 시대를 상징하는 (또는 예언하는) 작품은 1980년대 초에 화제를 불러일으킨 청춘 소설 두 권이었습니다. 한 권은 다나카 야스오田中康雄의 데뷔작인 『어쩐지, 크리스탈なんとなく, クリスタル』(1981), 다른 한 권은 시마다 마사히코島田雅彦의 데뷔작인 『부드러운 좌익을 위한 디베르티멘토優しいサヨクのための喜遊曲』(1983)입니다.

『어쩐지, 크리스탈』의 무대는 '1980년 6월의 도쿄'. '나' 유리由利는 1959년생, 모델 클럽에 소속되어있는 대학생으로 두 살 연상의 준이치淳一와 진구마에 욘초메 神宮前四丁目의 1DK(한 개의 방과 주방이 있는 주거 형태-역주)에서 동거 중입니다. 1년 유급을 하게 된 준이치는 다른 대학의 5학년생. 퓨전 계열의 밴드에서 키보드를 담당하고 있습니다. 이 소설이 화제가 된 가장 큰 이유는 텍스트에 등장하는 어마어마한 양의 브랜드명 때문이었습니다. "테니스 연습이 있는 날에는 아침부터 마지아 Magia나 필라의 테니스웨어를 입고 학교까지 간다. 보통 때에는 기분에 따라 보트 하우스Boat House나 브룩스 브라더스의 트레이너를 입는다"처럼 말입니다.

게다가 이 고유 명사들에는 "필라-테니스계의 '무표정 왕자' 비요른 보리(스웨덴의 테니스 선수였던 비요른 보리를 일컬음-역주)의 브랜드"라는 식으로 전부 주가 붙어있습니다. 그 수가 무려 400개 이상.

마치 상품 카탈로그와 같은 이 소설에 분노한 사람들은 많았습니다. 그도 당연합니다. 『어쩐지, 크리스탈』은 여러 의미에서 기성의 문학에 대한 강렬한 비판, 안티테제가 되어있었기 때문입니다. 기존의 청춘 소설이 줄곧 해온 빈곤과 열혈 자랑, 우울함 자랑에 대해서 코웃음을 치는 듯한 불손한 태도. 구세대에게는 의미를 알 수 없는 가타카나의 브랜드명을 여봐란듯이 선보이는 비꼬는 태도. 즉 이것은 '지식인 비판'에 가까웠습니다. 그들이 신봉한 사상가들의 이름과 여대생이 신봉하는 브랜드명이 어디가 다르지라고 도발하고 있는 것입니다.

한편 『부드러운 좌익을 위한 디베르티멘토』의 주인공인 지도리 히메히코千鳥姫彦는 '혁명가인 속 좁은 놈'으로, 자신을 '변화를 주도하는 사람'이라고 지칭하는 대학생입니다. 그는 "나는 어느 쪽이냐 하면 좌익이야, 그렇지만 이미 좌익 따위는 인기 없잖아"라고 인식하고 있습니다. 하는 짓은 '사회주의 어릿광대단'을 결성해서 소련의 수뇌를 흉내 내는 게임에 흥분하는 등 못된 장난질뿐입니다.

21세기인 지금 이 시점에서 읽어보면 이것이 페레스트로이카에서 소련 붕괴로 이어지는 과정을 예견하고 있다는 점에서도 놀랍습니다. 지도리는 "내가 1960년대부터 1970년대에 걸쳐 대학에 있었다면 심한 봉변을 당했을 거라고 생각해. 아마 숙청당했을 거야"라고 말합니다. 이 소설이 융통성 없는 침울한 옛 좌익 지식인을 야유하고 있는 것은 분명합니다.

1960년대의 『그래도 우리의 나날―』과 『빨간 모자야 조심해』로 이미 한 번은 정리된 '지식인 문제'가 1980년대에 다시 되풀이됩니다.

이러한 사정에 대해서 비평가인 이소다 고이치磯田光一는 『좌익左翼이 좌익サヨク이 될 때左翼がサヨクになるとき』(1986, 보통 한자로 표기하는 '左翼'을 시마다 마사히코는 가타카나로 'サヨク'라고 표기하고 있다. 이것은 기존의 좌익 지식인에 대해서 비아냥거리는 의미를 담고 있음-역주)에서 다음과 같이 이야기합니다. "우리들은 패전 후의 '정치와 문학' 논쟁과 '순문학' 논쟁이 무엇을 논쟁의 전제로부터 배제시켰는지에 대해 다시 한번 생각해봐야 한다." 당시의 비평은 '정치와 문학' 논쟁에서 보수계의 리버럴한 지식인들을 배제시켰고, '순문학' 논쟁에서는 대중문학을 배제시켰다. 그러나 "'정치와 문학' 논쟁은 나중에 마르크스주의 이상의 효율성으로 자본주의가 대중의 생활 수준을 향상시켰을 때 그 전제도 크게 상대화될 수밖에 없었다."지금 일어나고 있는 현상은 과거에 대한 젊은 세대의 복수라는 것입니다.

아사다 아키라는 『구조와 힘構造と力』(1983)에서 탈근대의 정신을 다음과 같이 설명합니다. "대상과 깊은 관계를 맺고 전면적으로 몰입하는 동시에 대상을 가차 없이 밀어내어 잘라버리는 것. (중략) 간단히 말하면 흥미를 잃으면서도 흥미를 느끼고, 흥미를 느끼면서도 흥미를 잃어버리는 것. 바로 이것이다."

흥미를 잃으면서도 흥미를 느끼고, 흥미를 느끼면서도 흥미를 잃어버리는 것. 이에 따르면 『어쩐지, 크리스탈』과 『부드러운 좌익을 위한 디베르티멘토』는 바로 '포스트모던 문학'이었습니다.

덧붙이자면 1980년대를 대표하는 의외의 포스트모던 문학의 작가는 가타오카 요시오片岡義男였다고 생각합니다. 가타오카 요시오는 『느린 부기우기로 해줘スローなブギにしてくれ』(1976)로 1970년대 '청춘 소설의 대폭발' 시기에 데뷔한 작가입니다. 하지만 엄청난 수의 작품이 문고로 출판되어 젊은이들의 마음을 사로잡은 것은 1980년대였습니다. 골수 문학 팬들에게는 무시를 당했지만, 가타오카의 작품들은 일본 문학의 전통과는 처음부터 관련이 없었습니다. 『느린 부기우기로 해줘』는 오

토바이를 좋아하는 소년과 고양이를 좋아하는 소녀가 동거하는 이야기입니다. 오토바이로 질주하는 대표적인 장면이 보여주고 있듯이 텍스트는 주인공의 배경에도, 내면에도 들어가지 않고 외형적인 묘사에만 집중합니다. 이것은 미국의 하드보일드 문학에 가까운 스타일입니다. 무라카미 하루키도 처음에는 하드보일드의 영향을 받았다고 하는데 그보다도 가타오카 요시오가 한 걸음 앞서 있었다는 것은 특기해둘 필요가 있겠지요.

고유의 노선을 발견한
나카가미 겐지, 무라카미 류, 무라카미 하루키

1970년대에 등장한 단카이 세대 작가 중에서 1980년대를 리드하고 일본 문학을 대표하는 작가로 한 걸음을 내디딘 것은 나카가미 겐지, 무라카미 류, 무라카미 하루키였습니다. 이 세 명의 공통점은 고전 예능적인 사소설이 아닌 것은 물론이고, 전통적인 리얼리즘 소설과도 선을 긋는 방향으로 나아갔으며 심지어는 각자 독자적인 작품 스타일을 구축한 것입니다.

무라카미 류는 첫 장편소설인 『코인로커 베이비즈ᄀ

イン・ロッカー・ベイビーズ』(1980)로 크게 비약했습니다.

주인공은 태어나서 바로 코인로커에 버려졌지만, 기적적으로 살아난 기쿠キク(세키구치 기쿠유키関口菊之)와 하시ハシ(미조우치 하시오溝内橋男). 두 사람은 같은 유아원에 수용되었고 초등학교에 입학하자 일찍이 탄광으로 번창했던 '규슈 서쪽의 외딴 섬'에 사는 구와야마桑山 부부에게로 보내져 형제로 자랍니다. 10여 년이 지난 후 열일곱 살이 된 하시는 친엄마를 찾는다며 가출하고 결국 가수로 성공합니다. 한편 장애물 높이뛰기 선수가 된 기쿠는 하시를 따라 도쿄로 향하는 데 함께 상경한 엄마는 사고로 죽습니다. 그리고 우연히 재회하게 된 친엄마를 살해한 죄로 하코다테函館에 있는 소년형무소에 수감됩니다.

기쿠와 하시는 1972년생. 무대는 1980년대 후반의 '가까운 미래'입니다. 『코인로커 베이비즈』는 그들이 거대한 코인로커(와 같은 것)를 파괴하고 자신을 되찾을 때까지의 이야기입니다. SF적인 이야기를 현실에 머물게 하는 것은 기쿠가 말하는 '폐허'가, 두 사람이 자란 폐쇄된 탄광의 풍경과 겹쳐지기 때문입니다. 근대의 힘으로 파괴된 탄광촌의 저주. 그들에게 번영을 자랑하는 도쿄는 동경의 대상이 아니라 파괴의 대상인 것입니다.

무라카미 하루키는 『바람의 노래를 들어라』의 속편인 『1973년의 핀볼1973年のピンボール』(1980)을 거쳐 『양을 둘러싼 모험羊をめぐる冒険』(1982)을 발표. 이 세 작품은 후에 '쥐 3부작'이라고 불리면서 '아는 사람들은 아는 작가'였던 무라카미 하루키를 일약 인기 작가로 발돋움시킵니다.

『양을 둘러싼 모험』은 『코인로커 베이비즈』 이상으로 비현실적인 소설입니다. 무대는 1978년으로 화자인 '나'는 홍보용 잡지 등을 제작하는 작은 사무소의 공동 경영자. 아내가 이혼하자고 한 참이었습니다. 그런 '내' 앞에 나타난 의문의 사나이. 그의 의뢰는 '등에 별 모양의 얼룩무늬를 가진 양'을 찾는 것이었습니다. 비슷한 시기에 친구인 쥐가 '나'에게 편지를 보냅니다. 이렇게 해서 그는 의문의 양과 실종된 쥐를 찾으러 여자 친구와 함께 삿포로札幌로 향합니다.

줄거리만 보면 엔터테인먼트 계열의 탐정소설이나 환상소설 같지만, 여기에 우익의 거물과 양을 둘러싼 홋카이도의 개척사가 중요한 개념으로 등장하여 소설은 갑자기 순문학처럼 치장하게 됩니다.

'열두폭포 마을十二滝村'이라는 가공의 마을에서 '양 남자羊男'와 만난 '나'는 양 남자가 쥐라는 것을 꿰뚫어보고 다음과 같은 질문을 합니다. "너는 이미 죽었잖아?"

실종된 친구와의 영원한 이별, 레이먼드 챈들러Raymond Chandler의 『기나긴 이별』을 상기시킵니다.

1980년대 무라카미 하루키를 대표하는 또 다른 작품은 『세계의 끝과 하드보일드 원더랜드世界の終りとハードボイルド・ワンダーランド』(1985)입니다. 이야기는 '세계의 끝'이라고 불리는 세계에 사는 '나'의 이야기와 '하드보일드 원더랜드'라는 세계에 사는 '나'의 이야기가 교대로 등장하는 형식으로 진행됩니다. '세계의 끝'은 높은 벽으로 둘러싸여 유니콘이 사는 세계. '하드보일드 원더랜드'는 '야미쿠로やみくろ'라는 정체불명의 생물(인가?)이 침입한 세계. 밑바탕은 완전한 판타지 소설입니다. 다만 하루키의 작품에는 알 수 없는 부분이 많고, 주인공들은 상실감을 안고 있습니다. 그다음으로 발표한 장편 『노르웨이의 숲ノルフエイの森』(1987)은 이전의 작품들과는 전혀 다르게 1960년대 말을 무대로 한 대학생들의 삼각관계를 그린 소설입니다. 무라카미 하루키치고는 현실성이 높은 소설입니다. 주인공이 상실감을 안고 있

다는 점에서는 이전의 작품들과 동일합니다. 특유의 무국적성과 높은 인기에 의해 그의 작품들은 세계 각국에서 번역되어 세계적인 시장을 획득하게 됩니다.

무라카미 류를 '파괴파', 무라카미 하루키를 '환상파'라고 한다면 나카가미 겐지는 '토착파' 작가로, 1980년대 문학계의 선두 주자로 두각을 나타냅니다. 무라카미 류를 0점처럼 가운데 둔다면 무라카미 하루키와 나카가미 겐지는 서로 반대의 극에 위치합니다.

『곶』에서 다케하라 아키유키라는 인물을 만들어낸 나카가미 겐지는 『고목탄』『땅끝 지상의 시간』에서 아키유키의 세계를 앞으로 더 전진시킵니다.

간략하게 말하자면 『고목탄』은 '동생 죽이기', 『땅끝 지상의 시간』은 '아버지 죽이기'에 관한 이야기입니다.

아키유키의 어머니 후사フサ는 첫 남편 니시무라 가쓰이치로西村勝一郎와의 사이에서 네 명의 자식을 낳았는데 남편이 죽은 후 '파리 왕'이라는 별명을 가진 하마무라 류조浜村龍造와의 사이에서 혼외자식(사생아)을 낳습니다. 그 아이가 바로 아키유키였습니다. 그 후 후사는 다른 두 명의 여자를 임신시킨 하마무라 류조에게 화가 나서 아키유키만을 데리고 토건업을 하는 아이 딸

린 남자 다케하라 시게조竹原繁蔵와 결혼을 합니다. 따라서 아키유키의 주위에는 아버지와 어머니가 다른 자식들이 가득했고, 이러한 사실이 아키유키의 정신에 어두운 그림자를 드리웁니다.

『고목탄』에서 스물여섯 살이 된 아키유키는 배다른 여동생인 사토코さと子와 근친상간을 저질러 친부인 하마무라 류조에게 복수를 하려고 하는데 아버지는 이에 전혀 동하지 않고, 결국 아키유키는 아버지의 적출자인 배다른 동생 하마다 히데오浜田秀雄를 살해합니다. 『땅끝 지상의 시간』은 3년간의 형기를 마치고 스물아홉 살이 된 아키유키가 고향으로 돌아오는 장면부터 시작됩니다. 3년 사이에 고향의 풍경은 완전히 바뀌어있었습니다. 토지 개조로 산을 깎고, 고개는 없어졌으며 고속도로 공사가 시작되어 목재업을 하는 하마다 류조는 산림을 사들여 부동산으로 벼락부자가 되어있었습니다. 아키유키는 여전히 아버지에게 복수를 하려고 생각하고 있지만, 아버지는 아들보다 몇 수나 위였습니다.

무라카미 류의 세계는 폐허감이 감도는 가까운 미래, 무라카미 하루키의 세계는 리얼리티가 약한 원더랜드였습니다. 그러나 좁은 '로지路地(나카가미 겐지는 피차별부락

출신으로 자신이 태어난 곳을 '로지'라고 불렀다. 원래 일본어 '로지'는 골목이라는 뜻임-역주)'에서 모든 드라마가 진행되는 나카가미 겐지의 세계에는 디즈니랜드적인 요소는 전혀 없고, 소름 끼칠 정도로 지연과 혈연에 얽매여있습니다.

하나의 줄기에서 여러 개의 가지가 뻗어나가듯이 나카가미 겐지는 '기슈의 일족에 대해서 그린 대하소설 saga, 즉 로지의 이야기'를 계속해서 썼습니다. 아키유키가 태어나기 전의 이야기에 해당하는 어머니 후사의 이야기『봉선화鳳仙花』(1980), 로지의 산파인 오류オリュゥ 아줌마가 전하는 천년에 걸친 이야기를 옴니버스 형식으로 엮은『천년의 즐거움千年の愉楽』(1982), 로지의 땅을 판 돈으로 아줌마들이 여행을 떠나는『태양의 날개日輪の翼』(1984). 로지를 뒤로 한 젊은이들을 그린『기적』(1989),『태양의 날개』의 속편인『찬가』(1990), 이색적인 러브스토리인『경멸』(1992). 모두 이 계보에 속하는 작품들입니다. 로지를 중심으로 거대한 작품을 써 내려간 나카가미 겐지가 1992년에 마흔여섯 살의 젊은 나이로 병사한 것은 일본 문학계의 커다란 손실이었습니다.

나카가미 겐지의 방법론은 '사소설의 발전형'이라는 점에서도 큰 의미가 있습니다. 나카가미가 말하는 '로

지'는 작자 자신이 태어나고 자란 와카야마현 신구시新宮市의 피차별부락을 모델로 한 것으로 다케하라 아키유키에게도 작자 자신이 투영되어있다고 합니다. 그러나 그는 로지를 일종의 허구로 묘사하여 자신의 자전적인 사실 안에 담아놓지 않고 커다란 이야기를 구축해냈습니다. 과잉이라고 느껴질 정도로 지연과 혈연에 집착하는 나카가미 겐지는 그 과잉 때문에 근대문학을 총괄하는 동시에 그것을 능가했다고 할 수 있습니다.

사소설의 발전형에는 선례가 있었습니다. 『개인적 체험個人的な体験』(1964)에서 처음으로 자전적인 체험을 그린 오에 겐자부로가 있습니다. 『개인적 체험』은 오에의 장남인 히카리光의 탄생을 계기로 만든 작품으로, 장애가 있는 아들의 출생을 받아들이는 청년에 대해서 그리고 있습니다. 전환점이 된 『만엔 원년의 풋볼万延元年のフットボール』(1967)에서는 1960년 안보 세대의 젊은이들과 막부 말기에 봉기를 일으킨 시코쿠의 백성들을 오버랩시키고 있습니다. 이후 오에는 자신의 가까운 혈연자(이요イーヨー[곰돌이 푸에 나오는 당나귀 이요르의 이름을 딴 것으로, 작품에서는 오에의 장남인 히카리가 모델이 되고 있음-역주]라는 닉네임을 붙인 장남, 그의 동생인 장녀와 차남, 제부인 이타미 주조 등)를

모티브로 한 작품과 태어난 고향(에히메현愛媛県)의 '시코쿠의 숲(계곡)'을 제재를 한 작품을 지속적으로 썼는데, 그것은 사소설의 틀에서 크게 벗어나 종횡무진 지엽을 넓혀가는 것이었습니다.

오에 겐자부로가 쓴 작품 중에서 가족을 모티브로 한 작품으로는 1970년대에 발표한『홍수는 나의 영혼에 이르러洪水はわが魂に及ぶ』(1973)와『핀치 러너 조서ピンチランナー調書』(1976)를 비롯하여 차남을 모델로 한『킬프 군단キルプの軍団』(1988) 등이 있습니다. 자전적인 내용에 '시코쿠의 숲(계곡)'을 엮은 작품으로는『만엔 원년의 풋볼』이외에『그리운 시절로 띄우는 편지懷かしい年への手紙』(1987) 등이 있습니다.

나카가미 겐지의 '로지'와 마찬가지로, 오에 겐자부로의 '시코쿠의 숲(계곡)'도 또한 일종의 허구적인 공간입니다. 사소설적인 제재는 싹을 틔워 꽃과 열매를 맺기 위한 씨앗에 불과합니다.

가공의 국가 날조로 향한 베테랑 작가들

하지만 1980년대의 오에 겐자부로의 대표작은『동

시대 게임同時代ゲーム』(1979)일 것입니다. 이것은 바로 1980년대의 색채가 짙게 배어있는 작품입니다. 뭐가 어떻게 된 건지는 모르겠지만 1980년대에는 '국가론' 또는 '가짜 역사'가 유행을 했습니다.

이러한 종류의 국가론적인 소설로 선행하는 작품은 고마쓰 사쿄의 『일본 침몰』입니다. 앞 장에서 언급했듯이 그것은 실제로 '일어날지도 모르는 미래의 역사소설' 이었습니다.

그러나 1980년대의 국가론은 좋게 말하면 기상천외, 나쁘게 말하면 단지 바보 같은 이야기들이었습니다.

『동시대 게임』은 '동생아'라고 부르는 목소리로부터 시작됩니다. '나'는 간누시神主(신사神社에서 봉사하는 신관의 우두머리-역주)의 아들로 태어나 아버지의 명령으로 '토지의 역사와 신화를 기술하는 일'을 숙명으로 받아들이고 있습니다. 그런 '내'가 무녀로 교육을 받은 쌍둥이 여동생에게 시코쿠의 숲, 그의 말로는 '마을=국가=소우주'의 역사(신화)를 들려줍니다. 이른바 '가짜 역사이자 역사의 날조'인 것입니다. '나'는 멕시코시티의 대학에서 일본에 있는 여동생에게 편지를 쓰고 있는데, 거기에는 실제 역사에 대한 유추도 포함되어있지만, 실체가 없는 인물에 대한 역사는 꿈속의 이야기를 계속해서 듣고 있는 것과 마찬가지입니다.

그래도 이 작품의 의미를 찾고자 한다면『성서』와『고지키古事記』(일본에서 가장 오래된 문학작품으로 신들의 이야기와 일본의 성립, 천황들의 역사를 다루고 있음-역주)의 패러디라는 점일 것입니다. 게다가 중요한 여동생은 이미 이 세상 사람이 아니라는 것이 작품의 마지막 부분에서 밝혀집니다. 즉 이 신화는 듣는 사람이 없는 이야기입니다. 오에 작품 중에서도 난해하다고 평가되는 만큼, 찬반양론을 불러일으킨 것도 당연합니다.

그리고 이노우에 히사시의『기리기리인吉里吉里人』(1981)이 등장합니다. 일본SF대상과 요미우리문학상読売文学賞을 수상한 이 작품으로 그는 일약 국민적인 작가가 됩니다.

이야기는 아오모리青森행 야간급행열차인 '도와다3호十和田3号'를 탄 별 볼 일 없는 소설가 후루하시 겐지古橋健二와 월간《여행과 역사》의 편집자인 사토 히사오佐藤久夫가 열차 안에서 소동에 휘말리는 데서 시작됩니다. 이치노세키一ノ関 직전에서 갑자기 시작된 도호쿠 사투리의 안내방송. "그러니까 여긴 일본이 아니여" "여기는 기리기리국이여". 이렇게 해서 영문도 모른 채 기리기리국의 이민 제1호가 된 후루하시는 다음다음 날에는 대통령이 되어있었습니다.

공통어는 도호쿠 사투리. 매장량이 풍부한 금 때문에 금본위제가 시행되고 있습니다. 목탄 버스를 개조한 국회의사당의 차. 학대받아온 도호쿠의 복권, 또는 일본 정부에 대한 비판이라는 의미에서는 흥미로운 소설입니다. 그러나 이와 같은 재미있는 설정은 그 이상의 레벨로는 좀처럼 나아가지 않고 후반부에는 이야기가 완전히 무너져 수습이 불가능해집니다. 지금 돌이켜보면 이 작품의 영향으로 일본 각지의 자치체가(물론 재미로) 독립을 선언하여 '미니 독립국' 붐을 일으킨 것도 웃으려야 웃을 수 없는 디즈니랜더제이션 현상의 하나였습니다.

이어서 등장한 것이 마루야 사이이치의 『가성으로 불러라 기미가요裏声で歌へ君が代』(1982)입니다.

이야기는 그림을 파는 화상인 나시다 유키치梨田雄吉가 얼마 전에 알게 된 미모의 미망인인 미무라 아사코三村朝子와 '대만민주공화국 준비정부'의 대통령 취임 파티에 참석하는 데서 시작됩니다. 새로운 대통령은 대만 출신으로, 일본 국적을 가진 홍규수洪圭樹. 그렇다고는 해도 대만민주공화국은 대만계 일본인들이 만들어낸 '마음속의 나라'로, 대만 독립운동도 장난에 가까운 것이었습니다. 하지만 독립운동에 관한 이야기가 실제 대만 정부에게도 전해지고……라는 식으로 이야기는 진행됩니다. 사실 이 소설의 대부분을 차지하는 것은 등장하는 인물들이 줄줄이 이어가는 자신들의 국가론입니다. 게다가 그들의 논의는 이야기와 전혀 관계가 없습니다. 그 결과 "이야기는 끝났다. 여기까지 쓴 나는 그렇게 느끼고 있다" "즉 지금부터 이후에는 내가 아니라 당신이 작자가 될 것이다"라는 식으로, 정말이지 무책임한 작자의 포기 선언으로 소설의 막이 내립니다.

여기에 쓰쓰이 야스타카筒井康隆가 가세합니다. 쓰쓰이 야스타카는 1960년대에 데뷔하여 『베트남 관광공사ベトナム観光公社』(1967), 『영장류 남쪽으로靈長類 南へ』(1969), 『일본 이외 전부 침몰日本以外全部沈没』(1973) 등 SF적인 설정과 난센스 같은 웃음이 가득한 작품으로 1970년대에는 이미 젊은이들에게는 인기가 있는 작가였습니다. 그런 그가 1980년대에 들어와 갑자기 순문학계로 진출합니다.

1980년대에 발표된 '실험소설' '전위소설'이라는 많은 소설 가운데에서도 국가론에 가까운 과장된 소설은『허항선단虛航船団』(1983)일 것입니다.

이야기는 3장으로 되어있습니다. "우선 컴퍼스가 등장한다. 그는 정신 이상이었다"로 시작되는 1장 「문방구」에서는 빨간 연필을 선장으로 하는 '문구선'이 등장하고 컴퍼스, 대학 노트, 넘버링 머신, 풀, 날짜 스탬프, 스테이플러, 고무줄, 지우개, 책받침, 구름 모양의 자, 분도기, 삼각자 등등의 개인사를 소개하고 있습니다. 2장 「족제비족 10종」에서는 그리슨, 밍크, 텐, 라텔, 쿠즈리 등의 열 종의 족제비 친구들이 혹성 쿼르의 천 년에 걸친 역사에 대해서 이야기하고 있습니다. 그리고 3장 「신화」에서는 중앙사령부 함대의 명령으로 문구선이 혹성 쿼르를 침략하여 족제비족과 피 튀기는 전쟁을 시작합니다.

우화풍이기는 하지만 혹성 쿼르가 지구, 족제비가 인류의 우화인 것은 명백해서, 2장은 가짜 역사라기보다도 완전한 세계사입니다. 그렇기는 해도 이 작품도 등장인물이 작자에게 "뭐야 이거. 『허항선단』이 810장이에요? 매수 채우는 것에만 희열을 느낍니까?"라고 불평하는 등 후반부의 전개는 상당히 힘들어집니다.

닫힌 세계에서 모든 것이 완결되는 이야기

얼핏 보면 황당무계한 네 개의 작품에서 보이는 공통적인 특징은 다음과 같습니다. 첫째, 가공의 국가 건설과 역사를 이야기한다, 둘째, 가공의 국가는 일본과 대립적인 입장에 있다, 셋째, 그 결과 전쟁이 일어난다.

가공의 국가를 무대로 한 소설에는 여성이 우위인 국가를 방문한 주인공이 남성 혁명을 일으키려고 하는 구라하시 유미코의 『아마논국 왕래기アマノン国往還記』(1986), 일본의 영문명 'JAPAN'을 거꾸로 읽은 나파이국이 등장하는 도미오카 다에코의 『히베루니아섬 기행ひるべにあ島紀行』(1997) 등도 있지만 이들은 『걸리버 여행기』와 같은 탐방기로 주인공이 스스로 신화에 관해서 이야기하지는 않습니다. 남성작가라는 작자들은(이라고 차별적으로 말하겠습니다만) 국가 전체를 만들고 싶어 하나?

1980년대 전반에 '국가론적 소설'이 나온 것은 아마도 평화롭기 때문이었을 것입니다. 다시 말해서 작가들은 '국가'에 대해서도, '소설'에 대해서도 위기감을 느끼지 못했습니다. 미국과 소련과 일본을 상기시키는 나라들도 작품 속에 등장하지만 몇 년 후에는 동서의 냉전이 종결되고 소련이 붕괴할 거라고는 아무도 예상하지 못했습니다. 그런 이유로 닫힌 가공의 국가 안에서 모든 것이 완결됩니다.

가공의 국가에서 모든 것이 완결되는 경향은 실제로 소설 밖의 세계에서도 진행되고 있었습니다. 가공의 별끼리 전쟁을 하는 영화 《스타워즈》(1977). 가공의 핵전쟁이 일어난 그 이후의 세계를 그린 오토모 가쓰히로大友克洋의 만화 『AKIRA』의 연재 시작(1982), 패밀리컴퓨터(패미콤)의 발매(1983)와 「드래곤 퀘스트」의 인기.

어쨌든 1980년대의 문학은 '반 리얼리즘 소설'이 석권하고 있었습니다. 쓰쓰이 야스타카가 아카데미즘을 조롱한 『문학부 다다노 교수文学部唯野教授』(1990)를 발표하는 한편 오에 겐자부로가 핵전쟁 후에 '선택받은 국민들'이 지구에서 로켓으로 탈출하여 '새로운 지구'로 이주한다는, 쓰쓰이 야스타카도 쓰는 듯한, SF소설 『치료탑治療塔』(1990)을 발표합니다. 1980년대란 그런 시대였습니다(『문학부 다다노 교수』와 『치료탑』은 1980년대 후반에 잡지에 연재되어 1990년도에 단행본으로 출간되었다. 여기에서 지은이는 단행

본 출간 연도로 표기하고 있음 - 역주). 이와 관련하여 『가성으로 불러라 기미가요』를 격렬하게 비판한 것은 에토 준이었습니다. 소설을 연재하고 있었던 문예지 《문예》의 시평에서 그는 "작자의 주인공에 대한 접근방식은 처음부터 형식적이고 친절함이 없다" "죽든, 사라져 버리든, 아무렇지도 않은 타인에 대한 접근방식이다"(『자유와 금기自由と禁忌』[1984])라고 깎아내렸습니다. 이것은 『동시대 게임』도, 『기리기리인』도, 『허항선단』도 해당하는 이야기입니다.

여기에 또한 하스미 시게히코蓮實重彦는 『소설에서 멀리 떨어져서小說から遠く離れて』(1989)에서 『양을 둘러싼 모험』 『코인로커 베이비즈』 『고목탄』 『기리기리인』 『가성으로 불러라 기미가요』 『동시대 게임』을 모두 같은 플롯의 이야기라고 지적했습니다. 전부 "'의뢰'→ '대행'→ '출발'→ '발견'이라는 과정을 거치는 이야기"라는 점, "'권위의 위양'과 '이중화'라는 주제를 통해서 '배후'와 '쌍둥이'의 대립을 그리고 있는 형식"이라는 점, 또한 "아버지에게 반항하는 버려진 두 명의 아이 이야기를 변주한 것"이라는 점.

"포스트모던적인 것에서 적극적인 의미를 찾는다면

모두 유사성에 대한 공포심을 전략적으로 방법화한 것에 있으며, 그 점에서만 기계적인 반복성이 문학과 관계를 맺을 수 있다. 노골적인 인용과 모방이 방법이 될 수 있는 것도 전략이라는 의식을 가졌는지, 아닌지와 관련이 있다."(『소설로부터 멀리 떨어져서』)

그렇다면 1980년대에 등장한 작가들은 어떤 '전략적인 방법'을 가지고 문학계에 들어온 것일까?

포스트모던 시대에 등장한 작가들

근대문학과 현대문학의 차이는 회화를 예로 들어 설명하면 이해하기 쉬워집니다.

근대문학이 밀레와 코로Jean Baptiste Camille Corot, 쿠르베Jean Désiré Gustave Courbet와 같은 사실적인 그림이라고 한다면 현대문학(또는 포스트모던 문학)은 피카소와 미로, 칸딘스키와 같은 현대미술, 추상화에 해당합니다. 피카소의 데생이 미친 듯이 보이더라도, 그것은 피카소가 종래의 사실적인 화법으로는 현실을 그릴 수 없다고 생각했기 때문에 나온 것입니다. 소설도 마찬가지입니다. 일찍이 자주 사용되던 '인간을 그리고 있지 않다'라는 비판은 1980년대 이후에는 효력을 잃었습니다. 당시까지 이어져 온 소설의 의미와 기법에 의문을 가지는 것으로부터 현대문학은 시작된 것입니다.

다나카 야스오와 시마다 마사히코가 그런 종류의 의문에서 출발한 것은 이미 언급했습니다. 1980년대에 데뷔하여 '포스트모던 문학의 기수'라고 불리게 된 다카하시 겐이치로高橋源一郎도 마찬가지입니다. 데뷔작인 『잘 가, 갱들이여さようなら, ギャングたち』(1982)는 군조신인장편소설상 우수작(수상작은 없음)이라는 상당히 애매한 평가에서 출발한 작품인데 심사위원이 평가에 애를 먹었던 만큼 확실히 이 작품은 독자들을 망설이게 하는 부분이 있습니다.

『잘 가, 갱들이여』는 1부 『『나카지마 미유키 노래집』을 찾아서『中島みゆきソング・ブック』を求めて」, 2부 「시의 학교詩の学校」, 3부 「잘 가, 갱들이여」로 구성되어있습니다. 주의 깊게 읽어보면 1부는 '나'의 과거를, 2부에서는 '나'의 현재를, 3부는 '나'의 죽음을 이야기하고 있어서 이 소설은 한 명의 인생을 그리고 있다는 것을 알게 됩니다. 하지만 이야기의 내용은 구체적이지 않습니다. 작품 속의 문장을 인용해보면 다음과 같습니다.

"나는 뭘까요?'라고 '영문을 모르는 자'는 말했다. / 자, 드디어 왔구나라고 나는 생각했다. 그런 예감이 들었던 것이다. 이런 종류들은 반드시 '나는 뭐야'라고 질문을 한다. 당사자도 모르는 것을 내가 어떻게 알겠는가?"

『잘 가, 갱들이여』는 이름을 찾는 이야기입니다. 가장 알기 쉬운 해석은 다카하시 겐이치로의 사소설이라는 것이겠지요. '갱들'이란 젊은 시절에 작자가 체험하고, 폭주 끝에 자멸한 정치투쟁을 의미하는지, 또는 일반적인 테러리스트들을 말하는 건지 알 수 없습니다. 많은 비평가가 무라카미 하루키의 작품에 나오는 수수께끼를 풀려고 도전하는 데 비해 다카하시 겐이치로의 작품에 나오는 수수께끼를 풀려고는 하지 않습니다. 이 작품은 그만큼 수수께끼에 대한 실마리를 쉽게 잡을 수가 없습니다.

드디어 다카하시 겐이치로는 『우아하고 감상적인 일본야구優雅で感傷的な日本野球』(1988)로 제1회 미시마유키오상을 수상합니다. 미시마상은 문예춘추가 발기하여 주도하는 아쿠타가와상에 대항해서 신초샤新潮社가 신설한 상인데(나오키상에 해당하는 것은 야마모토슈고로상), 첫 번째 수상작으로 『우아하고 감상적인 일본야구』를 고른

것은 문학의 새로운 스타일을 세상에 알릴 기회가 되었습니다.

그렇지만 『우아하고 감상적인 일본야구』도 단순한 야구 소설은 아닙니다. 이야기는 단편적인 일곱 개의 장으로 구성되어있고 랜디 바스Randy Bass와 리치 게일 Rich Gale(이 두 사람은 한신阪神 타이거즈가 우승한 1985년에 팀의 중심이 된 외국인 선수였습니다)이 등장하여 야구와 관계가 있는 무언가에 관해서 이야기하고 있습니다. 타이틀로 볼 때 작자가 필립 로스의 『멋진 미국야구』(1978, 원저 1973. 원제는 『The Great American Novel』)를 의식하고 있는 것은 분명합니다(한국어 번역본 제목은 원제를 따라 『위대한 미국소설』이다-역주). 『우아하고 감상적인 일본야구』는 야구의 탈을 쓴 소설에 관한 이야기입니다.

『잘 가, 갱들이여』에 대해서 요시모토 다카아키吉本隆明가 '지금까지 나온 팝 문학 중 최고의 작품이다'라고 격찬한 것은 유명한 이야기입니다.

"이 작품의 구성은 텔레비전답다"라고 요시모토는 말합니다. "단지 스위치를 켜는 것처럼 읽고, 스위치를 끄는 것처럼 이해하는 것을 그만두면 된다. (중략) 이해의 스위치를 끄거나 켜거나 하는 동안에 하나의 거대한 '공

허'가 진지한 눈길로 가득 찬 저수지와 같은 인상에 이른 다."(『매스 이미지론マス・イメージ論』, 1984) "구축해버리는 것 에 대한 경계, 구축된 것이 의미를 가진 이야기가 되어 버리는 것에 대한 주의 깊은 부인, 또한 의미를 가져버 린 문맥이 윤리를 환기하는 것에 대한 만족할 줄 모르 는 거절, 이것은 다카하시 겐이치로의 작품이 가진 팝 아트적인 특질이라고 할 수 있다."(『하이 이미지론 III』, 1994)

미술에서 '팝아트'로 유명한 사람은 1960년대의 앤디 워홀로, 그는 캠벨 수프의 깡통을 모티브로 한 작품을 그렸습니다. 이전에는 예술의 모티브가 될 수 없었던 제재에 새로운 조명을 비추는, 굳이 조잡한 풍물이나 하찮은 사건과 사물에 고집하는, 과장된 의미를 회피하 는, 현실과 환상이 뒤섞인, 어딘가 상상화 같은……. 이 것은 팝 아트의 특징인 동시에 이 시대의 포스트모던 문학의 특징이라고도 할 수 있습니다.

다카하시 겐이치로 만큼 전위적이지는 않지만 '알 수 있는 레벨'의 포스트모던 문학을 견인한 인물은 고바야 시 교지小林恭二였습니다. 가이엔신인문학상海燕新人文 学賞을 수상한 데뷔작『전화남電話男』(1984), 2060년대에 발견된 장대한 소설을 둘러싸고 전개되는『소설전小説

伝』(1986) 등 사람을 업신여기는 듯한 작품을 쓴 뒤, 고바
야시 교지는『제우스 가든 쇠망사ゼウスガーデン衰亡史』
(1987)를 발표합니다.

『로마제국 홍망사』를 의식했으리라고 생각되는『제우
스 가든 쇠망사』는 '제우스 가든'이라는 테마파크의 100
년에 걸친 역사를 그린 장편소설입니다. 1984년에 후지
시마 주이치福島宙一·주지宙二라는 쌍둥이 형제가 설립
한 '시모다카이도下高井戸 올림픽 유희장'은 처음에는 보
잘것없는 유원지였지만 주변의 토지를 사 모아 급격한
성장을 이루고, 2000년대에는 홋카이도에서 규슈 남부
까지 70개 이상의 유희장을 산하에 둘 정도로 발전. 내
부 분열을 거쳐 2012년에는 '제우스 가든'이라고 이름을
바꾸고 일본을 점령할 정도의 존재로 발돋움합니다.

『기리기리인』과『허항선단』등과 마찬가지로 거짓 역
사(게다가 쌍둥이 형제가 창업자!)를 다루기는 하지만, 오늘날
의 시점에서 볼 때 주목해야 할 점은 버블 때부터 버블
붕괴 후까지 테마파크의 쇠망을 예견하고 있는 점입니
다. 또한 2012년(11월 8일 오후 2시 17분)에 매그니튜드 8.7
이라고 하는 '유사 이래의 대지진'이 일본을 덮쳐 그로
인해 제우스 가든이 사실상 주권국가가 된다는 전개에

도 주목해야 합니다. "당시 극도의 재정 적자로 고민하고 있던 정부는 부흥 자금을 조달할 만큼의 신용이 있지 않아서 대부분을 제우스 가든이 대신 떠맡을 수밖에 없었다. 그리고 그 대가로 제우스 가든은 치외법권을 획득한 것이다."

21세기의 현실을 미리 그리고 있는 것 같지 않습니까?

다카하시 겐이치로와 고바야시 교지만큼 화려하게 '빗나가고 있지'는 않았지만, 확실히 시대가 변했다고 느끼게 하는 팝적인 작가와 작품이 1980년대에는 많이 탄생했습니다.

이이 나오유키伊井直行의 군조신인상 수상작인 『풀 왕관草のかんむり』(1983)은 청개구리가 된 재수생이 인간으로 돌아오려고 고심하는 이야기이고, 사토 쇼고佐藤正午의 스바루문학상すばる文学賞 수상작인 『영원의 1/2永遠の1/2』(1984)은 실업 후에 드디어 '운이 들어왔다'라고 느낀 주인공이 같은 동네에 자신과 같은 인물이 또 한 명 살고 있는 것은 아닐까 하고 의심하기 시작하는 서스펜스적인 장편소설입니다. '이과계 작가의 등장'이라고 세상을 떠들썩하게 한 이케자와 나쓰키池澤夏樹의 아쿠타가와상 수상작인 『스틸 라이프』(1988)는 염색공장에서 아르바이트를 하고 있는 '내'가, 공금을 횡령하여 도망 중인 옛 동료 사사이와 주식으로 대박을 터트리는 이야 기입니다. 물잔을 손에 들고 "체렌코프광. 우주에서 떨어지는 미립자가 이 물의 원자핵과 잘 충돌하면 빛이 나. 그것이 보이지 않을까 해서"라는 말을 하는 사사이 는 마치 미래나 우주의 저편에서 온 인물 같습니다. 쓰 지하라 노보루辻原登의 아쿠타가와상 수상작인 『마을의 이름村の名前』(1990)은 골풀을 찾아서 중국을 방문한 상 사직원의 이야기로, 그가 안내된 곳은 '도원현 도원촌' 이라는 이름의 마을로 거기에서 그는 마을 이름과는 정 반대의 기괴한 체험을 계속하게 됩니다.

1990년대 이후 이들은 각자 재능의 범위를 넓혀 일본 을 대표하는 작가로서 지위를 공고히 합니다. 하지만 이들의 데뷔작과 출세작에 다시 주목해보면, 독자들은 연기에 휩싸이고 여우에게 홀린 듯한 기분이 듭니다. 역시 리얼리즘에서 벗어나고자 하는 지향성은 강했던 것입니다.

공전의 소녀소설 붐이 찾아왔다

1980년대 문학계를 이야기할 때 또 한 가지 빼놓을 수 없는 현상이 있습니다.

여고생을 주인공으로 한 '소녀소설'의 대두입니다. 장르 소설로서 소녀소설의 역사는 오래되어서 패전 이전으로 거슬러 올라가면 『꽃 이야기花物語』(1916~1926)의 요시야 노부코吉屋信子가 떠오릅니다. 또한 오자키 미도리尾崎翠의 『제7관계 방황第七官界彷徨』(1931)과 다자이 오사무太宰治의 『여생도女生徒』(1939)는 순문학 계열에서 나온 소녀소설이었습니다. 1960년대에는 '주니어소설'이라는 장르가 있어서 대표적으로는 『교복의 가슴 여기에는制服の胸のここには』(1966)의 도미시마 다케오富島健夫를 들 수 있습니다. 1980년대도 사실은 소녀소설의 전성기로, 그 배경에는 1976년에 창간된 10대용 레이블인 '코발트 문고'의 위력이 있었습니다. 히무로 사에코氷室冴子, 아라이 모토코新井素子, 아카가와 지로赤川次郎 등의 인기는 여기에서 시작되었습니다.

하지만 여기에서 말하는 붐이란 장르 소설로서의 소녀소설의 틀을 벗어나, 일반적인, 성인들의 문학에 주인공으로 소녀가 출현한 현상을 가리킵니다.

가장 먼저 나온 것은 하시모토 오사무橋本治의 데뷔작 『모모지리 아가씨桃尻娘』(1978)입니다. 하시모토 오사무는 소설현대신인상 가작을 수상하는 어정쩡한 형태로 데뷔했지만, 이 작품은 문체도, 내용도 독자의 간담을 서늘하게 했습니다.

"가령 15세의 소녀여, '오늘은 안 돼' 따위, 자신의 몸의 메커니즘을 전부 알고 있는 듯한 말을 할 수 있어? 싫어, 나 그렇게 닳지 않았어. / 처음 하는 여자가 '콘돔 해'라든지 말이지. 그런 거 말 못 하잖아. 상대가 눈치가 빠르지 않았을 때 말이야!"

화자인 '나'는 고등학교 1학년인 사카키바라 레나榊原 玲奈. 다자이 오사무의 『여생도』에 맞서는 여고생인 '나'의 1인칭 소설로, 시시한 수다처럼 보이지만, 이야기는 위와 같이 첫 경험에 대한 보고(이것은 회화가 아니라 지문입니다)로부터 시작됩니다. 『모모지리 아가씨』는 인기를 얻어 시리즈물로 발전하여 미소년인 이소무라 가오루 磯村薫(무화과 소년), 게이인 기가와다 겐이치木川田源一(참외 파는 철부지), 푼수인 아가씨 사메가이 료코醒井涼子(귤아가씨)라는 동급생 세 명도 화자로 참여하게 됩니다. 이 것은 1990년까지 이어지는 여섯 권의 청춘 대하소설로 발전했습니다.

그럼 1980년대를 한번 봅시다. 선두 타자는 문예상을 수상한 홋타 아케미堀田あけみ의 데뷔작인『1980 아이코 열여섯 살1980アイコ 十六歳』(1981)였습니다. 열일곱 살의 현역 여고생이 쓴 여고생 소설이라는 점에서 화제가 된 작품으로, 이것은 실제보다 많이 과장해서 10대의 성을 그린 나카자와 게이의『바다를 느낄 때』와는 정반대입니다. 있는 그대로(라고 할까 너무 유치할 정도로)의 고교생활을 그린 것입니다. 주인공인 미타 아이코三田アイコ의 닉네임은 '러브탕ラブたん'. 궁도부에 소속되어있는 아이코의 가장 큰 고민은 같은 궁도부에 있는 하나오카 베니코花岡紅子에 관한 것. 아이코는 남자에게 알랑거리는 베니코가 너무나 싫다……라는 이야기가 나고야 사투리가 섞인 여자들의 긴 대화로 이어집니다.

"열여섯 살이잖아 아이코는. 벌써부터 어려운 문제에 대해 결론을 내봤자 소용없어, 라고 자기 자신한테 말하면 간단해"라는 식의 가벼운 문장은『모모지리 아가씨』보다도 코발트 문고의 영향이 느껴집니다. 하지만 코발트 문고와의 차이는 어린 나이지만 그 나름대로 인생이란, 생명이란, 죽음이란 무엇인가와 같은 철학적인 질문들을 하고 있다는 점입니다.

1983년에 아쿠타가와상을 수상한 가토 유키코加藤幸子의『꿈의 벽夢の壁』도 주인공은 소녀였습니다. 이것은 패전 전후의 베이징을 무대로 한 일본인 소녀와 중국인 소년의 교류를 그린 단편입니다. 주인공인 사치佐智는 베이징의 미션 스쿨 SH학원에 다니는 5학년생. 이 학교로 또 한 명의 주인공인 우옌이 들어옵니다. 두 살 아래인 우옌은 사치와 같은 집에서 사는 중국인 노고老高의 아들로, 사치는 그를 남동생처럼 귀여워합니다. 드디어 사치 일가가 일본으로 귀국하는 날, 우옌은 배웅하러 오지 않습니다. 어린 시절에 전쟁을 눈으로 목격한 중국인 우옌과 천진난만한 일본인 사치 사이에는 메울 수 없는 거리가 있었던 것입니다.

1984년 1월의 아쿠타가와상 수상작인 다카기 노부코高樹のぶ子의『빛을 품은 친구여光抱く友よ』는 바닷가 마을을 무대로 여고생들의 교류를 그린 단편입니다. 주인공인 소마 료코相馬涼子는 고등학교 2학년생. 엄마가 담임선생님에게 보내는 편지의 대필을 의뢰받은 것을 계기로 반 친구인 마쓰오 가쓰미松尾勝美와 친해지는데 마쓰오의 어머니는 알코올 의존중이었습니다. 아무렇지

도 않게 담배를 피우고 미군하고도 사귄 적이 있다는 조숙한 마쓰오에게 강하게 끌리면서도 결국 그녀를 배신하는 료코.

『꿈의 벽』『빛을 품은 친구여』는 여고생의 어조를 그대로 표현한 『아이코 열여섯 살』과 비교하면 고풍스러운 문체로 쓴 딱딱한 리얼리즘 소설입니다. 『꿈의 벽』에는 전쟁피해자와 가해자 사이의 벽이, 『빛을 품은 친구여』에는 계층의 벽이 가로놓여 우정을 나누고 싶다는 소녀의 희망은 산산조각이 납니다. "나는 왜 마쓰오 같은 모두가 안 좋다고 말하는 사람을 가까이했는지 나 자신도 모르겠어"라고 하는 『빛을 품은 친구여』에 나오는 료코의 대사는 베니코를 혐오하는 아이코보다도 어른스럽습니다. 이 슬픈 이야기의 전개는 현세대뿐만 아니라 구세대 문학 팬의 심금을 울렸습니다.

야마다 에이미도 요시모토 바나나도 소녀소설을 쓴 작가였다?

1980년대 후반에 데뷔해서 일약 스타가 된 여성작가라고 한다면, 누가 뭐래도 야마다 에이미山田詠美와 요시모토 바나나吉本ばなな를 들 것입니다.

문예상을 수상한 야마다 에이미의 데뷔작『베드 타임 아이스ベッドタイムアイズ(Bedtime Eyes)』(1985)는 클럽 가수인 '나' 킴과 흑인인 미국인 병사 스푼과의 짧은 사랑을 그린 작품으로, "스푼은 나를 예뻐해주는 걸 정말 잘한다"라는 첫 문장부터 종래의 일본 문학과는 완전히 다른 것이었습니다. 제재도 그렇지만 텍스트에 담긴 디크dick, 콕cock, 푸시push, 메이크 러브make love, 레스트룸restroom, 스위트sweet한 초콜릿 바Chocolate bar라고 표기한 가타카나들은 세련미가 넘쳤습니다. 야마다 에이미는 아쿠타가와상 후보가 된『제시의 등뼈ジェシーの背骨』(1986), 나오키상을 수상한『솔뮤직 러버스 온리ソウル・ミュージック・ラバーズ・オンリー』(1987) 이외에도 흑인 남성과 일본인 여성의 관계를 모티브로 한 여러 권의 작품을 집필했습니다.

동시에 그녀는 여고생에 관한 소설도 쓰는 작가였습니다. 지금도 젊은 독자들이 애독하는 것은 오히려 이쪽 계통의 소설일 것입니다.『나비의 전족蝶々の纏足』(1987)은『아이코 열여섯 살』과 마찬가지로 여자 친구와의 불화를 모티브로 한 작품입니다. "열여섯 살 나이에 나는 인생에 대해서 전부 알아버렸다"라는 첫 문장은

예상대로 첫 경험을 의미하는데, 화자인 '나' 히토미瞳
美에게는 애인인 무기오麦生보다도 유치원 때부터 친구
였던 '에리코えり子'의 존재가 더 소중했습니다. 『풍장의
교실風葬の教室』(1988)의 무대는 초등학교. '나' 모토미야
안本宮杏은 도쿄에서 지방의 초등학교로 전학을 온 5학
년이 된 소녀입니다. 시골의 초등학생들은 어른스러운
그녀에게 '남자를 밝혀' '여자인 티를 내'라고 하며 멀리
하고, 결국 소녀는 반에서 고립된 존재가 되어갑니다.
그녀는 이지메를 당해서 한때 자살까지 생각하지만, 마
지막에는 자신의 힘으로 역경을 극복합니다.

야마다 에이미가 그리는 소녀소설의 특징은 같은 세
대가 싫어하는 어른스러운 소녀(『아이코 열여섯 살』의 베니코,
『빛을 품은 친구여』의 마쓰오)의 논리를 선보인 것입니다. 이
작품들 속에서는 일찍이 주인공을 맡았던 소극적인 우
등생들의 기만이 철저하게 폭로됩니다. 동일한 논리는
남자 고등학생을 화자로 한 『나는 공부를 못해ぼくは勉
強ができない』(1993)로 이어집니다. 『나는 공부를 못해』의
주인공인 도키타 히데미時田秀美는 아무리 봐도 남고생
이라고는 할 수 없는, 성인 여성과 같은 내면을 가지고
있어서 남자의 성욕을 노골적으로 드러내는 『푸른 잎

우거지다』와 비교해보면 현저한 차이가 있습니다. 그렇기에 이 작품은 여자 중·고등학생들에게 압도적인 사랑을 받았습니다.

1987년에는 요시모토 바나나가 『키친』으로 데뷔를 했습니다. 이 작품은 가이엔신인문학상을 수상하였습니다. 『키친』의 화자인 '나' 사쿠라이 미카게桜井みかげ는 열아홉 살의 대학생. "며칠 전에 할머니가 돌아가셨다. 깜짝 놀랐다" "마치 SF 같다. 우주의 어둠이다"와 같은 문장들은 어른인 독자들을 깜짝 놀라게 했습니다. 하지만 이 문장도 『아이코 열여섯 살』과 마찬가지로 코발트 문고와 관련이 있다고 생각하면 그렇게 놀랄 일은 아닙니다. 그보다도 놀랄 만한 것은 내용입니다. 어린 시절에 부모님을 여의고, 할머니도 돌아가셔서 천애 고아가 된 '나'는 할머니의 아는 사람인 다나베 유이치田辺雄一의 집에 얹혀살게 되는데 유이치의 어머니인 '에리코えり子 씨'는 원래 아버지. 즉 아들을 키우기 위해서 성형 수술을 받고 '여자'가 된 후 게이 바를 경영하고 있습니다. 이런 말도 안 되는 일이!

『키친』도 『어쩐지, 크리스탈』과 마찬가지로 베스트셀러가 되었지만, 성인 독자들을 곤혹스럽게 하고 때로는

화나게 했습니다. 요시모토 바나나의 통쾌한 진격은 계속되어 두 번째 작품인『덧없는 사랑/생츄어리うたかた/サンクチュアリ(sanctuary)』(1988),『하얀 강 밤배白河夜船』(1989), 첫 장편소설인『TUGUMI』(1989) 등이 연이어 히트를 기록. 그 후 전 세계에서 번역되었습니다.

　요시모토 바나나가 그리는 작품의 특징은 이야기의 세계가 전부라는 것입니다. 천애 고아로 오빠처럼 따르는 소년과의 미묘한 관계(『덧없는 사랑』), 교통사고로 식물인간이 된 아내가 있는 남자와의 불륜(『하얀 강 밤배』). 바닷가에 있는 여관집 딸로, 병약하고 난폭한 사촌 여동생이 일으키는 사건(『TUGUMI』). 곰곰이 생각해보면 '이런 말도 안 되는' 설정의 이야기가 성립될 수 있는 것은 외부(사회)와의 관계가 단절되어있기 때문으로, 이 점은 동화와 마찬가지입니다. 더군다나 그녀의 화자들은 '느끼기'만 하고 고민하지도, 생각하지도 않습니다. 당시 '요시모토 바나나는 섹스에 관해서는 쓰지 않아도 되는가?'라는 의문이 거론되었을 정도인데, 작품에서 성을 철저히 배제한 것도 완전히 소녀소설의 느낌을 주었습니다.

　순문학계에서 소녀들의 활약은 계속되었습니다.

야마다 에이미와 요시모토 바나나가 시선을 끈 1987년, 아쿠타가와상에 빛난 것은 무라타 기요코村田喜代子의『냄비 속鍋の中』이었습니다. 여름방학이 되어 여든 살이 된 할머니 집에 네 명의 손자, 손녀들이 모여서 벌어진 일을 그린 이야기입니다. 화자인 '나'는 열일곱 살 고등학교 2학년생. 남동생인 신지로信次郎, 사촌인 미나코みな子와 다테오縱男. 네 사람은 각자 시골의 여름을 즐기고 있었는데 전부 열세 명의 형제자매가 있었다는 할머니의 옛이야기로 인해 불온한 공기가 감돌기 시작합니다. 할머니가 이야기하는 여러 불행한 사건들. 이 것은 '나'와 다테오에게도 영향을 미쳐 '출생의 비밀'을 알게 된 두 사람은 낭떠러지에라도 떨어진 듯한 충격을 받습니다. 하지만 과연 할머니의 이야기는 어디까지 사실인지? 혹시 전부 거짓말!? 구로사와 아키라黑澤明 감독의 영화《8월의 광시곡八月の狂詩曲》(1991)의 원작이 된 작품입니다.

한편 히카리 아가타干刈あがた의『노란 머리黃色い髮』(1988)는 학교 교육에 파문을 일으킨 장편소설입니다. 가이엔신인상 수상작인『나무 밑 가족樹下の家族』(1982)으로 데뷔한 히카리 아가타는 초등학생인 형제의 눈으

로 부모의 이혼 과정을 바라보는『우홋호 탐험대ウホッ
ホ探険隊』(1983) 등으로 1980년대의 문학계에 커다란 족
적을 남긴 작가입니다.『노란 머리』의 주인공은 편모 가
정의 딸과 엄마로, 주인공인 가시와기 나쓰미柏木夏実는
중학교 2학년생. 원래는 활발한 아이였는데 왕따를 당
해서 등교를 거부하게 됩니다. 옥시돌로 머리를 탈색하
여 하라주쿠原宿에서 서성거리고 밤거리의 불량한 아
이들과 친해지는 딸. 미용실을 경영하면서 딸과 아들을
키워온 엄마 아야코史子는 딸의 마음을 이해하려고 노
력하는데…….

　앞에서 언급한 것처럼 소녀를 대상으로 하여 소녀에
대해서 그린 작품들은 패전 이전에도, 이후에도 있었습
니다. 하지만 등장인물로 여고생과 여중생이 이렇게까
지 순문학계를 석권한 시대는 과거에는 없었습니다. 작
자의 세대도 소설의 타입도 각양각색이지만 이 시기에
10대 소녀를 그린 작품들이 잇달아 등장하여 화제를 모
은 이유는 무엇일까?

　한 가지 생각해볼 수 있는 것은 1970년대의 '청춘 소설
의 대폭발'과 동일한 현상이 1980년대에는 여자들 사이
에서 일어났다는 것입니다. 화자와 주인공이 10대에 편

중된 것은, 여성의 경우에는 20대가 되면 연애나 결혼 등 '구속'이 심해지기 때문에, 몸과 마음이 모두 자유로울 수 있는 청춘기가 10대였기 때문이라고 생각됩니다.

또 한 가지는 역시 '탈근대'와 관계가 있습니다. 근대 문화의 주역이 '성인 남성'이었기 때문에 '아이인 여자'의 시점이 도입되는 것 자체가 문화의 상대화로 이어집니다.

실제로 이 시대에는 문학 이외의 분야에서도 소년과 소녀에게 주목을 했습니다. 연예계에서 '오냥코클럽おニャン子クラブ'이 인기를 끈 것도, 야마네 가즈마山根一眞의 『변체소녀문자의 연구変体少女文字の研究』(1986)와 오쓰카 에이지大塚英志의 『소녀민속학少女民俗学』(1989)과 같은 가벼운 연구서가 출판된 것도, 젊은 여성의 감수성을 구사한 다와라 마치俵万智의 단카집短歌(시가의 한 장르로 5·7·5·7·7의 총 서른한 자로 된 일본의 정형시-역주) 『샐러드 기념일サラダ記念日』(1987)이 히트를 친 것도, '여기에 뭔가 새로운 것이 있다'라고 (성인 남성들이) 직감했기 때문일 것입니다.

1980년대의 작품들과 『바다를 느낄 때』 『이제 턱은 괴지 않겠다』와 같은 한 시대 전의 작품들과의 차이는 야마다 에이미와 같이 성을 쾌락과 성장의 도구로 여기든, 요시모토 바나나와 같이 철저하게 성을 회피하든, 성을 특별히 음탕한 것으로 여기지는 않는다는 점입니다. 그녀들은 '성적인 존재'로 취급받는 것을 오히려 거부했습니다. 그것은 여자를 '성적인 존재'로 고정화해온 (남자판) 청춘 소설에 대한 안티테제입니다. 여성을 배제한 호모 소설Homosocial(영문학자인 이브 세지윅Eve Kosofsky Sedgwic이 발표한『Between Men』(1985)에서 사용한 용어로, 남성 중심의 사회와 그들만이 가지는 특유의 연대감을 나타내고 있음-역주)적인 공간에서 진행되는 이야기에 대해서 조용하게 항의하고 있는 것입니다.

재발견된 포스트모던적인 작가들

1980년대의 문학계에는 소설의 실험장과 같은 분위기가 있었습니다.

포스트모던 문학의 유행은 방법론에 대한 의식을 고조시켰습니다. 프랑스의 누보로망Nouveau Roman(1950년대에 등장한 프랑스 소설의 한 유형으로, 기존의 소설 형식이나 관습을 부정한 새로운 기법의 실험적 소설을 일컬음-역주)과 라틴 아메리카의 매직 리얼리즘Magical Realism(문학 기법 중 하나로 현실 세계에 적용하기에는 인과 법칙에 맞지 않는 서사 방법. 특히 라틴 아메리카의 작가들이 많이 사용함-역주)에 주목하고, 비평이론에 대한 관심도 높아졌습니다. 롤랑 바르트Roland Barthes, 제라르 주네트Gérard Genette, 블라디미르 프롭Vladimir Propp이라는 비평가들의 저서가 많이 읽혔고 문학의 교과서라고 할 만한 테리 이글턴Terry Eagleton의 『문학이란 무엇인가?』(1985)는 스테디셀러가 되었습니다. 작가의 전기적 사실을 바탕으로 한 '작가론' '작품론'이 주류였던 일본의 문예비평은 소설을 중심으로 한 '텍스트론'으로 옮겨가기 시작했습니다.

이미 언급했던 것처럼 일본 국내에서도 이소다 고이치, 에토 준, 하스미 시게히코, 요시모토 다카아키뿐만 아니라 근대문학을 상대화하려는 시도를 한 가라타니 고진柄谷行人의 『일본근대문학의 기원日本近代文学の起源』(1980), 마에다 아이前田愛의 『도시공간 속의 문학都市空間のなかの文学』(1982) 등이 주목을 받았습니다. 와타나베 나오미渡部直己는 "하스미 시게히코에 의해 일본의 비평은 일찍이 없던 언어의 내부를 발견했다고 한다면, 가라타니 고진의 등장과 함께 비평은 끊임없이 외부의 체

험이 된다"(『일본비평대전日本批評大全』, 2017)라고 언급했습니다.

이와 같은 흐름은 과거의 작품을 재조명하는 작업으로 이어집니다.

우치다 횻켄內田百閒, 이시카와 준石川淳, 요코미쓰 리이치, 사카구치 안고坂口安吾에 주목한 것은 문학의 재발견이라고 할 수 있습니다. 또한 마쓰모토 세이초의 사회파 추리 소설 대신에 『팔묘촌八つ墓村』(1950)과 『이누가미 일족犬神家の一族』(1952) 등 등골이 오싹해지는 엽기적인 살인을 그린 요코미조 세이시橫溝正史 붐이 일어난 것도 리얼리즘 소설보다 판타지 소설이 주목을 받았던 시대의 분위기와 관련이 있기 때문일 것입니다.

순문학으로 특기할 만한 인물은 아베 코보安部公房입니다.

만년의 대표작인 『방주 사쿠라마루方舟さくら丸』(1984)는 핵전쟁 이후를 상정하여 지하의 거대한 채석장 터에 방공호를 만든 남자가 거의 '틀어박힌' 생활을 하는 모습을 그린 작품입니다. 카프카와도 유사한 기상천외한 터치로 독자를 현혹시키는 아베 코보는 아쿠타가와상을 수상한 『벽-S·카르마 씨의 범죄壁—S·カルマ氏の犯罪』

(1951) 이후로, 아니, 원래 처음부터 포스트모던 작가였습니다(바꿔 말하면 일본 문학의 어떤 조류에도 넣을 수 없는 '나 홀로 하나의 파'를 형성한 작가였습니다). 신종의 길앞잡이(딱정벌레목 길앞잡이과의 곤충-역주)를 찾기 위해 바닷가의 모래언덕에 곤충채집을 하러 나온 교사가 구멍 밑의 마을로 떨어지는 『모래의 여자砂の女』(1962)도, 화상으로 얼굴을 잃은 남자가 정교한 가면을 쓰고 타인 행세를 하는 『타인의 얼굴他人の顔』(1964)도, 실종된 샐러리맨을 쫓는 탐정이 기억상실에 걸려 스스로 실종되는 『불타버린 지도燃えつきた地図』(1967)도, 골판지 상자를 머리에 뒤집어 쓰고 도시를 헤매는 남자를 그린 『상자 인간箱男』(1973)도, 1980년대가 되어 그 가치를 인정받았습니다. 작품이 수십 개의 언어로 번역된 아베 코보는 1980년대에는 이미 세계적인 작가가 되어, 한때 노벨문학상의 유력한 후보로 주목을 받기도 했습니다.

1970년대부터 착실하게 작가 활동을 해온 다나카 고미마사田中小美昌가 일약 인기 작가가 된 것도 1980년대였습니다. 왠지 시치미를 떼는 듯한 다나카 고미마사의 작풍은 독자의 기분을 느긋하게 하지만 천만의 말씀, 방심은 금물입니다. 미군 기지의 화학연구소에서 근무

하는 남자의 하루를 그린 『자동 태엽 시계의 하루自動巻時計の一日』(1971), 목사였던 아버지의 전쟁 중의 생활과 자신의 초년병 시절을 그린 연작 단편집 『포로포로ポロポロ』(1979) 등 작품 다수가 작가 자신의 인생에서 모티브를 딴 사소설이지만 너무나도 담담하게, 초등학생의 작문처럼 쓰여 있어, 그것이 얼마나 장렬한 체험이었는지를 인식하지 못할 정도입니다.

출판계의 계략과 다툼을 그린 데뷔작 『관계関係』(1971) 이후, 사람을 우습게 보는 듯한 작풍으로는 절대 남에게 뒤지지 않는 고토 메이세이後藤明生도 1980년대적인 작가였습니다. 고토 메이세이의 키워드는 '탈선'입니다.

『협공挟み撃ち』(1977)은 특히 포스트모던의 색채가 강한 작품이었습니다. 오차노미즈역お茶の水駅 근처에 있는 육교 위에서 어느 날 갑자기 '내'가 20년 전에 (상경할 때) 입고 있었던 외투를 떠올리는 장면으로부터 이야기는 시작됩니다. 외투라고 하면 고골리의 『외투』가 유명한데 변변치 않은 소설가인 '나'도 『외투』와 같은 소설을 쓰고 싶다고 생각하게 됩니다. 그러나 그렇게 생각하고 보니 나의 외투의 행방을 알 수가 없습니다. 이렇게 해서 그의 사고는 재수생 시절을 보낸 사이타마현의 와라

비초埼玉県蕨町로 향하고, 다시 그전에 살았던 규슈의 지쿠젠筑前에 있는 시골 마을로 옮겨갑니다. 여기에서 드디어 '나'의 회상이 시작되는가 하면 그것도 아니고 탈선에서 탈선을 거듭하여 '이야기'로부터 점점 이탈해갑니다.

"『요시노다유吉野大夫』(에도시대 초기에 실존했던 유녀로 기예에 능하여 최고의 자리인 다유에 올랐음-역주)라는 제목으로 소설을 써봐야겠다"라고 선언하지만, 소설을 위한 조사에 집중한 나머지 소설은 한 줄도 쓰지 못하는 『요시노다유』(1981). 이사를 간 마쿠하리幕張의 고층 빌딩 베란다에서 '울창한 언덕(사실은 참수한 적의 목을 묻은 무덤)'을 발견한 '내'가 그 무덤을 둘러싼 문헌탐색에 착수하는 『무덤 위의 애드벌룬首塚の上のアドバルーン』(1989). 이 작품들은 1980년대의 고토 메이세이의 작품이 '탈선소설'이었다는 것을 보여줍니다.

후루이 요시키치古井由吉도 1980년대에 젊은 독자를 획득한 작가입니다. 출세작인 『원진으로 둘러선 여자들円陣を組む女たち』(1970), 아쿠타가와상 수상작인 『요코杳子』(1971) 이후 후루이 요시키치는 인간의 내면, 그것도 병든 인간의 내면을 그리는 데 정평이 나 있었습니

다. 후루이 요시키치의 세계에서는 정상적인 정신과 병든 정신의 경계도, 생과 사의 경계도 분명하지 않습니다. 그런 후루이 요시키치다움이 작열하고 있는 것은 아마 『무궁화槿』(1983)일 것입니다. 마흔이 넘은 작가(스기오杉尾)가 두 명의 여성과 만나는 장면에서부터 이야기는 시작됩니다. 헌혈하는 방에서 만난 요시코伊子는 '한 번만, 자신의 방에서 모르는 남자에게 안겨야 한다'라는 기묘한 망상을 품고 있고, 친구의 장례식에서 만난 고인의 여동생인 구니코國子는 '소녀 시절에 스기오에게 강간을 당했다'는 망상에 빠져있습니다. 두 명의 여성의 망상이 뒤섞이고 거기에 이시카와石川라는 정신이 이상한 남자까지 개입하여 무엇이 현실이고, 무엇이 망상인지, 스기오는 점차 구별할 수 없게 되고 독자들까지도 혼란스러워지기 시작합니다.

　고토 메이세이와 후루이 요시키치는 아베 아키라阿部昭, 구로이 센지黑井千次, 오가와 구니오小川国夫 등과 함께 보통 '내향의 세대內向の世代'로 분류되는 작가들입니다. '내향의 세대'란 평론가 오다기리 히데오小田切秀雄가 명명한 것으로, 1960년대 후반에서 1970년대 전후에 걸쳐 데뷔한 작가들을 가리킵니다. 일상성의 세밀한 부분에 집착하는 작풍이 '내향적이다'라는 약간의 비판이 섞인 그룹명이었습니다.

군이 '내향의 세대'의 공통점을 찾는다면 쇼와 10년대(1935~1944)에 태어났다는 점, 샐러리맨을 경험한 적이 있다는 점입니다. 따라서 그들의 작품에는 소년 시절의 전쟁 체험(공습 체험)이 필요할 때마다 등장하고, 주인공도 대체로 신통치 않은 인물입니다. 그런 의미에서 보면 이들의 작품은 넓은 의미의 '사소설'이기는 합니다. 그런데 왜 1980년대와 공명했을까? 아마도 그것은 눈앞의 현실에 대한 회의감이 '포스트모던'과 통하는 부분이 있었기 때문일 것입니다. 자신의 체험을 특권적으로 이야기하는 종래의 사소설과는 전혀 다른 것이었습니다.

그런 의미에서 군대의 안과의를 주인공으로 한 기묘한 작품인 『이페리트 눈イペリット眼』(1949, 단행본 수록 1957, yperite, 독가스-역주)으로 데뷔한 후지에다 시즈오藤枝静男도 매우 포스트모던한 작가였습니다.

『공기 머리空気頭』(1967)에는 "나는 지금부터 나의 '사소설'을 써 보고 싶다"라는 한 소절이 등장합니다. 후지에다 시즈오는 고향인 시즈오카현 후지에다시(펜 네임은 여기에서 유래)에서 안과 개업의를 하면서 소설을 써온 사소설 작가로, 예순 살을 맞이하여 발표한 것이 이『공기 머리』였습니다.

소설의 첫머리에서 '나'는 말합니다. "사소설이라는 것은 재료로 자신의 생활을 이용하지만, 일단 그것과 매듭을 짓고 기분상으로라도 구별을 하고 나서 알기 쉽게 거짓을 첨가하여 구성한 후 '이걸로 괜찮다고 생각하는데 어떨까?' 하고 사람들의 공감을 얻기 위해 쓰는 방식이다." 그러나 사소설에는 "자기 생각과 생활을 조금도 왜곡하지 않고 써 내려가는" 또 하나의 방법도 있어서 지금부터 쓰는 것은 '이쪽이다'라고 되어있습니다.

그 결과로 탄생한『공기 머리』의 내용은 자신의 인생 이야기에서 망상으로 이어집니다. 아주 세밀한 '에로, 그로테스크, 난센스'의 취향으로 가득합니다. 보통의 소설이 카메라 너머의 세계를 그리고 있다면 이쪽은 돋보기나 현미경의 세계를 그리고 있습니다.

『시골신사 유라쿠田紳有楽』(1976)에서는 잔과 그릇이 1인칭으로 이야기를 시작합니다. "나는 연못 밑에서 사는 시노志野(미노美濃[지금의 기후현] 도자기의 하나로 아즈치·모모야마桃山[1573~1598] 시대에 처음으로 만들어졌음-역주)의 원통형 잔입니다. 높이 약 5센티미터, 미노에 사는 센산千山이라고 하는 도공의 작품으로, 3년 반 전에 내 주인이 일로 다지미多治見에 갔다가 포장 없이 그냥 받아서 주머니에 넣어서 가지고 온 물건이다" "나는 주인이 '조선에서 태어난 감꼭지'라고 부르는 말차抹茶의 찻잔으로, 10여 년 전에 교토의 반산万山이라는 도공이 만들었다"라고 말하고 있습니다.

사소설이 이미 이렇게까지 해체되어있었던 것에는 놀라움을 금할 수가 없습니다.

탤런트 관련 서적으로 재편된 포스트 사소설

1980년대로 돌아가겠습니다.

이상과 같이 이미 멸종 직전이었던 사소설은 그러나 1980년대에도 여전히 끈질기게 살아남아 있었습니다. 다만 쓰는 사람과 스타일을 바꿔서 말이지요.

구로야나기 데쓰코黒柳徹子가 자신의 어린 시절을 그린『창가의 토토窓ぎわのトットちゃん』(1981), 연예계 은퇴를 선언한 야마구치 모모에山口百惠가 자신의 성장 과정을 고백한『푸르를 때蒼い時』(1981), 원래 야쿠자였던 아베 조지安部譲二가 후추교도소에서 복역했을 때 체험한 것을 재밌고 우스꽝스럽게 엮은 『담장 안의 질리지 않는 면면들塀の中の懲りない面々』(1986) 등입니다. 전부 베스트셀러가 되었습니다.

보통 이것은 '자전적 에세이'로 분류되는데, 자신의 인생을 이야기한 글로써 사소설의 흐름을 이어받고 있는 것은 사실입니다. 『창가의 토토』『푸르를 때』는 탤런트 관련 서적의 역사를 바꿨다고 합니다. 이전의 탤런트 관련 서적은 시종일관 '겉치장만' 하는, 전문 라이터가 대필한 팬들을 위한 책이었습니다. 하지만 『창가의 토토』는 아동문학에 가까운 스타일로, 전쟁 중의 기적과 같은 학교생활을 그린 본격적인 '체험형 논픽션'이었고, 『푸르를 때』도 자신의 손으로 출생에서 은퇴까지 인생 전반부를 적나라하게 고백한 자서전이었습니다.

『푸르를 때』의 히트는 탤런트 자서전이라는 장르를 형성했고, 『창가의 토토』와 『담장 안의 질리지 않는 면면들』은 유명·무명할 것 없이 '특이한 체험'을 한 사람들에게 자서전을 쓸 수 있는 길을 열어주었습니다. 이제 사소설은 프로에서 아마추어의 손으로 넘어간 것입니다.

그렇다고는 해도 '1980년대적 사소설'로 특기할 만한 것은 『그럼 안녕 고쿠분지 서점의 할머니さらば国分

寺書店のオババ』(1979)로 데뷔한 시이나 마코토椎名誠의 『애수의 거리에 안개가 내린다哀愁の町に霧が降るのだ』(1981~1982)입니다. 자신의 가난한 청춘 시절을 그린 이 작품의 첫머리는 이렇습니다. "지금부터 쓰는 이야기는 대체 뭘까 하고 나는 이미 알 수 없게 되어버렸다. / '새로 쓴 작품'/인 것이다. 새로 쓴 작품이라는 것은 (중략) 잡지나 신문에다가 한 번 쓴 것을 나중에 정리하여 책으로 엮는다-라는 것보다도 훨씬 가치가 있다고 세상에서는 말한다."

처음에는 에세이스트라는 직함을 가졌던 시이나 마코토는 여행 에세이 등을 잇달아 발표한 후 소설가가 되어 자신의 아들을 모델로 한 『가쿠 이야기岳物語』(1985)로 작가로서의 지위를 구축했습니다. 시이나 마코토(『가쿠 이야기』)가 국어 교과서에 실릴 것이라고는 당시에는 아무도 예상하지 못했을 것입니다.

일본어도 재미있어할 웃음의 정신

1980년대는 웃음이 세력을 회복한 시대였습니다. 오만상을 쓰고 있는 소설이 문학의 왕도라고 여기던 시대는 가고 패러디, 작풍의 모방pastiche, 개그, 조롱 등 뭐든지 가능했습니다. 이야기를 교란하려는 시도는 일본어의 교란에까지 영향을 미쳤습니다.

소년, 소녀를 대상으로 한『오요요대통령オヨヨ大統領』시리즈(1970)와 조폭 영화의 패러디인『가라지시 주식회사唐獅子株式会社』(1978) 등으로 알려진 고바야시 노부히코小林信彦는 한 걸음 앞선 웃음의 전도사였습니다.

고바야시의 1980년대의 대표작은『지하야후루 오쿠노호소미치ちはやふる奥の細道』(1983)일 것입니다. 애당초 이 책은 'W·C 플래너건Flanagan 저, 고바야시 노부히코 역'으로 출판되었습니다. W·C 플래너건은 일본어 실력도, 일본문화에 대한 지식도 미심쩍은 미국인 연구가로, 그의 저서인『ROAD TO THE DEEP NORTH』는 마쓰오 바쇼松尾芭蕉(1644~1694, 에도시대 초기의 하이진으로『오쿠노호소미치』는 그의 대표작이다. 이 작품은 지금의 도호쿠 지방과 주부 지방中部地方의 일부를 여행하면서 그 여정을 묘사한 것임-역주)의 평전입니다. 이 책에서는 하이쿠를 엉망으로 해석하고 있어서 '감을 먹으니 종이 울렸네 호류지(柿くへば鐘が鳴るなり法隆寺)'라는 하이쿠도 플래너건의 손을 거치면 'Eating Oysters The bell sounds, Of Horyuji Temple'이 되어 '굴을 먹으니'(감과 굴의 일본어 발음은 동일함-역주)가 되어버립니다. 심지어 '와비わび'(부족함 속에서도 마음의 충족을 발견하려는 의식-역주) '사비さび'(자연과 일체가 되어 한적함을 그리워하는 마음이 하이쿠에 저절로 드러나는 미를 의미함-역주)가 합체한 말이 '와사비わさび(고추냉이)'가 되어버립니다. 역시 W·C 플래너건의 이름으로 출판된 단편 평론집인『멋진 일본야구素晴らしい日本野球』(1987)를 포함해서 이 책들이 평론을 패러디하고 있는 것은 말할 필요도 없습니다.

또한 시미즈 요시노리清水義範는 문체 모방pastiche이라는 독자적인 방법을 구사한『메밀국수와 기시면そばときし麺』(1986)과『국어 입시 문제 필승법国語入試問題必勝法』(1987) 등의 단편집으로 주목을 받았습니다. 너무 익숙해서 기묘함을 잊어버린 일본어가 여기에서는 철저하게 놀림의 대상이 되고 있습니다. "나고야名古屋 사람은 도요타 이외의 차를 타지 않고 외제 차가 존재하는 것조차 몰라"는『메밀국수와 기시면』의, "해안가의 게 형제가 복수를 하고 싶어 해./라는 것은 근처에서는 모르는 사람이 없어"는 같은 책에 수록된 단편「원숭이와 게의 부猿蟹の賦」의 한 소절로, 이 문장들은 시바 료타로의 문체를 모방한 것입니다.

『모모지리 아가씨』에서 만들어낸 여고생의 언어로 『마쿠라노소시枕草子』(1000년 이후에 성립되었다고 추정되는 일본을 대표하는 고전 수필집, 작자는 세이쇼나곤清少納言-역주)를 현대어로 번역한 하시모토 오사무의 『모모지리어역 마쿠라노소시桃尻語訳枕草子』(1987)도 이 계보의 작품이라고 할 수 있습니다. "안녕하세요♡ 저 세이쇼나곤이에요~. 놀랐지? 뭐 괜찮지만"이라는 머리말로 독자들을 놀라게 한 후 『마쿠라노소시』의 유명한 첫 문장을 "봄은 새벽이야!/ 점점 하얘져 가는 산 위의 하늘이 밝아지고 보랏빛이 감도는 구름이 얇게 퍼져있어!"라고 번역하고 있습니다(책의 번역자는 직역이라고 말합니다).

『지하야후루 오쿠노호소미치』에도, 『국어 입시 문제 필승법』에도, 『모모지리어역 마쿠라노소시』에도, 일본어 그 자체를 재미있어하는 정신이 담겨있습니다.

사케미 겐이치酒見賢一의 데뷔작인 『후궁소설後宮小説』(1989)은 그런 의미에서도 1980년대의 대미를 장식하기에 적합한 소설이었습니다. 제1회 일본판타지노벨대상(이러한 상이 창설된 것 자체가 1980년대가 탈리얼리즘 시대였다는 것을 상징합니다)을 수상한 『후궁소설』의 심사위원인 이노우에 히사시는 이 책을 '신데렐라+삼국지+금병매+마지막

황제'라고 평했는데 1980년대 문학의 문맥에 비추어보면 '가짜 역사+소녀소설'입니다.

"복상사였다고 기록되어있다./복영腹英 34년, 현대의 달력으로 환산하면 1607년의 일이었다"라는 문장으로 시작되는 소설은 '소칸코쿠素乾国'라는 중국을 연상케 하는 (가공의) 나라를 무대로 열네 살의 소녀 긴가銀河가 후궁으로 들어가 새로 등극한 황제의 중전이 될 때까지의 이야기와 그 이후의 이야기를 그리고 있습니다. "이 원고를 쓸 때 참고한 문헌은 『소칸쇼素乾書』『간시乾史』 『소칸쓰간素乾通鑑』의 세 종류로, 앞의 두 종류는 궁정의 사관이 기록한 이른바 정사이다"라는 기술을 보면 정말 그럴듯합니다. 궁녀 모집에 응해서 수도로 온 긴가는 오늘날의 여고생 그 자체인데, 적혀있는 내용은 완전한 역사소설로 역사를 패러디하고 있습니다.

젊은이를 대상으로 한 잡지가 잇달아 출간되고 각 출판사의 문고본이 매상을 늘리면서 뉴 아카데미즘으로 대표되는 난해한 사상서에도 관심이 집중되던 1980년대는 패전 후 출판문화가 가장 빛나고 있던 시대였습니다. 1980년대 후반에는 워드프로세서는 보급이 되어 있었지만 휴대전화와 컴퓨터는 매우 드물었습니다. 이

때는 종이로 된 미디어가 문화의 최첨단을 달리고 있었습니다. 문학의 '놀이'가 환영을 받은 것은 그러한 배경과도 관계가 없지 않습니다. 의외로 버블은 문학도 지원하고 있었던 것입니다.

4장
1990년대 여성작가의 대두

쇼와의 종언과 혼란스러운 시대의 개막

1990년대는 세계의 틀이 크게 바뀐 시대였습니다.

1989년에는 동유럽에서 전쟁이 시작되었고 베를린 장벽이 무너졌습니다. 같은 해 12월에는 미·소 수뇌가 회담하여(몰타회담) 40년 이상 지속되었던 냉전체제에 종지부를 찍었습니다.

일본에서는 1989년에 쇼와 천황이 죽고 원호가 헤이세이平成(1989~2019)로 바뀌었습니다.

하지만 헤이세이의 막이 열린 것은 혼란스러운 시대의 시작을 알리는 것이었습니다.

정치 면에서는 1993년 8월에 호소카와 모리히로細川護熙를 수상으로 하는 비자민 8당 연립정권이 발족. 자민당과 사회당을 중심으로 한 이른바 '5년 체제'(1955년 이후 여당인 자유민주당과 야당인 일본사회당의 양대 정당 구조가 형성된 체제로, 1993년에 자민당 내각이 붕괴하고, 이후 사회당이 쇠퇴하면서 끝이 남-역주)가 무너졌습니다.

거기에 버블 경제가 붕괴됩니다. 닛케이日経 평균주가는 1990년부터 하락세로 돌아섰고 1992년~1993년 무렵에는 불황을 누구나 실감하기 시작합니다. '잃어버린 20년'의 시작이었습니다.

냉전 종식 후 세계에서는 지역분쟁이 빈번하게 발생했습니다. 1990년 1월에 이라크가 쿠웨이트를 침공하고, 이듬해 1991년 1월에는 미국을 중심으로 한 국제연합의 다국적군이 이라크를 공격하여 걸프 전쟁이 발발했습니다. 일본은 여기에 90억 달러의 원조금을 지출하기로 했습니다.

이에 반대하여 2월에는 이토 세이코いとうせいこう, 가라타니 고진, 다카하시 겐이치로, 다나카 야스오, 나카가미 겐지 등 열여섯 명이 발기인이 되어 '걸프 전쟁에 반대하는 문학자 성명'을 발표했습니다. 문학자가 정치적인 발신자가 된 것은 60년 안보 이후 처음이었습니다. 하지만 나가타초永田町(국회의사당과 수상 관저가 있으며, 정계를 뜻하는 말로도 통용됨-역주)에서는 자위대의 파병을 요구하는 목소리가 높아져 1992년에 PKO협력법(일본 자위대를 유엔평화유지활동PKO에 참여시켜 해외에 파견할 수 있도록 하는 내용의 법안-역주)이 성립되었고 이로 인해 자위대의 해외 파견이 시작되었습니다.

문화 면의 가장 큰 소식은 1994년에 오에 겐자부로가 노벨문학상을 수상한 것입니다. 1968년에 가와바타 야스나리가 수상한 이후 일본인으로서는 처음이었습니다.

1995년에는 커다란 사건 두 개로 일본이 크게 동요했습니다. 한신·아와지대지진阪神淡路大震災(1월 17일)과 지하철 사린사건(3월 20일, 옴진리교라는 사이비 종교집단의 일원이 도쿄의 지하철 내에서 사린가스를 발포한 사건-역주)입니다.

심각한 경제 불황은 출판계에도 직격탄을 날렸습니다. 출판물의 판매량은 1996년을 정점으로 해서 이듬해인 1997년부터 하락하기 시작했고 이후 장기하락이 계속되어 '불황에 강한 출판업계'라는 신화는 무너져버렸습니다.

지금 생각해보면 1990년대는 진정한 '근대 이후(포스트모던)'의 시작이었는지도 모르겠습니다. 그런 시대에 일본 문학은 어떻게 변해갔을까?

답을 먼저 이야기해보면 1990년대는 여성작가들의 시대였습니다.

아쿠타가와상과 나오키상에 처음으로 여성들이 심사위원으로 참여한 것은 남녀고용기회균등법(1985년에 제정되어 1986년에 시행된 것으로, 고용에서의 기회를 성차별 없이 확보하는 것을 목적으로 한 법률-역주)이 시행된 이듬해인 1987년(아쿠타가와상은 고노 다에코와 오바 미나코, 나오키상은 다나베 세이코와 히라이와 유미에平岩弓枝). 아쿠타가와상과 나오키상을 처

음으로 여성작가가 모두 독점한 것은 1996년입니다(아쿠타가와상은 가와카미 히로미川上弘美의 『뱀을 밟다蛇を踏む』, 나오키상은 노나미 아사乃南アサ의 『얼어붙은 송곳니凍える牙』). '여류작가'라는 말이 사어死語가 된 것은 이 시대 여성작가들에게 힘입은 바가 큽니다. 그때까지 '다크호스' '대항마'의 위치에 머물러있었던 여성작가들은 이 시기부터 '유력한 인물'로, 일약 중심 조류를 형성하게 되었습니다.

초현실을 조종한다-쇼노 요리코, 다와다 요코, 마쓰우라 리에코

1990년대 전반의 순문학계를 주도한 것은 1980년대 포스트모던 문학의 흐름을 이어가면서도 독자적인 세계를 구축한 한 명의 여성작가였습니다.

쇼노 요리코笙野頼子는 1981년에 군조신인상 수상작인 『극락』으로 데뷔. 1980년대에는 불우했지만 1990년대에 들어서 뜬 작가입니다. 『아무것도 하지 않았다なにもしてない』(1991)로 노마신인상을, 『200주기二百回忌』(1994)로 미시마상을, 『타임 슬립 콤비나트タイムスリップ・コンビナート(Kombinat)』(1994)로 아쿠타가와상을 연이어 수상. 모두 독신 여성을 그린 작품들이었습니다.

『아무것도 하지 않았다』는 "파상풍도 아니고 동상도 아니다, 단지 접촉성 습진이 덧나 방에서 나갈 수 없게 되어 요정을 봤다. 천황 즉위식 전후의 일이었다"라는 문장으로 시작됩니다. 화자인 '나'는 오토 록의 흰색 벽으로 된 원룸에서 혼자 살고 있습니다. 문장을 쓰는 일을 하고 있는데 서른 살이 넘어서도 부모님한테 돈을 받고 있습니다. 본인은 "뭔가를 해왔다"고 생각하지만, 세상 사람들은 "아무것도 하지 않았다"고 봅니다. 그녀의 손에 생긴 습진은 결국 제멋대로 증식을 시작하여 삼림의 이끼처럼 되고, 식물처럼 된 그녀의 몸에서는 포자와 같은 요정이 튀어나옵니다. 정말 불가사의한 소설입니다.

『200주기』는 독신 여성이 "제사 동안에만 시간이 200년분 서로 뒤섞여 죽은 자와 산자의 경계가 사라진다"는 고향의 제사(200주기)에 가기 위해서 귀성하는 이야기입니다.

『타임 슬립 콤비나트』는 참치와 연애를 하는 꿈을 꾼 '내'가, 참치라고 여겨지는 상대방의 전화를 받고 '우미시바우라海芝浦'로 가는 이야기입니다. 우미시바우라란 JR쓰루미선鶴見線 지선의 종착역으로 홈의 한쪽은 바다에 면해있고 다른 한쪽은 도시바東芝의 공장 안에 있는 특이한 역입니다. 참치라고 여겨지는 상대방은 말합니다. "블레이드 러너의 세계구나. 황폐해진 산업의 꿈 이후의, 그런, 모든 것이 끝난 후의 풍경을 보러 가는 겁니다." 여행과 망상이 뒤섞인 이 작품은 문학 팬들뿐만 아니라 '공장이라면 사족을 못 쓰는' 사람들에게도 높은 평가를 받았습니다.

다와다 요코多和田葉子는 군조신인상 수상작인 『뒤꿈치를 잃어버려서かかとを失くして』(1991)로 데뷔. 대학 졸업과 동시에 독일로 이주, 일본보다 먼저 독일에서(게다가 독일어로) 작가 활동을 시작한 이색적인 경력을 가진 인물입니다.

『뒤꿈치를 잃어버려서』는 '내'가 낯선 마을의 역에 내리는 장면에서부터 시작됩니다. '나'는 모르는 상대와 '서류로 결혼'을 하여 이 마을로 왔습니다. 집 안에는 결혼 상대의 흔적은 있으나 그는 전혀 모습을 드러내지 않습니다. 한편 '나'는 병원에서 발의 뒤꿈치가 없다는 진단을 받아 발끝으로만 생활하게 됩니다. 글자 그대로 땅에 발이 닿지 않는 생활. 계속 넘어진 결과 그녀가 마지막에 발견한 것은 인간이 아니라 오징어였다!?

아쿠타가와상 수상작인 『개 데릴사위로 들어가다犬
婿入り』(1993)는 그와는 정반대로 서른아홉 살인 어느 여
성의 집에 낯선 남자가 눌러살게 되는 내용입니다. 자
신을 다로太郎라고 소개한 남성은 겉모습은 인간이지만
행동은 마치 개와 같습니다. 여기에 다로의 전 부인이
나타나 그가 개처럼 된 사정에 관해서 이야기하기 시작
합니다. 『뒤꿈치를 잃어버려서』도 『개 데릴사위로 들어
가다』도 동물과의 결혼을 그린 일종의 이류혼인담異類
婚姻譚(인간과 다른 존재[신, 동물 등]가 결혼하는 설화의 총칭-역주)
으로 공동체 속에 이물질이 들어왔을 때의 위화감을 그
린 망명자 문학이라고도 할 수 있습니다.

쇼노 요리코와 다와다 요코의 작품에는 리얼한 공간
과 그렇지 않은 공간이 동시에 존재합니다. 『타임 슬립
콤비나트』의 화자는 참치와 연애를 하고, 『뒤꿈치를 잃
어버려서』의 화자는 오징어와 결혼을 했다!? 이런 일은
보통은 있을 수 없습니다. 매직 리얼리즘, 슬립 스트림
Slipstream(SF와 판타지 등의 비주류문학과 주류문학[순문학]이라는
형태에 들어가지 않고 장르의 경계를 넘어선 일종의 비현실적인 문학
을 일컬음-역주), 아방 팝Avantpop(1990년대 포스트모더니즘에서
파생된 미국의 예술운동 중 하나로 전위적이면서도 가볍고 대중성을

떤 문예를 가리킴-역주) 등의 용어로 설명하는 사람들도 있습니다. 다만 이것은 단순한 놀이라고도 할 수 없습니다. 쇼노 요리코가 무너져가는 근대 일본의 모습을 그렸다고 한다면, 다와다 요코가 드러낸 것은 미지의 사회 속에 던져진 불안이라고나 할까요?

또 한 명의 작가를 들자면 1990년대에 뜬 마쓰우라 리에코松浦理英子입니다. 열정적인 문학 팬 이외에도 독자층을 확보하게 된 작품은 첫 장편소설인『엄지발가락 P의 수행 시절親指Pの修業時代』(1993)입니다.

『엄지발가락 P의 수행 시절』은 어느 날 저녁, 잠에서 깨어보니 오른발의 엄지발가락이 성기가 되어있었다는 여성의 이야기입니다. 화자인 '나' 마노 가즈미眞野一實는 스물두 살의 여대생. 생식기능은 없지만, 형태도 사이즈도 성기와 똑같아서 발기도 하는 엄지발가락. 이 물질을 가진 '성적 마이너리티'가 된 것을 계기로 둔감했던 가즈미의 생활과 성애에 대한 인식은 완전히 바뀝니다. 파란만장한 연애 편력 끝에 성적 이단자들을 모아서 구경하는 '플라워 쇼'에 참가하는 가즈미. 교양소설의 형태를 모방한 세기말의 기담이었습니다.

나중에 돌이켜보면 그녀들의 소설은 '자기 탐구' '니

트'(직업을 가지지 않고 교육, 직업훈련도 받지 않는 자발적인 청년 실업자-역주) '자기 자신에게 자신이 없는 여자' 등 21세기에 등장하는 개념들을 먼저 구현해내고, 또한 컴퓨터가 가져온 '버추얼 리얼리티Virtual Reality(가상현실)'를 언어화한 것이기도 합니다. 현실과 환상이 뒤섞인 작풍은 '난해'하다는 평가를 받기 쉬운데 그녀들은 결혼도, 출산도 하지 않은 독신 여성을 향한 시선과 싸우고 단호히 거부했습니다. 그것은 매우 신선했습니다.

현실과 대치한다-다카무라 가오루, 미야베 미유키, 기리노 나쓰오

엔터테인먼트는 어떨까? 1980년대 엔터테인먼트계는 후나도 요이치船戸与一, 사사키 조佐々木譲, 기타카타 겐조北方謙三, 오사와 아리마사大沢在昌, 히가시노 게이고東野圭吾 등 모험 미스터리, 하드보일드, 본격 추리 등의 작가들이 잇달아 등장한 시대였는데 1990년대에 들어서면 이 장르에 유력한 여성작가들이 속속 진출하게 됩니다. '사회파 추리소설'이라고 부를 수 있는, 나중에 인기 작가가 되는 사람들입니다.

사회파 추리소설이라고 하면 생각나는 것은 1960년

대 초반의 '순문학' 논쟁. 히라노 겐과 이토 세이는 마쓰모토 세이초, 미즈카미 쓰토무라는 당시의 중심적인 추리소설 작가를 들어서 그들이야말로 프롤레타리아 문학이 계획했지만 이루지 못했던 자본주의사회의 암흑을 성공적으로 묘사했다고 언급했습니다. 현대사회의 암흑과 모순을 폭로한다, 이 사회파 미스터리의 노선은 1990년대의 작가들에게로 이어져서 그들은 단숨에 독자들을 늘려갔습니다.

필두 격인 작가는 다카무라 가오루高村薫입니다. 『황금을 안고 튀어라黃金を抱いて翔べ』(1990)로 데뷔한 다카하시 가오루는 문제작을 잇달아 발표. 다중인격인 청년이 연쇄살인 사건을 저지르는『마크스의 산マークスの山』(1993)으로 나오키상을 수상했습니다. 하지만 문학사적으로 (또는 다카하시 가오루의 집필 이력으로) 볼 때 특기할 만한 것은 나오키상 수상 후에 발표한 첫 번째 작품『조시照柿』(1994)입니다.

『조시』는 경시청의 경부보警部補인 고다 유이치로合田雄一郎(『마크스의 산』『레디 조커』에서는 범인을 쫓는 형사로 활약합니다)의 사생활을 다룬 이색적인 서스펜스. 이야기는 넌캐리어(중앙관청의 국가공무원 중에서 1종 시험 합격자가 아닌 공무원으로, 직책이 높은 관료로는 출세하기 어려움-역주) 형사인 고다 유이치로와 소꿉친구인 노다 다쓰오野田達夫를 중심으로 전개됩니다. 어린 시절에는 우등생으로 대학까지 다닌 고다는 이혼 경력이 있는 서른네 살. 일찍이 우범소년이었던 한 살 위의 노다는 고등학교 졸업 후 자동차 부품을 제조하는 대기업인 태양정공에 취직, 현재는 하무라羽村공장 열처리 부문의 현장 주임으로 일하고 있고, 중학교 교사인 아내와 열 살 된 아들이 있습니다.

고다와 노다의 관계는 『코인로커 베이비즈』의 기쿠와 하시, 『양을 둘러싼 모험』의 나와 쥐의 관계를 방불케 합니다. 그렇지만 이 작품들과 『조시』의 차이는 공장에서 일하는 노다는 물론, 형사인 고다도 한 명의 노동자로 그려지고 있다는 점입니다. 특히 섭씨 40도가 넘는 열처리 동, 대형 화로가 줄지어있는 공장에서 부품제조하는 공정과 과로사 직전까지 일하는 노다의 모습을 그린 부분은 프롤레타리아 문학 작풍을 상기시킵니다. 이야기는 1994년 8월 2일부터 불과 1주일도 안 되는 기간에 노다의 정신이 망가져가는 과정을 추적합니다. 공장에서 사고에 의한 사망자가 나온 날 노다는 애인인 미호코美保子에게 말합니다. "설비도 고장만 나고,

오봉お盆(설날과 함께 일본 최대의 명절로 백중[百中]. 음력 7월 보름에 해당함-역주) 연휴로 사람은 없고. 자잘한 특별주문품의 발주만 들어와서 제조계획도 세울 수가 없어. 더군다나 사람이 죽었으니 노기국労基局(노동기준국의 약칭-역주)과 보건소의 감사가 들어오고 이렇게 미칠 듯이 바쁠 때 내일은 공장의 대청소야. 나는 정말이지 지쳤어."

이후 다카무라 가오루는 그리코·모리나가 사건グリコ·森永事件(1984년과 1985년에 일본의 오사카부·효고현兵庫県을 무대로 식품회사를 표적으로 한 일련의 기업 협박 사건-역주)을 바탕으로 한 기업과 관련된 범죄소설 『레이디 조커』(1997)를 발표합니다. 그리고 아오모리青森에 있는 오래된 가문의 100년에 걸친 역사를 그린 『하루코 정가晴子情歌』(2002)로 미스터리에서 벗어나 순문학 작가의 길을 걷기 시작합니다.

또 한 사람으로는 1990년대에 베스트셀러 작가의 길을 걷게 된 미야베 미유키宮部みゆき를 들 수 있습니다. 미야베는 미스터리에도, 판타지에도, 역사소설에도 손을 대는 다채로운 작풍으로 널리 알려진 작가입니다. 야마모토 슈고로상을 수상한 출세작 『화차火車』(1992)는 1980년대 후반의 신용카드 사회를 배경으로 다중 채무

에 빠진 여성을 그린 사회파 서스펜스입니다.

이야기는 휴직 중인 형사 혼마 슌스케本間俊介가 먼 친척뻘인 구리사카 가즈야栗坂和也에게 자신의 약혼자인 세키네 쇼코関根彰子를 찾아달라는 의뢰를 받는 장면에서부터 시작됩니다. 개인파산을 한 과거가 있던 것이 가즈야에게 알려져 종적을 감춘 세키네 쇼코. 쇼코의 행방을 쫓는 동안 혼마는 놀랄 만한 사실을 알게 됩니다. '세키네 쇼코'의 정체는 다른 여성이었다! 다른 사람의 호적을 취득하여 다른 사람 행세를 하면서 살아간 것이었습니다. 마쓰모토 세이초의 『모래 그릇』의 현대판, 여성판이라고도 할 수 있을 것입니다. 하지만 그녀가 그렇게밖에 할 수 없었던 배경에는 금융자본주의의 가혹한 현실이 있었습니다. 다중 채무가 사회문제가 된 것은 버블 붕괴 이후이기 때문에 『화차』는 바로 시대를 앞서간 작품이었습니다.

6년 후에 미야베 미유키는 『이유』(1998)로 나오키상을 수상합니다. 이것은 고층 맨션에서 일어난 살인사건을 발단으로, 각자 문제를 안고 있는 다양한 계층의 가족들을 'NHK 스페셜 방식'이라고도 할 만한 다큐멘터리 터치로 그린 작품입니다.

기리노 나쓰오桐野夏生는 소녀소설의 작자로 출발하여 여성 탐정 무라노 미로村野ミロ를 주인공으로 한『얼굴에 흩날리는 비顔に降りかかる雨』(1993)로 미스터리 장르에 발을 들인 작가입니다. 그녀도 1990년대에 대약진을 이루었는데 특히 화제를 불러일으킨 것은『아웃OUT』(1997)입니다.

『아웃』은 심야의 도시락 공장에서 파트타임 노동자로 일하는 네 명의 주부를 그리고 있습니다. 주인공인 가토리 마사코香取雅子는 마흔세 살. 관계가 소원해진 남편과 몇 년째 말을 하지 않는 고등학생 아들과 세 명이 살고 있습니다. 어느 날 마사코는 파트타임 동료인 야요이弥生에게 '남편을 죽였다'라는 고백을 듣습니다. 그녀가 취한 행동은 역시 파트타임 동료이자 주부인 요시에ヨシエ와 구니코邦子의 협력을 얻어 시체를 자택에서 해체해버리는 것이었습니다. 희망이 없는 인생을 보내는 파트타임 노동자인 주부들. 그 배후에 놓여있는 경제적인 격차. 이것은 후에 문제가 되는 '격차(불평등)사회'를 예견하는 소설이기도 했습니다.

기리노 나쓰오는 이후 유아의 실종 사건을 그린『부드러운 볼柔らかな頰』(1999)로 나오키상을 수상하고 다수

의 문제작을 내놓았습니다. 그녀는 패전 직후에 무인도에서 일어난 사건을 모티브로 한 다니자키 준이치로상 수상작 『도쿄섬東京島』(2008)으로 순문학계에서도 주목을 받는 작가가 되었습니다.

일상과 비일상의 틈새에서
-가와카미 히로미, 오가와 요코, 가쿠타 미쓰요

쇼노 요리코, 다와다 요코가 '망상 작렬계', 다카무라 가오루, 기리노 나쓰오가 '현실 직시계'라면 다음의 세 명은 '일상 균열계'라고 할 수 있을지도 모르겠습니다.

『신神様』(1994)으로 데뷔한 가와카미 히로미는 '현실과 이계의 사이'라고 할 만한 독특한 작품세계로 존재감을 어필했습니다.

파스칼 단편문학 신인상을 수상한 『신』은 "곰이 가자고 해서 산책하러 나갔다. 강변으로 가는 것이다"라는 문장으로 시작됩니다. "곰은 수컷의 성숙한 곰으로 그러니까 정말로 크다. 세 집 옆인 305호실로 최근에 이사를 왔다." 아쿠타가와상 수상작인 『뱀을 밟다』(1996)의 첫 문장은 "미도리 공원에 가는 도중에 있는 덤불에서

뱀을 밟았다"라고 되어있습니다. 내가 밟은 뱀은 인간인 여성의 모습이 되어 '내' 앞에 나타나 결국 '내' 방에 얹혀살게 됩니다. 가와카미 문학의 세계에서는 인간과 동물이 당연하다는 듯이 동거하고 있습니다. '현실과 이계의 사이'에 있는 세계라는 점에서는 쇼노 요리코와 다와다 요코와도 통하지만 가와카미 히로미의 주인공들에게는 고뇌가 없고 그 세계를 아무렇지도 않게 받아들입니다.

베스트셀러가 된 다니자키 준이치로상 수상작인 『선생님의 가방センセイの鞄』(2001)은 가와카미 히로미의 첫 장편소설입니다. 화자인 '나' 오마치 쓰키코大町ツキコ는 선술집에서 술을 마시는 것을 즐기는 서른일곱 살의 독신. 그런 그녀가 가게에서 우연히 옆자리에 앉아 재회하게 된 사람이 70대가 된 고교 시절의 국어선생님(가타카나로 'センセイ'로 표기)이었습니다. 이렇게 서른 살 이상이나 나이 차이가 나는 두 사람의 '연애를 전제로 한 교제'가 시작됩니다. 계절의 풍물과 음식들이 등장하며 이야기가 진행되는 이 작품은 일단은 리얼리즘 소설이라고 할 수 있습니다. 하지만 원숙미가 감도는 선생님은 남성성이 희박하여 '숲의 곰'과 같은 부류처럼 보이기도 합니다.

한편 오가와 요코小川洋子는 '정상과 이상의 사이'에 있는 세계를 그립니다.

가이엔신인문학상을 수상한 데뷔작『배추흰나비가 부서질 때揚羽蝶が壊れる時』(1988년 발표)는 인지증認知症(당시의 표현으로는 치매증)을 앓는 할머니를 요양시설에 맡긴 여성의 흔들리는 마음을 그린 이야기,『완벽한 병실完璧な病室』(1989)은 남은 생이 13개월이라는 선고를 받은 스물한 살의 남동생을 누나가 간병하는 이야기입니다. 친하게 지낸 인물이 다른 것으로 변해버리는 듯한 감각은 아쿠타가와상 수상작인『임신 캘린더妊娠カレンダー』(1991)에서도 보입니다. 언니 부부와 동거하는 여동생인 '내'가 임신한 언니의 변화를 주시하는 내용으로, 입덧에 괴로워하는 언니의 감각 변화가 때로는 유머러스하게, 때로는 징그럽게 묘사되고 있습니다. "그라탱의 화이트 소스말이야, 내장의 소화액 같다고 생각하지 않니?"라고 중얼거리는 언니.

오가와 요코의 소설에서는 호러의 냄새가 납니다.

제1회 서점대상을 수상하고 베스트셀러가 된『박사가 사랑한 수식博士の愛した数式』(2003)은 '정상과 이상의

사이'를 적극적으로 그린 작품입니다. 수십 년 전에 교통사고로 기억에 장애가 생겨 80분밖에 기억이 유지되지 않는 예순네 살의 수학박사. 이야기는 1975년에서 기억이 끊겨있는 박사와 싱글맘으로 박사의 집에 파견된 가정부인 '나', 그리고 열 살이 된 '나'의 아들(박사가 붙인 별명은 루트)의 관계를 중심으로 전개됩니다. 초보적인 숫자의 개념과 가족과 유사하게 구성된 구성원들이 나누는 따뜻한 시간이 이야기를 만들어나갑니다. 인지증과 병, 임신이라는 신체상의 변화를 집요하게 그려온 오가와 요코의 또 하나의 성과라고 하겠습니다.

코발트 문고의 작가에서 소설가로 변신한 가쿠타 미쓰요角田光代도 1990년대에 데뷔했습니다. 데뷔작은 가이엔신인문학상 수상작인『행복한 유희幸福な遊戲』(1990). 1990년대의 가쿠타 미쓰요는 젊은이와 소년, 소녀들의 조금은 위험스러운 행동과 상황을 그린 순문학 작가였습니다. 노마문예신인상을 수상한『선잠 든 밤의 UFOまどろむ夜のUFO』(1996)는 UFO를 믿는 고교생인 남동생에게 점차 감화되어가는 여대생의 이야기,『학교의 푸른 하늘学校の青空』(1995)은 초등학생부터 고교생인 소녀들을 주인공으로 그녀들을 둘러싼 자살과 이지메의

현실을 오싹한 터치로 그린 단편집, 『납치여행キッドナ
ップ・ツアー』(1999)은 집을 나간 무기력한 아버지가 초등
학교 5학년생인 딸을 유괴하는 이야기입니다.

2000년대의 가쿠타 미쓰요는 어른을 주인공으로 한
소설로 모드를 바꿔 『대안의 그녀対岸の彼女』(2004)로 나
오키상을 수상합니다. 『대안의 그녀』는 전업주부인 사
요코小夜子와 청소회사의 사장인 아오이葵, 그리고 아
오이의 동급생인 나나코ナナコ를 중심으로 전개됩니다.
가정에 묶여있는 사요코와 독신인 아오이의 생활 감각
의 차이가 두드러지면서 드디어 밝혀지는 아오이의 과
거. 성공을 손에 넣은 것처럼 보이는 아오이는 고교 시
절에 나나코와 자살미수 사건을 일으킨 과거를 짊어지
고 있었다······.

가와카미 히로미, 오가와 요코, 가쿠타 미쓰요가 대
중적인 인기를 획득한 것은 2000년대로, 인기를 얻게
된 포인트가 된 작품들은 '작풍을 바꿨다'라고 할까, '영
역을 넓혔다'라고 할까, 그전까지의 전위성이 조금은
억제되어있습니다.

그렇다고는 해도 이 시기에 실력파 여성작가들이 잇
달아 등장한 이유는 무엇일까?

한 가지로는 받아들이는 측의 문제를 생각해볼 수 있습니다. 문단도 역시 오랫동안 남성 사회(일찍이 순문학의 주류가 나약한 지식인 예비군들의 소설이었다는 점을 떠올려주세요)였습니다. 그러나 여성작가들이 각종 문학상의 심사위원으로 참여하고 문예지의 편집자와 신문의 문예 담당 기자 중에서도 여성의 수가 늘어나면서 자연스럽게 분위기도, 작품에 대한 평가도 바뀌었습니다.

또 한 가지는 물론 쓰는 쪽과 관계된 문제입니다. 1980년대의 다양한 실험소설을 거쳐 1990년대 초가 되자 문학계 주변에서는 '이제 쓸 것은 남아있지 않다'라고까지 이야기가 되었습니다. 하지만 유형무형의 벽에 의해 차단되고 차별과 편견 속에 있던 여성들에게는 써야 할 재료가 얼마든지 있었다, 쓰지 않은 것투성이였다고 할 수 있을 것입니다.

1990년대 작가의 대부분은 1950년대~1960년대생. 의식하든 의식하지 않든 1970년대의 우먼 리브와 1980년대의 페미니즘의 선풍을 10대, 20대에 느낀 세대입니다. 여성 주인공의 패러다임은 역시 여기에서 크게 바뀐 것입니다.

소녀소설·청춘 소설의 다양한 전개

　이러한 이유로 청춘 소설과 소녀소설의 주역이 되는 인물들도 놀랄 정도로 다양해졌습니다.

　에쿠니 가오리江國香織는 아동문학에서 소설가로 변신한 작가입니다. 출세작인『반짝반짝 빛나는きらきらひかる』(1991)은 알코올 의존중인 여성(쇼코笑子)과 게이인 남성(무쓰키睦月)이 맞선으로 만나 결혼을 하는 이야기. 초기의 대표작인『하느님의 보트神様のボート』(1999)는 모자가정의 엄마와 딸을 그린 작품입니다. '나あたし'의 딸 소코草子는 이제 곧 열 살이 됩니다. '나私' 엄마 요코葉子는 서른다섯 살. 종적을 감춘 소코의 아빠는 언젠가 자신들에게 돌아올 것이라고 믿으며 두 사람은 계속 이사를 다닙니다. 하지만 소코는 성장하면서 깨닫게 됩니다. 우리 엄마는 이상한 게 아닐까?

　히메노 가오루코姫野カオルコ의 데뷔작인『사람들이 불러 미쓰코라고ひと呼んでミツコ』(1990)는 1980년대의 버블 경기를 무대로 한 여자의 상경 소설입니다. "나는 미쓰코. 사립 장미십자여자대학 영문과 재학 중." 겔랑의 유명한 향수 'MITSOUKO'와 비슷한 이름을 가진 주인공은 신장 170센티미터, 체중 63킬로그램. 교토의 단바

丹波에서 상경한 미쓰코는 이상한 정의감에 불타는 여성으로 조그마한 부정도 그냥 넘어가지 못하고 분노가 정점에 달하면 '초능력'을 발휘하여 상대에게 상처를 입힙니다. 히어로물의 패러디라고 할 수 있는 작품. 여자 중학생과 교사의 연애를 그린『추, 락ッ, イ, ラ, ク』(2003) 등 히메노 가오루코의 세계는 언제나 독특합니다. '히메노식'이라고 불리는 이유입니다.

가이엔신인문학상을 수상한 노나카 히라기野中柊의 데뷔작『요모기 아이스ヨモギ・アイス』(1991)는 미국에서 유학한 여성이 현지에서 알게 된 남성과 국제결혼을 하는 이야기입니다. 남편인 지미를 사랑해서 결혼했는데 일본인 신부에 대한 차별이 심하여 주인공인 요모기ヨモギ는 불만인 상태. 해외에서 생활하는 일본인 여성의 불안은 오바 미나코와 고메타니 후미코와도 연관이 있는 주제인데 그러나 노나카 월드는 어디까지나 가볍습니다. 두 번째 작품인『앤더슨 가문의 신부アンダーソン家のヨメ』(1992)도 포함해서 국제화 시대를 실감하게 합니다.

역시 가이엔신인문학상 수상작인『오후의 시간표午後の時間割』(1995년 발표)로 데뷔한 후지노 지야藤野千夜는『소년과 소녀의 폴카少年と少女のポルカ』(1996)에서 오늘

날 LGBT(레즈비언Lesbian과 게이Gay, 양성애자Bisexual, 트랜스
젠더Transgender의 앞 글자를 딴 것으로 성소수자를 의미함-역주)라
고 표현하는 고교생에 대해서 그리고 있습니다. "옛날
부터 남자를 좋아했다"라는 도시히코トシヒコ와 자신은
"잘못된 신체로 태어난 여자"라고 생각하는 야마다ヤマ
ダ는 남고의 동급생. 두 사람 모두 고민하는 단계는 지
나 도시히코는 육상부의 료リョウ를 짝사랑하는 중, 야
마다는 호르몬 주사를 맞는 데다 고환을 떼어내는 수술
까지 받습니다. 치마바지를 입고 등교했던 야마다가 드
디어 스커트를 입고 등장. 이유를 묻는 도시히코에게
"그니까 입지 않을 이유가 없단 말이지"라고 야마다가
대답하는 장면은 멋집니다. 사실 후지노 지야 자신도
트랜스젠더 작가로, 후에 『여름의 약속夏の約束』(2000)으
로 아쿠타가와상을 수상합니다.

열여덟 살의 나이에 「강변 길川べりの道」(1987, 『돌아가지
못하는 사람들帰れぬ人びと』에 수록)로 데뷔한 사기사와 메구
무鷺沢萠는 아버지를 모델로 한 『벚꽃이 진 무렵葉桜の
日』(1990)의 집필 과정에서 조부모가 한반도 출신이라는
것을 알게 됩니다. 자신의 유학 경험도 바탕으로 한 『그
대는 이 나라를 사랑하는가君はこの国を好きか』(1997)는

한국어를 배우기 위해서 서울로 유학 온 재일교포 3세 기야마 마사미木山雅美(이야미)의 체험을, 「진짜 여름ほんとうの夏」(『그대는 이 나라를 사랑하는가』에 수록)은 역시 재일교포 3세인 남고생 아라이 도시유키新井俊之(박준성)가 동급생인 여학생을 좋아하게 된 후 자신의 내면에서 충돌하는 정체성의 문제를 그린 청춘 소설입니다.

젊은 재일교포에 대해서 그린 소설로는 (주인공은 남자로) 가네시로 가즈키金城一紀의 나오키상 수상작 『고GO』 (2000)도 특기할 만한 작품입니다. '나' 스기하라杉原는 재일조선인 3세인 고등학교 1학년생. 원래 권투선수였고 조총련의 활동가였던 아버지는 1세, 일본에서 태어난 어머니는 2세. 일가는 조선 국적이었는데 하와이 여행을 계획한 아버지의 한마디로 국적을 한국으로 바꿉니다. '넓은 세계'로 나가고 싶다고 생각한 '나'는 고등학교는 일본학교로 가고 싶다고 부모님에게 호소하여 도쿄 안의 사립남자고등학교에 입학합니다. 그러나 학교에서 일본 이름을 사용했으면 좋겠다는 말을 듣습니다. 우정과 연애에 민족문제를 더한 통쾌한 청춘 소설입니다.

아동문학(주브나일Juvenile, 중고생 대상이면 영어덜트Young Adult라고도 불립니다) 분야에서 후에 스테디셀러가 된 소

녀소설이 연이어 탄생한 것도 바로 이 시기입니다. 모리 에토의 『리듬リズム』(1991), 나사키 가호梨木香歩의 『서쪽 마녀가 죽었다西の魔女が死んだ』(1994), 히코 다나카ひこ 田中의 『두 개의 집お引越し』(1990), 유모토 가즈미湯本香樹実의 『고마워, 엄마!ポプラの秋』(1997) 등등입니다.

『리듬』은 중학교 1학년인 '나'(후지이 사유키藤井さゆき)와 록 밴드에 몰두하는 사촌 오빠를 중심으로 한 가족 이야기. 『서쪽의 마녀가 죽었다』는 등교 거부를 하는 중학교 소녀(마이まい)가 '마녀'를 자칭하는 영국인 할머니 곁에서 수행에 전념하는 이야기. 『두 개의 집』은 6학년인 소녀(우루시바 렌코漆場漣子)가 부모님의 이혼으로 엄마와 새로운 생활을 시작하는 자립형 이야기. 『고마워, 엄마!』는 아버지를 여읜 일곱 살의 '나'(지아키千秋)와 저세상으로 편지를 보내주겠다고 하는 주인집 아주머니와의 교류를 그린 이야기입니다. 모두 소녀들의 성장소설이지만 어른에게도 감동을 주는 힘이 있습니다.

여기에 판타지노벨대상을 수상한 작품들을 첨가할 수 있습니다. 온다 리쿠恩田陸, 사토 아키佐藤亜紀, 오노 후유미小野不由美라는 인기 작가들의 작품입니다.

온다 리쿠의 데뷔작인 『여섯 번째의 사요코六番目の小

夜子』(1992)는 미스터리와 호러의 취향이 가미된 소년 문학풍의 작품이었습니다. 무대는 '3년에 한 번 사요코가 나타난다'라는 전설이 전해지는 지방의 고등학교. 비밀스러운 전학생 쓰무라 사요코津村沙世子와 우수한 두뇌를 가진 세키네 슈関根秋를 중심으로 3학년 1반의 학생들이 전설에 휘둘리면서도 그것을 극복해가는 모습을 그리고 있습니다. 여고생을 화자로 해서 밤새 계속 걷는 학교행사를 그린『밤의 피크닉夜のピクニック』(2004) 등도 온다 리쿠가 뛰어난 학원 소설学園小説(학교를 무대로 학교 내의 인간관계를 주로 그린 소설-역주) 작가라는 인상을 심어줍니다.

『바르타자르의 편력バルタザールの遍歴』(1991)으로 데뷔한 사토 아키는『전쟁의 법戦争の法』(1992)에서 싸우는 소년을 그리고 있습니다. 1975년 일본에서 분리 독립을 선언하여 사회주의국가가 된 N***현県. 거리는 독립을 지지하는 소련군 병사로 넘쳐나고 아버지는 경영하던 공장과 가족을 버리고 무기와 마약을 밀매하는 밀매상이 됩니다. 어머니는 소련군을 상대로 하는 매춘소의 여주인이 되고, 열네 살인 '나'는 친구인 지아키千秋와 함께 의용군에 입대해 소년 게릴라가 됩니다……. 클라

우제비츠의 『전쟁론』을 애독하는 조숙한 '나'의 회상형식으로 전개되는, 일종의 '가짜 역사'입니다.

『도쿄이문東京異聞』(1993)으로 인기를 얻은 오노 후유미의 『십이국기十二国記』(1992~)는 중국과 닮은 열두 개의 나라로 된, 현 세계가 아닌 다른 세계를 그린 장대한 시리즈. 역시 이것도 가짜 역사인데 그중에서도 주목을 받은 『도남의 날개図南の翼』(1996, 큰 뜻을 이루려고 하는 의지나 계획을 일컫는 말로 『장자莊子』 출전-역주)은 열두 살의 소녀가 얄밉도록 천연덕스럽게 왕이 되려고 하는 이야기입니다. 선왕이 죽은 지 27년. 황폐해진 나라(교恭)를 구하고자 주인공인 슈쇼殊晶는 홀로 말과 닮은 마법의 동물을 타고 여행을 떠납니다. 왜 왕이 되려고 하느냐는 질문에 부유한 상인의 딸로 태어나 아무런 부족함 없이 자란 슈쇼는 대답합니다. "그런 거, 나만 괜찮으면 되는 거야? 당연히 자고 난 뒤의 기분이 개운치 않으니까 그렇지." 판타지라고는 해도 통쾌하지 않습니까?

OL과 전업주부가 있었던 시대

조금 더 복잡한 사정을 지닌 성인 여성은 어땠을까?

이 방면에서 발군의 재미를 선사한 것은 카나이 미에코金井美惠子의 『연애태평기恋愛太平記』(1995) 입니다.

『연애태평기』는 네 자매를 주인공으로 한 다니자키 준이치로谷崎潤一郎의 『세설細雪』의 헤이세이판이라고 해도 될 만한 장편소설입니다. 1930년대의 오사카를 무대로 마키오카蒔岡 가문의 네 자매에 대해서 그린 『세설』과 달리 이쪽의 무대는 1980년대. 군마현群馬県의 다카사키高崎라고 짐작되는 지방 도시에서 자란 다카하시高橋 가문의 네 자매. 그녀들의 10년에 걸친 연애와 결혼에 대해서 그리고 있습니다. 유학간 미국에서 국제결혼을 한 첫째 딸 유카夕香는 서른한 살. 미대 재학 중에 알게 된 '컨셉추얼 아티스트'과 동거 중인 둘째 딸 아사코朝子. 전직 유치원 교사로 원아의 홀아버지와 결혼한 스물다섯 살의 셋째 딸 마사에雅江. 동거 상대와 이제 막 결혼한 스물네 살의 넷째 딸 미유키美由起. 네 명의 인간군상과 함께 이 소설에서 주목할 만한 것은 엄청난 디테일을 자랑하는 패션과 음식, 상품, 영화, 책에 관한 정보입니다. 1980년대의 소비생활은 이 한 권(상하 두 권 입니다만)으로 모두 알 수 있다고 해도 과언이 아닐 정도 입니다.

1960년대, 1970년대에 카나이 미에코는 조금 난해한 전위소설을 썼지만 1980년대에는 메지로目白에 사는 사람들을 주인공으로 한 4부작(『문장교실文章教室』『다마야 タマや』『음력 10월의 따뜻한 날小春日和』『어릿광대의 사랑道化師の恋』)으로 팬을 늘려갔고 『연애태평기』로 더 많은 독자를 확보했습니다.

아카사카 마리赤坂真理는 1990년대에 데뷔한 그룹 안에서도 오감에 호소하는 신체감각을 그리는 데 뛰어난 작가로 특히 주목을 받은 순문학 작가입니다. 『바이브레이터ヴァィブレータ』(1999)는 환청과 섭식장애가 있는 데다가 알코올중독이 될 가능성을 가진 여성 라이터가 편의점에서 만난 운전사의 장거리 트럭을 타고 술을 마시면서 나흘에 걸쳐 "도쿄와 니가타新潟 사이의 350킬로미터를 한번 왕복하고 거기에 반 이상, 즉 1050킬로미터+수십 킬로미터"의 여행을 계속하는 이색적인 로드 노벨. 『보이시즈ヴォィセズ(voices)』(1999)는 나리타공항成田空港에서 근무하는 여성 항공 관제사를 주인공으로 한 소설로, 그녀의 일하는 모습도 눈이 보이지 않는 청년과의 연애도 강렬했습니다.

거기에 또한 엔터테인먼트 계열에서는 '일하는 여성'

을 그린 소설이 급증합니다. 남녀고용기회균등법이 시행되어도 여전히 일과 가정을 양립할 수 있는 환경이 마련되었다고는 하기 어려워서 능력을 높이는 것을 목표로 할지, 결혼하여 주부가 될지 하는 문제 사이에서 흔들리는 여성들도 많았습니다.

야마모토 후미오山本文緒의 일반 소설 데뷔작인 『파인애플의 저편パイナップルの彼方』(1992)에 등장하는 주인공 스즈키 미후미鈴木深文는 스물세 살. 미술 계열 전문대를 나온 후 아버지의 알선으로 신용금고에 취직. 혼자 살면서 부업으로 잡지에서 일러스트를 그리는 일을 하고 있습니다. 편한 직장에서 OL생활을 즐기고 있던 미후미였는데 회사는 의외로 음모의 소굴. 말도 안 되는 소문이 돌고, 갑자기 애인은 자신의 부모를 소개하고……. 회사를 그만둘까 하고 생각하면서도 그만두면 부모님의 집으로 끌려가야 합니다. 그것만은 절대로 안 돼! 그만둘 수 없어.

1990년대부터 활약하고 있었던 유이카와 게이唯川恵의 나오키상 수상작인 『어깨너머의 연인肩ごしの恋人』(2001)은 대조적인 여성 두 명을 그리고 있습니다. 아오키 루리코青木るり子는 세 번째 결혼을 한 화려한 것을

좋아하는 여성. 하야사카 모에早坂萌는 인터넷으로 수입대행업을 하는 회사의 주임입니다. 전업주부와 직장인, 그 나름대로 자신의 인생을 선택한 두 사람이지만 남편이 바람난 것에 분노한 유리코는 이혼을 하고, 회사의 받아들일 수 없는 이동명령을 거부한 모에는 회사를 그만둡니다. 결국 두 사람 다 무직이 되는데 이제 곧 스물여덟 살이 되는 두 여성은 좀처럼 일자리를 찾지 못합니다. 열다섯 살의 가출 소년과 세 명이서 사는 기묘한 공동생활 끝에 두 사람이 선택한 길은 이전과는 완전히 다른 길이었습니다.

가쿠타 미쓰요와 기리노 나쓰오와 마찬가지로, 야마모토 후미오, 유이카와 게이도 코발트 문고 등 소녀소설 분야에서 활동하다가 옮겨온 그룹입니다. 경쟁이 심한 업계에서 훈련된 실력파들이라고 할 수 있겠습니다.

시노다 세쓰코篠田節子의 나오키상 수상작인 『여자들의 지하드女たちのジハード』(1997)는 중견 보험회사에 근무하는 20대~30대의 '평범한 OL들'이 다음 단계로 나아가는 이야기입니다. '혼기를 놓쳤다'라는 말을 듣지만, 자신의 맨션을 사고 나서 인생이 바뀌는 야스코康子. 우아한 주부가 되고자 결혼을 위해 노력하여 의사와의 결혼에 성공하지만, 예상은 완전히 빗나가 남편과 네팔로 떠나는 리사リサ. 탈 OL을 꿈꾼 결과 헬기 조종사가 되는 사오리紗織. 남편의 폭력 때문에 이혼 후 재취업을 하는 노리코紀子. 유능한 직장인이었지만 회사를 그만두는 미도리みどり. 마치 일하는 여성의 견본과 같은 소설입니다.

이와 같은 일과 관련된 소설 중에서 이색적인 것은 거대한 경찰조직에서 일하는 여성에 관한 소설입니다.

요코미조 세이시상을 수상한 시바타 요시키柴田よしき의 데뷔작 『리코, 여신의 영원RIKO-女神の永遠』(1995)은 여형사가 주인공인 경찰소설입니다. 무라카미 리코村上緑子는 서른 살. 본청에서 강간 사건을 담당하고 있는데 상사와의 불륜이 원인이 되어 신주쿠新宿 경찰서로 좌천된 노련한 형사입니다. 경부보로 승진하여 주임으로 발탁되었을 때는 '여자라는 것을 이용했다'라고 뒤에서 수군거리는 소리를 듣는 리코. 소설은 딸을 경관으로 만들고 싶어 했던 아버지와의 갈등과 연애 등 사생활도 관련지어 가면서 진행됩니다.

노나미 아사의 나오키상 수상작인 『얼어붙은 송곳니』(1996)도 여형사가 주인공. 오토미치 다카코音道貴子 30

대, 한 번의 이혼 경력 있음. 경시청 형사부 제3기동수사 다치카와 분주소分駐所 소속. 어린 시절부터 여자 경관을 동경하여 전문대 졸업 후 경찰학교에 입학. 소형 순찰차를 타는 교통 집행과에서 흰색 오토바이 대원白バイ隊員(주로 각지에 있는 경찰본부교통부교통기동대와 고속도로 교통경찰대에 소속되어 흰색 오토바이를 타고 활동하는 경찰관을 일컬음-역주)이 되고, 이후 과학수사대를 거쳐 형사가 되는 고생을 많이 한 인물로, 경찰조직이 만만치 않다는 것을 보여줍니다.

그녀들은 "얼른 시집이라도 가서 애라도 낳는 편이 좋을 텐데" "적어도 방해는 하지 마"라는 소리를 듣는 직장에서 일하고 있습니다. 경찰소설은 미스터리의 일종으로, 이야기의 중심은 범죄 수사입니다. 하지만 여형사의 경우 그녀들의 사람 됨됨이도 무시할 수 없습니다. 성추행과 갑질과의 싸움도 여기에서는 필요한 것입니다.

에세이스트에서 작가가 되어 1986년에 나오키상을 수상한 하야시 마리코林真理子는 저명한 것치고는 대표작이 없었고, 일하는 여성에 대해서 그려도 그다지 현실감이 없었습니다. 하지만 1990년대에는 『천황의 여

자ミカド의 淑女』(1990), 『뱌쿠렌렌렌白蓮れんれん』(1994) 등의 역사소설로 평가를 받았고『불쾌한 과일不機嫌な果実』(1996)로 소설가로서의 인기를 획득했습니다.

『불쾌한 과일』은 불륜 소설입니다. '남편 이외의 남자와 섹스를 하는 것은 왜 이렇게 즐거울까'라는 선전 문구가 인상적입니다. 서른두 살 결혼 6년차인 주인공 미즈코시 마야코水越麻也子는 남편과의 아무런 자극 없는 생활에 질려 독신 시절에 사귀던 연상의 남성과 밀회를 거듭합니다. 이 남자와의 관계가 깨진 후에는 연하의 음악평론가와 불륜하게 됩니다. 불륜 상대와 결혼한 순간 환멸에 빠지는 전개는 무거운 만큼 리얼리티가 있었습니다.

현실사회로 눈을 돌리면 1990년대에 세상이 주목한 것은 '여고생'이었습니다. 미니스커트의 교복에 루즈삭스를 신은 '고갸루コギャル'(1990년대 후반에 유행한 피부를 검게 태우고 루즈삭스를 신고 미니스커트를 입은 여고생의 통칭-역주)가 화제가 되어 이미 착용했던 교복이 '블루 세라숍'(Bloomers+Sailor+Shop의 합성어로 여고생이 입던 운동복, 교복 등을 매매하는 가게-역주)에서 판매되기도 하고, 어른인 남성들을 상대로 '원조 교제'를 하는 것이 문제가 되기

도 했습니다. 1980년대에는 반짝반짝 빛났던 여고생의 가치가 이후 서서히 폭락해갑니다.

미야다이 신지宮台真司의 『교복을 입은 소녀들의 선택制服少女たちの選択』(1996)은 이러한 현상을 사회적으로 논한 것입니다. 한편으로 무라카미 류는 고갸루 붐에 편승하여 『러브&팝ラブ&ポップ』(1996)이라고 하는 가벼운 소설을 썼습니다. 『러브&팝』은 시부야의 여고생들을 주제로 해서 아저씨의 시선에서 쓴 풍속소설로, 뭐라 논평하기가 어렵습니다.

가벼운 것으로는 마루야 사이이치의 『한창 때인 여자女ざかり』(1993)도 잊을 수 없습니다. 여성의 사회 진출이라는 구호에 편승했는지, 『한창 때인 여자』는 신문사의 여성논설위원을 그린 장편소설입니다. 좋은 쪽으로도, 안 좋은 쪽으로도, 어쨌든 여성이 주목을 받은 시대였다고 할 수 있습니다.

안티 로망의 작가들

그럼 이 시대에 데뷔한 남성작가들은 어땠을까요?

호사카 가즈시保坂和志의 데뷔작인 『플레인 송プレー

ンソング(Plainsong)』(1990)은 '아무 일도 일어나지 않는 소설'로 화제가 되었습니다. 안티 로망(Antiroman, 반소설이라는 의미로 전통적인 수법을 피하고 전위적인 수법을 사용한 소설-역주)이라고 할 수 있습니다. 여자 친구와 살려고 집을 빌리지만 이사 직전에 차여서 2LDK(두 개의 방과 한 개의 거실과 주방이 있는 주거 형태-역주)에서 혼자서 살게 된 화자인 '나'. 이 집에는 한 마리 도둑고양이가 출입하기 시작하고 세 명의 인물(남자 두 명, 여자 한 명)이 얹혀살게 됩니다. 싸움도 하지 않고, 섹스도 하지 않고, 경마를 즐기거나 수다를 떨면서 단지 단조롭고 포근한 일상을 이어갑니다. 속편인『풀밭 위의 조식草の上の朝食』(1993)도 거의 동일합니다. 아쿠타가와상 수상작인『이 사람의 경계この人の閾』(1995)는 대학 선배였던 여성의 집을 찾아가 역시 수다만 떠는 내용의 소설입니다. 일상에야말로 가치가 있다, 호사카의 작품에서는 아무런 사건이 일어나지 않는 것이 중요합니다.

후지사와 슈藤沢周가 그리는 것은 사회에 잘 적응하지 못하는 남자들입니다. 데뷔작인『사망유희死亡遊戱』(1994)의 화자인 '나'는 가부키초歌舞伎町에서 매춘을 알선하는 일을 하고 있습니다. 유흥업소에서 일하는 여자

들과 거기에 모여드는 남자들을 냉정하게 관찰하고는 외친다. "좋은 아가씨 있어요. 현역 여대생, 아오야마가 쿠인대학青山学院大学의 빠는 여자들. 정말이에요, 최곱니다! 속았다고 생각하고 한 번!" 뒤에서는 마약에 의존하고 있는 '나'는 이른바 인텔리 조폭입니다. 아쿠타가와상 수상작인『부에노스아이레스 오전 0시ブエノスアイレス午前零時』(1998)는 도쿄에서 귀성해서 온천 호텔에서 일하는 남자가 단체 손님 중 한 명인 눈이 보이지 않는 노령의 여성과 탱고를 추는 이야기입니다(<부에노스아이레스 오전 0시>는 탱고의 거장 피아졸라의 명곡입니다). 초기의 후지사와 슈에 비하면 한층 온화한 소설로, 기억이 때때로 혼탁해지는 베일에 싸인 노령의 여성은 여러 가지 망상을 합니다. 이 망상이 위험한 냄새를 풍깁니다.

포스트모던 문학은 어디로 가는가?

　'진화의 막다른 길'이라는 말을 아시나요? 지나치게 진화했다고나 할까요? 암모나이트의 소용돌이 모양이 복잡하고 괴기스럽게 되거나 맘모스의 상아가 이상하리만큼 길어지는 현상을 가리킵니다. 현재의 생물학에서는 부정하고 있는 설인데, 지나치게 진화한 생물은 스스로 자신의 목을 졸라 생활을 하기 어려워져 멸종의 길을 걷게 된다고 합니다.

문학에도 비슷한 면이 있습니다. 지나치게 진화한 사소설이 내면으로 틀어박혀 독자를 잃어버린 것은 1장에서 언급한 대로입니다. 1980년대에 일세를 풍미한 포스트모던 문학도 지나치게 진화하여 1990년대에는 갈 길을 잃어버리고 있었습니다. 여러분이 오해할지도 모른다는 것을 알면서도 굳이 말씀드리자면, 여성작가의 포스트모던에는 젠더라는 항목이 투입되어있던 만큼 굉장히 신선했습니다. 하지만 남성작가들은 힘들지 않았을까요? 이제 와 지식인 비판을 할 수도 없고, 문학의 권위를 부정하지 않더라도 문학의 권위 따위 이제는 어디에도 없습니다.

기묘한 연애소설인 『M색의 S경M色のS景』(1993)으로 데뷔한 미우라 도시히코三浦俊彦는 '전형적인 전위소설' 작자였습니다. 『이것은 팥빵이 아니다これは餡パンではない』(1994)에서는 미우라 도시히코다운 전위적인 웃음이 작열합니다. 전위미술의 공모전인 '앙데팡당 Indépendants전'을 찾아간 미술학도인 남녀가 지나친 상

스러움과 잡다함에 말문이 막혀 결국 자아가 붕괴하는……이라는 작품.

이시구로 다쓰아키石黒達昌의 데뷔작인 『1991년 5월 2일, 후천성 면역부전증후군으로 급사한 아케데라 노부히코 박사, 및…… 平成3年5月2日, 後天性免疫不全症候群にて急逝された明寺伸彦博士, 並びに……』(1994)은 가로로 쓴 소설로(일본어 문장은 세로쓰기가 기본임-역주) 타이틀조차 없습니다. 『1991년 5월 2일~』은 소설의 첫머리를 옮긴 것으로 가제입니다. 세나 히데아키瀬名秀明의 『기생충·이브パラサイト·イヴ』(1995)가 베스트셀러가 되는 등 1990년대, 2000년대에는 이과 계열의 소설이 화제가 되었는데, 『1991년 5월 2일~』은 이른바 그 순문학 판. 멸종이 우려되는 가공의 동물인 '하네네즈미'의 번식에 관한 리포트라는 형식을 취한 이 소설은 하랄트 슈튐프케Harald Stümpke의 『비행류鼻行類』(1987)를 방불케 합니다.

특이한 형태의 문학을 좋아하는 마니아들은 이런 작품을 선호합니다(저도 싫어하지 않습니다). 그러나 자칫하면 그것은 자폐적으로 보일 수도 있습니다. 즉 진화의 막다른 길.

지금 시점에서 생각해보면 군조신인상을 수상한 아

베 가즈시게阿部和重의 데뷔작인 『미국의 밤アメリカの夜』(1994)도 상당히 막다른 길과 같은 느낌을 주는 소설이었습니다. 『미국의 밤』은 사소설다운 면이 있는 작품으로 자의식이 엄청납니다. 긴 머리말 뒤에 "불쌍한 남자에 관한 이야기를 하겠다. 그 남자는 나카야마 유키中山唯生라고 한다"라는 문장으로 소설은 움직이기 시작하는데 그 뒤에는 "다다오의 어떤 점이 불쌍한지는 명확하게 말할 수 있는 것은 아니다. '불쌍하다'란 거의 거짓에 가까운 말이다"와 같은 변명이 이어집니다. 상당히 이야기가 진행된 후에 "나카야마 유키라는 이름으로 지금까지 이야기해온 남자란 바로 나 자신이다"라고 서서히 고백을 합니다. 맙소사, 처음부터 알고 있었어라고 한마디하고 싶어지는데 그 후에도 탈선에 탈선, 일탈에 일탈을 계속합니다. 사실 이것은 1980년대 현대사상 계열의 논문 패러디이기도 하지만 독자에게는 아무런 상관도 없는 이야기. 자신에 대해서 이야기하기 위해서는 (내용은 '특별한 사람'이 되고 싶다고 망상하는 말만 많은 영화 청년의 독서와 사색, 실패에 관한 기록과 유사한 이야기) 이런 복잡한 순서가 필요한가⋯⋯라는 것 자체에 놀랐습니다.

'현역 교토대생의 데뷔작'으로 화제를 모은 히라노

게이치로平野啓一郎의 아쿠타가와상 수상작『일식日蝕』
(1998)도 상당히 특이한, 막다른 길의 소설입니다. 당시
에는 한자와 그에 붙은 토가 엄청나게 많아서 화제가
되었는데 내용도 제정신이 아닙니다. "1482년 초여름,
나는 파리에서 출발하여 긴 여정을 거친 후, 무리 중에
서 홀로 리용에 도착했다" "파리대학에 적을 두고 신학
을 공부해온 나는, 당시 나의 부족한 장서 중에서 어느
한 권의 오래된 사본을 가지고 있었다." 15세기 프랑스
의 신학을 공부하는 학생이 피렌체로 여행을 가는 이
이상한 이야기를 왜 지금 읽어야 하는가……. 신초문고
판(2001)의 해설에서 요모타 이누히코四方田犬彦는 "문학
에서 전위란 어떤 것이 죽었다는 것을 알고 있는 것이
다", 히라노가 이 소설에서 나타낸 것은 "이미 죽은 것
과 적극적으로 유희를 즐기는 것, 그 반복되는 유희를
통해 재생을 연출하는 것이다"라고 언급했습니다.『일
식』은 결국 '아주 옛날에 죽은 이야기'의 시늉, 또는 코
스프레입니다.

　그 후 아베 가즈시게는 메타 픽션적인 엔터테인먼트
의 성격을 가미한 소설『인디비주얼 프로젝션インディヴ
ィジュアル・プロジェクション』(1997)을 발표한 무렵부터 시

대의 첨단을 걷는 작가로 인정을 받았고, 히라노 게이치로도 19세기의 쇼팽과 들라크루아를 주인공으로 한 다카라즈카 가극宝塚歌劇(여성만으로 이루어진 일본의 가극단-역주) (정말로 코스프레)을 쓰고 장편『장송葬送』(2002)을 발표할 무렵부터 실력파 작가로서의 저력을 보여주기 시작합니다. 이들과는 대조적으로 작품에서는 더 세련미가 있는 미우라 도시히코와 이시구로 다쓰아키는 몇 번이나 아쿠타가와상과 미시마상 후보에 오르면서도 수상은 하지 못했습니다. 이 차이는 무엇일까? 뭐, 미우라는 철학 계열의, 이시구로는 의학 계열의 대학교수니까 상 따위 안 받아도 되겠지만 첨언하자면 전위를 지향하는 작가가 오랫동안 소설을 쓰기 위해서는 소설에 깊이를 더할 '자재' 또는 '연료'가 필요합니다.

연료로서의 근대사, 근대문학의 리노베이션

그럼 '연료'에 관한 이야기입니다. 생각해볼 수 있는 연료 중 하나는 역사입니다.

이케자와 나쓰키池澤夏樹의『마시아스 기리의 실각マシアス・ギリの失脚』(1993)에 등장하는 무대는 남태평양에

있는 가공의 섬 '나비다드 민주공화국'. 세 개의 산호섬으로 되어있는 작은 나라입니다. 이 섬(나라)의 자연과 풍물이 이렇게까지 묘사된 것은 1980년대의 '가짜 역사'와 비슷하지만 사실 이곳은 태평양전쟁의 전쟁터로 많은 사상자를 낸 섬이었습니다. 더군다나 대통령인 마시아스 기리는 젊은 시절을 일본에서 보냈고 지금도 일본과 두터운 연결 고리를 가지고 있는 인물입니다. 전후 보상 문제는 애매하게 넘어가고 일본에서 온 위령단이 탄 버스는 실종됩니다. 한편 일본 정부는 섬의 환초에 석유비축기지를 건설한다는 계획을 몰래 추진하고 있었는데⋯⋯라고 한다면 이것은 이제 단순한 가짜 역사로 보기 어렵고, 동시대의 정치를 상기하지 않을 수 없습니다.

1986년에 데뷔한 오쿠이즈미 히카루奧泉光는 처음부터 트럭에 연료를 가득 싣고 등장한 작가였습니다. 역사도, 철학도, 음악도, 선인의 작품도, 미스터리적인 요소도, 탐욕스럽게 집어넣고 있습니다. 아쿠타가와상을 수상한『돌의 내력石の来歷』(1994)은 고서점을 경영하면서 돌 채집에 열중하는 남자(레이테전에 참전한 재향군인입니다)의 이야기입니다. 초기의 대표작으로는『평범한 현상バナールな現象』(1994)을 들 수 있습니다. 이것은 일본에서 아마 걸프전을 다룬 유일한 작품일 것입니다.

텍스트는 "온통 사막이다"라는 첫머리와 함께 걸프전의 최전선을 비춘 CNN 뉴스의 화면에서부터 시작됩니다. 서른네 살의 주인공 기이치고 유이치木苺勇一는 대학에서 독일어를 가르치는 인물로 현재는 아내가 임신 중. '아버지'가 될 준비를 하면서도 뭔가 마음이 내키지 않습니다. 그런 상황 속에서 기이치고가 휘말리는 '사막'에서의 도주가 걸프전의 추이를 먼발치에 두면서 진행됩니다. 오에 겐자부로의 『개인적 체험』을 바탕으로 하면서도 동시대의 전쟁을 이야기에 넣고, 거기에 현실과 망상이 뒤섞이면서 이야기는 진행됩니다.

무라카미 류는 『5분 후의 세계五分後の世界』(1994)에서 제2차 세계대전에 항복하지 않고 연합국의 군인들과 여전히 게릴라전을 벌이고 있는 '시간이 5분 어긋난 세계=또 하나의 일본'을 그리고 있습니다. 일본은 홋카이도와 도호쿠가 소련에, 간토의 서쪽에서 규슈 대부분이 미국에, 시코쿠가 영국에, 규슈의 서쪽 지역이 중국에 점령되어있다는 설정입니다.

야하기 도시히코矢作俊彦의 『아·자·팡あ·じゃ·ぱん』

(1997)도 동서로 분열된 '또 하나의 일본'을 그린 소설입니다. 설정은 『5분 후의 세계』와 비슷하지만, 이 소설은 디테일이 어마어마합니다. 열도는 거대한 벽으로 동서로 분단되어, 동일본은 소련이 지도하는 '통일노동당'이 좌지우지하고 있는 공산주의인 일본인민민주주의공화국, 서일본은 자본주의인 대일본국. 일본어를 배우고 CNN의 특파원으로 니이가타新潟에 들어간 '내'가 국경의 산속에서 게릴라 활동하는 농민 혁명가 다나카 가쿠에이田中角栄(제64, 65대 내각총리대신[1972~1973]을 역임한 정치가-역주)에게 인터뷰를 하려고 합니다……. 모두 실존 인물들의 이름으로, 그들이 날뛰고 있습니다. 이제 막 종식된 쇼와의 역사를 상대화하는, 악의와 아이러니가 넘치는 기괴한 작품입니다.

현대문학의 활성화를 촉진하는 또 하나의 연료는 근대문학입니다.

미즈무라 미나에水村美苗의 데뷔작인 『속 명암續明暗』(1990)은 나쓰메 소세키의 미완의 작품인 『명암明暗』(1926)을 완결한다는 대담무쌍한 시도였습니다.

『명암』은 삼각관계에 관한 이야기입니다. 회사원인 쓰다 요시오津田由雄는 상사의 소개로 알게 된 오노부お

延와 이제 막 결혼한 상태. 하지만 부부관계는 양호하다고는 할 수 없어서, 오노부는 남편이 무언가 숨기고 있는 것은 아닌지 의심하고 있습니다. 사실 쓰다는 이전에 결혼 직전까지 갔던 기요코淸子에 대한 미련이 여전히 남은 상태로, 어느 날 다른 남자와 결혼한 기요코가 온천에서 요양한다는 말을 듣고 혼자서 온천으로 향합니다.

쓰다와 기요코가 재회한 시점에서 끝을 맺는 『명암』의 뒤를 이어간 『속 명암』은 재회한 두 사람의 동향을 추적하는 한편, 도쿄에 남아있는 오노부 마음의 동요를 그립니다. 세 사람이 얼굴을 마주하는 볼거리를 제공하고, 기요코가 왜 쓰다의 곁을 떠났는지에 관해서도 확실하게 답을 하는 한편, 기존에 마련되어있었던 다른 인물들과 관련된 복선도 모두 회수합니다. 또한 결말에서는 제멋대로인 쓰다에게 제재를 가한다는 내용의 대담한 작품을(게다가 소세키와 똑같은 옛 한자, 옛 가나仮名의 문체로!) 만들어냈습니다.

무엇이든 연료로 삼는 오쿠이즈미 히카루는 『『나는 고양이로소이다』살인사건『吾輩は猫である』殺人事件』(1996)이라는 작품도 발표했습니다. 나쓰메 소세키의 『나는 고양이로소이다』(1905~1906)의 결말에서 물동이에 빠져 사경을 헤매던 고양이는 멋지게 회생하여 상하이로 건너갑니다. 한편 고양이가 물동이에 빠진 바로 그날 재채기くしゃみ 선생이 밀실에서 살해를 당했다! 신문에서 이 사실을 안 고양이는 고양이 사교계의 면면들과 '재채기 씨 살해사건'에 대한 추리에 몰두하는데, 거기에 용의자인 간게쓰寒月와 도후東風가 나타나…….

21세기에 들어서면 '근대문학의 리노베이션'은 하나의 장르로 정착한 느낌마저 듭니다. 다카하시 겐이치로의 『일본문학성쇠사日本文学盛衰史』(2001)는 이시카와 다쿠보쿠石川啄木, 나쓰메 소세키, 후타바테이 시메이를 중심으로 소설의 여명기를 그린 장편소설입니다. 다쿠보쿠는 전화회사의 전언 녹음 서비스에 빠져있는가 싶더니 블루 세라 숍의 점장이 되고, 모리 오가이와 나쓰메 소세키는 다마고치에 대한 설교를 시작하며, 다야마 가타이는 스스로 『이불'98··여대생의 생방송蒲団'98·女子大生の生本番』이라는 성인용 비디오를 감독합니다……. 1990년대의 풍속을 총동원. 지나치다고 하면 지나친, 이것은 언문일치체 탄생에 관한 비화였습니다.

마치다 고町田康의 『고백』(2005)은 가와치온도河内音頭

(온도란 여러 사람이 노래하고 춤을 추는 민속무용이나 그 노래를 가리킴. 가와치온도는 오사카의 가와치 지역에서 발생한 것임-역주)의 스탠더드 넘버인 '가와치 10인 살해河内十人斬り'(1893년에 오사카 남동부에 있는 곤고산金剛山 기슭에서 일어난 살인사건으로, 금전과 교제 문제로 열 명이 살해되었다. 가와치온도의 곡명으로도 유명-역주)의 리메이크입니다. '가와치 10인 살해'는 실제로 일어난 사건을 바탕으로 한 작품인데 그것을 마치다 고가 자신의 손으로 다시 씁니다. "1857년 가와치국 이시카와군 아카사카촌지수이분河内国石川郡赤阪村字水分의 백성 기도 헤이지城戸平次의 장남으로 태어난 구마타로熊太郎는⋯⋯"이라고 시작된 텍스트에 "왜 그렇게 되어버렸지?/그렇게 되면 안 되잖아" 등의 갑자기 참견하는 문장이 들어가기도 합니다. 살인마인 구마타로는 사실은 뼛속부터 겁쟁이인 인물. 그런 남자가 왜 대량 살인을 저질렀는지가 특유의 가와치 사투리로 전개가 됩니다.

근대사와 근대문학이 소설의 연료가 될 수 있었던 것은 바로 '화석연료'로서 이용할 수 있을 정도의 세월이 지났기 때문일 것입니다. 역사소설이라는 장르가 있을 정도로, 소설이 근현대사를 제재로 삼은 것 자체는 드문 일이 아닙니다. 하지만 포스트모던 시대를 겪어온 현대 작가들의 손을 거치면 역사도, 과거의 문학도 훌륭하게 '탈구축'됩니다. 오래된 민가가 카페로 재탄생되는 것과 비슷하다고나 할까요?

노동 청년들의 프롤레타리아적 청춘 소설

항례의 '프롤레타리아 문학'과 '사소설'에 대해서도 검토해두도록 하지요.

1990년대에는 몇 편의 '청춘 소설+프롤레타리아 문학'이라는 별종이 탄생했습니다. 즉 육체노동에 종사하는 청소년들의 이야기입니다.

사에키 가즈미의 미시마상 수상작인『어 루스 보이ア · ルース · ボーイ(A loose boy)』(1991)는 "나는 열일곱 살. 지금 비탈길 한가운데에 서 있다"라는 문장으로 시작됩니다. '나' 사에키 아키라佐伯鮮는 현 안에 있는 최고의 대학진학을 위한 고등학교를 중퇴하고 전기공사를 하는 하청 업체에서 일하고 있습니다. 고교를 그만둔 직접적인 이유는 아빠가 누군지 알 수 없는 아이를 출산한 헤어진 애인 우에스기 미키上杉幹를 돕고 싶다고 생각했기 때문입니다. 그녀와 아기와 세 명이서 목욕탕이 없

는, 5제곱미터가 조금 안 되는 아파트에 살면서 '나'는 공사 현장에 다니고 있습니다.

"나는 지금 I고교의 체육관 천장에 올라가 있다" "불이 들어와 있는 전구는 아주 뜨겁다. 나는 두꺼운 장갑을 낀 손으로 전구를 뺀다. 바로 아래 바닥에, 그곳에만 살짝 그림자가 진다. 새 전구를 끼운다. 그곳은 전보다 훨씬 밝아진다. 나는 그것을 몇 번이나 반복한다."

전기공사에 관한 구체적인 묘사를 삽입하면서 작자는 심각해질 수 있는 이야기를 소년문학이라도 쓰는 듯이 놀랄 정도로 밝게 묘사하고 있습니다. 사실은 작자의 체험을 바탕으로 한 사소설적 요소를 포함한 작품. 이후 사에키 가즈미는 자신의 인생에 대해서 오랫동안, 지속적으로 쓰게 됩니다.

사토 요지로佐藤洋二郎의 『강어귀河口』(1992)는 디즈니랜드가 있는 우라야스의 건설현장을 무대로 한 소설입니다. 첫머리는 "열아홉 살 생일날, 나는 에도강 강어귀의 우라야스에 있는 노무자 합숙소에 있었다." 화자인 '나' 다카노 마코토高野誠는 후쿠오카의 탄광촌에서 2년 전에 상경했습니다.

"내가 간 곳은 말뚝을 박는 회사다. 달구질하는 회사

다. 아버지를 위해서라면 힘내라고 노래를 부르는 회사다" "다음 날부터 나는 말뚝박기 숙련공의 견습생으로 작업화를 신고 새 헬멧을 쓰고 현장에 갔다. 헬멧에 휴대용 전구를 달면 광부다./일은 힘들고, 매일 노무자 합숙소와 현장을 왔다 갔다 할 뿐이었다."

때는 버블 경제가 한창인 시기. 당시 맨션과 오피스 빌딩 건축 붐이 일어났던 것을 생각하면, 당연히 건축 현장에서 일하는 사람들이 있었고, 게다가 '3K(힘든, 더러운, 위험한-역주) 노동자'를 꺼리는 풍조에서는 어느 현장에서나 인력이 부족했습니다. '내'가 일하는 현장에서도 외국인 노동자가 일하고 있습니다.

1990년대 후반에 등장해서 화제를 모은 또 하나의 작품은 군조신인상을 수상한 오카자키 요시히사岡崎祥久의 데뷔작 『초속 10센티의 겨우살이秒速10センチの越冬』(1997)입니다.

이야기는 화자인 '내'가 광고회사를 그만둔 것에서부터 시작됩니다. 그가 간신히 찾은 아르바이트는 서적의 중개센터에서 발송 작업을 하는 것이었습니다. 전표에 기록된 책을 상자에 넣어서 컨베이어 벨트에 싣는 작업입니다. 그렇기에 그것은 예상외의 중노동이었습니다.

휴일은 일요일, 휴일, 두 번째 토요일뿐. 실수하면 페널티가 부과됩니다.

"물체로서의 책은 흉기다. 빳빳한 종이 가장자리에 쓱 하고 손가락을 베이고 열 권 또는 스무 권씩 묶어놓은 책은 그 내용에 상관없이 엄청난 무게다. 한 권을 드는 데도 근육을 사용하고, 들어서 안으면 팔에 찰과상이 남는다."

'초속 10센티미터'란 컨베이어 벨트의 속도. 반년 동안에 '나'는 일이 숙달되는데 "그렇지만, 그런 이유로 내 몸은 슬슬 덜컹거리기 시작했다." 악덕 아르바이트에 관한 선구와 같은 소설. 그에게 고통을 주고 있는 것이 바로 책이라는 점이 아이러니합니다.

블루칼라 노동자를 주인공으로 한 그 이전에 나온 청춘 소설은 나카가미 겐지의 『고목탄』 정도였습니다. 이 작품들은 기성 문학에 대한 작은 저항을 나타내고 있었는지도 모르겠습니다.

장렬한 인생만 왜 인기가 있는가?

'사소설'은 어땠을까요?

구루마타니 조키쓰의 『소금항아리의 숟가락鹽壺の匙』
(1992)은 오랜만에 출현한 초대형 사소설로 일족에 관한
'가족사'였습니다. 시작은 "작년 여름 나는 7년 만에 미
치광이인 아버지를 만나러 갔다", 그리고 "히로유키宏之
숙부는 1957년 5월 22일 오전에 오래된 헛간의 대들보
에 새끼 줄을 메고 자살했다." 어두움, 무거움, 괴로움
이라는 삼박자를 갖춘 왕년의 사소설 그 자체(실제로 구루
마타니 조키쓰의 첫 소설이 신인상의 최종 후보에 남은 것은 1972년이
었습니다). 가볍고 발랄한 소설에 익숙한 독자들은 그것
만으로도 펄쩍 뛰었습니다. 무엇보다도 이것은 투구 게
정도의 '살아있던 화석'이기 때문에 귀히 여겨진 것으
로, 사소설의 주류는 이미 다른 곳으로 옮겨가 있었습
니다.

사소설이 프로의 작가에서 탤런트 등 아마추어에 의
한 '자전적 에세이'로 이행한 것은 앞 장에서 설명했습
니다. 탤런트인 니타니 유리에二谷友里江가 가수인 고
히로미郷ひろみ와 결혼하게 된 이야기를 자랑하듯이 엮
은 『사랑받는 이유愛される理由』(1990), 그 니타니 유리에
와의 이혼까지 전말을 자학적으로 그린 고 히로미의
『대디ダディ(Daddy)』(1998)는 그 일례. 이시하라 신타로가

죽은 동생 유지로裕次郎와 보낸 나날들을 그린『남동생 弟』(1999)도 문학작품이라기보다는 그런 종류라고 하겠습니다.

하지만 20세기에서 21세기로 시대가 바뀔 무렵에 다른 타입의 '자서전'이 잇달아 베스트셀러가 되었습니다. 오토다케 히로타다乙武洋匡의『오체불만족五体不満足』(1998), 오히라 미쓰요大平光代의『그러니까 당신도 살아だから, あなたも生きぬいて』(2000), 유미리柳美里의『생명命』(2000), 이이지마 아이飯島愛의『플라토닉 섹스』(2000) 등등입니다.『오체불만족』은 선천적으로 사지가 절단된 상태로 태어난 청년의,『그러니까 당신도 살아』는 10대에 조폭의 부인이 되고 이혼 후에는 열심히 공부하여 변호사 자격을 취득한 여성의,『플라토닉 섹스』는 불량소녀에서 AV배우를 거쳐 인기 탤런트로 등극한 여성의 자전적 에세이.『생명』의 저자 유미리는 연극계에서 문학계로 진출하여『가족 시네마家族のシネマ』(1997)로 아쿠타가와상을 수상한 작가인데 수상작 이상으로 화제가 된 것이 이『생명』이었습니다. 이것은 기혼남성과의 연애, 임신과 출산, 그리고 동거하는 연인이 말기 암으로 죽을 때까지의 투병 생활을 그린 자전적 논픽션입니다.

'눈물과 감동'의 논픽션이 저가 대매출되었던 시대.

아카사카 마리는 「왜 '장애'와 '장렬한 인생'에 관한 책만 읽히는가?」(『주오코론中央公論 2001년 6월호』)라는 논고에서 이러한 종류의 '장렬한 인생 계열'에 관한 책을 비판했습니다.

그녀는 "최근 몇 년 동안 대체로 희망이라는 이름이 붙는 것이, 언뜻 보기에 그것이 없는 듯이 보이는 지점에서 초래되고 있는 '의미'를 '보통' 사람들은 감동만 할 것이 아니라 잘 생각해봐야 한다"고 말합니다. "눈물과 감동의 이야기는 이제는 소모품이다."

이것은 통렬한, 그러나 지당한 비판입니다. 장렬한 인생 계열의 자서전은 뭔가 사정이 있어서 '다른 사람보다 아래'의 처지로 떨어진 사람이 잃어버린 자리를 회복해서 '다른 사람보다 위'로 올라간 일종의 영웅담, 위인전에 가까운 구조로 되어있습니다. 독자들은 책의 전반부에서 그들의 불행을 오락으로 소비하고, 후반부의 부활 이야기에서 카타르시스를 얻습니다. 오니시 교진 식으로 말하자면 '세속적 욕망과의 결탁'으로, 모든 장애인이, 조폭 부인이, AV배우가, 싱글맘이 영웅이 될 수 있는 것은 아닌 이상 '약한 사람'의 '보통 인생'을 억

압하는 구조가 거기에는 포함된 것입니다.

덧붙이자면 역시 베스트셀러가 된 세노오 갓파妹尾河 童의『소년 H少年 H』(1997)도 유사한 구조입니다.『소년 H』는 저자가 소년 시절에 겪은 전쟁 체험을 그린 자전 적인 작품으로, 야마나카 히사시가『잘못된 것투성인 소년 H間違いだらけの少年 H』(1999, 야마나카 노리코山中典子 와 공저)에서 비판하고 있듯이 소년 H의 전쟁에 대한 인 식은 전쟁 중의 실태와 어긋나 있습니다. 고베神戸 공습 등 장렬한 체험이 묘사되고 있는 한편, 소년 H는 전쟁 의 어리석음을 꿰뚫어보는 일종의 영웅으로 묘사되었 습니다.

한심함을 자랑하는 사소설의 계보를 잇는 자서전이 언제부터 '눈물과 감동'의 이야기가 된 것일까요?

눈물과 감동의 불륜 소설이 유행한 이유

자전적인 작품뿐만 아니라 '눈물과 감동'은 사실은 1990년대 후반의 숨은 키워드였습니다.

1990년대를 조망하면 가장 큰 화제를 불러일으킨 것 은 중장년층을 주인공으로 한 불륜 소설이었습니다. 한 권은 로버트 제임스 월러의 『매디슨 카운티의 다리』(무라마쓰 기요시村松潔 옮김, 1993). 다른 한 권은 와타나베 준이치渡辺淳一의 『실락원失楽園』(1997)입니다.

『매디슨 카운티의 다리』는 클린트 이스트우드와 메릴 스트립을 주연으로 한 영화(1995)로도 나온 세계적인 베스트셀러로, 번역소설로는 드물게 일본에서도 대히트를 기록했습니다. 이야기는 카메라맨 겸 라이터인 쉰두 살 로버트 킨케이드와 농가의 주부인 마흔다섯 살 프란체스카 존슨의 나흘 동안 사랑을 그린 것입니다. 두 사람이 헤어진 채로 상대방을 생각하며 죽음을 맞이할 때까지의 20년 동안의 시간을 프란체스카가 회상하는 형식으로 그리고 있습니다.

『실락원』은 《닛케이신문日経新聞》에서 연재하는 동안에도 엄청난 화제를 모았던 소설로, 출판사의 조사실에서 근무하는 한물간 샐러리맨인 쉰네 살 구키 쇼이치로久木祥一郎와 미모의 서예가 서른일곱 살 마쓰바라 린코松原凛子의 불륜을 그리고 있습니다. 두 사람 모두 기혼자이기 때문에 'W불륜'(일본어로 기혼자끼리의 불륜을 이렇게 표기함-역주)입니다. 두 사람은 사람들의 눈을 피해서 가마쿠라나 하코네箱根, 닛코日光로 1년 내내 여행을 다니면서 미식 삼매경과 섹스 삼매경에 빠집니다. 버블 시대를 그리워하는 듯한 소설로, 아리시마 다케오(有島武郎, 근대의 소설가로 기혼자인 하타노 아키코波多野秋子와 사랑에 빠져 마지막에는 가루이자와에서 함께 목을 매어 자살했음-역주)에 대항이라도 하듯이 마지막에는 가루이자와에서 죽음을 택합니다.

같은 불륜 소설이라도 이 작품들이 『불쾌한 과실』과 다른 점은 '죽음'의 그림자가 짙게 배어있는 것입니다. 위의 두 편이 그리는 것은 '장렬한 연애'로, 죽음에 의해 '지상의 사랑'에 이르는 것은 장렬한 인생 계열의 자서전과 같은 구조를 이루고 있습니다.

여담입니다만, 와타나베 준이치는 거의 10년에 한 번 꼴로 《닛케이신문》에 소설을 연재하고 있습니다. 1984년~1985년에 연재된 『화신化身』(1986)은 자산가로 이혼 경력이 있는 문예평론가 마흔아홉 아키바 다이사부로秋葉大三郎와 긴자銀座에서 이제 갓 호스티스가 된 스물세 살 야시마 기리코八島霧子의 버블기를 선취한 듯한 연애를 그리고 있습니다. 『겐지모노가타리源氏物語』의 「와카무라사키若紫」(『겐지모노가타리』는 일본의 고전 명저로, 1008년 이전에는 성립되었을 것으로 추정되는 장편 이야기이다. 전54

권으로 되어있는데 그중 「와카무라사키」 권에는 겐지가 어린 와카무라사키를 맞이하기 위해서 노력하는 이야기가 나옴-역주)처럼 젊은 여자에게 돈을 퍼부은 중년 남성은 마지막에는 세계를 돌아다니는 사업가가 된 여자에게 버림을 받습니다. 이것은 경기가 좋았을 때의 이야기입니다. 와타나베 준이치의 《닛케이신문》 연재소설은 각 시대의 경제 상황과 관련이 있습니다.

왜 1990년대 후반에 '눈물과 감동'을 불러일으키는 책이 유행했을까?

영문학자인 오노 슌타로小野俊太郎가 『닛케이 소설로 읽는 패전 후 일본日経小説でよむ戦後日本』(2001)에서 재미있는 견해를 제시하고 있습니다. 《닛케이신문》에서 『실락원』의 연재가 시작된 것은 1995년 9월. 한신·아와지 대지진과 옴진리교 사건이 일어난 직후였습니다. "『실락원』이 '무의미한 죽음'에 대한 일종의 반발로서 스스로 죽음을 선택하는 인간을 긍정하고 있는 것은, 연재 당시에 한신·아와지대지진의 부흥과 옴진리교 사건의 진상을 전달하는 신문기자들과 함께 있었던 탓이다"라고 오노는 이야기합니다. 즉 와타나베는 "큰 사건 속에 잠들어있는 작은 사건을 끄집어내려고 생각하고 있었던" 것이라는 의미입니다.

'무의미한 죽음' '대량의 죽음'을 목격한 사람들은 그 반동으로 '의미 있는 죽음' '작은 죽음'에 매료됩니다. 대량의 죽음에 대한 쇼크로 기분이 우울했던 사람들에게는 비련이든, 동반자살이든, '아름다운 죽음'이야말로 '치유'가 된다는 것입니다.

1990년대 일본은 표면적으로는 평화로웠습니다. 다양한 작가와 작품을 낳은 소설의 풍작기이기도 했습니다. 다만 버블의 붕괴, 한신·아와지대지진, 옴진리교 사건으로 인한 쇼크는 예상 외로 컸습니다. 막연한 사회 불안은 다음 시대의 소설에 반영되게 됩니다.

5장 2000년대
전쟁과 격차(불평등)사회

동시다발 테러와 신자유주의경제

21세기는 파란의 시작이었습니다. 2001년 9월 11일에 일어난 미국 동시다발 테러, 이른바 '9·11'이 세계를 완전히 바꿔놓았습니다.

이날 누군가에게 납치된 두 대의 민간기가 뉴욕의 세계무역센터 빌딩WTC에 추돌. 다른 두 대는 워싱턴의 펜타곤과 피츠버그 교외에 각각 추락했습니다. WTC는 붕괴하고 전체적으로 약 3천 명 이상의 사망자를 낸 대참사가 되었습니다.

당시의 대통령이었던 조지 부시는 이것을 오사마 빈 라덴이 이끄는 이슬람계 테러 집단인 알카에다의 범행이라고 단정, 이에 대한 보복으로 10월에는 아프가니스탄에 대한 공격을 시작했고, 2003년 3월 20일에는 국제연합의 합의 없이 이라크가 대량의 파괴 병기를 보유하고 있다고 해서 미·영국군이 이라크의 수도 바그다드를 공중에서 폭격, 이라크전쟁이 발발했습니다.

9·11은 일본에도 큰 영향을 미쳤습니다. 당시 고이즈미 준이치로小泉純一郞 내각은 곧바로 미국에 대한 지지를 표명. '이라크특별조치법'이 성립되어 2003년 12월에는 '인도적 차원의 부흥지원'이라는 명목하에 이라크

의 사마와에 육상자위대를 파견했습니다.

한편 일본 국내에서는 무섭게 밀려오는 파도처럼 경제적인 격차가 점점 확대되었습니다.

그 전환점이 된 것 중에 하나가 2001년 4월에 발족한 고이즈미 내각이 '성역 없는 구조개혁'이라는 이름으로 시장원리주의를 바탕으로 하는 신자유주의경제(네오리버럴리즘Neoliveralism)에 입각한 정책을 내건 것이었습니다.

다양한 규제 완화가 진행되고 노동환경은 악화하였습니다. 경제의 글로벌화도 맞물려 소득격차가 벌어진 2000년대 후반에는 '격차사회格差社会'라는 말이 출현, 워킹푸어, 네트 카페 난민(인터넷을 유료로 사용할 수 있는 시설을 인터넷 카페[네트 카페는 축약형]라고 하는데 정주할 주택이 없어서 인터넷 카페에서 잠을 자는 노숙자의 일종-역주) 등이 문제가 되었습니다. 여기에 박차를 가한 것이 2008년 9월에 있었던 세계적인 금융위기(리먼 쇼크)였습니다.

경기 침체가 계속된 버블 붕괴 후의 1990년대와 2000년대를 '잃어버린 20년'이라고 부르고 있습니다. 다치바나키 도시아키橘木俊詔의 『격차사회日本の経済格差』(1998)를 시작으로, 사토 도시키佐藤俊樹의 『불평등 사회 일본-잘 가, 총 중류사회여不平等社会日本—さよなら総

中流』(2000), 야마다 마사히로山田昌弘의『희망 격차사회』(2004), 미우라 아쓰시三浦展의『하류사회』(2005), 유아사 마코토湯浅誠의『반反 빈곤-'미끄럼틀 사회'로부터의 탈출反貧困「すべり台社会」からの脱出』(2008) 등이 잇달아 화제가 된 점에서도 당시의 상황을 엿볼 수 있습니다.

그럼 이 시대의 출판계는 어땠을까?

눈에 띄는 움직임 중 하나는 격차사회를 반영이라도 하듯이 팔리는 책과 팔리지 않는 책으로 뚜렷하게 양극화가 진행된 점입니다. 그 배경에는 인터넷의 보급이 있었습니다. 잡지와 서적출판에 사용되던 비용은 통신비로 전환되었고, 종이 미디어의 고전苦戰은 되돌이킬 수 없는 지경까지 이르렀으며, 소설 그 자체도 인터넷 미디어에 커다란 영향을 받게 됩니다.

먼저 그 이야기부터 하겠습니다.

인터넷에서 탄생한 베스트셀러

미국 동시다발 테러는 공전의 베스트셀러를 낳았습니다.『세계가 만일 100명의 마을이라면』(2011, 이케다 가요코池田香代子 재구성)입니다. 이것은 동시다발 테러 이후에 인터넷에서 체인 메일 형식으로 세계를 떠돌아다니던 문서를 일본어로 번역한 소형의 그림책입니다.

콘셉트는 "세계에는 63억 명의 사람이 있는데/만약 그것을 100명의 마을로 축소한다면 어떻게 될까?"라는 것입니다. "90명이 이성애자이고/10명이 동성애자입니다" "70명이 유색인종이고/30명이 백인입니다" 등 내용적으로는 세계의 사람들의 다양성에 관해서 이야기하고 부의 편재에 대해서 비판하는 것이었습니다. 미국 국내에서 용솟음치는 애국심, 이슬람을 배제하는 분위기, 이에 대항하고 싶다고 생각한 사람들이 만든 언설이겠지요. 그러나 이것은 세계의 축소판이라고 말할 수 있습니다.

인터넷에서 탄생한 또 다른 히트 상품은 나카노 히토리中野独人의 『전차남電車男』(2004)입니다. 원 재료는 인터넷의 거대게시판 '2채널'의 독신남성판独身男性板(통칭 '독남판毒男板'). 여기에서 주고받은 '댓글'을 나중에 정리하여 책으로 출판한 것입니다(나카노 히토리는 그들의 총칭입니다). 내용은 여자들에게 인기가 없는 아키바계(도쿄의 아키하바라秋葉原는 이른바 오타쿠들이 모이는 곳으로 유명-역주) 남성(전차남)과 그가 전철에서 치한으로부터 구한 여성(에

르메스)과의 연애가 성공할 때까지의 과정을 그린 것입니다. 이른바 '스레드Thread 문학'(스레드는 전자게시판이나 메일 리스트 등에서 특정한 화제에 대해서 투고한 것을 모은 것으로, 이 것을 바탕으로 이야기화한 것을 스레드 문학이라고 함-역주)입니다.

"방금 택배로 젊은 쪽 여성한테서 답례품과 편지를 받았습니다./물건은 티 컵이었습니다. 편지의 내용은 감사인사였습니다"라고 전차남이 보고를 하면 "전화 야. 전화를 해!/도착했다고 보고는 해두는 게 좋아"라 고 무명 씨名無しさ(독남판의 주민)들이 조언을 합니다. 데 이트 약속을 한 전차남이 "식사는 어디로? 부탁해"라고 게시판에 달면 "됐다-♬" "고고싱싱싱싱싱!!"이라는 식 으로 게시판은 들썩거립니다. 나중에 영화와 드라마로 만들어진 것도 한몫하여 이 소설은 100만 부가 넘는 베 스트셀러가 되었습니다.

세 번째는 '휴대폰 소설'이라는 새로운 장르의 폭발적 인 유행입니다.

휴대폰 소설이란 휴대폰(당시 스마트폰은 아직 보급되지 않 았습니다)을 사용해서 투고한 소설들을 말합니다. 휴대 폰 단말기에서 소설을 써서 그것을 홈페이지에 투고하 면 독자들도 휴대폰 화면으로 그것을 읽습니다. 이 시

스템을 보급한 것은 '마법의 I랜드魔法のiらんど'라는 무료 홈페이지 작성 사이트. 이 중에서 인기가 있는 작품이 종이책으로 출판되었습니다.

작자의 이름은 익명(닉네임)으로 본명도, 프로필도 미공개. 본문은 옆으로 쓰고 문자는 녹색과 보라색 컬러 잉크로 인쇄됩니다. 내용은 모두 비슷비슷해서 '여고생인 주인공이 수많은 불행을 겪은 끝에 진정한 사랑을 깨닫게 된다'라는 식의 이야기가 다수를 차지하고, 게다가 거기에는 '실화입니다' '실화를 바탕으로 작성했습니다'라는 식의 설명이 첨부되어있습니다.

『세계가 만일 100명의 마을라면』『전차남』등 휴대폰 소설에는 커다란 공통점이 있습니다. 첫 번째로 인터넷을 통해서 만들어진 책이라는 것. 두 번째로 이야기로 소비되었다는 것. 세 번째로 작자가 불분명한 것입니다. 근현대소설은 '작자'라는 특권적인 개인에 의해 지탱되어왔지만 인터넷 미디어는 그런 기반까지 뒤흔들어버렸습니다. 롤랑 바르트는 일찍이 작품(텍스트)을 작자의 배경 없이 순수하게 읽기 위해서 '작자의 죽음'이라는 개념을 제창했는데 21세기에 들어와 '작자'는 정말로 소멸해버렸습니다!?

휴대폰 소설은 작자도, 독자도, 10대의 여성이라고 합니다. 내용은 다음과 같은 느낌.

"중학교에서 평범한 생활을 보냈다./평범하게 친구들도 있었다./평범하게 연애도 했다./지금까지 사귀었던 사람은 세 명./ 많은지 적은지는 모르겠다./그렇지만 공통적인 것은/모두 단기간에 끝났다는 점. /진실한 사랑 따위는 모른다/아는 것은 가벼운 연애/단 한 가지./사랑 따위/하지 않아도 된다./그런 와중에…/너를 만났다."

위의 내용은 미카美嘉라는 닉네임을 가진 작자가 쓴 『연공恋空』의 일부로 시적인 문장, 빈번한 글줄 바꾸기……. 어른들의 눈으로 읽으면 내용적인 면에서도, 문장의 면에서도, 휴대폰 소설을 소설이라고 불러도 좋을지 망설일 수밖에 없는 레벨입니다. 하지만 2007년의 연간 베스트셀러 랭킹(주식회사 TOHAN 조사)은 문예서 부문에서 서적으로 출판된 휴대폰 소설이 톱3를 독점하여(1위는 『연공』, 2위는 메이メイ의 『빨간 실赤い糸』, 3위는 미카의 『군공君空』) 출판계를 경악시켰습니다.

비련으로 내달리는 휴대폰 소설과
『세상의 중심에서 사랑을 외치다』

과연 휴대폰 소설이란 무엇이었을까?

혼다 도오루本田透는 『왜 휴대폰 소설은 팔리는가なぜ ケータイ小説は売れるのか』(2008)에서 '휴대폰 소설에서 묘사되는 일곱 개의 대죄'를 언급하면서 특징적인 모티브로 '매춘, 강간, 임신, 약물, 불치병, 자살, 진실한 사랑'을 들고 있습니다. "휴대폰 소설이란 '문학'이 아니라 대중 예능이자 민간설화다"라고 그는 말합니다. 내용이 아무리 진부해 보여도 휴대폰 소설을 쓰거나 읽는 여고생들에게는 고도의 문학성이 필요 없고, 또한 관계도 없습니다. 그것은 "상처받고 피폐해진 '자아'를 회복하기 위한 정신적 재활인 것"입니다.

또한 하야미즈 겐로速水健朗의 『휴대폰 소설적, "재 불량청소년화"시대의 소녀들ケータイ小説的, "再ヤンキー化"時代の少女たち』(2008)은 휴대폰 소설이 1990년대의 '장렬한 인생 계열'의 논픽션과도 친화성이 강한 장르라고 지적하고, "불행이 가득한 휴대폰 소설은 휴대폰이 보급되기 전부터 불량소녀들의 세계에서 존재했던 '불행 자랑' 문화의 연장선에 있다"라고 언급합니다.

혼다 도오루와 하야미즈 겐로가 키워드로 들고 있는 것은 '지방 도시'입니다. 이야기의 무대도 지방 도시이고 책이 팔리는 것도 대형 쇼핑몰에 입점해있는 서점입니다. 도쿄와의 정보격차, 문화격차가 벌어진 지방 도시. 그곳에서 적어도 리얼하다고 느껴지는 것은 연애와 섹스, 임신, 병, 죽음이라는 본능적, 생물학적인 이벤트가 아닐까요?

혼다 도오루는 통렬하게 비판합니다. "1990년대 도시형 소비사회의 리얼리즘은 '원조교제'에까지 이르렀다. 포스트모던식으로 말하자면 '거대한 이야기'가 붕괴하고 리버럴파 사회학자인 미야다이 신지 등이 그런 부류의 소녀들을 치켜세우는 시기였다." 하지만 그 미래에 구원은 없기에, 결국 그것은 "니힐리즘을 뒤집어놓은 것이자 이야기를 포기한 것이었다" "젊은이들은 이야기를 해체하기만 하고 새로운 이야기를 구축하려고 하지 않는 리버럴파 지식인의 말을 믿을 수 없게 되어 그 대신에 보수주의……낡아빠진 과거의 이야기가 대두되었다."

휴대폰 소설이 융성하게 된 배경에는 포스트모던이라는 구호에 들떠 냉전 종식 후의 비전을 제시하지 못한 지식인에게(문학에게도?) 책임이 있다는 것입니다.

결론적으로 말하면 휴대폰 소설은 일시적인 붐으로 끝나, 2010년대로 접어들 무렵에는 쇠퇴해버렸습니다. 휴대폰 소설은 '웹WEB소설'이라는 장르로 진화하여 '소설가가 되자'라는 새로운 플랫폼으로 이행합니다. 여기에서 탄생한 베스트셀러가 역시 난치병을 그린 스미노 요루住野よる의 『너의 췌장을 먹고 싶어君の膵臓をたべたい』(2015)입니다.

하지만 혼다 도오루가 말하는 '낡아빠진 과거의 이야기'의 부활은 그 외에서도 확인할 수 있습니다.

기억하고 있나요? 카타야마 교이치片山恭一의 『세상의 중심에서 사랑을 외치다世界の中心で, 愛をさけぶ』(2001, 약칭하여 『세중사』)가 대히트를 했었습니다. 애당초 적은 부수로 시작한 이 소설은 2003년부터 팔리기 시작하여 같은 해에 100만 부를 돌파, 2004년에는 300만 부를 넘어섰습니다.

『세중사』는 난치병에 관한 것입니다. 순애보와 난치병을 좋아하는 휴대폰 소설의 고급 버전이라고 할 수 있습니다. "아침에 눈을 뜨면 울고 있었다"라는 첫머리로 시작해서 이야기는 30대가 된 화자인 '나' 마쓰모토 사쿠타로松本朔太郎가 죽은 연인인 히로세 아키廣瀬亜紀와 보낸 나날들을 회상하는 형식으로 진행됩니다. 아키는 열일곱 살 때 백혈병으로 죽었습니다.

도쿠토미 로카의 『불여귀』(1898), 이토 사치오伊藤左千夫의 『들국화의 무덤野菊の墓』(1906), 호리 다쓰오의 『바람이 분다』(1936~1938), 고노 마코토河野實·오시마 미치코大島みち子의 『사랑과 죽음을 응시하고愛と死をみつめて』(1963) 등 젊은 나이에 죽은 여성을 살아남은 남성이 회상하는 '난치병에 관한 이야기'는 오랜 역사가 있고, '눈물과 감동'을 원하는 독자들에게 사랑을 받았습니다. 그렇다고는 해도 왜 21세기나 되어서 이런 손때 묻은 소설을 읽어야 할까? 그것은 소설의 참신함을 추구하는 문학 팬들에게는 맥 빠지는 일이었습니다.

게다가 여기에 번역소설들이 몰려옵니다. 세계적인 베스트셀러가 된 J.K 롤링의 『해리 포터』 시리즈가 그것입니다. 열한 살이 된 생일 때 자신이 마법을 사용할 수 있다는 것을 알게 된 고아 해리 포터가 호그와트 마법 마술 학교에 입학하여 다양한 마법을 배워 성장해가는 어린이용 판타지 소설입니다. 1권 『해리 포터와 마법사의 돌』의 일본어판(마쓰오카 유코松岡佑子 옮김)이 출판된 것은 1999년. 이후 2008년의 『해리 포터와 죽음의 성물』까지 거의 해마다 한 권씩 간행된 이 시리즈는 신간이 발매될 때마다 서점에 산처럼 쌓여 뉴스에 보도될 정도로 사회현상이 되었습니다.

그럼 기성의 문학은 어땠을까? 이쪽은 이쪽대로 난리가 나있었습니다. 2000년대의 소설 경향은 살인과 테러, 전쟁이었습니다.

'나'를 인스톨하는 젊은이들

『세중사』가 붐이었던 2004년, 항상 조용했던 문학계가 오래간만에 열광했습니다. 당시 열아홉 살이었던 와타야 리사綿矢りさ의 『발로 차주고 싶은 등짝蹴りたい背中』(2003)과 스무 살이었던 가네하라 히토미金原ひとみ의 『뱀에게 피어싱蛇にピアス』(2003)이 아쿠타가와상을 동시에 수상한 것입니다. 두 권이 베스트셀러가 된 것은 작자의 연령 때문이었다고는 해도, 1980년대부터 조금씩 성장해온 넓은 의미의 소녀문학이 드디어 시대를 석권한 것입니다.

하지만 와타야 리사의 경우 『발로 차주고 싶은 등짝』

보다 오히려 열일곱 살에 문예상을 수상한 데뷔작 『인스톨Install』(2001)에 주목해야 할 것입니다. 화자인 '나' 도모코朝子는 열일곱 살의 고등학생. 등교를 거부하고 스스로를 리셋하고자 방에 있는 가구를 전부 내다 버리는 장면부터 소설은 시작됩니다. 엄마를 속이고 낮에는 학교에 가는 척하면서 그녀는 기묘한 아르바이트에 손을 대기 시작합니다. 같은 맨션에 사는 초등학교 6학년인 '가즈요시かずよし'의 권유로, 시급 1500엔, 인터넷에서 유흥업소의 아가씨인 척하면서 손님과 '야한 채팅'을 하는 일이었습니다.

이와는 반대로 스바루문학상을 수상한 가네하라 히토미의 데뷔작인 『뱀에게 피어싱』은 신체성이 강한 소설입니다. 화자인 '나' 루이ルィ는 동거 중인 남자 '아마アマ'에게 감화되어 현재 혀를 개조하는 일에 도전 중. 아마는 전신에 문신하고 눈꺼풀에도, 혀에도 피어싱하고 있으며 심지어 스플릿 텅(뱀과 도마뱀처럼 끝이 두 개로 나뉜 혀)을 가진 인물입니다. '나'도 또한 스플릿 텅이 되는 것을 목표로, 혀끝에 뚫은 피어스의 구멍을 확장하는 시술(혀 피어싱)을 반복하고, 급기야 등에는 용과 기린이 뒤엉켜있는 문신을 하기에 이릅니다. "외관으로 판단되

는 것을 원한다" "내가 살고 있는 것을 실감할 수 있는 것은 아픔을 느낄 때뿐이다."

두 권은 전혀 다른 소설인 것 같지만 '나'의 아이덴티티가 분열하는 공통점을 가지고 있습니다. 인터넷에서 '~인 척'을 하는 것과 보디피어싱을 해서 육체 개조를 하는 것으로 아주 간단하게 다른 인격을 연기하는, 또는 복수의 인격을 나누어 사용하는 젊은이들. '나다움'에 집착하는 1980년대의 소녀들과 비교해보면 마치 우주인 같습니다.

이러한 인격의 이중화를 다른 방식으로 그린 것이 문예상을 수상한 시라이와 겐白岩玄의 데뷔작 『노부타를 프로듀스野ブタ。をプロデュース』(2004)입니다. 『노부타를 프로듀스』는 연예계가 아니라 학교를 무대로 한 '아이돌과 프로듀서와 관객들'에 관한 이야기입니다. 화자인 '나' 기리타니 슈지桐谷修二는 아침에 일어나면 "자 그럼 오늘도 나를 만들어야지"라고 생각하는 고등학생. 가족 앞에서도 반 친구들 앞에서도 '멋진 고등학생'을 연기하고 있습니다. 그런 '내' 앞에 전학생으로 나타난 것이 "기분 나쁠 정도로 쭈뼛거리는 돼지"인 고타니 신타小谷信太(노부타)였습니다. 신타에게 '제자로 삼아주세요'라는

부탁을 받은 '나'는 "그렇지. 프로듀스. 그거야"라고 생각하고 면밀한 작전을 세워 신타의 개조계획에 착수합니다. 인격은 이미 캐릭터화되고, '어떤 나를 연출할까'만이 문제가 되어버린 듯합니다.

가상의 적들과 싸우는 젊은이들

양식 있는 어른들이 눈을 희번덕거리며 깜짝 놀랄 작품들은 아직도 있습니다.

문예상을 수상한 하다 게이스케羽田圭介의 열일곱 살 데뷔작『흑냉수黒冷水』(2003). 이것은 고등학교 2학년인 형과 중학교 2학년인 남동생이 형과 동생의 싸움이라는 영역을 넘어서 장렬한 싸움을 펼치는 이야기입니다. 형의 방에 침입하여 비밀의 문서(야한 잡지와 야한 동영상 데이터)를 물색하는 동생 슈사쿠習作. 동생의 범죄 흔적을 날카롭게 발견하고 복수를 위해서 자신의 방에 여러 가지 덫을 놓는 형 마사키正気. 음습하고 물리적인 공격을 하는 동생과 두뇌 싸움으로 동생의 자존심을 처참하게 망가뜨리는 형. 이것은 결국 일상을 위협하고 마지막에는 동생이 폐인이 되는 웃을 수 없는 지경에 이릅니다.

여자 경우에도 무사할 수는 없습니다. 마이조 오타로舞城王太郎의 미시마상 수상작인『아수라 걸阿修羅ガール』(2003)의 주인공인 아이코ァィコ. 그『아이코 16세』의 주인공과 같은 이름입니다(3장 참조).

"닿는 것도 아니잖아라고 해서, 우선 해보니까 제대로 닿았어. 내 자존심. /돌려줘/라고 해도 물론 사노佐野는 돌려주지 않을 거고, 자존심은 애당초 상대가 돌려주는 것이 아니라 내가 되찾는 거고, 애당초 별로 좋아하지도 않는 상대와 하는 것은 역시 어떤 형태이든, 어떤 식으로든, 잘못된 거야."

이상이 첫머리. 이것은『모모지리 아가씨』와 마찬가지로 첫 경험에 대해서 반성하는 장면으로부터 시작됩니다. 하지만 이야기는 그 후에 터무니없는 방향으로 흘러갑니다. 사노는 행방불명이 되어서 살해되었을 가능성이 대두됩니다. 사노와 마지막에 만난 인물이 된 아이코는 사형의 대상이 되고, 인터넷 게시판에는 "2003년 가을의 아마겟돈 in 조후"라는 무차별 살인을 예고하는 협박문이 뜹니다. 조후에 사는 아이코는 두려움에 떨면서 스스로 다음과 같이 써버립니다. "가쓰라 라부코는 초악마. 변소. 자기 집 주변을 어슬렁거리고

있으니까 사냥해서 돌리고 죽여도 돼!"이렇게 해서 아
이코는 현실인지, 망상인지, 알 수 없는 전쟁터에서 도
망칠 방법을 몰라 우왕좌왕합니다.

　마이조 오타로는 2001년에 메피스토상으로 데뷔한
성별과 생년월일, 출신지(후쿠이현福井県) 이외에는 공개
되지 않은 복면 작가입니다. 메피스토상이란 고단샤가
1996년에 설립한 공모형식의 신인문학상으로, 심사위
원제도가 아니라 편집자가 자신들의 손으로 작품을 고
른다는 특징이 있습니다. 엔터테인먼트라면 무엇이든
OK라는 상이라고는 해도, 라이트 노벨Light Novel(축약해
서 라노베. 1990년대에는 영 어덜트 등으로 부르던 청소년을 대상으로
한 엔터테인먼트 소설의 총칭입니다)과는 매우 친숙했습니다.

　가상의 세계와 리얼한 세계가 뒤섞이고 갑자기 비현
실적인 사건이 일어나는 마이조 오타로의 작품에도 라
이트 노벨의 풍미는 짙게 남아있습니다. 그래도『아수
라 걸』이 순문학계의 미시마상에 빛난 것은 (심사위원이
라이트 노벨계 소설에 익숙해져 있던 것을 제외하면) 여고생의 일
상어를 사용한 1인칭으로 긴장감 있는 세계를 그려냈
기 때문이겠지요.

　하지만 형제가 뒤에서 서로 덫을 놓는『흑냉수』도, 익

명의 게시판이 흉기가 되는 『아수라 걸』도, 청춘 소설의 영역을 뛰어넘은 이상한 세계인 것은 사실입니다. 그들은 눈에 보이지 않는 상대와 싸우고 있고, 더군다나 자기 안에 있는 파괴 충동을 억제하지 못합니다.

마이조 오타로와 마찬가지로 메피스토상으로 데뷔한 사토 유야佐藤友哉도 비슷한 소년을 그리고 있습니다. 미시마상을 수상한 『1000의 소설과 백 베어드1000の小説とバックベアード』(2007)는 일종의 메타픽션인데 그보다도 중요한 작품은 『잿빛의 다이어트 코카콜라灰色のダイエットコカコーラ』(2007)일 것입니다. 나카가미 겐지의 단편 「잿빛의 코카콜라灰色のコカコーラ」(『비둘기들의 집鳩どもの家』에 수록, 1975)에서 영감을 받았다는 이 소설의 주인공은 중2병에 걸린 테러리스트 지망생입니다.

열아홉 살의 '나'는 홋카이도의 별 볼 일 없는 마을에 들어박혀 있는 프리터(자유Free와 아르바이터Arbeiter를 합성한 일본에서 탄생한 신조어. 아르바이트나 파트타임으로 생활을 유지하는 사람들을 가리키는 말-역주). '패왕'이라는 별명을 가진 돌아가신 할아버지와 중학교 시절의 친구였던 '미나미ミナミ 군'을 존경하고 있습니다. '내'가 여섯 살 때에 돌아가신 할아버지는 마을의 권력을 쥐고 있던 괴인. '미나미 군'

은 '계획서'라고 이름을 붙인 노트에 압살, 폭살, 사살, 교살, 구살敺殺, 독살……이라는 문자를 나열하여 '나'를 흥분시켰는데 고베연속아동살해상해사건(1997년에 고베 시에서 발생한 사건으로, 당시 열네 살이었던 중학생이 다수의 초등학 생을 죽이거나 다치게 했다. 범인이 평범한 학생이었다는 점에서 사회 에 충격을 안김-역주)의 소년 A를 질투하여 열일곱 살에 스 스로 목숨을 끊고 맙니다. 남겨진 '나'는 그가 '고깃덩어 리'라고 부르는 평범한 어른만은 되고 싶지 않다고 초조 해하며 자기와 닮은 중학생을 끌어들여 사람들이 많이 모여 있는 곳을 향해서 덤프 카를 타고 돌진합니다.

"이걸 보고 싶었어./이걸 하고 싶었어./액셀을 단숨 에 밟는다" "불꽃이 분산되어 마치 탄환처럼 고깃덩어 리들에게로 떨어진다. 우왕좌왕하는 고깃덩어리들. 도 망치지 못한 고깃덩어리들. 너희들의 존재 의미는 여기 에서 나한테 죽는 것이다."

이 장면은 나중에 아키하바라에서 일어난 묻지마 살 인사건(2008년 6월 8일 도쿄 아키하바라에서 발생한 무차별 살인·상 해사건. 일곱 명이 사망하고 열 명이 중경상을 입었음-역주)을 연상 시키지 않습니까?

그건 그렇고 이 시대의 청소년들은 도대체 어떻게 되

어버린 것인가!

희망이 없는 나라의 트렌드는 살인이었다

『인스톨』 등에서 분명하게 드러난 '인격의 이중화'는 역시 인터넷 미디어를 빼놓고는 생각할 수 없습니다. 일대일의 커뮤니케이션인 메일은 그래도 리얼한 생활의 연장선에 있지만 불특정 다수를 상대로 한 게시판은 '리얼한 나'와 동떨어진, 익명성이 높은 '버추얼virtual한 나'의 세계입니다. 『노부타를 프로듀스』의 기리타니 슈지는 이 '인격의 이중화'를 리얼한 세계에서 하고 있고, 『뱀에게 피어싱』의 루이는 이중화가 당연해진 세계에서 신체성을 회복하려고 하는 듯이 보입니다. 부모 앞에서는 아무 일 없는 듯이 생활하면서 뒤에서는 스텔스(은폐) 공격에 열중하는 『흑냉수』의 형제들도 앞과 뒤의 이중인격을 나누어 사용하고 있습니다.

그럼 소년들의 파괴 충동은 어떻게 생각하면 좋을까?

소년, 소녀를 전쟁터로 보내는 이야기는 선행 작품들 가운데에도 있었습니다. 다카미 고순高見広春의 『배틀 로얄バトル・ロワイアル』(1999)입니다. 공모 형식의 신인상

인 일본호러소설대상의 최종 선발에도 남았지만, 심사위원의 맹렬한 반대에 부딪혀 결국 낙선. 그러나 출판된 후에는 특히 젊은이들의 지지를 얻어 100만 부가 넘는 베스트셀러가 된, 복잡한 사연이 있는 작품입니다.

이야기의 무대는 '또 다른 일본'이라고 할 수 있는 전체주의국가인 '대동아공화국'. 그곳에서는 매년 전국의 중학교에서 50개의 반을 무작위로 추출하여, "방위상의 필요성 때문에 실시하고 있는 전투 시뮬레이션"으로서 살인 게임을 시키는 실험을 하고 있었습니다. 1997년에는 가가와현 시로이와중학교香川県城岩中学校 3학년 B반이 실험대상으로 선발됩니다. 수학여행이라는 명목으로 무인도로 끌려온 3학년 B반의 42명(남자 21명, 여자 21명)은 이렇게 해서 마지막 한 명이 남을 때까지 서로 죽이는 게임을 시작했다……라고 쓰면 잔혹한 면밖에는 없는 소설처럼 보입니다.

하지만 『배틀 로얄』은 의외로 정공법을 사용한 소년문학입니다. 중학생 42명은 자신이 좋아서 싸우는 것이 아니라 국가권력에 의해서 강제로 서로를 죽이고 있고, 중학생(병사)과 교사(상관), 그 배후에 있는 국가권력의 관계는 전쟁 그 자체라고도 말할 수 있습니다. 이 구조를 깨달은 한 명의 학생 가와다 쇼고川田章吾는 그래서 다음과 같이 말합니다. "나는 복수하고 싶어. 그게 자기만족에 지나지 않더라도 이 나라에 한 방 먹이고 싶어."

전쟁터에서 싸움을 강요당하고 있는 것은『배틀 로얄』에 등장하는 중학생만이 아닙니다. 이지메가 일상화된 학교는, 이쪽에서 하지 않으면 당하고 마는, 살아남기 위한 서바이벌의 장이 되었고, 가정이라 하더라도 100퍼센트 안심할 수 있는 곳이라고는 할 수 없습니다.

무라카미 류의『희망의 나라로 엑소더스希望の国のエクソダス』(2000)는 인터넷을 통해서 연결된 중학생들이 집단 등교 거부와 어른을 대상으로 한 비즈니스를 한다(가벼운 무라카미 류 답습니다)는 근미래를 그린 소설입니다. 작품 안에서 한 중학생은 이런 대사를 내뱉습니다. "이 나라에는 뭐든지 있어. 정말 여러 가지가 있어요. 근데 희망만 없어."

희망이 없는 사회에서 어떻게 살라는 건가? 인격을 이중화해서 살든지, 복수라도 하지 않으면 못 해 먹겠다, 아이들이 이렇게 생각하고 있더라도 전혀 이상하지 않습니다.

『희망의 나라로 엑소더스』의 화자는 말합니다. "중류

라는 계급이 소멸해가고 있다. 경제 격차에 익숙하지 않은 일본인 대다수에게 그것은 참을 수 없는 일이었다. 80퍼센트~90퍼센트의 국민이 몰락했다는 감각에 휩싸여 선망과 질투가 공공연하게 드러났다. 사람들은 분노에 휩싸였고 무력감이 엄습했다. 당연한 듯이 새로운 내셔널리즘이 대두했고 몇 개인가 신우익정당이 태어났으며 무력감을 느끼는 사람들은 신흥종교로 빨려 들어갔다."

이 말은 2000년대 이후의 일본을 거의 정확하게 예견하고 있습니다.

고베연속아동살상사건(1997)과 사세보 초등학교 6학년 여아동급생살해사건(2004년 6월 1일에 나가사키현 사세보시 長崎県佐世保市에 있는 초등학교에서 6학년 여학생이 동급생을 칼로 찔러 숨지게 한 사건-역주) 등 1990년대 후반부터 2000년대 전반에 걸쳐 일본이 '소년들의 흉악범죄'를 눈앞에 두고 망연자실했던 것은 사실입니다(통계적으로 보면 소년의 흉악범죄는 매해 감소하고 있고 1960년대가 훨씬 많습니다만). 『배틀 로얄』은 사세보의 소녀가 읽고 있었던 것 때문에 더욱 공격의 대상이 되었습니다. 하지만 문제는 실제로 일어난 사건과 소설의 인과관계가 아니라 이 소설이 왜 젊은 독자들에게 지지를 받았는가 하는 점입니다. 혹시 소년, 소녀가 어떤 이유로 '복수'를 생각하더라도 이상하지 않은 시대에 우리가 살고 있는 것이 아닐까?

다시 한번 말씀드리겠습니다. 2000년대 문학의 경향은 살인과 테러였습니다.

이러한 경향은 1990년대 말부터 시작되고 있었습니다. 유미리의 『골드 러시ゴールドラッシュ』(1998)는 고베 연속유아살해상해사건에서 자극을 받은 작품으로, 붕괴된 가정에서 자란 소년이 아버지를 살해하는 이야기입니다. 무라카미 류의 『공생충共生虫』(2000)은 인터넷을 통해서 자신은 선택받은 자라고 착각에 빠져버린, 집에만 틀어박혀 있는 청년이 자신을 농락한 무리를 살육하려고 하는 이야기입니다.

2000년대에 들어서면 살인과 테러에 관한 이야기는 더욱 증가합니다. 이것은 신인 작가도, 중견작가도, 베테랑 작가도 휩쓸어버린 움직임이었습니다.

마음속에 총을 지닌 젊은이들이 폭주하다

신초신인상을 수상한 나카무라 후미노리中村文則의

데뷔작 『총銃』(2003)은 "어제 나는 권총을 주웠다. 혹은 훔쳤는지도 모르겠지만, 여하튼 나는 잘 모르겠다"라는 까뮈의 『이방인』과 같은 문장으로 시작됩니다. 그가 주운 권총은 강가에서 자살한 듯이 보이는 남자 옆에 떨어져 있었던 것입니다. 권태로운 대학 생활을 보내고 있던 '나'는 그 아름다움에 매료되어 총을 청바지 주머니에 쑤셔 넣고 아파트로 가지고 옵니다. 그날부터 '나'의 의식은 총에서부터 떠나질 않게 되어 언제가 나는 이 총을 쏘게 되지 않을까 하고 생각하기 시작합니다. 그리고 실제로 어느 날 밤 그는 거의 죽을 뻔한 고양이에게 총을 겨누는데⋯⋯. 마음속에 '총'을 지니게 된 자의 의식이 외부로 향했을 때 일어나는 비극. 나카무라 후미노리는 이후에 『흙 속의 아이土の中の子供』(2005)로 아쿠타가와상을 수상하는데 작품 두 개에는 공통적으로 긴박한 분위기가 감돌고 있습니다.

1990년대 '진화의 막다른 길'에서 우왕좌왕하고 있던 아베 가즈시게는 『닛뽀니아 닛뿐ニッポニア・ニッポン』(2001)에서 10대의 테러리스트를 출현시키고 있습니다.

주인공인 도야 하루오鴇谷春生는 열일곱 살. 고등학교도, 아르바이트도 그만둔, 컴퓨터에 쩔어 있는 히키코

모리(일하지 않거나 학교에 가지 않고 집에 틀어박혀 가족 이외의 사람들과는 거의 교류가 없는 사람을 가리킴-역주)입니다. 그가 마음을 빼앗긴 것은 자신과 같은 이름을 가진 따오기였습니다. 일본산 따오기의 부활을 위해서 중국산 따오기인 유유와 메이메이를 번식하게 하는 것은 이상하다, 따오기를 떠나보내든지, 죽이든지 해야 한다. 그렇게 생각한 그는 검색을 통해서 따오기에 관한 엄청난 양의 정보를 모으고 인터넷 쇼핑몰에서 스턴 건과 최루 스프레이를 입수합니다. 열여덟 살이 되자마자 그는 운전면허를 취득하여 사도佐渡의 따오기 보호센터로 쳐들어갑니다. 이야기의 구조는 미시마 유키오의 『금각사』(1956)와 유사합니다. '닛뽀니아 닛뽄'이라는 학명을 가진 따오기는 천황의 메타포다라는 등, 깊이 생각하기 시작하면 해석의 끝이 없는 작품으로, 하루오는 망상에 빠져있는 희극화된 테러리스트라는 점, 그의 망상을 키운 것이 인터넷상의 정보였다는 점에 우선 주목해야 합니다.

1990년대에 중세와 근세의 코스프레로 유희를 즐기고 있었던 히라노 게이치로는 『결괴決壞』(2008)로 드디어 현대사회와 마주합니다. 이것은 미스터리에 가까운 장편소설입니다.

소설은 두 개의 이야기를 축으로 전개됩니다. 하나는 사와노 다카시沢野崇와 사와노 료스케沢野良介 형제에 관한 이야기입니다. 동생인 료스케는 화학약품회사에서 근무하는 서른 살의 영업사원. 아내인 요시에佳枝와 세 살 된 아들과 함께 본사가 있는 야마구치현 우베시山口県宇部市에서 살고 있습니다. 형인 다카시는 국회도서관에서 근무하는 도쿄대 출신의 엘리트 공무원으로 사생활도 화려합니다. 우수한 형과 평범한 동생. 하지만 동생인 료스케는 블로그(일기 사이트)를 운영하고 있어서 다카시와 요시에도 이 일기를 읽고 있습니다. 또 다른 이야기의 주인공은 돗토리현鳥取県 내에 살고 있는 중학교 3학년인 기타자키 도모야北崎友哉입니다. 과잉보호가 심한 부모한테 스트레스를 받고 있던 그도 역시 인터넷에서 '고독한 살인자의 망상'이라는 망상투성인 일기를 공개하고 있었습니다. 그리고 사건이 일어납니다. 료스케가 잔혹하게 살해되고 범행성명문이 발표되어 형인 다카시가 용의자로 떠오릅니다.

리얼한 사회를 살아가는 나와 인터넷에서의 버추얼한 나. 『인스톨』과 동일한 주제가 여기에서는 흉악한 이빨을 드러냅니다. 무대는 2002년. 고이즈미 총리의 북한 방문, 9·11테러 후의 미국이라는 뉴스를 배후에서 흘려보내면서 이야기는 진행됩니다. 마지막에는 사태가 심각해져서 '악마'라고 자칭하는 인물이 주도하는 여러 건의 테러가 일어납니다.

『닛뽀니아 닛뽄』『결궤』의 중요한 도구가 인터넷이라고 한다면, 시게마쓰 기요시重松淸의 『질주』(2003), 요시다 슈이치吉田修一의 『악인』(2007)의 키워드는 지방 도시입니다.

시게마쓰 기요시는 『나이프』(1997), 『에이지エイジ』(2000)등 1990년대부터 다양한 가족과 소년, 소녀에 대해서 그려온 작가입니다. 『질주』도 발단은 형제 이야기입니다.

우수한 형인 슈이치シュウイチ와 형을 동경하던 네 살 아래의 동생 슈지シュウジ. 하지만 슈지가 중학교 1학년 때 사건이 벌어집니다. 커닝했다는 의심을 받고 정학 처분을 당한 슈이치는 쇼크받은 나머지 집에서 은둔하게 되고, 방화 사건을 일으켜 소년원으로 보내집니다. '붉은 개(방화범)'의 가족이 된 슈지는 혹독한 이지메를 당합니다. 목수였던 아버지는 행방불명이 되고 화장품 판매로 생계를 유지하던 어머니는 도박에 빠져 현실도

피를 하고……. 중학교 졸업을 눈앞에 둔 슈지는 가출을 하는데 가출 후에 향한 오사카에서, 그리고 도쿄에서도 그는 꺼림직한 사건의 당사자가 됩니다.

세토우치瀬戸内 중 어딘가라고 짐작되는 마을을 무대로 리조트 개발에 휘둘리는 사람들. 간척지를 둘러싸고 원주민과 새로 온 이주자들과의 사이에서 일어나는 반목. 열다섯 살의 소년을 주인공으로 자신도 무거운 과거를 짊어진 신부가 화자를 맡은 이야기는 폐쇄적인 지역사회의 답답함을 여과 없이 전달합니다.

『악인』은 아쿠타가와상을 수상한 『파크 라이프パーク・ライフ』(2002) 등 그때까지 탄력 있는 인간관계를 그려온 요시다 슈이치가 인기 작가로 부상한 터닝포인트가 된 작품입니다.

주인공인 시미즈 유이치清水祐一는 스물일곱 살. 나가사키에 있는 공업고등학교를 나온 후 건강식품회사에 취직했습니다. 하지만 그곳은 바로 그만두고 노래방과 편의점에서 아르바이트를 한 후, 친척이 경영하는 토건 회사의 일용직 노동자로 4년간 일합니다. 그런 그가 2001년 12월에 후쿠오카에 있는 생명보험회사에서 일하는 이시바시 요시노石橋佳乃를 의도치 않게 살해합니다. 후쿠오카현과 사가현佐賀県의 경계에 위치한 미쓰세三瀬 고개에서 일어난 일이었습니다. 그 직후에 유이치가 불러낸 것은 유이치와 같은 나이의 마고메 미쓰요馬込光代입니다. 고등학교를 나온 후 도스鳥栖에 있는 컵라면을 제조하는 식품회사에 취직하지만, 인원 삭감으로 실직. 지금은 국도에 있는 신사복 양판점에서 판매원으로 일하고 있습니다. 유이치와 요시노가 만난 것이 인터넷 만남 사이트라면 유이치와 미쓰요가 만난 것도 인터넷의 만남 사이트. 이야기의 후반부에서는 아끼는 차 스카이라인 GT-R을 탄 유이치와 미쓰요의 절망적인 도피행이 그려지는데, 앞이 보이지 않는 지방 도시의 먹먹함, 만남의 장조차 없는 젊은이들의 포기에 가까운 우울함이 작품 전체를 감싸고 있습니다.

『질주』『악인』『결괴』는 볼륨 면에서도, 시대와의 관련성이라는 면에서도 2000년대를 대표하는 리얼리즘 계열 살인 소설이라고 할 수 있습니다. 나카가미 겐지의 『고목탄』과 무라카미 류의 『코인로커 베이비스』를 먼발치에 두면서도(형제에 관한 이야기가 많은 것은 일찍이 하스미 시게히코가 지적했던 것을 상기시킵니다), 시대 배경은 명확하게 헤이세이로, 인격의 이중화를 포함한 인터넷에서의 커뮤니케이션이 중요한 열쇠로 이야기에 등장합니다.

미스터리라는 장르가 있을 정도니까 소설에 살인이 등장하는 것 자체는 그다지 드문 일도 아닙니다. 하지만 2000년대의 특징은 그것이 순문학의 세계에도 해일처럼 몰려왔다는 것입니다. 사회에서 버림받은 젊은이. 어디로 향해할지 알 수 없는 분노와 초조. 그들에게 동정은 하지만 아무것도 할 수 없는 여성들. 소설의 세계에는 뫼르소(『이방인』)와 라스콜니코프(『죄와 벌』), 스메르자코프(『카라마조프 가의 형제들』)와 같은 사람들투성입니다.

전시하에 있는 또 하나의 일본

화제를 바꿔봅시다. 2000년대 소설의 또 다른 경향은 전쟁이었습니다.

진노 도시후미陣野俊史는 『전쟁으로, 문학으로-'그 후'의 전쟁소설론戦争へ, 文学へ「その後」の戦争小説論』(2011)에서 "이라크에 공습이 개시된 2003년 3월 이후 주로 젊은 소설가들을 중심으로 전쟁에 관한 소설이 상당히 많이 나왔다. 이런 일은 일본의 문학사에서 일찍이 없었던 일이 아닌가?"라고 언급하고 있습니다.

영상으로 본 9·11의 쇼크, 육상자위대가 파견된 이라크전쟁. 21세기의 일본인에게 전쟁은 이미 역사의 한 페이지도, 먼 나라의 뉴스도 아니고 바로 옆에서 일어난 사건이었습니다. 감히 말하자면 전쟁은 작가에게 '연료'를 제공한 것입니다. 이 시대의 전쟁소설은 크게 세 가지 타입으로 나눌 수 있습니다.

첫 번째 타입은 '전시하의 국가'를 그린 소설입니다.

소설스바루신인상을 수상한 미사키 아키三崎亜記의 데뷔작 『이웃 마을 전쟁となり町戦争』(2005)은 일본과 비슷한 나라를 무대로 한 2000년대를 상징하는 작품입니다. 심사위원인 이쓰키 히로유키가 "이 소설의 주인공은 헤이세이의 그레고리 잠자"(카프카의 소설 『변신』의 주인공-역주)라고 말한 대로 이것은 일종의 부조리소설입니다.

주인공인 '나'기타하라 슈지北原修路는 어느 날 마을 홍보지에서 '이웃 마을과의 전쟁에 관한 안내'라는 작은 기사를 발견합니다. 전쟁이라고는 해도 '나'는 아무런 실감이 안 나는데 홍보지에는 전사자의 숫자가 게재되어있었습니다. 결국 '나'에게는 '전시 특별정찰업무종사자의 임명에 관해서'라는 통지가 날라오고 '마이사카 마을舞坂町 동사무소 총무과 옆 동네 전쟁과'에 있는 고사이 미즈키香西瑞希라고 자칭하는 여성과 위장결혼을 하게 됩니다. 그리고는 뭔지 알 수 없는 정찰 임무를 맡게 됩니다. 전혀 모르는 사이에 시작됐던 전쟁, 자기도 모르는 사이에 휘말리는 시민, 비상시에도 상황을 파악하지 못하는 주인공. 전쟁이란 결국 동사무소의 일이라는 것을 이 소설은 부드럽게 전달하고 있습니다.

『연가시ハリガネムシ』(2003)로 아쿠타가와상을 수상한 요시무라 만이치吉村萬壱의『버스트 존-폭발지구バースト・ゾーン 爆裂地区』(2005)도 일본과 닮은 가공 국가가 무대입니다.

"도로에서 아이들이 놀고 있다./'테러린이다'/'해치워!'/도망가는 테러린 역을 맡은 아이는 이국의 얼굴을 하고 있었다." '테러린'이란 공중목욕탕의 바가지에 광고가 실린 두통약의 친척이 아니라 '테러리스트'를 가리킵니다. 테러린들의 대규모의, 그리고 장기간에 걸친 파괴 활동과 사이버 테러로 어느새인가 기능 마비 상태가 된 나라. 역에는 "테러린 괴멸" "지원병 급구 24시간 접수 중" "총을 쏘는 부인회의 집회에 관한 안내" "간호지원병 설명회 개최" 등의 포스터가 붙어있고, 라디오는 종일 "우리 군 본대는 드디어 테러린의 본거지에 접근하여 다가오는 대공세에 대비해 만전을 기하고 있다"
"정화에 또 정화" "적진 파괴, 테러린의 총 퇴각에 환호
하는 목소리"라는 프로파간다를 계속해서 흘려보내고
있습니다. 불안과 공포에 빠진 사람들은 죄 없는 시민
을 테러린으로 간주하여 희생의 제물로 바치고, 애국심
이 용솟음치는 사람들은 지원병이 되어 대륙으로 건너
갑니다. 하지만 '테러린'의 정체는 아무도 모릅니다.

마에다 시로前田司郎의 『연애의 해체와 북구의 멸망恋
愛の解体と北区の滅亡』(2006)의 무대는 '2년 전에 우주인이
날아온 세계'입니다. 오늘은 우주인의 기자회견이 있어
서 혹시 오늘로 지구는 끝장날지도 모릅니다. 그런 날
의 '나'의 시시한 하루(신주쿠의 편의점에서 체격이 좋은 남자에
게 새치기를 당해서 굴욕감을 느끼고 그것이 살의로 변하여 흉기를 손
에 넣기 위해 고탄다五反田의 서점에 가서 나이프에 관한 책을 서서 읽
습니다. 그러는 사이에 옆에 야한 책이 진열된 것에 자극을 받아 무료
유흥안내소로 갑니다. 정신을 차려보니 SM클럽의 여왕님과 대면을 하
고 있는데……)를 소설은 실황중계처럼 이야기하고 있는
데 그때 텔레비전에서는 더 긴박한 실황중계가 이루어
지고 있었습니다. "우주인이 북구에 대한 보복 공격을
개시했습니다!" 그리고 '나'는 외칩니다. "와-, 엄청나-,

이거 일본이야."

가공의 세계에 있는 나라에서 벌어진 전쟁이더라도 결코 황당무계한 이야기는 아닙니다. '전쟁에 직면한 사람들'의 리얼한 모습이 묘사되고 있습니다.

게다가 호시노 도모유키星野智幸의『판타지스타ファンタジスタ(fantasista)』(2003)는 수상 공선제公選制가 실시된 '또 하나의 일본'에서 일찍이 프로축구 선수였던 수상 후보에게 사람들이 열광하는 것의 위험성을, 이사카 고타로伊坂幸太郎의『마왕』(2005)은 카리스마적인 인기를 자랑하는 야당 정치가의 위험성을 알아챈 주인공이 특수한 능력을 무기로 흐름을 바꾸려고 하는 모습을 그리고 있습니다. 가공 전쟁의 전체상을 부감적俯瞰的으로 그린 무라카미 류의『반도에서 나가라半島を出よ』(2005)와 비교해보면 이 작품들은 전쟁소설로 보이지 않습니다. 하지만 분명히 전시하 혹은 전쟁 전야의 기운이 넘쳐나고 있습니다. 정치적인 열광과 권력자의 폭주. 내셔널리즘의 고양. 이 작품들은 어쨌든 9·11 이후의 미국과 일본을 연상시킵니다.

9·11과 이라크전쟁

전쟁소설의 두 번째 타입은 9·11과 이라크전쟁을 직접적, 간접적으로 그린 소설입니다.

오카다 도시키岡田利規의 「3월의 5일간三月の5日間」(『우리에게 허락된 특별한 시간의 끝わたしたちに許された特別な時間の終わり』에 수록, 2007)의 무대는 "부시가 이라크에 선고한 '타임아웃'이 시시각각으로 다가오는 것을 기다릴 수밖에 없어서 기다리고 있는 중"인 2003년 3월. 시부야에서는 피스 워크라고 하는 반전 데모가 열리고 있었습니다. 이것은 롯폰기六本木의 라이브 하우스에서 알게 된 '그'와 '그녀'가 시부야의 러브호텔에서 5일간 투숙한다는 내용으로만 되어있어 소설로, 두 사람은 전쟁의 보도를 거부하듯이 텔레비전을 끄고, 휴대폰 전원도 꺼버리고, 시계를 보는 것도 거부합니다. "오래간만에 텔레비전 켜볼까? 인터넷을 보거나. 그래서 어, 뭐야. 벌써 끝났잖아 전쟁, 하고 말이야. 그런 결말을 가진 시나리오는 꽤 멋지지 않을까 하고 지금 생각해보는 중이야."

미야자와 아키오宮沢章夫의 『밥 딜런 그레이스트 히트 제3집ボブ・ディラン・グレーテスト・ヒット第三集』(2011)은 신주쿠를 무대로 2001년 9월 1일부터 11일까지 10일 동안

일어난 사건을 그리고 있습니다. 9월 1일은 가부키초의 복합빌딩에서 44명의 사망자가 나온 화재(실제 사건입니다)가 일어난 날이었습니다. 신주쿠역 서쪽 출구에서 중고 레코드점을 경영하고 있는 서른여섯 우치다內田는 그날 새벽에 만취해서 돌아왔습니다. 주위에서는 그가 방화를 저지른 것은 아닐까 의심하고, 그도 자기 자신을 믿을 수가 없어집니다. 10일 후에 우치다는 꾸벅꾸벅 조는 사이에 NHK의 뉴스를 봅니다. "기묘한 영상이 보였다./두 개의 거대한 빌딩이다./연기가 피어오르고 있다./뉴스 캐스터로 보이는 남자가 외치고 있다."

위의 두 권이 전쟁이 일어날 '분위기를 느끼게 하는' 작품이라고 한다면 이토 게이카쿠伊藤 計劃의 데뷔작인 『학살기관虐殺器官』(2007)은 '테러와 전쟁'의 한가운데를 파고든 이색적인 전쟁소설이었습니다.

화자인 '나' 클레비스 셰퍼드는 미국 정보군의 암살을 담당하는 특수부대의 대위. 아버지의 자살과 사고로 뇌사상태에 빠진 어머니의 생명 유지 장치를 떼어내 죽음에 이르게 한 과거를 커다란 트라우마로 간직하고 있습니다. 그는 '나는 살인청부업자다'라고 스스로 인식하고 있습니다. 왜냐하면 2001년 어느 날 아침에 뉴욕에 있

는 두 개의 빌딩에 항공기가 처박힌 후, 미합중국은 이것저것 구실을 만들어내어 언제라도 전쟁을 할 수 있는 나라가 됐기 때문입니다. 모니터 너머의 CNN 뉴스를 통해서만 전쟁을 알고 있었던 미국인(양키) 젊은이들이 전쟁터에 내던져져 느끼는 혼돈. 그는 후진국에서 학살을 선동하고 있는 인물(존 폴)을 암살하라는 명령을 받지만, 그 실태는 파악이 되지 않습니다. '학살기관'이란 뇌 속에 들어있는 언어를 관장하는 기관으로, 그것이 일정한 방향으로 폭주하게 되면 학살도 가능해집니다. 드디어 '나'는 깨닫습니다. '학살기관'은 누구에게나 장착되어있다는 것을……. 작자인 이토 게이카쿠가 2년 후에 요절하기도 해서, 속편인 『하모니ハーモニー』(2008)와 함께 이『학살기관』은 전설적인 SF소설로 지금까지 전해지고 있습니다. 하지만 SF라는 틀을 떼어내고 일본의 전쟁소설에 관해서 이야기할 때도 전쟁의 본질에 대해서 파고든 이 작품을 빼놓을 수는 없을 것입니다.

갑자기 생각이 나서 다음의 예를 들어보겠습니다. 지리멸렬, 의미 불분명이라는 평가를 받은 나카하라 마사야中原昌也의 미시마상 수상작『모든 장소에 꽃다발이……あらゆる場所に花束が……』(2001)도 의외로 예언적인 작품입니다.

나카하라 마사야는 '너무 진화해서 막다른 길이라는 최악의 상황에 빠진 포스트모던'과 같은 작가입니다. 『모든 장소에 꽃다발이……』는 전편에 폭력의 이미지가 넘치고 있고, 마지막에는 "구급차와 경찰차가 몇 대나 올 정도의 참사"가 일어난 장면으로 끝이 납니다.

"겨우 1시간 전의 일이었다. 꽃집의 노점과 구두닦이가 있어야 할 장소에 하얀 열기구가 떨어진 것이다" "파편에 뒤섞여 여기저기에 부자연스럽게 쌓인 흙더미 사이로 사람들의 발만이 어지럽게 나와 있다. 책임을 회피하기 위해서 도망쳤는지, 아니면 마구 흩어진 콘크리트 잔해에 깔렸는지는 알 수 없지만, 기구에 타고 있었던 사람의 모습은 보이지 않는다."

이 소설의 단행본이 출판된 것은 2001년 6월로 9·11이 일어나기 전이었습니다. 하지만 이 광경은 마치 3개월 후에 일어난 미국 동시다발 테러를 예고하고 있는 것 같습니다.

이화異化되는 태평양전쟁

전쟁소설의 세 번째 타입은 과거의 전쟁을 제재로 삼은 소설입니다.

고도코로 세이지古処誠二는 자신이 자위대에서 겪은 체험을 바탕으로 한 메피스토상 수상작인 『UN-KNOWN』(2000)으로 데뷔, 이후 일관적으로 필리핀, 뉴기니, 오키나와 등을 무대로 한 전쟁소설을 쓰고 있는 작가입니다. 『룰ルール』(2002)은 전쟁 말기의 루손섬을 무대로 임시로 편성된 소대의 지휘를 명령받은 중위가 절망적인 기아와 싸우면서 가공의 임무를 완수하는 이야기. 『7월 7일七月七日』(2004)은 1944년 6월 18일에서 7월 7일까지의 기간 동안 사이판을 무대로 미군의 포로 수용소에 배속된 일본계 2세인 어학 병사와 포로가 된 일본군 장병과의 대화를 통해서 국가에 충성을 맹세한 병사의 복잡한 내면을 그리고 있습니다. 『룰』은 오오카 쇼헤이의 『들불』과, 『7월 7일』은 『포로기』와 제재가 겹치지만 고도코로는 그것을 현대에 일어난 사건처럼 그리고 있습니다.

1998년에 데뷔한 후루카와 히데오古川日出男의 출세작인 『벨카, 짖지 않는가ベルカ, 吠えないのか?』(2005)는 20

세기 전쟁의 역사를 군용견의 눈을 통해서 이야기하는 기괴한 작품입니다. 1943년 7월에 일본군이 철수한 키스카섬에 네 마리의 군용견이 남아있습니다. 해군에 소속되어있었던 홋카이도견(아이누견)인 기타北. 일본육군에 소속되어있었던 저먼 셰퍼드인 마사유正勇와 가쓰勝. 마찬가지로 셰퍼드이면서 미군 포로로 유일한 암컷인 익스프로전. 이야기는 이 네 마리를 시조로 혼혈과 교배를 반복하여 몇천 마리가 된 개들이 그 후의 전쟁시대-냉전, 6·25전쟁, 베트남전쟁, 아프간전쟁, 소련 붕괴-를 어떻게 살았는지에 대해서 서사시처럼 그리고 있습니다.

1997년에 데뷔한 이후 다채로운 작품을 써온 오기와라 히로시荻原浩는 『우리들의 전쟁僕たちの戰爭』(2004)에서 현대와 태평양전쟁을 잇는 청춘들을 그리고 있습니다. 주인공인 오지마 겐타尾島健太는 열아홉 살의 프리터. 서핑하는 도중에 거대한 파도에 휩쓸려 정신을 차리고 보니 그곳은 1944년 9월의 이바라키茨城였습니다. 그는 가스미가우라 항공대霞ヶ浦航空隊(1922년에 일본해군에서 세 번째로 설립되어 패전 때까지 존속했던 항공부대-역주)의 비행술 연습생인 이시바 고이치石庭吾一와 뒤바뀌어있었

다⋯⋯. 때는 2001년 9월 13일. 훈련으로 첫 비행 중이던 고이치는 겐타와 뒤바뀌어서 2001년으로 와있었고, 마천루로 비행기가 돌진하는 영상을 보고는 특공대의 활약이 시작되었다고 착각합니다. 한편 전시 중으로 날아간 겐타는 바다의 특공=인간어뢰(회천回天, 태평양전쟁에서 일본의 해군이 개발한 인간어뢰로 일본군 최초의 특공 병기임-역주)가 됩니다. 흔한 타임 슬립류의 이야기라고는 하더라도 전쟁 체험 놀이라고만은 할 수 없는, 당사자들의 경험이 소설 전반에서 드러나있습니다.

무엇이든 연료로 삼는 오쿠이즈미 히카루의 『신기-군함 '가시하라' 살인사건神器-軍艦「橿原」殺人事件』(2009)은 탐정소설에 빠진 이시메石目(허먼 멜빌의 『모비딕』의 화자인 이슈마엘을 상기시킵니다)가 이야기하는 왕년의 전기소설과 같은 작품입니다. 시대는 전쟁 말기. 이시메는 전함 '가시하라'의 승조원으로 매일 훈련과 업무에 쫓깁니다. 그는 전함 내에서 일어난 살인사건을 푸는 탐정 놀이와 몇 겹으로 얽혀있는 '가시하라'의 수수께끼 풀기에 열중하여, 이야기는 현실이라고도, 망상이라고도 할 수 없는 방향으로 굴러갑니다. 어떤 임무를 맡고 있는지도 불분명한 전함 '가시하라'. 전함 '야마토矢魔斗'(실제로 있었던 전함 야마토大和를 패러디한 것. 실제 야마토는 구 일본해군이 건조한 당시 세계 최대 규모의 전함으로, 1945년 4월 7일에 오키나와 해상 특공작전에 참가해 미군 폭격기에게 공격을 받고 침몰하였음-역주)와 전함 '무사시無左志'가 등장하는 이 소설은 전쟁 체험을 큰소리로 비웃고 있는 듯합니다.

그리고 이 책이 나옵니다. 이 시기의 전쟁소설 중에서 가장 많은 사람이 읽은 것은 햐쿠타 나오키百田尚樹의 데뷔작인『영원의 제로永遠の0』(2006)일 것입니다. 이야기는 스물여섯 살의 '나' 사에키 겐타로佐伯健太郎가 누나인 게이코慶子와 함께 돌아가신 할아버지 미야베 규조宮部久蔵의 전쟁 중의 족적을 추적하는 형태로 진행됩니다. 미야베는 항공모함 '아카기赤城'의 전투기 조종사로 진주만 공격에도 참가한 격추왕이었는데, 패전이 되기 며칠 전에 특공대로 출격하여 전사했습니다. '반드시 살아 돌아오겠다'라고 공언했던 역전의 용사가 왜 죽었을까? 관계자들을 찾아서 만나는 사이에 겐타로와 게이코는 미야베의 감동적인 죽음의 진상을 알게 되고, 정형화되어있는 오늘날의 전쟁에 관한 이야기 방식에 의문을 품습니다.

『영원의 제로』는 2009년에 문고판으로 발행되었고,

그 후 진격을 계속하여 2013년에는 문고판만 300만 부가 넘는 베스트셀러가 되었습니다. 수많은 전쟁소설 중에서 왜『영원의 제로』만이 눈에 띄게 팔렸을까?

여기에서 떠올려야 할 것은 앞 장에서 살펴본『실락원』의 경우입니다. 사람들은 '무의미한 죽음' '대량의 죽음' 후에는 '의미 있는 죽음' '작은 죽음' '아름다움 죽음'에 관한 이야기를 찾게 됩니다.

가령 이것을 '실락원의 법칙'이라고 부른다면,『세상의 중심에서 사랑을 외치다』는 '실락원의 법칙'을 따르고 있습니다. 이 소설은 사실은 2003년에 있었던 이라크전쟁 이후에 팔렸기 때문입니다.

『영원의 제로』에도 '실락원의 법칙'이 적용됩니다. 문고판이 발간된 이후에 팔리기 시작했고, 2012년 이후에 폭발적인 히트를 했습니다. 즉 그것은 동일본대지진 이후였습니다.

『영원의 제로』는 '아름다운 죽음'에 관한 이야기입니다. 게다가 미야베는 영웅입니다. 부하와 동료들은 미야베를 숭배하고, 나라를 위해서가 아니라 사랑하는 사람들을 위해서 죽은 미야베는 전후의 가치관과도 일치합니다. 이것은 대지진을 겪은 독자들의 마음을 위로했

을 것입니다. 그러나 그 죽음이 '특공의 미화'에 동화될 위험성을 가지고 있는 것도 부정할 수 없습니다. 그 후에 햐쿠타 나오키는『해적이라 불린 남자海賊とよばれた男』(2012)를 발표하는데 이것도 대히트를 기록합니다. 내용은 이데미쓰흥산出光興産의 창업자(이데미쓰 사조出光佐三)를 모델로 한 실업가의 성공담입니다. 특공대원과 석유왕. 사람들은 강한 남자를 원했을지도 모르겠습니다.

이 시기에 전쟁소설이 증가한 이유는 사실은 알 수 없습니다. 하지만 이라크전쟁은 우리들의 의식을 분명히 바꿔놓았습니다. '테러와의 싸움'이라는 논리는 언제, 어디서도 전쟁이 일어날 수 있다는 것을 의미합니다. 이것은 20세기에는 없었던 감각이었습니다.

여자들의 전쟁, 프레카리아트 문학

그럼 남자들이 테러와 전쟁으로 흥분하고 있을 때 여자들은 무엇을 하고 있었을까? 사실은 여자들도 전쟁 중이었습니다. 하지만 전쟁의 상대는 경제적인 궁핍이었습니다.

현대의 빈곤을 그린 소설로 한 걸음 앞서간 것은 두

편의 중편을 담은 가야노 아오이萱野葵의 『종이집에 사는 여자段ボールハウスガール』(1999)입니다. 표제작은 회사를 그만둔 직후에 저금을 도둑맞은 여성이 아파트를 나와서 노상 생활을 시작한다는 이야기. 동시에 수록된 「다이너마이트 빈곤ダイナマイト・ビンボー」은 한 여성이 생활보호를 신청하기까지의 과정을 그리고 있습니다. 취직 활동을 하지만 회사 스물네 곳에서 떨어지고 계약사원으로 들어간 지금의 회사에도 희망은 없습니다. 아파트로 굴러들어온 남동생은 히키코모리가 되어있고, 이러한 현실에 분노한 여성은 '일하는 거, 질렸어'라는 듯이 생활보호를 신청합니다.

노상 생활과 생활보호. 아마도 젊은 여성이 생각해낼 수 있는 수단은 아닐 것입니다. 게다가 그녀들은 충분히 건강하고, 고학력이어서, 일할 곳은 얼마든지 있을 것 같습니다. 하지만 이 두 작품은 대수롭지 않은 일로 인간은 간단히 생활기반을 잃어버릴 수 있다는 현실을 리얼하게 보여주고 있습니다. 이것은 빈곤 문제가 급부상한 2000년대를 예고하는 신기원의 작품이었습니다.

이토야마 아키코絲山秋子는 '일에 관한 소설'을 쓰는 작가로 주목을 받았습니다. 아쿠타가와상 수상작인

『바다에서 기다리다沖で待つ』(2006)는 주택설비기기 회사의 종합직(기업에서 인사이동에 제한이 없는 종합적 업무를 하는 직책, 인사이동을 할 경우 근무처에 제한이 없는 경우가 많음-역주)으로 일하는 여성(오이카와及川)과 동기로 입사한 남성(후토쨩太っちゃん)의 우정을 그린 작품으로, 한쪽이 먼저 죽는다면 남아있는 쪽이 서로의 컴퓨터 하드디스크를 부수러 가자고 약속하는 장면이 인상적입니다.

그러나 문학계신인상을 수상한 데뷔작인 『잇츠 온리 토크イッツ・オンリー・トーク』(2004)는 '직장을 다니는 여성의 그 후'를 그린 좀 더 심각한 소설이었습니다.

화자인 '나' 다치바나 유코橘優子 서른네 살. 대학에서 정치학을 배우고 로마지국에서 근무한 경험도 있는 민완 신문기자입니다. 하지만 그녀는 그로부터 8년 뒤에 조울증에 걸립니다. "나에게는 종합직으로서 미래를 향해 나아가는 레일이 깔려있다고 생각했다. 병에 걸리고 나서 모든 게 달라졌다. 1년 동안 입원을 하고 돌아온 나에게 남아있는 것은 아르바이트와 다름없는 월급으로 평생을 먹고살아야 한다는 선택지뿐이었다."

기자를 포기하고 웹 관리자가 되지만 반년 후에 병이 재발하여 퇴직. 지금은 화가를 자칭하며 회사원 시절에 모아둔 저금으로 살아가고 있습니다. 연애의 번거로움을 싫어하는 유코는 '누구와도 한다'라는 방침을 가지고 있는데 그녀를 둘러싼 남자들도 문제아투성이. 아파트에 굴러들어온 사촌오빠 쇼이치祥—도 마흔네 살이 되도록 단 한 번도 제대로 일한 경험이 없습니다.

2005년에 다자이오사무상으로 데뷔한 쓰무라 기쿠코津村記久子도 이토야마 아키코와 나란히 '일에 관한 소설'의 기수로 주목을 받았습니다. 그녀는 고성능 복사기로 애를 먹는『아레그리아와는 일은 할 수 없어アレグリアとは仕事はできない』(2008) 이외에 회사의 업무를 제재로 한 소설을 몇 편이나 썼습니다. 그중에서도 아쿠타가와상 수상작인『라임포토스의 배ポトスライムの舟』(2009)는 취직빙하기를 경험한 '로스트 제너레이션(버블 붕괴 후 경기 악화로 기업의 신입사원 채용이 줄어든 1993년~2004년 즈음에 사회로 진출한 세대. 《아사히신문》은 이들을 2007년 1월에 실은 연재에서 로스트 제너레이션이라고 불렀음-역주)의 소설'로 화제를 모았습니다.

나가세, 즉 나가세 유키코長瀨由紀子는 스물아홉 살로 나라奈良에서 엄마와 둘이 살고 있습니다. 점심에는 공장에서 일하고, 6시부터 9시까지는 친구가 경영하는 카페를 도와주고, 집에서는 데이터를 입력하는 부업을 하고, 토요일에는 상공회관의 컴퓨터 교실에서 컴퓨터 과목을 가르치고 있습니다. 시급 800엔의 파트타임에서 4년에 걸쳐 순 월급 13만 8000엔인 계약사원으로 승격하지만, 공장의 월급은 박봉입니다. 그런 그녀가 163만 엔을 저축하려고 결심합니다. 공장의 탈의실에서 본 '배로 세계 일주 크루즈 여행'에 참가하는 비용이 163만 엔이었던 것입니다. 그것은 나가세의 연 수입과 거의 같은 금액입니다. "살기 위해서 박봉을 벌고 잔돈으로 생명을 유지하고 있다. 그러면서도 공장의 모든 시간을 세계 일주라는 행위로 환금할 수도 있다."

연극계에서 소설 쪽으로 진출한 모토야 유키코本谷有希子도 데뷔작인『바보들아 슬픈 사랑을 내보여라腑抜けども, 悲しみの愛を見せろ』(2005) 이후에 여러 가지로 문제가 많은 여성을 그리고 있습니다.

『살아있는 것만으로도, 사랑生きてるだけで, 愛。』(2006)의 주인공은 스물다섯 살인 '나' 이타가키 야스코板垣寧子. 우울증이 악화해 시급 900엔을 받고 일하고 있던 슈퍼에서 잘린 후, 이불을 뒤집어쓰고 계속 잠만 자는 생활로 돌입합니다. 전에 사귀던 남자와의 동거생활은 이

미 청산했고, 갈 곳이 없어서 3년 전부터 동거하고 있는 쓰나키 게이津奈木景는 서른두 살입니다. 그는 출판사의 잡지 편집장(단 부원은 세 명)으로 그래도 정직이 있는 샐러리맨인데 아무것에도 관심이 없습니다. 거기에 나타난 것이 쓰나키의 전 여자친구인 안도安堂로, 그녀는 야스코에게 따지고 덤빕니다. '너 말야, 제대로 일할 생각은 있니?'라고. "운전면허증도 없고, 연금도, 건강보험도 미납이니까 보험증도 없고, 해외에 나간 적도 없으니까 패스포트도 신청한 적이 없고, 신분을 증명할 수 없는 나는 지금도 쓰타야에서 DVD조차 빌릴 수가 없어." 이것이 야스코의 현재입니다. "저기 말이야, 난 왜 이렇게 사는 것만으로도 피곤하지?"

고바야시 다키지의 『게 가공선』(1929)이 갑자기 베스트셀러가 된 것은 2008년의 일이었습니다. 오타루상과대학小樽商科大学과 시라카바문학관 다키지 라이브러리가 스물다섯 살 이하를 대상으로 '독서 에세이 콘테스트'를 개최한 것(2007)과도 관련이 있겠지만, 그 근저에는 당연히 '지금이야말로 『게 가공선』을' 읽어야 한다는 심정도 있었을 것입니다.

그러나 이 시대에는 '프롤레타리아 문학'도 미묘해졌

습니다. 2000년대에 부상한 것은 불안정고용 노동자를 의미하는 '프레카리아트Precariat'(1990년대 이후에 급증한 불안정한 고용과 노동 상황에 놓여있는 비정규직 고용자와 실업자를 총칭하는 용어-역주)라는 단어입니다. 비정규직 고용자의 비율이 해마다 증가하여 30퍼센트를 넘은 것이 2002년. 여성의 경우에는 과반수가 비정규직 고용이었습니다. 소설에도 그러한 현실이 투영된 것입니다.

캐리어도, 결혼도, 머나먼 꿈

2000년대에 데뷔한 여성 작가들은 모두 현실을 직시하고 있었습니다.

아오야마 나나에青山七恵의 아쿠타가와 수상작인『혼자 있기 좋은 날ひとり日和』(2007)은 이제 곧 스무 살이 되는 여성의 이야기입니다. '나' 미타 지즈三田知寿는 사이타마에 있는 엄마의 집에서 나와 연배가 있는 지인(오기노 긴코荻野吟子 씨)의 집에서 얹혀살고 있습니다. 그 집은 도쿄의 지하철 연선沿線에 있습니다. 이혼 후 사립 고등학교의 국어 교사로 딸을 키워온 엄마는 '대학에 가'라는 잔소리를 하지만 본인에게는 그럴 마음이 없습니다.

주 3회 두 시간에 8000엔씩 받는 손님 접대 아르바이트를 하고 있고, 여름부터는 주 5일 아침 6시부터 11시까지 지하철역에 있는 매점에서 점원으로 일하고 있습니다. "아무래도 좋지만 제대로 해라"라고 말하는 엄마. 그러나 그녀는 생각합니다. "제대로 하라는 게 뭐지? 학교에 가거나 회사에 다니는 것을 말하는 건가?" 1년 후 지즈는 청소회사의 사무직이라는 정사원이 되어 긴코 씨의 집에서 나옵니다. 일종의 자립에 관한 이야기로, 소박하고 조용한 자립을 그리고 있습니다.

시바사키 도모카柴崎友香는 호사카 가즈시풍의 '아무것도 일어나지 않는 소설'을 쓰는데, 인간관계와 마을의 정경을 거의 같은 비중으로 그리고 있어서 '풍경화가'라고 부르고 싶은 작가입니다.

『그 거리의 현재는その街の今は』(2006)은 시바사키 도모카의 이름을 알린, 진가를 발휘했다고 할 만한 작품으로, 2000년대다운 풍경이 세세한 부분에 섞여있습니다. 주인공인 우타歌는 스물여덟 살로 오사카에 살고 있습니다. 오사카에 관한 오래된 사진을 모으는 것이 취미로, 옛 거리에 애정을 느끼고 있습니다. 지금은 아는 사람이 경영하는 카페에서 아르바이트하고 있는데

그것은 5년간 근무해온 섬유도매회사가 7개월 전에 갑자기 도산했기 때문입니다. 열 개의 회사에서 면접을 봤지만 전부 떨어지고, 반년이 지난 지금은 "잠깐 쉬고 있을 뿐'인지 '일을 할 수 없는 것인지' 알 수 없"는 상태입니다. 그래서 말해보기도 합니다. "회사라는 건 망하는 게 아니잖아" "사실은 좀 더 조급해하면서 일을 찾아야 하겠지만".

서른아홉 살의 여성과 열아홉 살 남성의 연애를 그린 『타인의 섹스를 비웃지 마라人のセックスを笑うな』(2004)로 강렬한 데뷔를 장식한 야마자키 나오코라山崎ナオコーラ는 『지상에서 런치를浮世でランチ』(2006)에서 회사를 그만두는 여성을 그리고 있습니다. 주인공인 마루야마 기미에丸山君枝는 스물다섯 살. 다른 사람들과 너무 친해지는 것이 싫어서, 입사 후 점심은 혼자서 먹기로 굳게 결심한 상태입니다. 그녀에게는 미얀마에 가고 싶은 이유가 있어서 회사를 그만둡니다. 미얀마로 출발할 무렵 그녀는 자신의 회사생활을 돌이켜봅니다. "시간이 손가락 사이로 줄줄 빠져나간다. 나의 시간은 쓰레기 같았다. 그 회사에서는 매일 밤늦게까지 근무했지만, 장시간의 노동이 나의 성장에 도움이 되는 일은 없었다."

그녀들의 공통점은 일로 성공하려고도, 자아실현을 목표로 삼으려고도 하지 않는다는 점일 것입니다. 캐리어인가, 전업주부인가 하는 선택지는 그녀들 앞에는 없습니다.

게다가 여기에 모자가정의 이야기가 추가됩니다.

힐링계라고 불리는 나가시마 유長嶋有는 섬세한 인간관계를 그리는 것에 능숙한 남성작가로, 아쿠타가와상 수상작인 『맹스피드 엄마猛スピードで母は』(2002)는 소년의 눈으로 본 엄마의 이야기입니다.

무대는 아마도 1980년대인 것 같습니다. 화자인 '나' 마코토慎는 초등학교 5학년생. 엄마와 둘이서 홋카이도 M시에 있는 공단 주택에서 살고 있습니다. 부모님은 마코토가 초등학교에 들어가기 전에 이혼. 엄마는 주유소에서 심야까지 일하면서 마코토를 키웠습니다. 그 사이에 보육사 자격증을 취득했지만, 지금은 시청의 사회복지과에서 비상근 대우로 근무하면서 빚 독촉과 비슷한 일을 하고 있습니다. 아끼는 자동차 씨빅의 타이어 교환도 자기가 하고, 마코토의 잃어버린 물건을 가지러 아파트 벽을 4층까지 기어 올라가고……. 이야기는 엄마가 재혼하겠다고 말을 꺼낸 뒤 결국 차일 때까지 1년이 조금 넘는 기간에 벌어진 사건들을 그리고 있습니다. 엄마가 맹렬한 스피드로 폭스바겐을 추월하는 마지막 장면이 인상적으로, 언뜻 보면 파워풀하기 때문에 그 장면에서는 싱글맘의 리얼한 생활 감각이 배어 나오고 있습니다.

이지메를 그린 『헤븐ヘヴン』(2009) 등 잇달아 화제작을 발표하여 일약 인기 작가가 된 가와카미 미에코川上未映子의 아쿠타가와상 수상작 『젖과 알乳と卵』(2008)도 모자 가정에 관한 이야기입니다.

이야기는 도쿄에서 혼자 사는 '나'의 아파트에 오사카에 사는 언니 마키코巻子와 조카 미도리코緑子가 상경한 장면으로 시작됩니다. 남편과는 10년 전에 헤어지고 딸인 미도리코를 혼자서 길러온 마키코는 서른아홉 살. 3일 동안 도쿄에 머무르는 목적은 유방 확대 수술을 받기 위해서입니다. "가계는 모자가정 보조금도 있기는 하지만 그런 건 별로 도움도 안 되어"서 슈퍼의 사무, 공장의 파트타임, 계산, 상품 포장 등등의 일을 하고 있지만 "그런 임금으로는 생활이 나아지지 않으니까 호스티스 일도 하게 되었어"라고 말하는 마키코. 아직 초경을 하기 전인 미도리코는 그런 엄마도, 자신의 몸의 변화도 싫어서 죽을 지경입니다. "돈 문제로 엄마와 싸우면서 나를 왜 낳았어"라고 말한 적도 있는 미도리코. "가슴을 크게 해서, 엄마, 뭐가 좋아?" "나는 엄마가 걱정인데 그것도 몰라."

모두 굉장히 개인적인 좁은 세계의 이야기입니다. 그러나 그녀들이 있는 곳은 틀림없이 전쟁터입니다. 어떤 사람은 상처를 입고 쓰러지고, 어떤 사람은 외상 후 스트레스 장애가 되고, 어떤 사람은 도망치려고 하고, 어떤 사람은 망연자실해서 앞의 일을 생각하지 못하게 됩니다. 1990년대의 주인공들에게는 자립하고자 하는 소망과 캐리어에 대한 환상이 있었습니다. 그러나 2000년대의 소설에서 눈에 띄는 것은 '싸움에 진 여자들' '싸움에 지친 여자들'이 그래도 앞을 보고 살아가려고 하는 모습입니다.

2000년대 격차사회의 문제는 '열심히 노력하면 보답을 받는 사회'가 아니라는 것입니다. 오르막길이었던 시대에 청춘을 보낸 사람은 그것을 이해하지 못합니다.

신문연재 중에도 화제를 불러일으킨 하야시 마리코의 『하류의 연회下流の宴』(2010)가 그 한 가지 예입니다.

의사의 딸로 중산층 가정에서 자라난 마흔여덟 살 전

업주부 후쿠하라 유미코福原由美子는 고등학교를 중퇴하고 프리터가 된 스무 살 아들 쇼翔가 걱정이 되어서 죽을 지경입니다. 그런 쇼가 동거 상대인 미야기 다마오宮城珠緒와 결혼을 하고 싶다는 말을 꺼냅니다. 다마오는 고졸로 오키나와 출신의 자유인. 유미코 입장에서 보면 완전한 '하류'입니다. 유미코에게 무시를 당한 다마오는 굳게 결심한 후, 아르바이트하면서 대학의 의학부 진학을 목표로 공부를 시작한다……라는 것이 이 이야기의 골자입니다. 잘 만들어진 소설이기는 하지만 이것은 고전적인 입신출세 또는 계급투쟁의 이야기로, 동시대의 격차사회에 대응하고 있다고는 보기 어렵습니다. 고도 경제성장과 버블을 경험한 사람과 그렇지 않은 사람과의 세대 차이는 의외로 큽니다. 굳게 결심해서 어떻게든 된다면 이야기는 간단합니다.

사소설에도 빈곤의 그림자가 드리워져 있었다

사소설에 속하는 작품들을 살펴보겠습니다. 2000년대의 탤런트 서적과 같은 '포스트 사소설'은 베스트셀러가 된 릴리 프랭키의 『도쿄타워東京タワーオカンとボクと、

時々, オトン』(2005)와 타무라 히로시田村裕의『홈리스 중학생ホームレス中学生』(2007)입니다.

『도쿄타워』는 만화가, 일러스트레이터, 배우 등 다방면에서 활약하는 릴리 프랭키의 자전적 소설입니다. 규슈의 오구라小倉에서 태어난 '나'는 네 살 때 부모님이 이혼, 지쿠호의 작은 탄광촌에서 엄마와 살기 시작합니다. 중학교 졸업 후에는 벳푸別府의 미술학교로, 그 후에는 도쿄의 미대로 진학하는데 혼자서 지내는 생활은 엉망진창입니다. 졸업하고 프리랜서가 된 후에도 가난한 생활은 계속됩니다. 그런 와중에 엄마의 암이 발견됩니다. '나'는 엄마에게 말합니다. "도쿄로 올래?" "도쿄에서 같이 살까?"

요즘 보기 드문 효자의 반 세기 동안의 이야기로, 그와 동시에 상경 소설이기도 하고, 투병소설이기도 하며, 엄마에 대한 진혼이기도 한 이 작품은 당연히 '눈물과 감동'의 이야기이기도 합니다.

『홈리스 중학생』은 만자이 콤비인 '기린'의 타무라 히로시의 자전적 에세이입니다. 중학교 2학년 1학기 종업식 날 '내'가 집으로 돌아와 보니 자택인 맨션이 압류를 당한 상태였습니다. 집으로 돌아온 아버지는 대학생인

형, 고등학생인 누나, '내' 앞에서 "이제부터는 각자 열심히 살아라. ……해산!!"이라고 선언하고 사라져버립니다. 그날부터 공원에서 먹고 자는 '나'의 생활이 시작됩니다. 직장암에 걸린 어머니의 죽음, 마찬가지로 병에 걸린 아버지, 제약회사의 관리직에 있었던 아버지의 해고. 그런 불운이 겹친 끝에 아버지는 가족들의 해산을 선언한 것입니다.

『도쿄타워』도, 『홈리스 중학생』도, 현재 성공한 사람이 과거를 이야기한다는 의미에서는 1990년대의 장렬한 인생 계열의 에세이와도 비슷합니다. 하지만 빈곤 탈출이라는 주제가 내재해있다는 점에서는 2000년대다운 작품이기도 합니다(실제로『홈리스 중학생』을 아이들이 빈곤을 배우는 텍스트로 활용하기도 합니다).

이러한 점은 니시무라 겐타西村賢太의 아쿠타가와상 수상작인『고역열차苦役列車』(2011)에도 해당합니다. 문단 데뷔작인『어차피 죽을 몸의 나 홀로 댄스どうで死ぬ身の一踊り』(2006) 이후에 니시무라 겐타는 일관적으로 자신에 대해서 써왔습니다.『고역열차』는 지금은 멸종 위기종이 된 본격적인 사소설입니다. 주인공은 작자를 연상하게 하는 기타마치 간타北町貫多. 고등학교에 진학하

지 않고 열다섯 살에 집을 뛰쳐나와 열아홉 살이 된 지금은 일용직 노동자로 일하고 있는데 일당 5500엔은 금방 써버리고 친구도, 애인도 없습니다. 겨우 생긴 동료인 구사카베日下部를 형인 척하면서 유흥업소와 매춘업소에 데리고 가는데 사실 구사카베에게는 여대생인 애인이 있었다! 시대는 1980년대이지만 자학이 넘치는 청춘은 마치 패전 이전과 같습니다.

가사이 젠조가 대표하듯이 패전 이전의 사소설은 애당초 빈곤 자랑을 수반했습니다. 니시무라 겐타는 후지사와 세이조藤澤清造라는 패전 이전의 사소설 작가에게 심취해있다고 공언하고 있습니다. 유행이 지난 최전선. 빈곤 자랑이 인기가 있었던 것도 시대 분위기와 관계가 있을지도 모르겠습니다.

이와 관련해서『고역열차』와 아쿠타가와상을 동시에 수상한 아사부키 마리코朝吹真理子의『기코토와きことわ』(2011)는 예전에 하야마葉山의 별장에서 함께 여름방학을 보낸 적이 있는 두 여성의 이야기입니다. 당시 여덟 살이었던 기코貴子와 열다섯 살이었던 도와코永遠子는 25년 후에 별장을 정리하기 위해서 재회를 합니다. 과거와 현재가 혼연일체가 된 불가사의한 소설로, 당시

화제가 된 것은 좋은 집 아가씨풍의 『기코토와』와 가난한 노동자의 사소설인 『고역열차』의 대비라고 할까, 격차였습니다.

무라카미 하루키도 와타나케 준이치도
살인(테러)**을 긍정하고 있었다!?**

  이상과 같은 문맥에서 생각해보면 여러 가지 해석이 난무했던 무라카미 하루키의 『1Q84』(2009)도 의외로 2000년대적인 작품이었다고 할 수 있습니다.

  무대는 1984년. 소설은 덴고天吾(남성)와 아오마메青豆(여성)를 각각의 축으로 한 스토리 두 개를 교대로 엮어가는 형식으로 구성되어있습니다.

  학원의 수학 교사로 소설가 지망생인 덴고는 신인상 응모작을 미리 읽어보는 일도 하고 있습니다. 편집자인 고마쓰小松는 그에게 후카다 에리코深田絵里子(후카에리)라는 열일곱 살 소녀의 소설인 『공기 번데기』를 고쳐 써달라고 의뢰합니다. 덴고가 고쳐 쓰고 후카에리의 이름으로 나온 『공기 번데기』는 상을 받아 베스트셀러가 되는데 그것은 열 살 소녀를 주인공으로 한 특수한 코뮌을 그린 것이었습니다. 후카에리는 '사키가케(선구)'라는 종교단체 교조의 딸이었습니다.

한편 스포츠 짐의 인스트럭터인 아오마메는 프로 살인자라는 감춰진 얼굴을 가지고 있습니다. 남편의 가정 내 폭력(DV, Domestic Violence)을 견디지 못해서 자살한 친구의 남편을 '처형'한 아오마메. 마찬가지로 DV 때문에 자살한 딸을 가진 노부인 오가타 시즈에緒方静恵. '버드나무 저택'에 사는 오가타 부인은 폭력적인 남편으로부터 도망친 여성들을 숨겨주는 시설을 운영하고 있는데 동시에 그녀에게는 DV 가해자를 처형하려는 목적이 있었습니다. 버드나무 저택의 일원이 된 아오마메는 암살을 담당하게 되었고 '사키가케'의 교조를 처형하기 위해서 코뮌으로 향합니다.

조지 오웰의 『1984』(원저 1949)를 의식하면서 옴진리교 사건과 9·11을 떠올리게 하는 형태로 이야기는 진행됩니다. 하지만 덴고와 후카에리의 이야기는 넓은 의미의 '소녀소설'이라는, 아오마메와 버드나무 저택의 이야기는 '살인(테러) 소설'이라는 트렌드에 편승하고 있습니다. DV를 하는 남자는 처형해버리면 된다는 오가타 부인과 아오마메의 인식은 복수의 방법으로는 최악으로(현실을 오인한다는 점에서는 유해하기까지 합니다), 무라카미 하루키가 얼마나 이러한 문제에 부주의한지를 보여주고 있는데, 주목해야 할 점은 여기에 '테러를 긍정하는 사상'이 깔려있다는 것입니다. 살인을 일상다반사로 그리는 무라카미 류도 아니고, 통상적인 의미에서는 연속살인범인 여성(아오마메)을 주인공으로 하는 것은 이전의 무라카미 하루키라면 생각할 수 없는 일이었습니다.

와타나베 준이치의『블루 샤콘느愛の流刑地』(2006)의 경우에도 동일한 점을 지적할 수 있습니다.『블루 샤콘느』는 2004년 11월부터 2006년 1월까지 앞 장에서 언급한 것처럼《닛케이신문》에 연재된 불륜 소설로, 버블기의 향기가 풍기는『실락원』과는 완전히 다릅니다.『실락원』의 커플이 미식과 호화로운 여행에 열중한 것과는 달리『블루 샤콘느』의 커플, 즉 팔리지 않는 소설가인 마흔다섯 살 무라오 기쿠지村尾菊治와 아이 세 명이 있는 서른여섯 살 주부 이리에 후유카入江冬香는 경제적으로도, 시간적으로도 여유가 없고 데이트라고 하면 무라오의 방에서 성행위에 탐닉하는 것뿐입니다. 게다가 무라오는 후유카의 요청에 응하여 성교의 절정에서 그녀를 목 졸라 죽입니다. 소설의 후반부는 체포된 무라오의 옥중에서의 망상과 법정극이 전개되는데 애인을 교살하는 행위가 여기에서는 '사랑'이라고 강조되고 있습니다.

무라카미 하루키와 와타나베 준이치마저도 주인공에게 살해를 저지르게 하고, 그것에 긍정적인 의미를 담습니다. 2000년대는 그러한 시대였습니다.

전쟁과 격차사회 사이에는 뭔가 상관관계가 있는 것일까?

『마루야카 마사오』를 한 대 갈기고 싶다『丸山眞男』をひっぱたきたい」(「논좌論座」, 2007년 1월호)라는 제목의 에세이가 논단을 시끄럽게 한 일이 있었습니다. 부제는 '서른한 살, 프리터. 희망은 전쟁.'

저자인 아카기 도모히로赤木智弘는 호소합니다. "우리가 저임금 노동자로 사회에 내팽개쳐진 후 벌써 10년 이상의 세월이 흘렀다. 그럼에도 불구하고 사회는 우리에게 어떤 구원의 손길을 내밀기는커녕 GDP를 저하시킨다는 둥, 의욕이 없다는 둥, 계속 우리를 매도하고 있다."

"평화가 계속되면 이런 불평등이 평생 계속된다"고 그는 말합니다. '젊은이들의 우경화'는 이상한 것이 아닙니다. "아주 단순한 이야기, 일본이 군국화하여 전쟁이 일어나서 많은 사람이 죽으면 일본은 유동화한다"

"가진 자는 전쟁으로 그것을 잃어버릴 것을 두려워하지만 가지지 못한 자는 전쟁으로 무언가를 얻기를 바란다. 가진 자와 가지지 못한 자가 분명히 나뉘어 유동성이 존재하지 않는 격차사회에서는 전쟁은 더 이상 금기가 아니다."

아카기 도모히로의 서술방식은 도발적이지만 젊은 세대가 얼마나 핍박을 받는 상태인지를 호소하는 힘이 있었습니다. "아주 단순한 이야기, 일본이 군국화하여 전쟁이 일어나서 많은 사람이 죽으면 일본은 유동화한다"라는 말은 젊은이들이 테러와 범죄로 향하고, 시민들이 어느새인가 전쟁에 휩쓸리기도 하는 2000년대의 소설과 조응하고 있습니다. 희망이 없는 일상이냐, 그렇지 않으면 전쟁이냐. 픽션의 세계는 이미 그 단계에 접어들어 있었습니다('아름다운 죽음'을 동반하는 난치병 소설과 휴대폰 소설의 유행은 그 반동이라고도 할 수 있습니다). 소설은 약자와 패자에게 민감합니다.

6장
2010년대 디스토피아를 넘어서

동일본대지진과 2차 아베정권

2010년대에 접어들어서도 격차와 빈곤에 관한 유효한 해결책은 제시되지 않았고 전쟁과 테러가 바로 우리 옆에 있다는 감각도 사라지지 않았습니다. 하지만 2011년 3월 1일에 이러한 모든 것을 일단 제쳐놓을 수밖에 없는, 문자 그대로 거대한 지진이 열도를 덮쳤습니다. 동일본대지진, 그리고 도쿄전력 후쿠시마 제1원자력발전소 사고입니다.

산리쿠三陸 바다를 진원지로 한 매그니튜드 9.0, 최대진도 7이었던 이 지진은 도호쿠에서 간토 일대에까지 미쳤고, 후쿠시마현, 미야기현宮城県, 이와테현의 도호쿠 세 현에는 침수 깊이가 최대 40미터나 되는 거대 해일이 밀려와 1만 5천 명 이상의 사망자와 2천 5백 명 이상의 행방불명자(2018년 현재)가 발생했습니다. 한편 대량의 방사능물질이 대기 중으로 방출되어 국제원자력기구IAEA는 이 사고를 최악인 '레벨 7'로 인정. 원전에서 반경 20킬로미터 권내를 경계구역으로 지정하여 16만 명의 주민이 후쿠시마현 외부를 포함한 먼 곳으로 피난갈 수 밖에 없었습니다.

이 사고는 원전의 '안전 신화'를 근본에서부터 뒤흔

들어 탈원전을 주장하는 운동이 일어납니다. 2009년에 정권 교체로 탄생한 당시 민주당 정권(지진 발생 당시 수상은 간 나오토菅直人)도 에너지정책을 재검토하고자 했고, 이어지는 노다 요시히코野田佳彦 정권도 원전 제로 사회를 목표로 하는 쪽으로 궤도를 수정하려고 했습니다. 하지만 2012년 12월에 있었던 총선거에서 민주당은 대패합니다.

민주당 정권에서 자공연립(자유민주당과 공명당公明党의 연립정권-역주)의 2차 아베 신조安倍晋三 정권으로 바뀌는데, 이 정권은 선거에서 절대적인 힘을 자랑하여 여당이 중의원, 참의원 모두 3분의 2 이상 의석을 차지하는 '아베 일강一強' 체제를 구축합니다. 이 체제에서 전후민주주의의 법칙을 변경하는 정책(특정비밀보호법, 헌법 9조의 해석을 바꾸는 집단적자위권 행사의 용인, 안보관련법의 정비, 공모죄를 포함한 조직적인 범죄처형법의 개정 등)이 추진되었습니다.

지진 및 원전 사고와 강권적인 아베 정권은 언뜻 보기에는 별로 관계가 없어 보입니다. 그렇지만 양자는 그 저변에서 연결되어있습니다. 지진으로 큰 충격을 받은 유권자들은 '어딘가 불안한 전 야당'이 아니라 '강한 리더가 있는 전 여당'을 선택한 것입니다.

3·11과 아베 정권의 탄생은 이 나라의 분위기를 조용히, 그러나 확실하게 바꿨습니다. 매스미디어는 정권의 눈치를 보게 되었고, 잡지와 서적을 포함한 출판계에서는 배타적인 언설이 활개를 치게 되었으며, 과거의 역사에 대한 해석을 부정하는 역사수정주의가 만연하게 되었습니다.

미디어 쪽에서는 트위터와 페이스북 등 소셜 네트워크 서비스SNS가 발달하여 커뮤니케이션의 방법이 크게 바뀌었습니다. 전철에서 책이나 잡지를 읽는 사람이 격감했고, 서적의 연간 출판 부수는 2013년을 피크로 감소세로 돌아서 종이 미디어(와 리버럴 세력)는 점점 더 후퇴의 길을 걷지 않을 수 없었습니다.

그런 시대 상황 탓인지 2010년대는 '디스토피아 소설의 시대'였습니다. 2000년대부터 축적된 불온한 공기가 가득해져서 한꺼번에 터진 듯했습니다. '디스토피아'란 '유토피아'의 반대어. 조지 오웰의 『1984』가 그린 것처럼 절망으로 가득한 세계입니다. 그럼 이하의 내용을 단단히 각오하신 후에 읽어주시기를 바랍니다.

블랙 기업이 낳은 전형적인 프롤레타리아 문학

2000년대 '프레카리아트 문학'의 그 이후를 먼저 살펴보겠습니다.

아사오 다이스케浅尾大輔의 『블루 시트ブルーシート』(2009)는 2008년에 있었던 리먼 쇼크 이후의 상황을 그린 소설입니다. 화자인 히로시ヒロシ는 고등학교 졸업 후 정사원으로 10년 정도 다녔던 전기설비회사를 3년 전에 그만두고 지금은 파견노동자로 대기업인 자동차회사의 조립공정 라인에서 일하고 있습니다. 어머니는 병에 걸린 상태. 형은 정신병동에 입원 중. 한동안 애인과도 만나지 못한 상태입니다. 12월에 그는 갑자기 다음과 같은 통보를 받습니다. "미안하지만 일주일 후인 25일자로 해고야. 그래서 파견계약서대로 3일 후, 그러니까, 28일에는 사원기숙사에서 나가줬으면 하는데, 괜찮지?"

그가 해고된 이유는 '백 년에 한 번 있는 세계금융위기' 때문이었습니다.

위기에 직면한 것은 히로시와 같은 비정규직 노동자뿐만이 아니었습니다.

2010년대가 되어서 떠오른 문제는 '과로사'와 '블랙

기업' 등에 관한 것입니다. 곤노 하루키今野晴貴의『블랙 기업-일본을 먹어치우는 괴물ブラック企業 日本を食いつぶす妖怪』(2012)은 젊은 정규사원을 극한까지 착취하는 악질적인 기업의 실태를 고발한 충격적인 논픽션이었습니다.

하지만 블랙이라는 단어를 사용한 최초의 책은 아마도 구로이 유토黒井勇人의『블랙 회사-청년 백수 파란만장 신입 일기ブラック会社に勤めてるんだが, もう俺は限界かもしれない』(2008)일 것입니다. 이것은『전차남』과 마찬가지로 인터넷 게시판에서 탄생한 '스레드 문학'(구로이 유토는 닉네임입니다)입니다. 고등학교를 중퇴하고 10년 가까이 니트였던 '나'는 엄마의 죽음을 계기로 취직을 결심. 열심히 공부해서 기본정보기술자 시험에 합격하고 드디어 한 회사의 프로그래머로 채용됩니다. 그런데 그곳은 상사의 갑질이 심하고 철야 서비스 잔업(고용주가 노동자의 시간 외 노동에 대해서 원래 지급해야 할 임금을 지급하지 않는 시간 외 노동을 일컬음-역주)이 횡행하는 블랙 기업이었습니다……

정사원이 되어도 안정적이지 않습니다. 정사원이야말로 생명의 위기에 처해있습니다. 그러한 사태가

2010년대에 가시화되었습니다. 순문학에서도 블랙 기업이 등장합니다.

스바루문학상을 수상한 신조 고新庄耕의 데뷔작 『협소저택狭小邸宅』(2013)은 그 대표격이라고 할 수 있습니다. '나' 마쓰오松尾는 대학을 나와서 특별한 이유 없이 단독주택을 판매하는 부동산회사에 취직한 신참 영업사원입니다. 현지까지 손님을 안내하는 역할로, 실적은 제로. 피를 토할 정도의 할당량과 격무, 일상적으로 이루어지는 욕설과 폭력. "그 손님, 반드시 죽여버려"라고 강요하는 상사에게 그는 "네, 꼭 죽이겠습니다"라고 대답합니다. '죽인다'는 판다, 걸려든다라는 의미를 가진 부동산 업계의 용어입니다. 서른 명 정도 되는 동기 중에서 1년 후에도 남아있는 이는 단 여섯 명. 지점으로 보내진 '나'는 예기치 못하게 팔린 물건을 계기로 판매 비법을 알게 되는데, 그것은 인간성을 박탈하는 행위였습니다. 어느 날 손님으로 온 대학 시절 선배는 그에게 다음과 같이 말합니다. "너, 너무 물들었어. 얼굴에서 교만과 기만이 다 드러나."

히로코지 나오키広小路尚祈의 『사채업자에서 작가까지金貸しから物書きまで』(2012)에 등장하는 주인공인 '나'히로타広田는 서른세 살. 중견 소비자 금융회사(지점장을 포함해서 다섯 명만으로 구성된 지점)에서 일하고 있습니다. 체납된 손님에게는 돈을 갚으라고 끈질기게 강요하고, 전화로 신규 대부를 하는 영업방식은 거의 위법에 가깝습니다. 정신적인 스트레스와 불규칙한 생활로 체중이 점점 불어나는 '나'. 고등학교 졸업 후에 설비공사를 하는 회사, 부동산회사, 상공 대부商工ローン(중소기업을 대상으로 무담보로 이용할 수 있는 대부상품의 총칭-역주)회사 등을 전전하지만 모두 오래 다니지는 못했습니다. 지금 다니는 회사에 들어간 것은 온전히 아내와 어린 아들을 위해서입니다. "오늘도 할게. 너희들을 위해서라면 아빠는 죽을 수 있어. 오늘 하루도 건강하게 죽을 수 있어." 그에게 일은 '죽는 것'과 마찬가지의 의미입니다.

2000년대 '프레카리아트 문학'은 노동시장에서도 낙오된 여성들이 주인공이었기 때문에 일의 디테일한 부분은 거의 나오지 않았습니다. 그런 반면, 블랙화한 화이트칼라 노동자를 그린 두 작품은 상사의 욕설과 손님과의 대화를 포함하여 업무 내용에 관한 기술이 너무나 상세합니다. 24시간 동안 거의 일밖에 하지 않기 때문에 다른 것에는 신경 쓸 여유도 없습니다.

기타가와 에미北川惠海의 데뷔작인 『잠깐만 회사 좀 관두고 올게ちょっと今から仕事やめてくる』(2015)는 주인공인 '나' 아오야마 다카시青山隆가 전철로 뛰어들려고 할 때 낯선 사람이 그의 팔을 잡는 장면에서부터 시작됩니다. '나'는 중견 인쇄회사의 영업사원으로 취직한 지 6개월이 지났습니다. 6시에 기상하여 서비스 잔업을 한 후 회사를 나오는 시간은 21시가 넘어서입니다. 토요일과 일요일 주말 출근도 당연합니다. 여기에서 그만두면 다음은 없다고 생각하고 회사에 매달려있는 그는 완전히 피폐해져 있습니다. 그런데 그를 구했던 야마모토ヤマモト라는 남자는 그에게 가끔 사직과 이직을 권합니다. '내'가 반론을 해도 그는 "다카시한테는 회사를 그만두는 것과 죽는 것 중에 어느 쪽이 더 간단한데?"라고 묻습니다.

　　『잠깐만 회사 좀 관두고 올게』는 전격소설대상電撃小説大賞의 '미디어 워크스 문고상' 수상작입니다. 전격 문고는 라이트 노벨 계열의 레이블입니다. 이야기에는 라이트 노벨다운 장치도 들어가 있지만 결국 라이트 노벨에까지 진출한 블랙 기업!이라는 점에서 주목을 끕니다. 다만 이 소설이 인기를 끌었던 것은 주인공이 당하기만 하고 있지 않기 때문입니다. 야마모토의 간섭으로 나는 그렇게 집착하던 회사에서 탈출하는 데 성공합니다. 표제는 그때의 '나'의 대사입니다.

　이이 나오유키는 『회사원이란 무엇인가?-회사원 소설에 관해서会社員とは何者か？-会社員小説をめぐって』(2012)에서 패전 후 "'순문학'은 회사와 회사원을 거의 공백으로 하여 잠재우고 있었다"라고 말합니다. 출판, 선전, 방송 등 유동적으로 일할 수 있는 표현 관계의 업종을 제외하면 협의의 회사원 생활을 그린 작품은 매우 적다는 것입니다. 그런 적은 부류에 속하는 이이 나오유키의 『그다지 중요하지 않은 하루さして重要でない一日』(1989)는 영업부의 '그', 즉 사토佐藤가 실수를 저질러 미궁과 같은 회사의 사옥에 갇히는 이야기입니다. 전체상을 파악할 수 없는 회사 조직의 섬뜩함을 그린 뛰어난 작품으로, 21세기에 나온 회사원 소설과 비교해보면 여유롭다고 할까, 우아한 인상마저 듭니다.

　왜 이 시기에 가혹한 노동을 그린 회사원 소설이 늘어났을까? 물론 그 배경으로는 노동환경이 나빠진 것을 들 수 있지만, 자본의 논리가 드러난 21세기 초반의 일본은 노동쟁의가 빈번하게 일어났던 쇼와 초기, 즉 프롤레타리아 문학의 최전성기와 닮은 점이 있습니다. 블랙 기업은 다시 그 힘을 발휘하여 결국 전형적인 프롤레타리아 문학을 탄생시킨 것입니다.

직장을 이화한 또 하나의 프롤레타리아 문학

2010년대에는 포스트모던풍으로, 문학적으로 여러 가지 궁리를 한 다양한 노동소설도 탄생했습니다.

신초신인상을 수상한 오야마다 히로코小山田浩子의 데뷔작『공장工場』(2013)의 무대는 지나치게 복잡하여 아무도 그 전체적인 모습을 파악할 수 없는 마을과 같은 '공장'입니다.

세 명의 인물이 등장합니다. 대졸 이상의 정사원 모집에 응시하여 입사했으나 여섯 번이나 이직을 한 우시야마 요시코牛山佳子는 이곳에서 계약사원으로 채용되는데, 일의 내용은 파쇄기로 서류를 분쇄하는 것이었습니다. 대학에서 이끼를 연구하고 있었던 후루후에古笛는 옥상 녹지화 요원으로 채용되었으나 처음으로 시작한 일은 이끼를 관찰하는 것. 파견사원으로 공장을 향한 '나'에게 주어진 것은 빨간 펜으로 문서를 교정하는 일이었습니다. 누가 무엇을 위해 필요로 하는지 알 수도 없는 일. 무엇을 제조하고 있는지도 모르는 공장. 공장 안에는 잿빛 뉴트리아, 세탁기 도마뱀, 공장 가마우지라는 노동자의 화신과 같은 동물들도 살고 있습니다. 기업을 중심으로 한 마을을 이화異化한 기묘한 작품. 오야마다 히로코는 이후『구멍穴』(2014)으로 아쿠타가와상을 수상하는데, 작품으로서는『공장』이 한층 더 임팩트가 있습니다.

마쓰다 아오코松田青子의 데뷔작인『스태킹 가능スタッキング可能』(2013)은 아주 가벼운 느낌으로 오피스 워크를 이화한 작품입니다. 엘리베이터를 타고 오르락내리락하면서 각층에서 이루어지는 대화를 훔쳐 듣는 스타일로 소설은 진행됩니다. 5층에 있는 A전田, B전, C전, D전 등의 남성 사원은 성에 관한 이야기로 정신이 없고, 6층에 있는 F야野, G야 등의 여성 사원은 맞선이나 소개팅에 관한 이야기로 바빴습니다. 부서가 달라도, 멤버가 달라도, 이야기하고 있는 것, 하고 있는 일은 모두 동일하여 중·고등학교 때와 별반 다르지 않습니다. 이러한 분위기에 적응하지 못하는 D산山은 '어디나 마찬가지라면 내 마음대로 해야지'라고 마음을 굳게 먹고

는 나의 길을 가기로 합니다. 한편 남자들이 우습게 보는 C천川은 'C천 양'이라고 부르지마, 푼수라고 하지 마'라고 독기를 품으며 좋아하는 옷을 입고 좋아하는 가방을 사기 위해서 일할 것이라고 맹세합니다.

비록 알파벳으로밖에 기억되지 않는, 언제라도 대체 가능한 존재일지라도 질 수 없어!『스테킹 가능』은 일하는 여성들의 고독한 싸움을 지지하며 응원의 메시지를 보내는 유쾌한 작품입니다. 이 작품으로 마쓰다 아오코는 곧바로 순문학계가 기대하는 작가 중 한 명이 되었습니다.

무라타 사야카村田沙耶香의『편의점 인간コンビニ人間』(2016)은 아쿠타가와상을 수상하고 베스트셀러가 되었습니다. 화자인 '나' 후루쿠라 게이코古倉惠子는 서른여섯, 독신입니다. 대학교 1학년 때부터 18년 동안 같은 편의점에서 아르바이트를 하고 있습니다. 취직도, 결혼도 하지 않은 그녀를 주위에서는 '고치려고' 하지만 애당초 아이 때부터 그녀는 다른 사람들과 달랐습니다. 편의점 옷을 입고 접객 매뉴얼을 익혀 편의점 점원이 된 날 그녀는 확신합니다. "그때 나는 처음으로 세상의 부품이 된 것이다" "세계의 정상적인 부품으로서 나는 이날 분명히 탄생한 것이다."

정사원이 뭐야. 보통이 뭐야. '제대로'가 뭐야. 자본주의의 논리를 극복하는 방법은 한 가지가 아닙니다. 매뉴얼을 소화하고 매뉴얼을 능가하는 '편의점 인간'이 된 게이코. 그것은 고전적인 노동소외, 그리고 착취보다 더 앞선 세계입니다.

미야자키 다카코宮崎誉子는 1998년에 데뷔한 이래, 일관적으로 저임금 단순노동, 특히 공장노동에 대해서 그려온 작가입니다. 『소녀@로봇少女@ロボット』(2006)도, 『초승달三日月』(2007)도 사타 이네코의 『캐러멜 공장에서』(1929)의 헤이세이판 같은 단편집입니다.

『미즈타 마리의 옹어리水田マリのわだかまり』(2018)에 등장하는 주인공은 열여섯 살. 엄마는 종교에 심취하여 딸의 학자금 보험을 해약하고, 아빠는 집을 나갔습니다. 자포자기가 된 마리는 3일 만에 고등학교를 중퇴하고 예전에 할아버지가 공장장으로 있었던 세제공장에서 파트타임으로 일하기 시작합니다. 세제를 플라스틱 병이나 포장지에 담는 라인은 초고속. "설마 마리가 공장을. 옛날의 노예 같지 않아?"라고 걱정하는 남자친구에게는 "도대체 얼마나 시대착오적인 뇌를 가지고 있

는 거야?"라고 대답하지만, 괜찮냐고 물으면 "괜찮지 않아! 세제 원액이 가진 파괴력이, 진짜, 콧속까지 침투한단 말이야"라고 답합니다.

소녀소설+프롤레타리아 문학, 이것이 미야자키 다카코의 고유한 세계입니다. 이것은 소녀가 생산노동과 분리되어있었던 시기가 패전 후의 잠시뿐이었다는 생각이 들게 합니다. 21세기의 노동환경은 지나치게 가혹합니다.

아사이 료朝井リョウ의 나오키상 수상작인 『누구何者』(2012)는 대학생의 취업 활동이 얼마나 비참한 서바이벌 게임인가를 그리고 있고, 아리카와 히로有川浩의 『백수 알바 내 집 장만기フリーター, 家を買う。』(2009)는 회사를 3개월 만에 그만둔 대졸 남자가 다음 일자리를 찾을 때까지 겪는, 쉽지 않은 현실을 여실히 보여주고 있습니다. 사전을 편찬하는 사람들의 이야기를 그린 미우라 시온三浦しをん의 『배를 엮다舟を編む』(2011)와 출판사의 교열부원을 주인공으로 한 미야기 아야코宮木あや子의 『교열걸校閲ガール』 시리즈(2014~2016)는 전문직에 관한 소설입니다. 이러한 전문직 소설이 주목을 받은 것은 IT화가 진행되고 로봇의 도입으로 특별한 기술이나 숙

런자의 솜씨가 필요한 직종들이 줄어들었기 때문입니다. 변두리에 있는 중소기업이 꿈에 도전하는『변두리 로켓下町ロケット』시리즈(2010~)와 은행원이 부정에 맞서 싸우는 드라마《한자와 나오키半沢直樹》의 원작인『한자와 나오키オレたちバブル入行組』(2004) 등 이케이도 준池井戸潤의 기업소설이 인기를 끈 것은 현실에서의 직장생활이 활기가 없고 싸울 기력이 남아있지 않기 때문일지도 모릅니다.

그래도 사람은 일하지 않으면 살아갈 수가 없습니다. 노동자를 둘러싼 환경이 변하지 않는 한 이러한 종류의 소설은 좀 더 큰 조류로 발전할지도 모르겠습니다.

인구감소·고령화시대의 노인 간병 소설

사생활 쪽으로 눈을 돌려봅시다. 소설은 사회를 반영합니다. 공전의 인구감소, 고령화 사회는 새로운 소설 장르를 낳았습니다. 바로 '간병 소설'입니다.

과거로 거슬러 올라가면, 노인의 간병을 주제로 한 소설로는 아리요시 사와코의 베스트셀러『황홀한 사람』(1972)이 유명합니다. 흔히 치매라고 부르는 인지증

(당시 용어로는 노인성 치보증痴呆症)이 심해져서 며느리인 주인공에게 생활의 모든 것을 기대게 된 전 대학교수인 시아버지. 아버지의 간병을 아내에게만 맡기는 남편. '이 정도는 요양시설에 넣지 않아도'라고 회유하는 사회복지사. 이것은 고립되어가는 주부의 비참한 현실을 고발한 소설입니다. 또한 치매를 그린 뛰어난 작품으로는 사소설인 고 하루토耕治人의 만년 3부작『천정에서 내려오는 애처로운 소리天井から降る哀しい音』『무슨 인연으로どんなご縁で』『그럴지도 모른다そうかもしれない』(1986~1988)입니다. 여기에서 그려지고 있는 것은 80대의 노부부가 부부 중 한쪽을 간호하는 모습입니다. 사에 슈이치佐江衆一의 『아내에게黄落』(1995)도 화제가 되었습니다. 이것은 예순 살이 다 된 부부가 아흔두 살인 아버지와 여든일곱인 어머니 병구완을 하면서 결국 나가떨어진다는 내용으로, 기분이 우울해지는 소설입니다.

'기분이 우울해지는' 간병 소설에 새로운 바람을 불어넣은 첫 번째 작품은 아쿠타가와상을 수상한 모브 노리오의 데뷔작『간병입문介護入門』(2004)입니다. 이 소설의 참신성은 젊은이가 할머니를 간병한다는 관계성과 현실을 웃어넘기는 힙합조의 문체에 있습니다. 화자인

'나'는 무직이고 자칭 뮤지션. 금발이고, 대마초도 피우며, 친척들한테는 구박을 당합니다. 그렇지만 "나의 목숨은 할머니의 기저귀를 새로 갈기 위해서, 두꺼운 수건으로 엉덩이를 닦기 위해서, 자다가 싸서 축축해진 속옷을 벗기고 다시 새 걸로 갈아입히기 위해서만 존재한다, 그렇게 스스로에게 말하지 않으면 나는 오늘 밤부터 복수를 할 수 없어, 이 자식들아."

한편 치매의 이미지를 바꾼 것은 오기와라 히로시의 야마모토상 수상작인 『내일의 기억明日の記憶』(2004)이었습니다. '나' 사에키 마사유키佐伯雅行는 광고 대리점의 영업부장. 그런 '내'가 쉰 살이 되어 알츠하이머라는 진단을 받습니다. 받아들이기 힘든 사실과 마주하며 기억이 사라져버릴지도 모른다는 공포와 싸우는 화자의 내면을 1인칭 소설의 이점을 살려서 차분하게 그리고 있습니다. 진행되어가는 병에 저항하면서도 비참하기만한 결말이 아닌 것에 구원을 받은 독자들도 많았습니다.

이처럼 2010년대에 들어오면 간병 소설은 질적, 양적인 면에서 모두 급성장을 이룹니다. 고령화의 진행으로 간병이 필요한 노인이 증가했을 뿐만 아니라 요양보험 제도의 도입으로 작가와 독자가 간병에 대해서 객관적으로 생각해볼 수 있는 여유를 가지게 된 것, 또한 1980년대~1990년대에 데뷔한 작가들이 40~50대의 간병 연령이 된 것과도 관계가 있다고 생각합니다. 노인 간병은 이제는 우리 모두의 문제. 이 작가도, 그 작가도, 자신의 체험이 담겨있을 법한 간병을 제재로 한 소설을 쓰고 있습니다.

너도나도 간병 소설을 쓰고 있었다

『속 명암』으로부터 22년. 미즈무라 미나에는 오자키 고요의 『금색야차』를 연료로 투입한 『어머니의 유산母の遺産』(2012)이라는 꽤 두께가 있는 노인 간병 소설을 신문에 연재했습니다.

젊은 시절에는 미인으로 유명했고, 오페라를 좋아하며, 남편이 죽은 후에도 샹송 교실에서 애인까지 사귄 자유분방한 어머니 노리코紀子. 음악을 배우기 위해 독일에서 유학을 하고 자산가의 차남이자 첼리스트와 결혼한 누나 나쓰키奈津紀. 프랑스 문학을 전공하고 유학 간 파리에서 만난 남자와 스물다섯 살에 결혼한 여동생 미쓰키美津紀. 하지만 늙음과 병은 '예술과 지성'을 사랑하는 그런 가족에게도 어김없이 찾아옵니다. 소설은 쉰 살이 된 미쓰키의 시점에서 진행되는데 엄마는 제멋대로고, 언니는 전혀 도움이 안 되고, 게다가 남편은 바람을 피웁니다. "노리코 씨도 드디어 끝장이야!" "죽는 편이 나아"라고 말하면서도 전혀 '끝장이 날' 기색이 보이지 않는 엄마에게 미쓰코는 마음속으로 투덜거립니다. "엄마, 도대체 언제 죽어줄래?"

『여자들의 지하드』로부터 17년. 당시의 OL들은 이제는 중년이 되었습니다. 시노다 세쓰코의 『장녀들長女たち』(2014)은 40대 중반이 된 남녀고용기회균등법 제1세대 여성들에게 덮친 현실을 심각하게 그린 연작입니다. 치매에 걸린 엄마를 돌보기 위해서 애인과 헤어지고, 캐리어도 포기한 나오미直美. 고독사한 아버지에 대한 쓸쓸한 회한에서 벗어나지 못하는 요리코頼子. 당뇨병인 엄마에게 신장을 제공해야 할지 고민하는 에이코慧子. 이 세 명은 장녀들로 모두 독신. 이 소설은 부모의 간병을 담당하는 사람은 장남도, 며느리도 아닌 딸, 게다가 장녀라는 새로운 현실을 보여주고 있습니다.

『FUTON』으로부터 12년. 나카지마 교코中島京子의 『조금씩, 천천히 안녕長いお別れ』(2015)은 치매에 걸린 아

버지가 떠날 때까지의 시간을 아내, 딸, 손자, 그 외에
여러 인물의 시점에서 그린 연작입니다. 중학교 교장직
에서 퇴임한 후 도서관장 등을 역임해온 히가시 쇼헤이
東昇平는 아내 요코曜子와 둘이서 살고 있습니다. 동창
회장에 가지 못한 사건을 계기로 그는 치매 판정을 받
는데, 세 명의 딸들(미국에서 사는 첫째 딸, 한참 아이들을 키우고
있는 둘째 딸, 푸드코디네이터로 독신인 셋째 딸)은 도움이 안 되
고, 아내가 혼자서 남편의 재택 간병을 하고 있습니다.
그로부터 5년. 셋째 딸인 후미芙美는 아버지가 전화로
말하는 의미를 알 수 없는 말에 놀라게 됩니다. "저기
요코가 거기서 그거 해서 이, 와, 2층에 말이야, 자는지,
뭐랄까, 그, 그런 일이 있잖아?"

나오키상 수상작인 『고엔지 순정상점가高円寺純情商
店街』(1989)로부터 25년. 네지메 쇼이치ねじめ正一의 『치
매 걸린 엄마한테 키스를 당해認知の母にキッスされ』(2014)
는 사소설이라고 해도 될 것입니다. 남동생 부부와 두
세대용 주택에서 사는 어머니 미도리みどり는 자전거를
타다가 넘어져서 오른손과 오른발에 마비가 생깁니다.
'나'는 매일 어머니 집에 다니면서 배설과 식사를 도와
주고 있는데, 그 사이에도 어머니의 치매는 점점 심해

집니다. 어머니 집에서도 자주 일을 하고 있었던 '나'는 갑작스러운 어머니의 말에 당황합니다. "쇼이치正―는 컴퓨터야?" "역시 쇼이치는 컴퓨터지. 나는 쇼이치를 전부터 컴퓨터라고 생각하고 있었어."

간병 소설의 대부분은 탄탄한 리얼리즘 소설입니다. 작품을 위해 여러 가지 궁리를 하지 않아도 되는 이유는 그 자체가 미지의 체험으로 넘치고 있기 때문일 것입니다. 현실에서의 간병생활은 힘들어도 체험자들은 모두 '간병을 하면 그런 일이 있어, 맞아, 맞아'라는 식으로 쓴웃음을 짓지 않을 수 없습니다.

『어 루스 보이』로부터 25년. 『돌아갈 수 없는 집還れぬ家』(2016)은 자신의 생활을 사소설로 그려온 사에키 가즈미가 2008년을 중심으로 아버지의 죽음과 마주할 때까지의 과정을 그린 작품입니다. 병원에서 '얘가 제 아들놈입니다'라고 주치의에게 몇 번이나 소개하는 아버지. 아버지는 여든세 살. '나' 세가와 고지瀬川光二도 마흔여덟 살이 되었습니다. 형도 누나도 아닌, 고등학교 3학년 때 집에서 뛰쳐나온 '내'가 부모님 집에서 가장 가까운 곳에 산다는 이유로 부모님이 의지하고 있는 아이러니한 현실을 생각하면서, '나'와 '아내'는 틈만 나면 부르

는 엄마의 부름에 응하고 있습니다. 이어지는 아버지의 치매와 죽음. 아버지가 돌아가신 후 일가를 엄습한 동일본대지진. 지방 도시에서 보내는 간병의 나날들은 리얼합니다. 기록문학의 힘을 느끼게 합니다.

『스푼 하나 가득한 행복』(1973)으로부터 45년. 『우는 법을 잊었다泣き方を忘れていた』(2018)는 오치아이 게이코가 21년 만에 쓴 소설입니다. 어머니를 떠나보낸 지 10년. 소설은 '나' 후유코冬子의 시점에서 엄마의 간병으로 밤낮없이 보낸 7년과 그 전후를 그리고 있습니다. "부모를 집에서 간병하다니, 페미니스트인 네가 왜?"라는 소리를 들으면서도 굳이 그 길을 선택한 후유코. 싱글맘으로 자신을 낳은 엄마. 동화책 전문서점을 경영하며 일흔두 살을 맞이한 후유코는 작자 자신과 오버랩되고 있습니다. 이것도 사소설에 가까운 작품입니다.

여기에 젊은 작가들도 뛰어들고 있습니다. 『흑냉수』로부터 12년. 30대의 어른이 된 하다 게이스케의 아쿠타가와상 수상작 『왜 자꾸 죽고 싶다고 하세요, 할아버지Scrap and Build』(2015)는 '손자의 힘'을 발휘한 이색적인 간병 소설입니다. 주인공인 다나카 겐토田中健斗는 실업 중인 스물여덟 살. 아버지는 이미 돌아가시고, 엄마와 여든일곱 살이 된 할아버지와 셋이서 살고 있습니다. '빨리 죽고 싶어' '빨리 나를 데리러 왔으면 좋겠어'가 할아버지의 입버릇. 그럼 원만하게 죽게 해주지. 그렇게 생각한 겐토는 재활 때문에 할아버지를 봐주지 말라는 엄마의 말을 어기고 지나치게 돌봐주는 '과잉 간병'에 착수합니다. 근육을 못 쓰게 하고, 식사에서 단백질을 빼버리고, 자립 보행의 기회도 빼앗고……. 겐토의 움직임은 말도 안 되지만 그만큼 독자에게 시원한 웃음을 선사합니다.

일본의 근현대문학은 원래 노인의 모습을 적극적으로 (또는 진지하게) 그리지 않았습니다. 일본이 상승세였던 시대에는 아마 수요도 없었을 것입니다. 노인소설이라고 하면 아직도 가와바타 야스나리의 『잠자는 미녀眠れる森の美女』(1961)와 다니자키 준이치로의 『미친 노인의 일기瘋癲老人日記』(1962)와 같은 변태 노인에 관한 소설이나, 후카자와 시치로深沢七郎의 『나라야마부시코楢山節考』(1957)와 같이 고려장에 대해서 그린 소설밖에 떠오르지 않는 사람들도 있을 것입니다. 『선생님의 가방』과 『박사가 사랑한 수식』 등 고령의 남성이 '좋은 느낌'으로 그려진 소설이 히트한 것도 고령자를 그린 소설이 적었기 때문이었는지도 모릅니다.

와카타케 지사코若竹千佐子의 아쿠타가와상 수상작인 『나는 나대로 혼자서 간다おらおらでひとりいぐも』(2017)가 베스트셀러가 된 이유 중 하나도 그런 것일 것입니다. 주인공은 일흔네 살의 모모코桃子 씨. 스물네 살 도쿄올림픽이 열리던 해에 고향을 떠나 결혼해서 두 명의 아이를 낳아 기르고, 사랑하는 남편을 떠나보낸 후 지금은 혼자입니다. 모모코 씨의 뇌 안에서 흘러넘치는 도호쿠 사투리를 추진력으로 삼아 소설은 질주합니다.

"아, 내 머리가 요즘 어딘가 이상해졌는지/어떡하지, 앞으로 혼자서 어떻게 하지/어쨌든 어쩔 수가 없어/ 별일 아니야, 뭐야 그 정도는/ 괜찮아 너한텐 내가 있으니까."

이 작품으로 문예상을 수상하고 예순세 살에 데뷔한 와카타케 지사코는 자신의 작품을 '봄 소설'이 아닌 '겨울 소설'이라고 부르고 있습니다. 인생의 무대를 봄, 여름, 가을, 겨울로 나눈다고 한다면 자신은 겨울에 다다른 인물을 그리고 싶다고 말합니다.

몇 개인가의 예외를 제외하고는 간병 소설이 노인을 자립한 인물로 그리지 않는다는 점에서 진정한 겨울 소설이라고는 할 수 없습니다. 다만 간병을 하는 쪽도, 간병을 받는 쪽도, 모두 고령인 점을 고려하면, 근대문학 사상 처음으로 노인이 주인공이 되는 시대가 도래했다고 할 수 있겠습니다.

다카무라 가오루의 『흙의 기록土の記』(2016)은 그 하나의 예입니다. 『나는 나대로 혼자서 간다』의 모모코 씨가 패전 후 일본의 전형적인 여성상이라면, 『흙의 기록』의 주인공은 패전 후의 전형적인 남성상. 가미야 이사오上谷伊佐夫는 일흔두 살. 도쿄에 있는 대학을 나와 간사이에 있는 대기업인 전기회사에 취직한 후, 나라현에 있는 오래된 집안의 딸과 결혼합니다. 아내를 떠나보낸 후에는 나라에서 혼자 살면서 농업에 열중하고 있습니다. 늙어가는 것을 긍정적으로 그리는 겨울 소설은 언젠가 봄 소설에 대항할 수 있는 장르로 성장할 가능성을 안고 있습니다.

2011년, 첫 번째 타격 후의 재해소설

이제 3·11 이후의 소설에 관해서 살펴보겠습니다.

동일본대지진과 후쿠시마 제1원전 사고는 문자 그대

로 일본을 근저에서부터 뒤흔들었습니다. 대재해 앞에서 '말을 잃어버린' 작가들은 각자의 방식으로 싸우게 됩니다. 말을 잃어버렸음에도 불구하고 언어를 쥐어짜는 사람, 집필 중인 작품의 내용을 변경한 사람, 침묵하기로 결정한 사람.

그 전에 원자력을 제재로 한 과거의 작품에 대해서 조금만 살펴보도록 하겠습니다.

가와무라 미나토川村湊가 『원전과 원폭-'핵'의 전후정신사原発と原爆「核」の戦後精神史』(2011)에서 지적하고 있듯이, 만화와 애니메이션으로 대표되는 패전 후의 서브컬처는 원자력을 이야기의 모티브로 적극적으로 섭취해왔습니다. 수소폭탄 실험 결과 고생대에 잠들어있던 괴물이 회생한 영화 《고질라ゴジラ》. 초소형 원자력 엔진을 겸비한 데즈카 오사무手塚治虫의 《철완 아톰鉄腕アトム》. 핵전쟁 이후의 세계를 그린 오토모 가쓰히로大友克洋의 《아키라AKIRA》와 미야자키 하야오宮崎駿의 《바람계곡의 나우시카風の谷のナウシカ》. 하지만 과연 이들은 피폭의 실태, 방사성 물질이 뿌려진 세계의 현실을 제대로 전달하고 있는가 하고 가와무라 미나토는 묻고 있습니다.

순문학은 '핵', 즉 원폭의 문제에 대해서는 깊은 관심을 보여왔습니다. 하야시 교코는 그 대표적인 작가이고, 최근에는 나가사키에 거주하는 작가 세이라이 유이치靑來有一가 특기할 만합니다. 대표작이라고 할 수 있는 단편집『폭발의 중심지爆心』(2007) 이외에도 세이라이의 작품에는 나가사키의 원폭과 기독교 탄압이 중요한 모티브로 자주 등장합니다. 한편 또 하나의 '핵', 즉 원전에 대해서는 1986년에 있었던 체르노빌 원전 사고 이후에 몇 개인가의 작품이 나왔습니다.

이쪽은 오히려 엔터테인먼트 계열의 독무대입니다. 다카무라 가오루의『신의 불神の火』(1991)은 냉전시대 말기를 무대로, 전 원전 기술자이자 소련 스파이였던 남자가 전 원전 노동자들과 협력해서 원전을 습격하려고 계획한다는 대규모 서스펜스. 히가시노 게이고의『천공의 벌天空の蜂』(1995)은 '천공의 벌'이라고 자칭하는 테러리스트가 후쿠이현에 있는 원전의 고속증식로인 '신양'의 상공에 헬기를 정지시켜놓고 '일본 전역에 있는 원전의 발전 터빈을 파괴해라. 그렇게 하지 않으면 헬기를 추락시키겠다'라고 정부와 전력회사를 협박하는 이야기입니다. 또한 고바야시 노부히코의『극동 세례

나데極東セレナーデ』(1987)는 신문연재 중에 체르노빌 사고가 일어나, 광고업계에서 아이돌 가도를 달려오던 히로인이 원자력발전소의 광고에 출연하는 것을 거부하여 업계에서 사라지게 된다는 결말의 이야기입니다.

하지만 전체적으로 보면 일본의 소설은 원폭을 적극적으로 그려왔다고는 할 수 없습니다.

그와 같은 전제 위에서 3·11은 문학계에 직격탄을 날렸습니다.

재해에 가장 빨리 반응하여 만들어진 소설은 가와카미 히로미의 『신2011神様2011』(《군조》 2011년 6월호, 단행본 2011년 9월)입니다. 이것은 데뷔작인 『신』을 3·11 버전으로 바꿔 쓴 단편으로 곰과 산책을 하는 우화가 다음과 같이 바뀌었습니다.

"'좋은 산책이었습니다'/곰은 305호실 앞에서 봉투에서 열쇠를 꺼내며 말했다./'또 이런 기회를 얻고 싶네요'."(『신』)

"'좋은 산책이었습니다'/곰은 305호실 앞에서 봉투에서 가이거 카운터를 꺼내며 말했다. 우선 나의 온몸을, 그다음에는 자신의 온몸을 측정한다. 디, 디라는 익숙한 소리가 난다./'또 이런 기회를 얻고 싶네요'."(『신2011』)

단행본 후기에서 가와카미 히로미는 다음과 같이 언급하고 있습니다. "조용한 분노가 그 원전 사고 이후에 사라지지를 않습니다. 물론 이 분노는 최종적으로는 나 자신을 향한 분노입니다. 지금의 일본을 만들어온 것은 바로 나 자신이기도 하기 때문에."

또 다른 작품으로는 재해 후 얼마 지나지 않아 발표된 후루카와 히데오의 『말들이여, 그래도 빛은 깨끗하고馬たちよ, それでも光は無垢で』(《신초》, 2011년 7월호)를 들 수 있습니다. 재해 지역을 자신의 눈으로 확인하려고 출신지인 후쿠시마를 찾아간 작가. 하지만 그는 뭔가를 쓰려고 하면서도 쓰지를 못합니다. 거기에 도호쿠의 역사를 쓴 자신의 장편 『성가족聖家族』(2008)의 등장인물 이누즈카 규이치로狗塚牛一郎가 나타납니다. "써. 나는 이것을 쓴다. 여기에 이누즈카 규이치로가 있었다고 써" "그러나 그런 걸 써버리면 소설이다. 이 문장은 소설이 되어버린다." 픽션과 논픽션, 작가와 등장인물이 갈등하고 융합하여 녹아내립니다. 이누즈카 규이치로에게 점령당한 소설은 후반부에서는 소마相馬의 말에 관한 기술로 메워집니다. 텍스트는 혼란스러운데, 이 혼란스러운 모습은 재해 직후의 우리들의 모습과도 오버랩됩니다.

2011년에 발표된 재해소설로는 그 이외에 다카하시 겐이치로의 『사랑하는 원전恋する原発』(AV 감독인 '내'가 '사랑하는 원전'이라는 재해 자선 AV를 제작한다는, 신중하지 못한 것만이 장점인 슬랩스틱 코미디), 후쿠이 하루토시福井晴敏의 『재해 이후震災後』(도쿄의 샐러리맨 일가를 주인공으로 원전을 가족 문제로 바꾼 인정 넘치는 가족 드라마) 등이 있는데 작자의 의도는 어찌 됐든 '반응이 빨랐다'라는 것 이상의 의의는 찾을 수 없습니다. 반대로 특기할 만한 것은 기무라 유스케木村祐介의 『이사의 범람イサの氾濫』(《스바루》, 2011년 12월호, 단행본 2016)입니다.

이야기는 재해 후, 마흔 살이 되어 회사를 그만둔 주인공 쇼지将司가 고향인 아오모리 하치노헤시八戸市로 돌아가는 장면으로부터 시작됩니다. 귀성의 목적은 '이사'라고 불리는 죽은 숙부에 대해서 알아보는 것이었습니다. 손을 댈 수 없을 정도로 난폭해서 가족들을 힘들게 했던 이사. 하지만 이사를 잘 아는 노인은 말합니다. "지금의 도호쿠에는 그 자식 같은 사람이 필요해"라고. "여기가 재해와 원전으로 다쳐서 (중략) 그런 피해보고 좀 더 괴로움을 호소하거나, 뭐 하는 거야, 라는 생각하고 있다고 난리를 처도 되는데 도호쿠 사람들은 바로 그게 되지 않는단 말이야."

내가 이사다. 취한 상태에서 갑자기 그렇게 생각한 쇼지(이사)는 망상의 세계에서 서쪽을 향해서 나아갑니다. 아오모리, 이와테, 미야기, 이렇게 지나갈수록 군중들은 불어나고 후쿠시마에서는 흰색 작업복 차림의 사람들이 가세하고 타조도, 소도, 개도, 고양이도 함께 대지를 메웁니다. 무수한 이사가 나가타초로 물밀듯이 들어가 국회의사당을 향해서 화살을 쏩니다. 소설은 여기에서 막을 내립니다. 역사적으로 학대받아온 도호쿠의 슬픔을 파워로 바꾼 점에서, 많은 재해 관련 소설 중 걸출한 작품으로 꼽힙니다.

기무라 사에코木村朗子의『재해 후 문학론-새로운 일본 문학을 위해서震災後文学論—あたらしい日本文学のために』(2013)는 고전문학 연구자인 자신이 재해 이후의 문학에 집착하는 이유를 다음과 같이 설명하고 있습니다.

"피해지에서 멀리 떨어진 세계의 독자들은 작품이야말로 유일한 실마리라고 여기고 초조하게 기다리고 있다. 이것이 재해 후의 문학 상황이다. 무엇이 일어나고 있고 그에 대해서 작가들은 무엇을 발신하는가? 그것만이 직접적인 활동을 확인할 수 없는 사람들이 기댈 수 있는 것이다."

재해와 원전 사고를 그린 작품이 적다고 지적하면서 "정말이지, 일본식의 언론탄압 방식이 아닌가"라고 기무라 사에코는 개탄합니다.

분명히 재해 직후에 사람의 죽음과 관계되는 재해에 대해서 안일하게 써서는 안 된다는 '일본식의 언론탄압'에 가까운 분위기가 없었다고는 할 수 없습니다. 하지만 결과적으로 재해는 엄청난 양의 작품을 탄생시켰습니다. 시가, 에세이, 논픽션, 평론, 영화, 연극, 아트, 물론 소설까지. 작품이 될 때까지의 빠른 속도와 그 양은 이전의 모든 사건, 사고, 재해를 능가하는 것이었습니다. 내용도, 형식도 다채롭습니다.

디스토피아 소설로 향한 순문학

2012년 이후 비교적 빨리 발표된 순문학 작품 중에서 눈에 띄는 것은 일본 또는 일본을 상기시키는 '원전 사고 이후의 세계'를 그린 SF적인 소설들입니다.

다와다 요코의 『헌등사献灯使』(2014)는 희곡을 포함해서 다섯 편의 작품을 수록한 중단편집입니다. 이 중 가

장 빠른 시기에 쓴 「불사의 섬不死の島」(2012)의 무대는 2020년. 이야기는 독일의 공항에서 일본 여성을 보고 상대방이 얼굴을 찌푸리는 장면에서부터 시작됩니다. "'일본'이라고 하면 2011년에는 동정을 받았지만 2017년 이후에는 차별을 받게 되"었고, "2015년에는 일본으로부터의 정보가 끊겨서 일본에 관한 소문과 신화가 구더기처럼 불어났고, 구더기는 성장하여 파리가 되어 세계를 날아다니고 있다." 일본행 항공편도 없고 현지에도 갈 수가 없습니다. 그녀는 생각합니다. "후쿠시마에서 사고가 일어났던 해에 모든 원자력발전소의 스위치를 차단했어야 했어. 곧바로 거대한 지진이 올 거라고 알고 있었으면서 왜 우물쭈물하고 있었던 거지?"

2013년에 원전을 멈추자고 했던 천황도, 수상도 사라졌습니다. 소설은 그 후 일본의 소름 끼치는 실태를 전달합니다. 이 세계에서는 노인과 아이의 건강 상태가 역전이 되어, 2011년에 백 살이 넘은 노인들은 언제까지나 건강해서 죽을 수도 없고, 반대로 아이들은 언제 죽어도 이상하지 않을 정도로 병약해서 간병이 필요한 상태입니다. 그곳은 '과거의 커다란 잘못'에 의해 어쩔 수 없이 쇄국하고 외래어의 사용도 금지된 나라입니다.

사토 유야의 『침대 옆 살인사건ベッドサイド・マーダーケース』(2013)의 무대는 지구 규모의 방사능 오염이 퍼진 '대재앙'에서 천 년이 지난 세계입니다.

어느 날 아침에 눈을 떠 보니 옆 침대에서 아내가 죽은 것을 발견한 '나'. 그것은 십몇 년 전부터 계속된 '연쇄주부참수살인사건'의 하나로, 결국 '나'는 전율할 만한 사실을 알게 됩니다. 연쇄살인 사건의 피해자는 전원 임산부, 그것도 방사선 피폭으로 인해 태아에 영향을 줄 수 있다는 진단을 받은 임산부들이었습니다. "세계 규모의 대재앙과 그것이 동반한 핵병기 시설·원자력 발전소의 붕괴로 인해 지구는 대략 천 년 전에 방사능 물질이 만연하는 죽음의 별이 되었다."

건강하게 태어나지 못한 아이들은 '방사아이'라고 불렸고 드디어 국가가 공인한 아이 살해가 시작됩니다. "캠페인화되고, 정당화되고, 제도화된 그것에 의해 아이들은 조용히 살해되었다. / 보이지 않게 살해되었다. / 보이지 않는 곳에서 살해되었다."

요시무라 만이치의 『계선주 병ボラード病』(2014)이 그려 내는 것은 대재해로부터 다시 일어난 마을의 이상한 모습입니다. 화자는 초등학교 5학년인 소녀. 그녀가 엄마와 사는 우미즈카시海塚市는 '완만한 전체주의'라고 할 만한 분위기에 휩싸여 있습니다. 어느 날 동급생인 아케미ァヶミ가 죽었습니다. 새 학기를 맞이한 후 죽은 아동들은 이것으로 일곱 명. 장례에서 아케미의 아버지는 인사를 합니다. "아케미는 자주 말했습니다./우미즈카의 양파가 가장 맛있어, 아빠, 우미즈카의 생선이 가장 안심할 수 있어라고." 이 인사를 듣고 시작되는 '우미즈카! 우미즈카!'라는 구호. "우미즈카는 거짓말로 도배한 마을이었습니다" "모든 저항을 단념하고, 모든 것을 포기하고, 이 마을만은 아무 일도 없었던 것으로 하자고 마을 전체가 계략을 꾸미다니 아무리 생각해도 미친 것 같습니다."

이상의 세 권은 비슷한 구상을 바탕으로 창작된 것들입니다.

첫째, 무대는 미래라는 점. 둘째, 재해 후의 세계를 '방사능으로 오염된 토지'라고 인식하고 있는 점. 셋째, 파시즘과 유사한 체제가 출현하고 있는 점. 넷째, 부자연스러운 죽음이 넘쳐나고 있는 점. 즉 절망적인 디스토피아입니다.

은닉되는 정보. 보이지 않는 방사선에 대한 공포. 신

용할 수 없는 정치가와 '유대'를 강조하는 전체주의적인 분위기. 이 작품들은 분명히 재해 직후 일본을 반영하고 있습니다.

그다지 SF적이지 않은 소설도 같은 세계관을 공유하고 있습니다.

쓰시마 유코의 『야마네코 돔ヤマネコ・ドーム』(2013)은 미래가 아니라 과거로 눈을 돌립니다.

세 명의 인물이 등장합니다. 미군과 일본인 여성 사이에서 태어나 현재는 일본을 버리고 국외에서 사는 밋치(미치오道夫). 역시 혼혈이자 고아였던 가즈(가즈오和夫). 가즈와 함께 편모가정에서 자란 욘코(요리코衣子). 어린 시절을 함께 보낸 세 명은 이제 예순 살이 넘었고, 홋카이도에서 농업을 하고 있었던 가즈는 10년 전에 죽었습니다. 거기에 닥쳐온 대지진.

"내 눈이 의심스럽다, 너무나 거대한 해일의 영상. 그거만으로도 충분히 이 세상의 종말이라고 생각했는데, 이어서 네 개나 되는 원전 시설이 폭발했다고 한다. 밋치가 살던 나라에서도 매일 일본의 해일 피해와 원전 폭발 사고에 관한 보도가 이어지고 있었다."

소설은 여기에서 과거로 거슬러 올라가 베트남전쟁

부터 미국 동시다발 테러까지의 역사를 참고하면서 세 명이 공유하고 있는 씁쓸한 기억을 폭로합니다. 한편 사람들이 그곳에서 태평하게 사는 것에 놀란 밋치는 라스트에 가까운 장면에서 욘코의 엄마에게 재촉합니다. "기분 나쁠 정도로 부풀어진, 괴물 같은 도쿄는 이제 좀 적당히 버립시다."

『야마네코 돔』에서는 3·11 이후의 도쿄를 '방사능의 젤리 덩어리인 세계'라고 표현하고 있습니다. 『헌등사』 『야마네코 돔』에서 '방사능으로 오염된 일본'의 이미지를 그리는 것이 외국에 사는 일본인이라는 것은 우연이 아닐 것입니다. 세계의 표준적인 감각으로는 당시의 일본은 확실히 '방사능물질에 오염된 나라'였습니다. '이제 좀 적당히 버립시다'라는 것은 자주적으로 피난을 간 사람들의 용기를 긍정하는 말이었습니다. 기무라 사에코가 『재해 후 문학론』에서 위와 같이 디스토피아를 그린 소설들을 높이 평가한 것도 그 때문입니다. 그렇다고는 해도 이상하다고 하면 이상하다는 생각도 듭니다.

초기의 재해 관련 소설들은 왜 디스토피아 소설로 향했을까?

『동일본대지진 후 문학론東日本大震災後文学論』(2017)

의 편자 중 한 명인 라이터 이이다 이치시飯田一史는 재해와 관련된 디스토피아 소설이 많은 것을 지적하면서 "'아무것도 할 수 없었던' 사람들만을 적극적으로 그리는 이상함"을 문제 삼고 있습니다. "그것은 책임을 받아들인다, 각오하고 자신들이 대처해야 한다는 당사자 의식이 결여된 것처럼 보인다. 주체성을 버리고 무력감을 조장하는 것으로만 보인다. 중요한 본질을 보지 않고, 그에 대처하지도 않고, 주위를 빙글빙글 도는 것으로 끝내려는 나쁜 습관처럼 보인다."(『희망-시게마쓰 기요시와《신 고질라シン・ゴジラ》』)

신랄한 비판입니다. 위의 문장은 몇 가지 패턴으로 재해를 그리려고 노력해온 시게마쓰 기요시와 정부가 (폭주하는 원전을 상기시키는) 고질라를 쓰러뜨리는 모습을 그린 영화《신 고질라》(안노 히데아키庵野秀明 총감독, 2016년)를 칭찬한 논문 중 한 소절로, 왜 문학에서는 이러한 것을 하지 못하는가? "재해 후의 문학은 수동적인 정신과 개인의 내면을 그릴뿐만 아니라 전체적인 상황을 짊어질 각오를, 여차할 때는 책임과 의지를 갖추고 맞서 싸우는 어른들의 모습을 보여줘야만 했다"라고 이이다는 말합니다. "사망자에 관한 소설도, 디스토피아SF도, '내가 처한 상황은 가혹해' '괴로워, 슬퍼'라는 것 이상의 내용을 그리지 않았다."

이후에 소개하는 다른 타입의 디스토피아 소설들도 모두 이와 공통된 특징을 가지고 있습니다.

하지만 그렇게 생각해보면, 이토 세이코의 『상상 라디오想像ラジオ』(2013)가 초기의 재해 관련 소설 중에서 가장 높은 호감도를 가지고 독자들의 환영을 받은 것도 납득이 갑니다.

DJ 아크는 서른여덟 살. 본명은 아쿠타가와 후유스케芥川冬助. 해안가 마을에 있는 쌀집의 차남으로 태어나 도쿄에서 하던 일을 그만두고 아내와 아이를 데리고 이제 막 고향으로 돌아온 참이었습니다. 하지만 아내도, 아들도 이제는 곁에 없습니다. 그뿐만 아니라 그는 높은 삼나무 꼭대기에 누운 상태로 매달려 있습니다. 그런 채로 (상상의) 라디오 방송을 진행하고 있는데 그가 말하기를 "당신의 상상력이 전파고, 마이크고, 스튜디오고, 전파 탑이고, 즉 제 목소리 그 자체입니다."

DJ도, 청취자도, 죽은 사람들이지만 라디오이니까 리퀘스트도 들어오지, 전화 중계도 들어오지, 게다가 음악도 틉니다. 더 몽키즈의 〈데이 드림 빌리버Daydream

Believer〉, 보사노바의 명곡 〈3월의 물〉, 마쓰자키 시게루松崎しげる의 〈사랑의 기억〉……. 싱글도 있습니다. 상-상- 라디오-.

상상으로 라디오를 방송하는 것은 현실로부터 도피하는 것인지도 모릅니다. 그러나 망자의 목소리가 라디오를 통해서 대변된다는 점에서 독자들은 희망을 보았습니다. 현실의 가혹함을 눈앞으로 들이대는 디스토피아 소설과 사람들의 마음을 달래는 상상 속의 라디오 사이에서, 당시의 우리는 분명히 서 있었던 것입니다.

재해 지역을 그린 소설, 문단 밖에서 참여한 소설

재해를 입은 사람들에게 다가선 리얼리즘 계열의 소설이 늘어난 것은 몇 년 뒤의 일입니다.

겐유 소큐玄侑宗久의 『빛의 산光の山』(2013)은 후쿠시마에 사는 승려이기도 한 아쿠타가와상 수상 작가의 단편집입니다. 모리 신이치가 부르는 '항구마을의 블루스'의 한 소절('항구, 미야코宮古, 가마이시釜石, 기센누마汽船沼)이 멀리서 들려오는 영하 2도의 피난소에서 "전부 사라져 버렸어" "모두 사라져 버렸어"라고 한탄하는 노인(「당신의

그림자를 끌고서』). 또 제염이야, 제염하라고 하면서 이 나라는 제염하는 사람들이 피폭당하는 거에 대해선 어떻게 생각하는 거야. 그런 분노를 죽은 아내의 화신과 주인공이 신뢰하는 사마귀에게 쏟아내는 피해자(『기도하는 벌레拝む虫』). 수록된 여섯 편 모두 재해를 당한 사람들의 리얼한 모습을 전달합니다. 『상상 라디오』가 팝이라고 한다면, 이쪽은 가요의 세계입니다.

가네하라 히토미의 『가지지 않은 자持たざる者』(2015)는 재해 2년 후의 시점을 무대로 하고 있습니다. 원전 사고 후, 남편은 갓 태어난 딸을 데리고 피난을 가달라고 아내에게 애원하지만, 아내는 그 말을 듣지 않고, 결국 두 사람은 싸움 끝에 이혼하게 됩니다. 주재원으로 갔던 런던에서 남편과 함께 귀국하여 두 세대용 주택에서 시아버지를 구완하기로 한 여성. 그렇지만 재해의 혼란을 틈타 시아주버님 부부에게 집을 점령당합니다. 이렇듯 재해의 영향으로 생활이 무너집니다. 『뱀에게 피어싱』으로부터 12년. 어른이 된 가네하라 히토미가 그린 혹독한 내용의 가정소설입니다.

덴도 아라타天童荒太의 『문나이트 다이버ムーンナイト・ダイバー』(2016)가 그리는 것은 재해로부터 4년이 지난 재해 지역의 모습입니다. 아이가 있는 가족은 대개 피난처에 정착하고, 해수 오염으로 어업관계자와 수산 가공업자 대부분은 폐업하게 된 해안가 마을. 주인공인 세나 슈사쿠瀬奈舟作는 이 바다에 들어갑니다. 이곳은 출입 금지 구역으로 지정된 바다입니다. 목적은 해저의 유품을 가능한 한 많이 가지고 오거나 사진을 찍어서 비밀모임의 회원들에게 돌려주는 것. 재해 지역을 떠나 가족과 간토로 이주했던 슈사쿠가 다시 돌아온 것은 "아무것도 하지 않고 단지 떨어진 장소에서 우두커니 서 있기만 한 상태를 더는 견딜 수가 없었다"라는 공무원 다마이珠井의 요구에 응했기 때문이었습니다. 달뜨는 밤을 골라 위법의 잠수를 감행. 덴도 아라타는『영원의 아이永遠の仔』(1999), 나오키상 수상작인『애도하는 사람悼む人』(2008) 등 절박함이 느껴지는 제재를 소설로 써온 작가로, 이 작품에서도 상처 입은 사람들에게 다가서는 시점이 느껴집니다.

이른바 문학작품과는 성질이 다른 작품들도 발표되고 있습니다.

시게마쓰 기요시의『희망의 지도希望の地図』(2012)는 이지메를 당하는 중학생 고지光司가 아버지의 친구이자

르포라이터인 아저씨 다무라 아키라田村章(시게마쓰 기요시의 이명)의 취재에 동행하여 재해 지역의 사람들과 만난다는 소설과 르포 사이에 위치하는 작품. 후쿠시마와 이시마키에서 고지 앞으로 보내온 다무라의 편지도 삽입된 이른바『그대들, 어떻게 살 것인가君たちはどう生きるか』(이 책은 1937년에 출판된 요시노 겐자부로吉野源三郎氏의 소설로, 중학교 2학년생의 눈으로 이지메, 빈곤, 불평등 문제를 바라본 작품임. 이 장의 마지막 부분 참조-역주)의 재해판입니다.

가키야 미우垣谷美雨의『여자들의 피난소女たちの避難所』(2014.『피난소』를 개칭)는 재해 직후의 피난소를 무대로 세 명의 여자들이 권위에 맞서 일어서는 이야기. 권위적인 리더의 '우리는 가족과 마찬가지니까 구획은 필요 없어'라는 한마디로 골판지 상자로 된 가림막이 사라진 체육관. 재해는 생사의 문제뿐만이 아닙니다. 작은 한 걸음이 피난소 생활을 바꾼다는 민주주의의 원점과 같은 소설입니다.

무라쿠모 쓰카사村雲司의『아부쿠마공화국 독립선언阿武隈共和国独立宣言』(2012)은 '귀환곤란구역'으로 지정된 후쿠시마현 소마군 아부쿠마(가공의 마을)의 노인들이 독립선언을 하는 재해판『기리기리인』. 국민의 조건은 예

순다섯 살 이상이라는 것. 국기는 낡은 천을 이어 붙인 '일전오리의 깃발一銭五厘の旗(낡은 천 조각을 이어 붙인 서민들의 깃발-역주)'. 국가는 〈꿈 속에서 만납시다〉. 당하기만 하는 것을 거부하는 노인들의 반란을 그리고 있습니다.

베스트셀러가 된 와카스기 레쓰若杉冽의 『원전 화이트아웃原発ホワイトアウト』(2013)은 복면의 현역 캐리어 관료가 원자력 행정의 뒷면을 그린 내부고발 소설로 화제가 되었습니다. 간토 전력의 전 총무부장이자 일본전력연맹의 상무이사로, 보수당의 간부와 두꺼운 연결고리를 가진 고지마小島. 경제산업성 자원에너지청의 차장으로 보수당을 뒤에서 좌지우지하는 히무라日村. 이 두 사람을 중심으로 실제 정치가를 연상시키는 인물들도 다수 등장합니다. 전력업계, 경제계, 정계의 유착구조가 폭로되는데 결말 부분에서는 북한의 명령을 받은 공작원이 눈 속에서 원전 테러를 하기 위해 향하는 장면도 등장합니다.

기타노 게이北野慶의 『망국기亡国記』(2015)는 두 번째 원전 사고 이후의 일본이 무대. 아버지와 초등학생인 딸이 국외로 탈출하여 한국에서 중국, 유럽으로 도피생활을 지속하는 로드 노벨입니다. 이와 동시에 정부의 동향을 시시각각 보고하는 부분은 『일본 침몰』의 원전사고판, 열도가 분할되어 각국의 지휘를 받는 부분은 『아·자·팡』의 재해판입니다. 일종의 디스토피아 소설로, 이 세계에서는 '기시베 사부로岸辺三郎 수상'이 제대로 책임을 지게 됩니다.

약간 벗어나는 것 같지만 동일본대지진과 관련된 토픽 중 하나로는 1995년에 있었던 한신·아와지 대지진을 제재로 삼은 소설이 나온 것을 들 수 있습니다.

하라다 마하原田マハ의 『날아다니는 소녀翔ぶ少女』 (2014)는 고베시 나가타구長田区에서 부모님을 여읜 세 형제가 그 후 10년 동안 겪는 사건을 그리고 있습니다. 화자는 눈앞에서 엄마가 건물 조각에 파묻힌 모습을 목격한 초등학교 2학년인 소녀 니케丹華. 오빠와 여동생은 마찬가지로 재해를 겪은 의사인 제로 선생님에게 보내져 셋이서 함께 가설주택에서 살고 있습니다. 그러나 선생님도 아내를 죽게 내버려두었다는 회한을 안고 있었다……. 하라다 마하는 미술 큐레이터라는 전력을 가지고 있는데 그 전력을 살린 『낙원의 캔버스楽園のカンヴァス』(2012)로 일약 인기 작가가 되었습니다. 이 작품은 아동문학의 풍미를 지닌 소설입니다.

우에다 다카히로上田岳弘의『탑과 중력塔と重力』(2017)
은 열일곱 살 때 무너진 호텔 밑에서 이틀 동안 깔려있
다가 생환한 소년의 12년 후의 모습을 그리고 있습니
다. 화자인 '나' 다나베田辺는 서른여덟 살이 된 지금도
옆에서 파묻혀 죽은 학원 친구인 미키코実希子를 잊지
못해서 진지한 연애를 하지 못합니다. 미키코를 특별히
좋아한 것도 아니었는데 왜일까? 우에다 다카히로는
데뷔작인『태양·혹성太陽·惑星』(2014)으로 주목을 받은
'우주에서 내려온 작가'와 같은 인물인데 이 작품에서는
지상에 있는 인간의 마음을 그리고 있습니다.

『날아다니는 소녀』와『탑과 중력』은 전혀 다른 작풍
의 소설로, 발표된 것은 재해가 발생한 지 20년이 지난
후입니다. 제2차 세계대전을 제재로 삼은 걸작, 대작
이 잇달아 탄생한 것은 패전 후 30년이 지난 1970년대
였습니다. 이와 관련해서 생각해보면 재해 관련 소설의
역사는 이제 막 시작된 셈입니다. 재해도, 원전 사고도,
왜냐하면 현재진행 중이기 때문입니다.

이쪽도, 저쪽도, 전체주의국가

앞에서 2010년대는 디스토피아 소설의 시대라고 말씀드렸습니다. 그런데 원전 사고만이 디스토피아 소설이 유행한 원인은 아닙니다. 시대의 분위기 자체가 디스토피아 소설을 유발하는 요인이었습니다. 따라서 어느 작품에나 동시대의 정치를 연상시키는 요소가 어른거리고 있습니다.

호시노 도모유키는 이와 같은 공기에 민감한 작가로 『판타지스타』이후에도 『오레 오레おれおれ』(2010) 『주문呪文』(2015) 등에서 불온한 세계를 그리고 있습니다.

『주문』은 언뜻 보기에 문을 닫은 상점가의 재생에 관한 이야기인 듯합니다. 3분의 1이 빈 점포인 상점가에 가게를 연 기류霧生. 같은 상점가에서 선술집을 경영하지만, 진상에 가까운 손님이 블로그에 가게에 대한 욕설을 퍼부어서 폭력 선술집이라고 낙인이 찍힌 가게의 주인 즈료図領. 하지만 기획력이 뛰어난 즈료는 블로그를 개설해서 상점 진흥책으로 공격에 나서기로 합니다. 결국 상점가는 사람으로 넘치게 되고 즈료는 카리스마적인 리더로 사람들의 숭배를 받기 시작하는데……. 작은 상점가에서 탄생하는 독재자와 조용히 진행되는 파시즘. 상점가를 국가로 치환해본다면 그 공포를 이해할 수 있을 것입니다.

그렇다고는 해도『주문』은 아직 전체주의의 편린이 보이는 정도입니다. 그 점에서 다나카 신야田中慎弥의『재상 A宰相 A』(2015)가 그리는 것은 완벽한 전체주의국가입니다.

화자인 '나'는 소설가. 30년 만에 어머니의 무덤을 참배하고 돌아왔는데 갑자기 역에서 구속되어 자동번역기를 통한 일본어로 '내셔널 패스(N·P)'를 내놓으라는 강요를 받습니다. "우리는 일본군이다. 너는 우리나라로 불법 침입한 자로 신병을 구속하고 주둔지로 연행하겠다. 알겠는가?"

'이쪽의 일본'은 앵글로색슨(일본인)이 통치하고 있고, 이전의 일본인은 '구일본인'으로 특별한 거주구에 살고 있습니다. 구일본인도 N·P를 취득하면 '일본인'이 될 수 있고, 예술인은 전부 국가에 등록되어있습니다. 수상인 A는 '전쟁주의적 세계적 평화주의'를 표방하고 있고, '완전한 민주주의' 국가들은 미국과 손을 잡아 반민주주의 국가들과 전쟁 중입니다. 반역의 영웅 J의 재래라고 오인을 당한 '나'는 '나는 작가다. 종이와 연필을 달라'고

요구하지만, 그들은 요구를 들어주지 않고 마지막에는 고문을 받아 어쩔 수 없이 '전향'을 하게 됩니다.

다나카 신야는 미시마상 수상작인『끊어진 쇠사슬切れた鎖』(2008), 아쿠타가와상 수상작인『나를 잡아먹는 사람들共食い』(2012) 등 야마구치현의 어촌을 무대로 한 쇼와다운 작품으로 높은 평가를 받아온 작가. 이 작품으로 갑자기 정치적인 주제에 도전하여 독자들을 놀라게 했습니다.

『부드러운 좌익을 위한 디베르티멘토』로부터 32년. 시마다 마사히코의『허인의 별虛人の星』(2015)은 특이한 방법으로 정치 현장을 그린 기이하고 불가사의한 작품입니다. '나' 마쓰히라 사다오松平定男는 할아버지도, 아버지도 총리대신이었던 '자국당'의 3대째 국회의원. 그런 '내'가 마흔넷의 젊은 나이에 수상으로 추대된 것으로부터 이야기는 시작됩니다. 중요한 국면에서 때때로 '전쟁도 불사하고'라는 발언을 하고 마는 '나'. 그것은 그가 해리성 장애로 '도라에몽'이라는 우수한 다카파(다카タカ는 일본어로 '매'를 가리키는데 강경한 자세를 취하는 사람을 가리키는 용어이다. 정치에서도 사용하여 공격적인 정책을 선호하는 사람을 의미함-역주)의 캐릭터에게 의식을 빼앗겼기 때문이었

습니다. 그러나 자신이 없는 '나'는 생각합니다.

"나는 각오가 되어있다. 앞으로는 우유부단한 나 대신에 '도라에몽'에게 국정을 맡길 수밖에 없다. 일본은 전쟁을 향해서 돌이킬 수 없는 한 발을 내디디게 되는데 이 결단이 잘못되었다는 것을 깨달을 즈음에는 또 다른 누군가가 총리의 자리에 앉아있을 것이다."

정말이지 시마다 마사히코다운 우스꽝스러운 소설입니다. 하지만 작품 속의 미일 관계와 국제 정세는 2010년대를 반영하고 있어서 이런 사람들이 국정을 움직이고 있는가 하고 생각하면 오싹해집니다. 소설은 여기에 일곱 개의 캐릭터를 구분하여 사용하는 또 다른 다중인격자(이중 스파이인 호시 신이치星新一)를 배치하여 예기치도 못한 국면으로 접어듭니다. 이전에 좌익을 쓰러뜨린 시마다 마사히코는 30년 후 좌익 입장에서 싸워야만 하게 되었습니다. 주인공의 싸움은 게다가 끔찍한 결말을 맞이합니다.

『총』으로부터 14년. 아쿠타가와상 수상 작품인『흙 속의 아이』로부터 12년.『R 제국R 帝国』(2017)은『교단 X教団 X』(2014)에 이어서 쓴 나카무라 후미노리의 정치 소설입니다.

시작은 "아침에 눈을 떠보니 이미 전쟁이 시작되었다". 무대인 R 제국은 가까운 미래의 섬나라. 이름만 민주주의로 여당인 '국가당'이 의회의 99퍼센트를 차지하고 테러와 전쟁이 일상적으로 일어나고 있었습니다. 과거에 네 번이나 원전 사고가 있었는데도 여전히 800개의 원전이 가동하고 있고, 국민의 84퍼센트가 빈곤층입니다. 반면 테크놀로지는 발달하여 사람들은 HP(휴먼폰)이라는 인공지능이 탑재된 기기를 가지고 『아우슈비츠』『오키나와 전쟁』『제2차 세계대전』 등의 소설을 읽고 있습니다. 복잡하게 뒤섞인 정보전쟁 속에서 야당의원 비서인 구리하라栗原와 비밀조직인 'L'의 사키サキ는 여당의 음모를 사람들에게 전하려고 고군분투합니다. 그러나 국민은 귀를 기울이려고 하지 않고 눈앞의 행복만을 찾고 있습니다. 이 작품에서 나오는 R은 라이트, L은 레프트의 첫 글자일까요? 동시대의 일본을 상당히 노골적으로 의식한 작품이라는 것을 아마 모르는 사람은 없을 것입니다.

　일본의 소설들은 1980년대 이후로 다양한 가공의 국가를 탄생시켜 '또 하나의 일본'을 조작해왔습니다. 하지만 당시의 국가론적인 소설과 비교해보면 격세지감을 느낍니다. 도호쿠의 마을이 갑자기 독립선언을 하거나 문방구와 족제비 군단이 전쟁을 하는 디즈니랜드적인 축제 기분은 이제 어디에도 없습니다. 전쟁은 이미 시작되었고 시민은 억압당하고 있으며 표현의 자유도 빼앗겼습니다. 하지만 민중들은 그것을 지지하고 받아들이고 있습니다.

2010년대의 국가론적인 소설들은 '경세의 서書'입니다. 동시대에 대한 강한 위기감이 탄생시킨 소설들. 디즈니랜드에서 디스토피아로. 30년이란 시간 동안 국가에 대한 인식은 이렇게까지 바뀐 것입니다.

생식이 제어된 국가

디스토피아 소설에 관한 이야기를 계속하겠습니다. 원전 사고 이후의 디스토피아, 정치적인 디스토피아뿐만 아니라 이 시기에는 종류가 다른 디스토피아도 출현했습니다. 생식을 통제하는 국가입니다. 이런 타입의 소설을 쓰는 것은 주로 여성작가들입니다.

『편의점 인간』으로 인기 작가가 된 무라타 사야카는 원래부터 여성의 성과 생식을 그리는 것을 추구한 작가였습니다. 『살인출산殺人出産』(2014)은 '열 명을 낳으면 합법적으로 한 명을 죽여도 좋다'는 제도(살인출산 시스템)가 도입된 지 백 년 후의 일본을, 『소멸세계消滅世界』(2015)는 생식이 인공수정만으로 이루어지는 세계를 그리고 있습니다.

『소멸세계』에서는 부부 사이의 섹스를 근친상간으로 간주합니다. 연애와 섹스가 완전히 분리된 이 세계에서는 초경과 함께 피임 처치를 받고, 혼외교섭이 정상으로 여겨집니다. 따라서 부부간의 성행위는 이혼의 원인이 됩니다. 주인공인 '나' 아마네雨音는 아버지와 어머니가 사랑해서 낳은 아이라고 배우며 자랐지만, 그녀에게는 그런 부모야말로 징그러운 존재입니다. 지바현의 실험도시에서는 컴퓨터로 선택된 주민들이 1년에 한 번씩 일제히 인공수정을 받고, 그로 인해서 태어난 아이들을 집단으로 기르는 실험이 계속되고 있습니다. 이름하여 '에덴'. 그곳에서는 가족은 소멸하고 인공 자궁에 의해서 남성도 출산이 가능해졌으며, 태어난 아이들은 어른들이 같이 키우고 있습니다. 아마네는 남편과 지바로 이주하는데 그곳에서 목격한 것은 아이들의 생산 공장과 같은 장소였습니다.

구보 미스미窪美澄의 『빨간딱지アカガミ』(2016)의 무대
는 인구감소가 계속되고 있는 2030년의 일본. 아이들
은 점점 줄어들고 젊은이들은 섹스에 대한 흥미를 잃어
버렸습니다. 주인공인 미쓰키ミッキ는 스물다섯 살. 어
느 날 정체를 알 수 없는 여성에게 국가가 설립한 결혼·
출산 지원 제도인 '빨간딱지'(일본어로 '빨간딱지アカガミ'는
특히 패전 이전에는 군대의 소집영장을 일컫는 말이었다. 따라서 국가
의 부름이라는 이미지가 있음-역주)에 지원하지 않겠느냐는 권
유를 받습니다. "옛날 말로 하면 맞선 같은 거예요." 여
기에 지원한 미쓰키는 '교습소'에서 세밀한 건강진단과
강의를 받은 후, 애지중지 보호를 받는 생활이 보장된
'단지'로 이사갑니다. 상대 남성인 사쓰키サッキ와의 생
활이 시작되어 당황스러워하면서도 연애 비슷한 것을
시작한 두 사람. 하지만 미쓰키가 임신을 하자 국가의
간섭이 시작됩니다.

결혼과 사랑과 섹스(생식)를 삼위일체로 하는 로맨틱
러브 이데올로기는 소멸하고, 아이들은 국가가 관리합
니다. 전쟁 중의 '낳아라, 늘려라'라는 슬로건에다가 오
늘날의 생식 테크놀로지를 더하면 임신과 출산이 강제
되는 세계는 바로 옆에 있는 것입니다. 『소멸세계』도,

『빨간딱지』도, 전혀 불가능한 이야기는 아닙니다.

고야타 나쓰키古谷田奈月의『방출リリース』(2016)은 국가가 관리하는 생식 문제를 남성 관점에서 쓴 장편소설입니다. 무대는 완전한 남녀평등을 실현하고 이성애자도, 동성애자도, 동등한 권리를 가지며 성역할에서도 해방된 국가. 정자는 국영인 "정자은행"에서 관리되어 희망자는 언제라도 아이를 가질 수 있습니다. 그러던 어느 날 이 정자은행을 한 명의 대학생(다키나미 보나タカナミ・ボナ)이 점거합니다. '내 정자를 강제로 등록했다. 나는 도너가 되고 싶지 않았다'. 이것이 그의 주장이었습니다. 그는 여성 수상(미타 조즈ミタ・ジョズ)에게 하고 싶은 말이 있다고 합니다. "제가 피해입은 것은 미타 수상의 정책 때문입니다. 훌륭한 지도자이기는커녕 그녀는 사상 최악의 위선자입니다" "남성의 권리는 서서히 사라지고 있습니다."

생식 디스토피아 소설은 리프로덕티브 헬스/라이츠 Reproductive health/Reproductive rights(성과 생식에 관한 건강과 권리)에 대해서 또는 우생사상優生思想(우수한 유전자는 보존하고 열등한 유전자는 제거해야 한다는 사상-역주)에 대해서 생각해보게 합니다. 그 배경에는 '소자화少子化 대책'(출생률이 점점 감소하자 일본 정부가 결혼, 임신, 출산, 육아 등의 면에서 출생률을 높이기 위해서 시행하는 정책의 총칭-역주)으로 **여성에게 임신과 출산을 강요하는 분위기가 있습니다. '낳는 기계'는 이미 농담처럼 할 수 있는 말이 아닙니다.**

순문학의 DNA는 극복할 수 있는가?

2010년대 소설의 경향을 대략적으로 훑어보았습니다. 디스토피아 소설의 시대라고 하는 의미를 이해하셨으리라고 생각합니다. 노동환경의 악화, 인구감소와 고령화, 재해와 원전 사고, 안전보장 정책의 전환과 항간에서 회자되고 있는 민주주의의 위기. 디스토피아 소설의 유행은 현실의 가혹함에 호응하고 있습니다. 소설가는 동시대의 공기를 제대로 흡입하고 있는 것입니다.

다만 '경세의 서'인 디스토피아 소설은 절망밖에 주지 않는다, 그렇지 않아도 절망적인 현실에 절망을 덧씌우면 어떻게 하냐는 의견도 있습니다.

앞에서도 소개한 이이다 이치시는 재해 후의 문학에 대해서 다음과 같이 언급합니다.

"재해 후 문학은 '피被'의 문학이었다. 피재자被災者·피해자·피폭자만 그리고 있다. 직접적인 설정으로서의 피재자·피해자·피폭자뿐만 아니라 정신적인 의미에서의 그들을 가리킨다. 그러나 사실 그보다 더 앞을 제시해야만 했다. 스스로 길을 개척하고, 대화 속에서 앞으로 나아가는 모습을 그리는 것도 필요했다."

이것은 재해 관련 소설들뿐만 아니라 순문학 전반에 해당하는 이야기입니다.

왜 문학은 '그보다 더 앞'을 제시하지 못하는 것일까? 제가 세운 가설은 다음의 두 가지입니다.

첫 번째는 '순문학의 DNA'라고 할 만한 버릇 때문입니다.

메이지 20년대(1887~1896)에 태동한 근대문학이 '나약한 지식인' '약한 인텔리'로부터 시작된 것을 떠올려주십시오. 성이 난 채로 2층으로 올라가 두 번 다시 아래로 내려오지 않았던 『뜬구름』의 우쓰미 분조, 결혼하는 미네코를 망연자실한 상태에서 떠나보낼 수밖에 없었던 『산시로』. 지금도 그 버릇이 어딘가에 남아있습니다. 순문학은 쇼크에 약합니다. 애당초 패자, 약자의 예술이었던 만큼 망연자실해서 우두커니 서 있는 것 이외에 방법을 모르거나, 문제의 해결을 미루고 싶어합니다.

또 하나는 소설 형식상의 문제입니다.

순문학과 엔터테인먼트의 큰 차이 중 하나는 '끝나는 방법'에 있습니다. 엔터테인먼트는 닫힌 결말(클로즈드 엔딩)을 선호합니다. 해피엔드이건, 배드 엔드이건 복선을 전부 회수하여 사건의 흑백을 명백히 가리고 수수께끼를 풀어 독자를 이해시킵니다. 그로 인해 속이 후련해진 독자는 일상으로 돌아옵니다. 이것이 엔터테인먼트 방식입니다. 그에 반해 순문학은 열린 결말(오픈 엔딩)을 선호합니다. 사건은 해결되지 않고 주인공은 공중에 붕 떠 있으며 수수께끼는 수수께끼로 남은 채 텍스트는 갑자기 뚝 하고 끝납니다. 그러면 왠지 여운이 남아 '문학다움'이 양성됩니다. 문제해결 능력이 좋은 인물은 순문학의 세계에서는 대체로 악역이거나 경멸해야 할 속물들입니다. 순문학은 쉽게 사람을 구원하지 않습니다.

이러한 특질 때문에 순문학은 일정한 예술성을 확보하고, 자유로운 해석을 허용하며, 사람들을 고발하고, 덧붙여 말하면 권위도 지켜왔습니다. 하지만 그 잘난 척하고 비관적인 태도 때문에 서서히 독자들은 떠나갔습니다. 이것도 부정할 수 없는 사실입니다.

그러는 동안에도 현실 세계에서 상처받은 사람들은

'눈물과 감동'을 원하며 『세상의 중심에서 사랑을 외치다』로 흘러 들어갔고, 디스토피아 소설이 아닌 『영원의 제로』를 골랐습니다. 독자의 질이 떨어졌다고 한탄하는 것은 본말전도일 것입니다. 가혹한 시대에 가혹한 소설 따위 아무도 읽고 싶어 하지 않기 때문입니다.

2000년대~2010년대의 문학계는 사소설에 완전히 질려버린 비평가들이 '순문학에 미래는 있는가'로 치열하게 논쟁을 벌였던 1950년대~1960년대의 문학계와 닮은 점이 있습니다. 과연 그렇다면 21세기의 문학에 미래는 있을까?

위의 이야기를 하기 전에 지금까지 하지 못한 것을 몇 가지 더 덧붙이겠습니다.

국제화하는 일본어 문학

최근 50년 동안 크게 변한 것 중 하나는 국제화, 다국적화가 진행된 것입니다. 일본 소설이 각 나라 언어로 번역되어 전 세계에서 유통되고 있는 것은 이미 알고 계시겠지요. 다만 일본어가 모국어가 아닌 일본어 소설을 쓰는 작자도 서서히 늘어나고 있습니다.

이 방면에서 선구적인 역할을 한 것은 리비 히데오リ
ービ英雄일 것입니다. 노마문예신인상을 수상한 출세작
『성조기가 들리지 않는 방星条旗の聞こえない部屋』(1992)
은 1960년대의 요코하마와 도쿄를 무대로, 미국영사관
에서 사는 외교관 아들인 열일곱 살의 벤 아이작이 가
출하여 거리를 돌아다니면서 일본문화와 만난다는 사
소설적인 작품입니다. 데이비드 조페티David Zoppetti는
스위스 출신. 아쿠타가와상 후보에도 오른 데뷔작『처
음 방문한 사람いちげんさん』(1997)은 교토의 대학에서 일
본 문학을 전공하는 유학생인 '나'와 일본 여성과의 연
애를 그린 소설입니다. 일본어가 모국어가 아닌 작가로
서 처음으로 아쿠타가와상을 수상한 것은 중국 출신의
양이楊逸입니다. 수상작인『시간이 스며드는 아침時が滲
む朝』(2008)은 민주화 운동에 참여한 대학생 두 명(양조원
과 사지강)이 천안문 사태로 커다란 좌절을 맛보지만, 나
중에 일본에서 재회하게 된다는 굵직한 골격을 갖춘 청
춘 소설입니다. 2006년에 유학생문학상으로 데뷔한 시
린 네자마피Shirin Nezammafi는 이란 출신. 문학계신인
상 수상작인『하얀 종이白い紙』(2009)는 이란·이라크전쟁
중에 국경 근처 마을에 사는 한 소녀의 성장담을 그린

것으로, 의사가 되고자 하는 소년 하산과의 아련한 연애를 담은 연애 소설입니다.

『유희由熙』(1989)로 아쿠타가와상을 수상한 이양지李良枝의 뒤를 이어, 일본어에서 다문화와 다언어 속으로 한 걸음 나아간 작가들도 있습니다. 『유희』는 한국에서 유학한 재일교포가 겪는 언어상의 갈등을 그린 작품입니다. 최실崔実의 데뷔작인 『지니의 퍼즐ジニのパズル』(2016)은 일본인 학교에서 조선인학교로 전학을 가고, 후에 미국으로 유학가는 소녀의 이야기. 온유주溫又柔의 『한 가운데 아이들真ん中の子どもたち』(2017)은 일본인 아버지와 타이완인 어머니 사이에서 태어난 여성의 복잡한 언어 환경에 대해서 그린 소설로, 그녀는 타이페이에서 태어나 도쿄에서 자랐고 상하이로 유학가서 북경어를 배우는데 이러한 과정을 청춘 소설풍으로 묘사하고 있습니다.

일본어 학습자가 이대로 증가한다면 일본어 문학의 국제화, 다국적화는 더욱 진행되어 후퇴하는 일은 없겠지요.

또 한 가지 특기할 만한 점은 패전 후의 역사를 제재로 한 작품이 늘어나고 있다는 점입니다. 패전 후가 '역사'가 된 점. 역사를 바라보는 시점에 생활자의 시점이 개입된 것이 큰 영향을 주었습니다.

가쿠타 미쓰요의『트리 하우스ツリーハウス』(2010)는 패전 후 만주에서 돌아와 신주쿠에서 완두콩 밥을 파는 가게를 연 부부의 이야기를 시작으로, 부모와 자식 3대에 걸친 역사를 그리고 있습니다. 아카사카 마리의『도쿄 프리즌東京プリズン』(2012)은 유학간 미국의 고등학교에서 '천황의 전쟁책임'에 대해서 발표를 하게 된 소녀가 GHQ(General Headquarters, 일본이 패전한 후 1945년~1952년까지 일본에 주둔했던 연합군 총사령부를 의미함-역주)에서 번역 일을 하고 있던 어머니를 매개로 전쟁과 마주하게 된다는 장편소설. 고데마리 루이小手鞠るい의『애플 송アップルソング』(2014)은 1945년에 공습으로 무너진 건물의 파편 속에서 구출되어 미국으로 건너가 보도 사진가가 된 여성의 파란만장한 인생을 기록한 것으로, 평전으로 오인할 정도로 실감 나는 내용을 담고 있습니다. 노나미 아사의『수요일의 개선가水曜日の凱歌』(2015)는 패전 직후에 미군 장교를 위해서 설립한 RAA(특수위안시설협회)에 의탁한 엄마와 딸의 변화와 성장의 궤적을 그린 작품. 나카와키 하쓰에中脇初枝의『세상 끝의 아이들世界の果て

のこどもたち』(2015)은 만주의 초등학교에서 만난 세 명의 소녀, 잔류고아(2차 세계대전이 끝나 만주로 건너갔던 일본인들이 도망치면서 중국에 남기고 온 아이들-역주)가 된 다마코珠子, 전쟁고아가 된 마리茉莉, 일본으로 건너간 조선인 미자美子가 겪는 패전 후의 이야기를 그리고 있습니다. 이 작품들은 모두 이른바 역사소설과는 다른, 패전 후 서민들의 역사입니다.

그중에서도 하나의 세력을 형성하고 있는 것이 오키나와를 무대로 한 소설들입니다. 류큐왕조琉球王朝에서 시작되는 오키나와 근현대사를 장대한 엔터테인먼트인 『템페스트テンペスト』(2008)로 완성한 이케가미 에이이치池上永一는 『히스토리아ヒストリア』(2017)에서 오키나와 전쟁(1945년에 오키나와 제도에 상륙한 미국군을 중심으로 한 연합군과 일본군 사이에서 벌어진 전쟁-역주)으로 모든 것을 잃은 소녀가 볼리비아로 건너가는 큰 스케일의 이야기를 그리고 있습니다. 오키나와 출신의 시나리오 라이터인 우에하라 쇼조上原正三는 여든 살로 데뷔한 작품 『키지무나 kidsキジムナーkids』(2017, 키지무나는 오키나와에서 전승되고 있는 수목의 정령을 가리킴-역주)에서 패전 직후 소년의 모습을 묘사하고 있습니다. 신인상을 휩쓴 작가로 이름을

떨친 신도 준조真藤順丈는 점령기를 (2차 세계대전 후 미국이 오키나와를 점령하여 통치한 기간, 1946년~1972년-역주) 무대로 한 『보물섬宝島』(2018)에서 미군기지에서 물자를 빼앗은 후 자취를 감춰 전설의 영웅으로 기억되고 있는 젊은이들을 본토 복귀 운동(2차 세계대전 후 27년에 걸쳐 미군의 통치하에 놓인 오키나와 제도의 주민들이 일본으로의 복귀, 오키나와현 부활을 요구하며 장기적으로 진행해온 운동-역주)과도 연결시켜가며 뜨겁게 묘사하고 있습니다.

전반적으로 엔터테인먼트 쪽이 활기가 있는 인상을 주지만 지리적으로도, 역사적으로도 이전과는 비교도 안 될 정도로 일본의 소설이 시야를 넓혀가고 있는 것은 사실입니다.

나의 길을 가는 포스트·포스트모던 문학

지금까지 소개하지 못한 순문학에 관한 이야기를 조금 더 덧붙이겠습니다.

진화의 막다른 길에 빠질 뻔했던 포스트모던 문학은 그 후에 어떻게 되었을까?

『곰의 포석熊の敷石』(2001)으로 아쿠타가와상을 수상한 호리에 도시유키堀江敏幸는 힐링 계열 포스트모던 문학의 대표선수입니다. 『곰의 포석』은 프랑스 유학 경험이 있는 '내'가 노르망디 시골 마을을 찾아가는 이야기. 소설인지, 수필인지, 기행문인지, 철학적인 에세이인지 분명하지 않은 작풍은 이탈리아에서 지낸 나날들을 엮은 『밀라노, 안개의 풍경ミラノ 霧の風景』(1990)과 『코르시아 서점의 친구들コルシア書店の仲間たち』(1995) 등으로 책을 사랑하는 독서가들에게 매우 인기가 많았던 스가 아쓰코須賀敦子의 세계와도 일맥상통합니다.

시와 평론의 세계에서 소설 분야로 진출하여 『꽃이 썩다花腐し』로 아쿠타가와상을 수상한 마쓰우라 히사키松浦寿輝는 어렵고 우울해지는 실험적인 소설을 주로 썼습니다. 그러나 방향을 바꿔 『타타의 강川の光』(2007)에서는 곰쥐 일가를 주인공으로 한 우화적인 장편을 써서 신문에 연재합니다. 도쿄 교외의 강변에서 선조 대대로 살아온 아버지와 두 마리 아기 곰쥐가 강의 암거화暗渠化 공사에 의해 거주지인 구멍에서 쫓겨나 상류를 향해 여행을 떠나는데 여기에는 현대에 대한 풍자도 포함되어있습니다. 애니메이션으로도 제작된 이 작품은 시리즈물로 제작되어 지금은 그의 대표작이 되었습니다.

오노 마사쓰구小野正嗣는 2001년에 데뷔한 후로 일관적으로 '우라浦'라고 불리는 오이타현大分県의 해변 마을을 무대로 한 소설을 써왔습니다. 미시마상 수상작인 『요란한 만에 맡겨진 배にぎやかな湾に背負われた船』(2002)는 주재소에 근무하는 경관 아들의 눈으로 본 마을 의원 선거를 둘러싼 소동을 그리고 있습니다. 아쿠타가와상 수상작인 『9년 전의 기도九年前の祈り』(2014)는 캐나다 남자와의 사이에서 낳은 세 살 된 아이를 데리고 우라로 돌아온 서른다섯 살의 여성이 주인공입니다. 모두 땅 그 자체가 주인공인듯한 작품입니다.

토머스 핀천의 재래라고 떠들썩했던 아오키 준고青木淳悟의 데뷔작 『사십 낮과 사십 밤의 메르헨四十日と四十夜のメルヘン』(2005)은 전단지를 배포하는 사람을 주인공으로 나흘 동안의 일기가 저절로 반복해서 증식되어간다는 머리가 어질어질해지는 소설입니다. 하지만 이보다 더 기묘했던 것은 『크레이터의 근처에서クレーターのほとりで』(2004년 발표)입니다. 전반부는 크로마뇽인과 네안데르탈인의 교배로 시작되는 선사시대의 신화로, 마치 『창세기』처럼 이야기가 전개됩니다. 후반부는 구단(한자로는 件이라고 표기하는데 19세기 전반부터 일본 각지에서 알려

지게 된 요괴. '件'[＝人＋牛]이라는 문자 그대로 반은 인간이고 반은 소의 모습을 한 요괴로 알려져 있음-역주)에 관한 신화의 발굴조사와 DNA 감정을 통해서 인류의 기원을 실증하려고 하는 사람들의 이야기. 이 두 작품으로 아오키는 순식간에 주목을 받는 작가가 되었습니다.

이소자키 겐이치로磯崎憲一郎는 부처의 일가를 제재로 한 데뷔작『소중한 아이肝心の子供』(2007)로 부처를 다시 바라보게 한 작가입니다. 아쿠타가와상 수상작인『마지막 거처終の住處』(2009)는 제약회사에 다니는 남성의 서른 살에서 쉰 살까지의 시간을, 시대의 여러 상황을 섞어가면서 이야기한 소설로 이소자키의 작품은 시간이 흘러가는 방식이 독특합니다. 결혼, 바람, 아이의 탄생, 일, 또다시 바람, 딸의 성장……과 같은 흔히 있는 이야기도 신칸센과 같은 빠른 속도로 그리면 평소와는 다른 풍경으로 보입니다.

1999년에 데뷔한 이래로 '난해한 전위문학의 여왕'처럼 비평가들을 울린 작가였던 가시마 다마키鹿島田真希는『저승 순례冥土めぐり』(2012)로 작풍의 영역을 넓혀 아쿠타가와상을 수상했습니다. 이 작품은 주인공이 유복한 집에서 자란 어머니와 걸핏하면 돈을 뜯어내려고 하

는 동생, 뇌에 이상이 있는 남편을 데리고 아타미로 여행을 가는 이야기. 가족관계에 지친 그녀가 몰래 동반 자살을 기획하는 여행은 현대판 '미치유키道行'(어떤 목적지에 도착할 때까지의 과정을 표현하는 일본의 문예, 예능의 특수한 형식. 여행 중의 풍경이나 심정을 섞어가며 유려한 문장으로 엮은 것-역주)입니다.

엔조 도円城塔의 아쿠타가와상 수상작인 『어릿광대의 나비道化師の蝶』(2012)는 '막다른 길이 뭐가 나빠?'라는 식으로 정색하며 그 앞으로 뚫고 나간 듯한 소설입니다. 심사위원이 '도중에 잤다'라고 고백할 정도였고, 인터넷에서는 작품의 '공략법'까지 나왔습니다. 비행기 안에서는 책을 읽지 못하는 '나'와 가공의 나비를 포획하는 포충망을 손에 넣은 에이브럼스 씨가 서로 옆에 앉게 되어……라는 장면에서 시작되는 이 소설은 그 끝이 미궁인지, 또는 미로인지.

이마무라 나쓰코今村夏子는 그 반대로 전위의 색감이 전혀 없는, 하지만 리얼리즘 계열이라고도 하기 어려운 '포스트·포스트모던'의 작가입니다. 다자이상과 미시마상을 수상한 데뷔작 『여기는 아미코こちらあみ子』(2011)는 병명을 붙이려고 한다면 붙일 수 있을 것 같은, 다른 사람들과는 다른 감각을 지닌 여자아이의 초등학교와 중학교 시절을 그리고 있습니다. 노마문예상을 수상한 『별의 아이星の子』(2017)는 신흥종교에 입문한 부모님 밑에서 자란 소녀를 그리고 있습니다. 주위 사람들은 꺼릴 것 같은 아이의 감각을 어디까지나 아이의 시선에서 그리고 있습니다. 천재 소녀인 듯한 느낌이 듭니다.

또 다른 한 권인 마타요시 나오키又吉直樹의 아쿠타가와상 수상작인 『불꽃火花』이 여기에 해당할 것입니다. 베스트셀러가 된 것은 작자가 인기 만자이시(만자이를 직업으로 하는 사람-역주)였기 때문이라고는 해도 내용은 왕년의 사소설에 가까운 자학적인 한심함 자랑과 빈곤 자랑.

마타요시 나오키는 이 작품으로 한 바퀴 이상 늦은 톱 러너가 되어버렸습니다.

순문학의 폭도 절대로 좁지만은 않다는 것을 이해하셨을 것입니다.

디스토피아의 저편으로

다시 원래의 이야기로 돌아오겠습니다. 그럼 향후 일본 문학에 과연 미래는 있을까요?

출판의 세계에서는 가끔 이상한 현상이 일어납니다.

2017년부터 2018년에 걸쳐 요시노 겐자부로의 『그대들, 어떻게 살 것인가』(1937)가 폭발적인 히트를 기록한 것은 정말로 이상한 현상이었습니다. 패전 이전의 중학생(구 학교 제도의 중학생) 이야기가 왜 200만 부나 팔렸을까요? 동시에 만화판을 발매하는 등 발행처인 매거진하우스의 영업 전략이 효력을 발휘한 것도 있겠지만 그 이유는 역시 내용에 주목해야 할 것입니다.

『그대들, 어떻게 살 것인가』는 주인공인 '코페르コペル 군' 즉 혼다 준이치本田潤一와 세 명의 친구들과의 우정에 관한 이야기입니다. 친구 중 한 명인 기타미北見 군이 선배에게 찍혀서 그가 맞을 것 같으면 모두가 기타미 군을 지키자고 네 명의 친구들은 맹세합니다. 하지만 코페르 군은 이 약속을 어깁니다. "마치 나 혼자 어두운 골짜기의 밑바닥으로 떨어져 기어오를 수도 없는 높은 벼랑 밑에 남겨져 있는 것 같은 기분입니다. 저는 무슨 짓을 한 건가요?"

옛날의 중학생은 엘리트였습니다. 용기가 없어서 친구를 구하지 못한 코페르 군은 그 입장도 그렇고, 행동도 그렇고, '나약한 지식인 예비군' '약한 인텔리 예비군'

그 자체입니다. 그러나 그는 용기를 쥐어 짜내 긴 사과의 편지를 쓰고 마지막에는 우정을 회복합니다. 최악의 상태에서 재생한 소년의 이야기. 이렇게 생각해보면 왜 이 책이 히트했는지 알 수 있습니다. 여기에서 독자들이 받아들이는 것은 나약한 인텔리 소년이라도, 절망의 심연에 가라앉더라도, 생환의 길은 있다는 메시지일 것입니다. 디스토피아적인 시대에 이 책은 잘 맞았던 것입니다.

『그대들, 어떻게 살 것인가』는 정확하게 말하면 소설도, 동화도 아닙니다. 출판된 것은 중일전쟁이 시작된 해. 타이틀이 단적으로 보여주듯이 파시즘을 향해가는 시대에 저항하여 지식인이 지식인 예비군인 소년들을 향해서 '지식인인 너희들은 어떻게 살 것인가?'를 설명한 책이었습니다. 그런 이유로 마치 설교처럼 느껴지고, 고리타분한 면도 있습니다. 하지만 여기에는 한 가지 힌트가 있습니다. 순문학의 DNA에 구속되어 니힐리즘을 자랑하고 있는 것만이 능사는 아니다, 세상에 절망을 뿌려대는 것만으로는 아무것도 바뀌지 않는다, 적어도 '반격하는 자세'만이라도 보여줬으면 좋겠다, 독자들이 원하는 것은 그러한 것이 아닐까?

1960년대에 사소설의 막다른 길을 타개한 것은 젊은 작가들이 외부의 세계로 나가는, 문자 그대로 '항해기'였습니다. 일본의 동시대 소설에는 이미 충분히 축적되어온 것들이 있습니다. 모험을 두려워하지 마라. 차세대의 문학사는 이로부터 시작될 것입니다.

후기

　동시대 문학사에 관해서 서술하는 만큼 모두가 읽은 책이 나오지 않으면 의미가 없다, 이렇게 생각하면서 써 내려간 결과, 이와 같은 책이 나왔습니다.

　'현대의 소설을 한 권의 책으로 알 수 있는 적당한 것이 있을까요?'라고 누군가가 물어봤을 때 바로 추천할 수 있는 적당한 책이 없었습니다. 그것이 이 책을 집필하게 된 동기입니다. 가장 중요한 목적은 각 시대를 대표하는 작가, 중요한 작품들을 소개하는 것입니다. 하지만 조사 과정에서 발견한 점들도 많았습니다. 이미 쇠퇴했다고 여겼던 '사소설'이나 '프롤레타리아 문학'이 의외의 형태로 살아남아 있었던 것. 시대를 비추는 거울의 역할을 담당한 '소녀'의 활약. 예상보다 많았던 국가론을 포함한 '가짜 역사'의 계보.

　안타깝지만 다루지 못한 작가·작품들도 많습니다. 이러한 작품들도 포함해서 이 책을 계기로 무언가를 읽어 보려고 마음먹은 독자가 있다면 그 이상 기쁜 일은 없을 것입니다.

　이 책을 집필하면서 이와나미서점의 후루카와 요시코古川義子 씨에게 많은 도움을 받았습니다. 이 자리를 빌려 감사드립니다.

2018년 10월

사이토 미나코

부록-이 책에 등장하는 주요 작가(태어난 연도순·일부 평론가 포함)

쓰보우치 쇼요坪內逍遙 1859-1935

모리 오가이森鴎外 1862-1922

후타바테이 시메이

二葉亭四迷 1864-1909

이토 사치오伊藤左千夫 1864-1913

오자키 고요尾崎紅葉 1867-1903

나쓰메 소세키夏目漱石 1867-1916

도쿠토미 로카德富蘆花 1868-1927

요코야마 겐노스케

横山源之助 1871-1915

다야마 가타이田山花袋 1871-1930

오카모토 기도岡本綺堂 1872-1939

시마자키 도손島崎藤村 1872-1943

이와노 호메이岩野泡鳴 1873-1920

이즈미 교카泉鏡花 1873-1939

치카마쓰 슈코近松秋江 1876-1944

시가 나오야志賀直哉 1883-1971

나카자토 가이잔中里介山 1885-1944

무샤노코지 사네아쓰

武者小路実篤 1885-1976

다니자키 준이치로

谷崎潤一郎 1886-1965

가사이 젠조葛西善藏 1887-1928

기쿠치 간菊池寛 1888-1948

유메노 규사쿠夢野久作 1889-1936

우치다 핫켄内田百閒 1889-1971

요시카와 에이지吉川英治 1892-1962

시시 분로쿠獅子文六 1893-1969

하야마 요시키葉山嘉樹 1894-1945

에도가와 란포江戶川乱歩 1894-1965

오자키 미도리尾崎翠 1896-1971

요시야 노부코吉屋信子 1896-1973

호소이 와키조細井和喜蔵 1897-1925

가무라 이소타嘉村礒多 1897-1933

운노 주자海野十三 1897-1949

오사라기 지로大佛次郎 1897-1973

요코미쓰 리이치横光利一 1898-1947

미야모토 유리코宮本百合子 1899-1951

가와바타 야스나리川端康成 1899-1972

요시노 겐자부로吉野源三郎 1899-1981

가와구치 마쓰타로

川口松太郎 1899-1985

이시카와 준石川淳 1899-1987

이나가키 다루호稲垣足穂 1900-1977

이시자카 요지로石坂洋次郎 1900-1986

오구리 무시타로小栗虫太郎 1901-1946

가이온지 조고로海音寺潮五郎 1901-1977

요코미조 세이시横溝正史 1902-1981

스미이 스에住井すゑ 1902-1997

고바야시 다키지小林多喜二 1903-1933

야마모토 슈고로山本周五郎 1903-1967

호리 다쓰오堀辰雄 1904-1953

구와바라 다케오桑原武夫 1904-1988

사타 이네코佐多稻子 1904-1998

하라 다미키原民喜 1905-1951

이토 세이伊藤整 1905-1969

히라바야시 다이코

平林たい子 1905-1972

이시카와 다쓰조石川達三 1905-1985

사카구치 안고坂口安吾 1906-1955

고 하루토耕治人 1906-1988

다카미 준高見順 1907-1965

히라노 겐平野謙 1907-1978

야마오카 소하치山岡荘八 1907-1978

이노우에 야스시井上靖 1907-1991

후지에다 시즈오藤枝静男 1907-1993

다자이 오사무太宰治 1909-1948

오오카 쇼헤이大岡昇平 1909-1988

마쓰모토 세이초松本清張 1909-1992

하니야 유타카埴谷雄高 1909-1997

나카무라 미쓰오中村光夫 1911-1988

단 가즈오檀一雄 1912-1976

겐지 게이타源氏鷄太 1912-1985

후카자와 시치로深沢七郎 1914-1987

하야후네 지요早船ちよ 1914-2005

노마 히로시野間宏 1915-1991

고지마 노부오小島信夫 1915-2006

오다기리 히데오小田切秀雄 1916-2000

시바타 렌자부로柴田鍊三郎 1917-1978

시마오 도시오島尾敏雄 1917-1986

미즈카미 쓰토무水上勉 1919-2004

오니시 교진大西巨人 1919-2014

고미야 스스케五味康祐 1921-1980

노자와 후미코野澤富美子 1921-2017

세토우치 자쿠초瀬戸内寂聴 1922-

미우라 아야코三浦綾子 1922-1999

야마다 후타로山田風太郎 1922-2001

도요다 마사코豊田正子 1922-2010

우에노 에이신上野英信 1923-1987

이케나미 쇼타로池波正太郎 1923-1990

엔도 슈사쿠遠藤周作 1923-1996

시바 료타로司馬遼太郎 1923-1996

아베 코보安部公房 1924-1993

요시모토 다카아키吉本隆明 1924-2012

야마사키 도요코山崎豊子 1924-2013

나가이 미치코永井路子 1925-

미시마 유키오三島由紀夫 1925-1970

다나카 고미마사田中小美昌 1925-2000

마루야 사이이치丸谷才一 1925-2012

스기모토 소노코杉本苑子 1925-2017

야마구치 히토미山口瞳 1926-1995

오쿠노 다케오奧野健男 1926-1997

고노 다에코河野多惠子 1926-2015

모리사키 가즈에森崎和江 1927-

후지사와 슈헤이藤沢周平 1927-1997

요시무라 아키라吉村昭 1927-2006

시로야마 사부로城山三郎 1927-2007

오가와 구니오小川国夫 1927-2008

기타 모리오北杜夫 1927-2011

이시무레 미치코石牟礼道子 1927-2018

다나베 세이코田辺聖子 1928-

쓰무라 세쓰코津村節子 1928-

스가 아쓰코須賀敦子 1929-1998

고메타니 후미코米谷ふみ子 1930-

사와치 히사에澤地久枝 1930-

세노오 갓파妹尾河童 1930-

가이코 다케시開高健 1930-1989

오오바 미나코大庭みな子 1930-2007

하야시 교코林京子 1930-2017

야마나카 히사시山中恒 1931-

다카하시 가즈미高橋和巳 1931-1971

아리요시 사와코有吉佐和子 1931-1984

이소다 고이치礒田光一 1931-1987

도미시마 다케오富島健夫 1931-1998

고마쓰 사쿄小松左京 1931-2011

이시하라 신타로石原慎太郎 1932-

이쓰키 히로유키五木寛之 1932-

구로이 센지黒井千次 1932-

고바야시 노부히코小林信彦 1932-

다카기 도시코高木敏子 1932-

히라이와 유미에平岩弓枝 1932-

야마자키 도모코山崎朋子 1932-

고토 메이세이後藤明生 1932-1999

오다 마코토小田実 1932-2007

구로야나기 데쓰코黒柳徹子 1933-

고세키 도모히로小関智弘 1933-

모리무라 세이이치森村誠一 1933-

이타미 주조伊丹十三 1933-1997

에토 준江藤淳 1933-1999

와타나베 준이치渡辺淳一 1933-2014

사에 슈이치佐江衆一 1934-

쓰쓰이 야스타카筒井康隆 1934-

아베 아키라阿部昭 1934-1989

이노우에 히사시井上ひさし 1934-2010

오에 겐자부로大江健三郎 1935-

시바타 쇼柴田翔 1935-

도미오카 다에코富岡多恵子 1935-

데라야마 슈지寺山修司 1935-1983

구라하시 유미코倉橋由美子 1935-2005

가토 유키코加藤幸子 1936-

하스미 시게히코蓮實重彦 1936-

아베 조지安部譲二 1937-

우에하라 쇼조上原正三 1937-

쇼지 가오루庄司薫 1937-

후루이 요시키치古井由吉 1937-

사키 류조佐木隆三 1937-2015

가마타 사토시鎌田慧 1938-

가타오카 요시오片岡義男 1939-

곤도 고이치近藤紘一 1940-1986

모리무라 가쓰라森村桂 1940-2004

가라타니 고진柄谷行人 1941-

고노 마코토河野実 1941-

오시마 미치코大島みち子 1942-1963

야스모토 스에코安本末子 1943-

히카리 아가타干刈あがた 1943-1992

시이나 마코토椎名誠 1944-

후나도 요이치船戸与一 1944-2015

이케자와 나쓰키池澤夏樹 1945-

오치아이 게이코落合恵子 1945-

쓰지하라 노보루辻原登 1945-

무라쿠모 쓰카사村雲司 1945-

무라타 기요코村田喜代子 1945-

구루마타니 조키쓰車谷長吉 1945-2015

다카기 노부코高樹のぶ子 1946-

나카가미 겐지中上健次 1946-1992

카나이 미에코金井美恵子 1947-

기타카타 겐조北方謙三 1947-

사와키 고타로沢木耕太郎 1947-

시미즈 요시노리清水義範 1947-

미야모토 테루宮本輝 1947-

다테마쓰 와헤이立松和平 1947-2010

쓰시마 유코津島佑子 1947-2016

아카가와 지로赤川次郎 1948-

다카하시 미치쓰나高橋三千綱 1948-

네지메 쇼이치ねじめ正一 1948-

하시모토 오사무橋本治 1948-

호리에 구니오堀江邦夫 1948-

미타 마사히로三田誠広 1948-

사토 요지로佐藤洋二郎 1949-

무라카미 하루키村上春樹 1949-

사사키 조佐々木讓 1950-

나카자와 신이치中沢新一 1950-

야하기 도시히코矢作俊彦 1950-

리비 히데오リービ英雄 1950-

기리노 나쓰오桐野夏生 1951-

다카하시 겐이치로高橋源一郎 1951-

나기 게이시南木佳士 1950-

미즈무라 미나에水村美苗 1951-

고이케 마리코小池真理子 1952-

무라카미 류村上龍 1952-

이이 나오유키伊井直行 1953-

다카무라 가오루高村薫 1953-

히코 다나카ひこ·田中 1953-

아사노 아쓰코あさのあつこ 1954-

기타노게이北野慶 1954-

하야시 마리코林真理子 1954-

마쓰우라 히사키松浦寿輝 1954-

와카타케 지사코若竹千佐子 1954-

고 히로미郷ひろみ 1955-

시노다 세쓰코篠田節子 1955-

미노베 노리코見述典子 1955-

유이카와 게이唯川恵 1955-

이양지李良枝 1955-1992

오사와 아리마사大沢在昌 1956-

오기와라 히로시荻原浩 1956-

오쿠이즈미 히카루奥泉光 1956-

겐유 소큐玄侑宗久 1956-

고데마리 루이小手鞠るい 1956-

쇼노 요리코笙野頼子 1956-

다나카 야스오田中康夫 1956-

햐쿠타 나오키百田尚樹 1956-

호사카 가즈시保坂和志 1956-

미야자와 아키오宮沢章夫 1956-

아사다 아키라浅田彰 1957-

고바야시 교지小林恭二 1957-

히무로 사에코氷室冴子 1957-2008

가와카미 히로미川上弘美 1958-

세이라이 유이치青来有一 1958-

히가시노 게이고東野圭吾 1958-

히메노 가오루코姫野カオルコ 1958-

마쓰우라 리에코松浦理英子 1958-

가키야 미우垣谷美雨 1959-

카타야마 교이치片山恭一 1959-

사에키 가즈미佐伯一麦 1959-

시바타 요시키柴田よしき 1959-

나카자와 게이中沢けい 1959-

나사키 가호梨木香歩 1959-

후지사와 슈藤沢周 1959-

미우라 도시히코三浦俊彦 1959-

야마구치 모모에山口百恵 1959-

야마다 에이미山田詠美 1959-

유모토 가즈미湯本香樹実 1959-

아라이 모토코新井素子 1959-

오노 후유미小野不由美 1960-

다와다 요코多和田葉子 1960-

덴도 아라타天童荒太 1960-

노나미 아사乃南アサ 1960-

미야베 미유키宮部みゆき 1960-

이시구로 다쓰아키石黒達昌 1961-

이토 세이코いとうせいこう 1961-

시마다 마사히코島田雅彦 1961-

요시무라 만이치吉村萬壱 1961-

오가와 요코小川洋子 1962-

사토 아키佐藤亜紀 1962-

데이비드 조페티

　デビット・ゾペティ 1962-

하라다 마하原田マハ 1962-

후지노 지야藤野千夜 1962-

마치다 고町田康 1962-

야마모토 후미오山本文緒 1962-

이케이도 준池井戸潤 1963-

사케미 겐이치酒見賢一 1963-

시게마쓰 기요시重松清 1963-

릴리 프랭키リリー・フランキー 1963-

아카사카 마리赤坂真理 1964-

에쿠니 가오리江国香織 1964-

온다 리쿠恩田陸 1964-

나카지마 교코中島京子 1964-

니타니 유리에二谷友里恵 1964-

노나카 히라기野中柊 1964-

홋타 아케미堀田あけみ 1964-

호리에 도시유키堀江敏幸 1964-

양이楊逸 1964-

요시모토 바나나吉本ばなな 1964-

이소자키 겐이치로磯﨑憲一郎 1965-

오히라 미쓰요大平光代 1965-

구보 미스미窪美澄 1965-

호시노 도모유키星野智幸 1965-

이토야마 아키코絲山秋子 1966-

후루가와 히데오古川日出男 1966-

가쿠타 미쓰요角田光代 1967-

니시무라 겐타西村賢太 1967-

아베 가즈시게阿部和重 1968-

오카자키 요시히사岡崎祥久 1968-

가네시로 가즈키金城一紀 1968-

세나 히데아키瀬名秀明 1968-

후쿠이 하루토시福井晴敏 1968-

모리 에토森絵都 1968-

유미리柳美里 1968-

요시다 슈이치吉田修一 1968-

사기사와 메구무鷺沢萠 1968-2004

가야노 아오이萱野葵 1969-

다카미 고슌高見広春 1969-

아사오 다이스케浅尾大輔 1970-

이케가미 에이이치池上永一 1970-

오노 마사쓰구小野正嗣 1970-

기무라 유스케木村友祐 1970-

고도코로 세이지古処誠二 1970-

나카하라 마사야中原昌也 1970-

미사키 아키三崎亜記 1970-

모브 노리오モブ・ノリオ 1970-

이사카 고타로伊坂幸太郎 1971-

아리카와 히로有川浩 1972-

엔조 도円城塔 1972-

다나카 신야田中慎弥 1972-

나가시마 유長嶋有 1972-

히로코지 나오키広小路尚祈 1972-

미야자키 다카코宮崎誉子 1972-

이이지마 아이飯島愛 1972-2008
오카다 도시키岡田利規 1973-
시바사키 도모카柴崎友香 1973-
마이조 오타로舞城王太郎 1973-
나카와키 하쓰에中脇初枝 1974-
이토 게이카쿠伊藤計劃 1974-2009
히라노 게이치로平野啓一郎 1975-
오토다케 히로타다乙武洋匡 1976-
가시마 다마키鹿島田真希 1976-
가와카미 미에코川上未映子 1976-
미우라 시온三浦しをん 1976-3
미야기 아야코宮木あや子 1976-
신도 준조真藤順丈 1977-
나카무라 후미노리中村文則 1977-
마에다 시로前田司郎 1977-
쓰무라 기쿠코津村記久子 1978-
야마자키 나오코라
  山崎ナオコーラ 1978-
아오키 준고青木淳悟 1979-
우에다 다카히로上田岳弘 1979-
시린 네자마피シリン·ネザマフィ 1979-
타무라 히로시田村裕 1979-
마쓰다 아오코松田青子 1979-
무라타 사야카村田沙耶香 1979-
모토야 유키코本谷有希子 1979-
이마무라 나쓰코今村夏子 1980-
온유주温又柔 1980-
사토 유야佐藤友哉 1980-
마타요시 나오키又吉直樹 1980-
기타가와 에미北川恵海 1981-
고야타 나쓰키古谷田奈月 1981-
아오야마 나나에青山七恵 1983-

오야마다 히로코小山田浩子 1983-
가네하라 히토미金原ひとみ 1983-
시라이와 겐白岩玄 1983-
신조 고新庄耕 1983-
아사부키 마리코朝吹真理子 1984-
와타야 리사綿矢りさ 1984-
최실崔実 1985-
하다 게이스케羽田圭介 1985-
아사이 료朝井リョウ 1989-
구로이 유토黒井勇人 -
스미노 요루住野よる -
나카노 히토리中野独人 -
미카美嘉 -
메이メイ -
와카스기 레쓰若杉冽 -

주요 참고문헌(정해진 순서 없음. 서적만 표시)

- 나카무라 미쓰오中村光夫, 『일본의 근대소설日本の近代小説』, 이와나미신서岩波新書, 1954.
- 나카무라 미쓰오, 『일본의 현대소설日本の現代小説』, 이와나미신서, 1968.
- 오쿠노 다케오奥野健男, 『일본문학사-근대에서 현대로日本文学史-近代から現代へ』, 주코신서中公新書, 1970.
- 시노다 하지메篠田一士, 『일본의 현대소설日本の現代小説』, 슈에이샤集英社, 1980.
- 도널드 킨, 『일본문학사-근대·현대편 6日本文学史-近代·現代篇六』, 도쿠오카 다카오德岡孝夫 역, 주코문고中公文庫, 2012.
- 에토 준江藤淳, 『작가는 행동한다作家は行動する』, 고단샤문예문고講談社文芸文庫, 2005.
- 이토 세이伊藤整, 『근대 일본의 문학사近代日本の文学史』, 고분샤光文社, 1958.
- 세실 사카이, 『일본의 대중문학日本の大衆文学』, 아사히나 고지朝比奈弘治 역, 헤이본샤平凡社, 1997.
- 구와바라 다케오桑原武夫, 『문학이란 무엇인가文学入門』, 이와나미신서, 1950.
- 우스이 요시미臼井吉見 감수, 『전후 문학 논쟁戦後文学論争』 하, 반초쇼보番町書房, 1972.
- 가와무라 미나토川村湊·나리타 류이치成田龍一 외, 『전쟁문학을 읽다戦争文学を読む』, 아사히문고朝日文庫, 2008.
- 이소다 고이치礒田光一, 『좌익이 좌익이 될 때左翼がサヨクになるとき』 슈에이샤, 1986.
- 아사다 아키라浅田彰, 『구조와 힘構造と力』, 게이소쇼보勁草書房, 1983.
- 에토 준, 『자유와 금기自由と禁忌』, 가와데문고河出文庫, 1991.
- 하스미 시게히코蓮見重彦, 『소설에서 멀리 떨어져서小説から遠く離れて』, 가와데문고, 1994.

- 요시모토 다카아키吉本隆明, 『매스 이미지론マス·イメージ論』, 고단샤문예문고, 2013.
- 요시모토 다카아키, 『하이 이미지론Ⅲハイ·イメージ論Ⅲ』, 지쿠마문예문고ちくま文芸文庫, 2003.
- 와타나베 나오미渡部直巳 편저, 『일본비평대전日本批評大全』, 가와데쇼보신샤河出書房新社, 2017.
- 오노 슌타로小野俊太郎, 『닛케이 소설로 읽는 패전 후 일본日経小説でよむ戦後の日本』, 지쿠마신서ちくま新書, 2001.
- 혼다 도오루本田透, 『왜 휴대폰 소설은 팔리는가なぜケータイ小説は売れるのか』, 소프트뱅크신서ソフトバンク新書, 2008.
- 하야미즈 겐로速水健朗, 『휴대폰 소설적.ケータイ小説的。』 하라쇼보原書房, 2008.
- 진노 도시후미陣野俊史, 『전쟁으로, 문학으로戦争へ、文学へ』, 슈에이샤, 2011.
- 이이 나오유키伊井直行, 『회사원이란 무엇인가?会社員とは何者か』, 고단샤, 2012.
- 가와무라 미나토, 『원전과 원폭原発と原爆』, 가와데북스河出ブックス, 2011.
- 기무라 사에코木村朗子, 『재해 후 문학론震災後文学論』, 세이도샤青土社, 2013.
- 한계연限界研 편, 이이다 이치시飯田一史 외, 『동일본대지진 후 문학론東日本大震災後文学論』, 난운도南雲堂, 2017.
- 구로코 가즈오黒古一夫, 『원전문학사·론原発文学史·論』, 사회평론사社会評論社, 2018.
- 오자키 마리코尾崎真理子, 『현대일본의 소설現代日本の小説』, 지쿠마프리마신서ちくまプリーマ新書, 2007.
- 우라타 겐지浦田憲治, 『미완의 헤이세이문학사未完の平成文学史』, 하야카와쇼보早川書房, 2015.
- 사사키 아쓰시佐々木敦, 『일본의 문학ニッポンの文学』, 고단샤현대신서講談社現代親書, 2016.
- 스즈무라 가즈나리鈴村和成, 『테러의 문학사テロの文学史』, 오타출판太田出版, 2016.
- 다케다 도오루武田徹, 『일본 논픽션사日本ノンフィクション史』 주코신서, 2017.

옮긴이 후기

　근대 이후 일본 문학의 역사에 대해서는 일본 국내뿐만 아니라 우리나라에서도 다양한 책이 출판되었는데 대부분이 1960년 전까지의 서술에 그치고 있다. 일본 문학을 전공하는 사람으로서 그렇다면 우리가 살아온 동시대의 문학은 어떻게 변해왔으며, 그 특징은 무엇인가를 생각하지 않을 수 없다. 이에 대해 생각해볼 때 우리는 우선 자신만의 데이터베이스로 동시대 문학을 평가하기 마련이다. 하지만 그것은 한쪽으로 편중된 데이터베이스일 수도 있고, 이른바 순문학과 대중문학의 경계가 이미 모호해졌다는 점에서 순문학을 중심으로 전개되어온 1960년대 이전의 문학사와는 다른 관점이 필요하다는 것을 인식하게 된다. 문학은 시대상을 반영하는데 특히 일본이 1960년대 이후 커다란 변화를 겪어왔다는 점에서 문학 성격이 기존과는 크게 달라졌을 것이라는 점은 쉽게 예상해볼 수 있다. 1980년대의 버블 경제, 1990년대의 버블 경제 붕괴와 경기침체, 2000년대의 고용불안과 불평등 사회의 도래, 2010년대의 동일본대지진과 후쿠시마 원전 사고. 게다가 미디어 환경도 급격하게 변하여 이전에 우리가 보지 못한 인터넷 소설 등의 장르도 탄생하였다. 이 책에서는 이처럼 일본 사회와 미디어 환경 변화를 반영하는 다양한 작품을 작가가 아닌 작품 중심으로 서술하고 있다. 나는 이 책이 독자들에게 각 시대별 작품 내용을 소개함으로써 문학이 동시대의 어떠한 점에 주목했는지를 보여주고, 그것을 통해 문학이 시대를 생각하며 나아가 우리 자신을 뒤돌아보게 한다는 것을 새삼 깨달았다. 이것이야말로 문학의 인기가 점점 시들어가는 시대에 사는 우리에게 문학의 존재 의미를 보여주는 것이 아닐까?

이 책은 기존의 일본 문학 흐름에 관해서 서술한 저작물 중 최초로 1960년대 이후의 일본 문학을 망라했다고 생각한다. 이웃 나라 일본과 비슷한 경험을 하고 있는 우리도 일본의 동시대 문학을 바라보며 우리의 문학에 대해서도, 나아가 우리 자신에 대해서도 생각해보는 기회를 가질 수 있기를 바란다.

2021년 4월

옮긴이 김정희

001 이와나미 신서의 역사

가노 마사나오 지음 | 기미정 옮김 | 11,800원

일본 지성의 요람, 이와나미 신서!
1938년 창간되어 오늘날까지 일본 최고의 지식 교양서 시리즈로 사랑
받고 있는 이와나미 신서. 이와나미 신서의 사상·학문적 성과의 발
자취를 더듬어본다.

002 논문 잘 쓰는 법

시미즈 이쿠타로 지음 | 김수희 옮김 | 8,900원

이와나미서점의 시대의 명저!
저자의 오랜 집필 경험을 바탕으로 글의 시작과 전개, 마무리까지,
각 단계에서 염두에 두어야 할 필수사항에 대해 효과적이고 실천적
인 조언이 담겨 있다.

003 자유와 규율 -영국의 사립학교 생활-

이케다 기요시 지음 | 김수희 옮김 | 8,900원

자유와 규율의 진정한 의미를 고찰!
학생 시절을 퍼블릭 스쿨에서 보낸 저자가 자신의 체험을 바탕으로,
엄격한 규율 속에서 자유의 정신을 훌륭하게 배양하는 영국의 교육
에 대해 말한다.

004 외국어 잘 하는 법

지노 에이이치 지음 | 김수희 옮김 | 8,900원

외국어 습득을 위한 확실한 길을 제시!!
사전·학습서를 고르는 법, 발음·어휘·회화를 익히는 법, 문법의 재
미 등 학습을 위한 요령을 저자의 체험과 외국어 달인들의 지혜를
바탕으로 이야기한다.

005 일본병 -장기 쇠퇴의 다이내믹스-

가네코 마사루, 고다마 다스히코 지음 | 김준 옮김 | 8,900원

일본의 사회·문화·정치적 쇠퇴, 일본병!
장기 불황, 실업자 증가, 연금제도 파탄, 저출산·고령화의 진행, 격차와 빈곤의 가속화 등의 「일본병」에 대해 낱낱이 파헤친다.

006 강상중과 함께 읽는 나쓰메 소세키

강상중 지음 | 김수희 옮김 | 8,900원

나쓰메 소세키의 작품 세계를 통찰!
오랫동안 나쓰메 소세키 작품을 음미해온 강상중의 탁월한 해석을 통해 나쓰메 소세키의 대표작들 면면에 담긴 깊은 속뜻을 알기 쉽게 전해준다.

007 잉카의 세계를 알다

기무라 히데오, 다카노 준 지음 | 남지연 옮김 | 8,900원

위대한 「잉카 제국」의 흔적을 좇다!
잉카 문명의 탄생과 찬란했던 전성기의 역사, 그리고 신비에 싸여 있는 유적 등 잉카의 매력을 풍부한 사진과 함께 소개한다.

008 수학 공부법

도야마 히라쿠 지음 | 박미정 옮김 | 8,900원

수학의 개념을 바로잡는 참신한 교육법!
수학의 토대라 할 수 있는 양·수·집합과 논리·공간 및 도형·변수와 함수에 대해 그 근본 원리를 깨우칠 수 있도록 새로운 관점에서 접근해본다.

009 우주론 입문 -탄생에서 미래로-

사토 가쓰히코 지음 | 김효진 옮김 | 8,900원

물리학과 천체 관측의 파란만장한 역사!
일본 우주론의 일인자가 치열한 우주 이론과 관측의 최전선을 전망하고 우주와 인류의 먼 미래를 고찰하며 인류의 기원과 미래상을 살펴본다.

010 우경화하는 일본 정치

나카노 고이치 지음 | 김수희 옮김 | 8,900원

일본 정치의 현주소를 읽는다!
일본 정치의 우경화가 어떻게 전개되어왔으며, 우경화를 통해 달성하려는 목적은 무엇인가. 일본 우경화의 전모를 낱낱이 밝힌다.

011 악이란 무엇인가

나카지마 요시미치 지음 | 박미정 옮김 | 8,900원

악에 대한 새로운 깨달음!
인간의 근본악을 추구하는 칸트 윤리학을 철저하게 파고든다. 선한
행위 속에 어떻게 악이 녹아들어 있는지 냉철한 철학적 고찰을 해본
다.

012 포스트 자본주의 -과학 · 인간 · 사회의 미래-

히로이 요시노리 지음 | 박제이 옮김 | 8,900원

포스트 자본주의의 미래상을 고찰!
오늘날 「성숙 · 정체화」라는 새로운 사회상이 부각되고 있다. 자본주
의 · 사회주의 · 생태학이 교차하는 미래 사회상을 선명하게 그려본
다.

013 인간 시황제

쓰루마 가즈유키 지음 | 김경호 옮김 | 8,900원

새롭게 밝혀지는 시황제의 50년 생애!
시황제의 출생과 꿈, 통일 과정, 제국의 종언에 이르기까지 그 일생
을 생생하게 살펴본다. 기존의 폭군상이 아닌 한 인간으로서의 시황
제를 조명해본다.

014 콤플렉스

가와이 하야오 지음 | 위정훈 옮김 | 8,900원

콤플렉스를 마주하는 방법!
「콤플렉스」는 오늘날 탐험의 가능성으로 가득 찬 미답의 영역, 우리
들의 내계, 무의식의 또 다른 이름이다. 융의 심리학을 토대로 인간
의 심층을 파헤친다.

015 배움이란 무엇인가

이마이 무쓰미 지음 | 김수희 옮김 | 8,900원

'좋은 배움'을 위한 새로운 지식관!
마음과 뇌 안에서의 지식의 존재 양식 및 습득 방식, 기억이나 사고
의 방식에 대한 인지과학의 성과를 바탕으로 배움의 구조를 알아본
다.

016 프랑스 혁명 -역사의 변혁을 이룬 극약-

지즈카 다다미 지음 | 남지연 옮김 | 8,900원

프랑스 혁명의 빛과 어둠!
프랑스 혁명은 왜 그토록 막대한 희생을 필요로 하였을까. 시대를
살아가던 사람들의 고뇌와 처절한 발자취를 더듬어가며 그 역사적
의미를 고찰한다.

017 철학을 사용하는 법

와시다 기요카즈 지음 | 김진희 옮김 | 8,900원

철학적 사유의 새로운 지평!

숨 막히는 상황의 연속인 오늘날, 우리는 철학을 인생에 어떻게 '사용'하면 좋을까? '지성의 폐활량'을 기르기 위한 실천적 방법을 제시한다.

018 르포 트럼프 왕국 -어째서 트럼프인가-

가나리 류이치 지음 | 김진희 옮김 | 8,900원

또 하나의 미국을 가다!

뉴욕 등 대도시에서는 알 수 없는 트럼프 인기의 원인을 파헤친다. 애팔래치아산맥 너머, 트럼프를 지지하는 사람들의 목소리를 가감 없이 수록했다.

019 사이토 다카시의 교육력 -어떻게 가르칠 것인가-

사이토 다카시 지음 | 남지연 옮김 | 8,900원

창조적 교육의 원리와 요령!

배움의 장을 향상심 넘치는 분위기로 이끌기 위해 필요한 것은 가르치는 사람의 교육력이다. 그 교육력 단련을 위한 방법을 제시한다.

020 원전 프로파간다 -안전신화의 불편한 진실-

혼마 류 지음 | 박제이 옮김 | 8,900원

원전 확대를 위한 프로파간다!

언론과 광고대행사 등이 전개해온 원전 프로파간다의 구조와 역사를 파헤치며 높은 경각심을 일깨운다. 원전에 대해서, 어디까지 진실인가.

021 허블 -우주의 심연을 관측하다-

이에 마사노리 지음 | 김효진 옮김 | 8,900원

허블의 파란만장한 일대기!

아인슈타인을 비롯한 동시대 과학자들과 이루어낸 허블의 영광과 좌절의 생애를 조명한다! 허블의 연구 성과와 인간적인 면모를 살펴볼 수 있다.

022 한자 -기원과 그 배경-

시라카와 시즈카 지음 | 심경호 옮김 | 9,800원

한자의 기원과 발달 과정!

중국 고대인의 생활이나 문화, 신화 및 문자학적 성과를 바탕으로, 한자의 성장과 그 의미를 생생하게 들여다본다.

023 지적 생산의 기술

우메사오 다다오 지음 | 김욱 옮김 | 8,900원

지적 생산을 위한 기술을 체계화!

지적인 정보 생산을 위해 저자가 연구자로서 스스로 고안하고 동료들과 교류하며 터득한 여러 연구 비법의 정수를 체계적으로 소개한다.

024 조세 피난처 -달아나는 세금-

시가 사쿠라 지음 | 김효진 옮김 | 8,900원

조세 피난처를 둘러싼 어둠의 내막!

시민의 눈이 닿지 않는 장소에서 세 부담의 공평성을 해치는 온갖 악행이 벌어진다. 그 조세 피난처의 실태를 철저하게 고발한다.

025 고사성어를 알면 중국사가 보인다

이나미 리쓰코 지음 | 이동철, 박은희 옮김 | 9,800원

고사성어에 담긴 장대한 중국사!

다양한 고사성어를 소개하며 그 탄생 배경인 중국사의 흐름을 더듬어본다. 중국사의 명장면 속에서 피어난 고사성어들이 깊은 울림을 전해준다.

026 수면장애와 우울증

시미즈 데쓰오 지음 | 김수희 옮김 | 8,900원

우울증의 신호인 수면장애!

우울증의 조짐이나 증상을 수면장애와 관련지어 밝혀낸다. 우울증을 예방하기 위한 수면 개선이나 숙면법 등을 상세히 소개한다.

027 아이의 사회력

가도와키 아쓰시 지음 | 김수희 옮김 | 8,900원

아이들의 행복한 성장을 위한 교육법!

아이들 사이에서 타인에 대한 관심이 사라져가고 있다. 이에 「사람과 사람이 이어지고, 사회를 만들어나가는 힘」으로 「사회력」을 제시한다.

028 쑨원 -근대화의 기로-

후카마치 히데오 지음 | 박제이 옮김 | 9,800원

독재 지향의 민주주의자 쑨원!

쑨원, 그 남자가 꿈꾸었던 것은 민주인가, 독재인가? 신해혁명으로 중화민국을 탄생시킨 희대의 트릭스터 쑨원의 못다 이룬 꿈을 알아본다.

029 중국사가 낳은 천재들

이나미 리쓰코 지음 | 이동철, 박은희 옮김 | 8,900원

중국 역사를 빛낸 56인의 천재들!
중국사를 빛낸 걸출한 재능과 독특한 캐릭터의 인물들을 연대순으로 살펴본다. 그들은 어떻게 중국사를 움직였는가?!

030 마르틴 루터 -성서에 생애를 바친 개혁자-

도쿠젠 요시카즈 지음 | 김진희 옮김 | 8,900원

성서의 '말'이 가리키는 진리를 추구하다!
성서의 '말'을 민중이 가슴으로 이해할 수 있도록 평생을 설파하며 종교개혁을 주도한 루터의 감동적인 여정이 펼쳐진다.

031 고민의 정체

가야마 리카 지음 | 김수희 옮김 | 8,900원

현대인의 고민을 깊게 들여다본다!
우리 인생에 밀접하게 연관된 다양한 요즘 고민들의 실례를 들며, 그 심층을 살펴본다. 고민을 고민으로 만들지 않을 방법에 대한 힌트를 얻을 수 있을 것이다.

032 나쓰메 소세키 평전

도가와 신스케 지음 | 김수희 옮김 | 9,800원

일본의 대문호 나쓰메 소세키!
나쓰메 소세키의 작품들이 오늘날에도 여전히 사람들의 마음을 매료시키는 이유는 무엇인가? 이 평전을 통해 나쓰메 소세키의 일생을 깊이 이해하게 되면서 그 답을 찾을 수 있을 것이다.

033 이슬람문화

이즈쓰 도시히코 지음 | 조영렬 옮김 | 8,900원

이슬람학의 세계적 권위가 들려주는 이야기!
거대한 이슬람 세계 구조를 지탱하는 종교·문화적 밑바탕을 파고들며, 이슬람 세계의 현실이 어떻게 움직이는지 이해한다.

034 아인슈타인의 생각

사토 후미타카 지음 | 김효진 옮김 | 8,900원

물리학계에 엄청난 파장을 몰고 왔던 인물!
아인슈타인의 일생과 생각을 따라가보며 그가 개척한 우주의 새로운 지식에 대해 살펴본다.

035 음악의 기초

아쿠타가와 야스시 지음 | 김수희 옮김 | 9,800원

음악을 더욱 깊게 즐길 수 있다!
작곡가인 저자가 풍부한 경험을 바탕으로 음악의 기초에 대해 설명하는 특별한 음악 입문서이다.

036 우주와 별 이야기

하타나카 다케오 지음 | 김세원 옮김 | 9,800원

거대한 우주의 신비와 아름다움!
수많은 별들을 빛의 밝기, 거리, 구조 등을 다양한 시점에서 해석하고 분류해 거대한 우주 진화의 비밀을 파헤쳐본다.

037 과학의 방법

나카야 우키치로 지음 | 김수희 옮김 | 9,800원

과학의 본질을 꿰뚫어본 과학론의 명저!
자연의 심오함과 과학의 한계를 명확히 짚어보며 과학이 오늘날의 모습으로 성장해온 궤도를 사유해본다.

038 교토

하야시야 다쓰사부로 지음 | 김효진 옮김 | 10,800원

일본 역사학자의 진짜 교토 이야기!
천년 고도 교토의 발전사를 그 태동부터 지역을 중심으로 되돌아보며, 교토의 역사와 전통, 의의를 알아본다.

039 다윈의 생애

야스기 류이치 지음 | 박제이 옮김 | 9,800원

다윈의 진솔한 모습을 담은 평전!
진화론을 향한 청년 다윈의 삶의 여정을 그려내며, 위대한 과학자가 걸어온 인간적인 발전을 보여준다.

040 일본 과학기술 총력전

야마모토 요시타카 지음 | 서의동 옮김 | 10,800원

구로후네에서 후쿠시마 원전까지!
메이지 시대 이후 「과학기술 총력전 체제」가 이끌어온 근대 일본 150년. 그 역사의 명암을 되돌아본다.

041 밥 딜런

유아사 마나부 지음 | 김수희 옮김 | 11,000원

시대를 노래했던 밥 딜런의 인생 이야기!
수많은 명곡으로 사람들을 매료시키면서도 항상 사람들의 이해를
초월해버린 밥 딜런. 그 인생의 발자취와 작품들의 궤적을 하나하나
짚어본다.

042 감자로 보는 세계사

야마모토 노리오 지음 | 김효진 옮김 | 9,800원

인류 역사와 문명에 기여해온 감자!
감자가 걸어온 역사를 돌아보며, 미래에 감자가 어떤 역할을 할 수
있는지, 그 가능성도 아울러 살펴본다.

043 중국 5대 소설 삼국지연의·서유기 편

이나미 리쓰코 지음 | 장원철 옮김 | 10,800원

중국 고전소설의 매력을 재발견하다!
중국 5대 소설로 꼽히는 고전 명작 『삼국지연의』와 『서유기』를 중국
문학의 전문가가 흥미롭게 안내한다.

044 99세 하루 한마디

무노 다케지 지음 | 김진희 옮김 | 10,800원

99세 저널리스트의 인생 통찰!
저자는 인생의 진리와 역사적 증언들을 짧은 문장들로 가슴 깊이 우
리에게 전한다.

045 불교입문

사이구사 미쓰요시 지음 | 이동철 옮김 | 11,800원

불교 사상의 전개와 그 진정한 의미!
붓다의 포교 활동과 사상의 변천을 서양 사상과의 비교로 알아보고,
나아가 불교 전개 양상을 그려본다.

046 중국 5대 소설 수호전·금병매·홍루몽 편

이나미 리쓰코 지음 | 장원철 옮김 | 11,800원

중국 5대 소설의 방대한 세계를 안내하다!
「수호전」, 「금병매」, 「홍루몽」 이 세 작품이 지니는 상호 불가분의 인
과관계에 주목하면서, 서사란 무엇인지에 대해서도 고찰해본다.

047 로마 산책

가와시마 히데아키 지음 | 김효진 옮김 | 11,800원

'영원의 도시' 로마의 역사와 문화!

일본 이탈리아 문학 연구의 일인자가 로마의 거리마다 담긴 흥미롭고 오랜 이야기를 들려준다. 로마만의 색다른 낭만과 묘미를 좇는 특별한 로마 인문 여행.

048 카레로 보는 인도 문화

가라시마 노보루 지음 | 김진희 옮김 | 13,800원

인도 요리를 테마로 풀어내는 인도 문화론!

인도 역사 연구의 일인자가 카레라이스의 기원을 찾으며, 각지의 특색 넘치는 요리를 맛보고, 역사와 문화 이야기를 들려준다. 인도 각 고장의 버라이어티한 아름다운 요리 사진도 다수 수록하였다.

049 애덤 스미스

다카시마 젠야 지음 | 김동환 옮김 | 11,800원

우리가 몰랐던 애덤 스미스의 진짜 얼굴

애덤 스미스의 전모를 살펴보며 그가 추구한 사상의 본뜻을 이해하고, 근대화를 향한 투쟁의 여정을 들여다본다

050 프리덤, 어떻게 자유로 번역되었는가

야나부 아키라 지음 | 김옥희 옮김 | 12,800원

근대 서양 개념어의 번역사

「사회」, 「개인」, 「근대」, 「미」, 「연애」, 「존재」, 「자연」, 「권리」, 「자유」, 「그, 그녀」 등 10가지의 번역어들에 대해 실증적인 자료를 토대로 성립 과정을 날카롭게 추적한다.

051 농경은 어떻게 시작되었는가

나카오 사스케 지음 | 김효진 옮김 | 12,800원

농경은 인류 문화의 근원!

벼를 비롯해 보리, 감자, 잡곡, 콩, 차 등 인간의 생활과 떼려야 뗄 수 없는 재배 식물의 기원을 공개한다.

052 말과 국가

다나카 가쓰히코 지음 | 김수희 옮김 | 12,800원

언어 형성 과정을 고찰하다!

국가의 사회와 정치가 언어 형성 과정에 어떠한 영향을 미치는지, 그 복잡한 양상을 날카롭고 알기 쉽게 설명한다.

053 헤이세이(平成) 일본의 잃어버린 30년

요시미 슌야 지음 | 서의동 옮김 | 13,800원

일본 최신 사정 설명서!
경제 거품 붕괴, 후쿠시마 원전사고, 가전왕국의 쇠락 등 헤이세이의
좌절을 한 권의 책 속에 건축한 '헤이세이 실패 박물관'.

054 미야모토 무사시 -병법의 구도자-

우오즈미 다카시 지음 | 김수희 옮김 | 13,800원

미야모토 무사시의 실상!
무사시의 삶의 궤적을 더듬어보는 동시에, 지극히 합리적이면서도
구체적으로 기술된 그의 사상을 『오륜서』를 중심으로 정독해본다.

055 만요슈 선집

사이토 모키치 지음 | 김수희 옮김 | 14,800원

시대를 넘어 사랑받는 만요슈 걸작선!
『만요슈』 작품 중 빼어난 걸작들을 엄선하여, 간결하면서도 세심한
해설을 덧붙여 한 권의 책으로 엮어낸 『만요슈』 에센스집.

056 주자학과 양명학

시마다 겐지 지음 | 김석근 옮김 | 13,800원

같으면서도 달랐던 두 가지 시선!
중국의 신유학은 인간을 어떻게 이해하려 했는가? 동아시아 사상사
에서 빼놓을 수 없는 주자학과 양명학의 역사적 역할을 분명히 밝혀
본다.

057 메이지 유신

다나카 아키라 지음 | 김정희 옮김 | 12,800원

일본의 개항부터 근대적 개혁까지!
메이지 유신 당시의 역사적 사건들을 깊이 파고들며 메이지 유신이
가지는 명과 암의 성격을 다양한 사료를 통해서 분석한다.

058 쉽게 따라하는 행동경제학

오타케 후미오 지음 | 김동환 옮김 | 12,800원

행동경제학을 제대로 사용하는 방법!
보다 좋은 의사결정과 행동을 이끌어내는 지혜와 궁리가 바로 넛지
(nudge)이며, 이러한 넛지를 설계하고 응용하는 방법을 소개한다.

059 독소전쟁 -모든 것을 파멸시킨 2차 세계대전 최대의 전투-

오키 다케시 지음 | 박삼헌 옮김 | 13,800원

인류역사상 최악의 전쟁인 독소전쟁!
2차 세계대전 승리의 향방을 결정지은 독소전쟁을 정치, 외교, 경제,
리더의 세계관 등 다양한 측면에서 살펴본다.

060 문학이란 무엇인가

구와바라 다케오 지음 | 김수회 옮김 | 12,800원

뛰어난 문학작품은 우리를 변혁시킨다!
날카로운 통찰력으로 바람직한 문학의 모습과 향유 방법에 관한 문
학 독자들이 던지는 질문에 명쾌한 해답을 제시한다.

061 우키요에

오쿠보 준이치 지음 | 이연식 옮김 | 15,800원

전 세계 화가들을 단숨에 매료시킨 우키요에!
우키요에의 역사, 기법, 제작 방식부터 대표 작품, 화가에 이르기까
지 우키요에의 모든 것을 다양한 도판 70여 장과 함께 살펴본다.

062 한무제

요시카와 고지로 지음 | 장원철 옮김 | 13,800원

중국 역사상 가장 찬란했던 시대!
적극적 성격의 영명한 전제군주였던 무제. 그가 살았던 시대를 생동
감 있는 표현과 핍진한 묘사로 현재에 되살려낸다.

IWANAMI 063

동시대 일본 소설을 만나러 가다
—1960년대부터 2010년대까지 현대 일본 문학의 흐름—

초판 1쇄 인쇄 2021년 5월 10일
초판 1쇄 발행 2021년 5월 15일

저자 : 사이토 미나코
번역 : 김정희

펴낸이 : 이동섭
편집 : 이민규
책임편집 : 조세진
디자인 : 조세연
표지 디자인 : 공중정원
영업·마케팅 : 송정환, 조정훈
e-BOOK : 홍인표, 유재학, 최정수, 서찬웅, 이건우, 심민섭
관리 : 이윤미

㈜에이케이커뮤니케이션즈
등록 1996년 7월 9일(제302-1996-00026호)
주소 : 04002 서울 마포구 동교로 17안길 28, 2층
TEL : 02-702-7963~5 FAX : 02-702-7988
http://www.amusementkorea.co.kr

ISBN 979-11-274-4439-6 04830
ISBN 979-11-7024-600-8 04080

NIHON NO DOJIDAI SHOSETSU
by Minako Saito
Copyright © 2018 by Minako Saito
Originally published in 2018 by Iwanami Shoten, Publishers, Tokyo.
This Korean print edition published 2021
by AK Communications, Inc., Seoul
by arrangement with Iwanami Shoten, Publishers, Tokyo